承载近代中国转型之重的粤商群体

杨黎光—著

大国商帮

粤 商 发 展 史 辩

SPM 南方出版传媒 广东人民出版社

·广州·

图书在版编目（CIP）数据

大国商帮：承载近代中国转型之重的粤商群体 / 杨黎光著. —广州：广东人民出版社，2016.11（2017.4重印）
ISBN 978-7-218-10855-1

Ⅰ.①大… Ⅱ.①杨… Ⅲ.①报告文学—中国—当代 Ⅳ.①I25

中国版本图书馆CIP数据核字（2016）第095651号

Daguo Shangbang：Chengzai Jindai Zhongguo Zhuanxing Zhi Zhong De Yueshang Qunti

大国商帮：承载近代中国转型之重的粤商群体

杨黎光　著

出 版 人：肖风华

策划统筹：肖风华
责任编辑：许春芳　梁　茵
文字编辑：廖志芬
责任技编：周　杰

出版发行：广东人民出版社
地　　址：广州市大沙头四马路10号（邮政编码：510102）
电　　话：（020）83798714（总编室）
传　　真：（020）83780199
网　　址：http://www.gdpph.com
印　　刷：珠海市鹏腾宇印务有限公司
开　　本：787毫米×1092毫米　1/16
印　　张：26　字　数：320千
版　　次：2016年11月第1版　2017年4月第2次印刷
定　　价：58.00元

如发现印装质量问题，影响阅读，请与出版社（020-83795749)联系调换。
售书热线：（020）83795240

2009年初的一天下午，我来到了中山市孙文西路上的一幢古老的小楼前。中山市前身为1152年设立的香山县，是中国民主革命的先行者孙中山先生的故乡。1925年3月，积劳成疾的孙中山先生在北京逝世后，为了纪念这位首举彻底反封建旗帜，"起共和而终两千年帝制"的中国近代民主革命的开拓者，当年4月民国政府将香山县改名为中山县。1983年12月，经国务院批准，中山县撤县改市。我走近的这幢充满

香山商业文化博物馆。

着岁月痕迹的三层小楼，原为香山县商会旧址，现被改建为一个规模不大，却很有特色的中国首家商业文化博物馆。我来到这里，是为了解考察孙中山先生有关"实业救国"和一批又一批香山实业家为推动中国现代化进程而做出贡献的史料，为撰写我的"追寻近代中国现代化脚印"的思辨体长篇报告文学《中山路》做研究。

当我端详着这幢粉白相间、有着南洋风格的小楼时，脑中呈现出数月来在澳门、珠海、中山（这三个城市历史上都属于香山县）的博物馆、图书馆和档案馆里查阅和收集到的那些历史资料所形成的画面。我在想，这幢楼里又会给我带来些什么呢？

我抬脚跨进了大门——赫然间，五位历史名人迎面站在我的面前。

从左至右，他们分别是著名实业家、当年在中国有"茶王"和"地产大王"之称的徐润，著名实业家、洋务派的代表人物唐廷枢，著名实业家、曾以《盛世危言》一书影响了包括孙中山和毛泽东等在内的一批中国精英的改良主义思想家郑观应，著名实业家、引领中国现代时尚文化风行之先的上海四大百货公司中先施和永安公司的创始人马应彪、郭乐。这是五尊真人大小的人物塑像，三位穿清末民初的长袍马褂，两位西装革履，成弧形面对着博物馆的大门，迎接着所有来馆参观的人们。

这五个人的名字以前在看中国近代史时，都有所接触，但没有做过专门的研究，所以了解并不深。这次到中山、珠海、澳门和香港采访考察，以这五位为杰出代表的一代又一代香山或者说粤籍实业家，形成一个浩荡的梯队从历史中走来，一个一个出现在我的眼前，他们影响了一个中国，影响了数个朝代。他们虽然在不同的领域，有着不同的身世和经历，也做出了不同的贡献，但他们有两个共同点：一都是粤籍，二都是商人，所以他们共性的名字叫：粤商。

香山商业文化博物馆序厅的五人雕像，从左至右为：徐润、唐廷枢、郑观应、马应彪、郭乐。

　　我突然觉得，有这五位在近代中国工商业发展史上声名煊赫的人物在，这家小小的香山商业文化博物馆，几乎可以称得上是近代商人的"祖庭"了。这五个人，已经清楚地勾勒出了中国近代工商业的发展谱系，同时也都是中国"实业救国"以及为推进中国现代化进程做出过突出贡献的人。

　　我感觉到，我这一步跨进了从清末到民国，粤商们所走过的那段凝重的历史。这一段历史，又与孙中山先生后来努力想实现的"实业救国计划"前后相连。

　　孙中山先生自小生活在香山县的翠亨村，父母都是农民，因此他对中国底层劳动大众的苦难有着实际的了解，并抱有深切的同情。因此，他力倡发展实业，最根本的目的，是想通过"物畅其流"而强国富民，使民众过上温饱的日子。民生主义可以说是孙中山思想体系中最具特色的思想，而其发展实业的主张则是民生主义的重要组成部分。

所以孙中山先生认为：革命的根本目的，是为了在新的基础上建设一个全新的中国，是为了最终能够谋求国家的富强，从而挽救积贫积弱的中国。所以，孙中山将革命的目的与中国的富强和振兴密切联系起来，多次明确提出要通过发展教育和交通，"兴起农工商实业之利源"。

其实，实业救国论在19世纪末就已出现，到了辛亥革命前后成了一种颇为流行的理论。20世纪初，宣扬实业救国论的主要是民族资产阶级上层的代表人物，如实业家张謇等，他们和孙中山先生"实业救国论"的区别是，张謇是旧阵营的改革者，孙中山是新阵营的革命家，两人出于对国家和民族命运的共同关注，都提出了实业救国的思想主张。

自鸦片战争以后，中国始终面临着一个"向何处去"的问题。这个问题经过近代思想家、政治家、革命家，以及社会各界有识之士反复探索、解答，给出了多种不同的发展指向，然而，最后起到决定性作用的却是事关国计民生的社会经济形态。因此，民国学者王孝通说："辛亥革命，其端实启自商人。……民国之造，商人当在首功之列。"

如今谈起近代中国的商人，人们首先想到的往往是徽商和晋商，在史学界、文学界、出版界充满着关于反映他们的作品，而曾经深刻地改变了中国社会经济发展轨迹的粤商却被严重忽视了。他们在中国现代化进程中做出的独特贡献亦仿佛坠入了历史的烟尘之中。有关系统介绍粤商发展史的论著，在广东、在全国、在史学界、在文学界都寥若晨星。

自明清以来，粤商作为继徽商、晋商之后崛起的另一股强大的商业力量，与中国近现代社会经济转型相始终，承前后，脉络始终未断。

浩瀚的蓝色大海使粤商获得了有别于徽商、晋商成长的经历与精神气质。他们始终处于中国对外开放的最前沿，得益于海上贸易，也致力于对外开放。他们的成败兴衰，既反映了中国沿海商人面临世界大局变幻时的调适和应对，也折射出了中国维新变革的艰难与成就。可以说，粤商的演变史，浓缩了传统中国努力融入世界潮流，追求现代化的卓越历程。

粤商之所以独树一帜、引人瞩目，还在于他们对近现代中国的影响远远超越了传统商人单纯逐利的原始边界。尤其在中国社会进入变局，面临路径选择的时候，他们总会发出自己的声音，并以自己的实践为国家民族开拓出新的未来。

我出生于安徽安庆，历史上安庆和徽州这两个城市，是安徽重要的经济和文化中心，安庆是省会，徽州是徽商的故里。"安徽"两个字就是各取自于这两个城市的名字："安（庆）—徽（州）"。

我小时候生活在一个有着"三进"（相当于北京三个四合院直串起来）的徽商的大宅子里，这个有着几百年历史的徽式大宅子写进了我的长篇小说《园青坊老宅》，因此我自小就对徽商充满了兴趣，80年代初就曾到徽州去考察过，收集了很多有关徽商的历史资料。家族祖上也曾为徽商，只是到了我爷爷那一辈就已经完全破落，以至于父亲变成了一个目不识丁的城市贫民。记得小时候家里有一个残破的高脚桌，比书桌高，比供桌又多了两个大抽斗，印象最深刻的是桌面正中在两个大抽斗之上，并排开着两个窄窄的还用铜皮包着边的长形的孔。我一直不知道这张桌子是干什么用的。后来，听外婆说是家里祖上开店时的钱柜，桌面上那两个窄窄的孔，就是做生意时收款塞铜钱和银元的。后来，我又专门去山西考察过晋商，从太原出发，到过平遥、太谷、祁县，最后到大同，逛过平遥的老街，进过乔家的大院，先后走了七天。自觉对徽商晋商的历史了解一些，也想写点什么，但一直没有想好主题。

后南下深圳二十多年，一直在报业工作，几十年来虽然已经完全融入了岭南的生活，但自我的身份认同仍然是一个安徽人，仍然是一个新移民，所写的著作仍然以一个移民的视野居多。

自2008年应邀创作《中山路》一书后，我系统地了解了岭南的历史和文明，也系统地了解了近代岭南人，特别是粤商对中国现代化艰难进程的贡献，可还没有看到能系统地帮助人们了解这段波澜壮阔历史的书籍。于是就有了一个想法，能不能写一本有关粤商发展的书，并常常在一些聚会里、采访中、讲课时，谈粤商、谈自己对粤商发展的看法。后我又被那庞杂的历史资料的收集、归纳和分析所难住，我想，我只是一个作家，在史学、经济学、社会学等方面的知识匮乏，会不会犯"班门弄斧"的错误？再加上报社工作繁忙，这个想法虽然一直没有放弃，但也只是留在心里。

后来受到一些有识之士的不断鼓励，特别是顾作义先生给了我很大的支持。他在得知我有这个想法后，几年来不断地鼓励催促我，建议我放下手头的一些工作，集中精力写好此书。2012年底的一天，我在香港出差，傍晚时分突然接到顾作义先生的电话，他说当前中国正处在新三十年改革之际，归纳、研究、总结粤商的发展史，表现这个群体实现"中国现代化之梦"的历程，无论是对现实和历史都有着重大意义。他鼓励我应该克服困难，挑起重任，尽快上马。

于是，我就这样被"架"上了马，从2013年1月4日北上天津南开大学参加一个粤商发展的学术研究会开始，整整写了三年，这是我报告文学创作中写作时间最长的一本书。如今一本思辨体长篇报告文学《大国商帮——承载近代中国转型之重的粤商群体》呈现在了读者面前。是非成败，自有读者评说。

来广东二十多年，写了二十多本书，出了十三卷的文集，自觉已经是融入岭南的一位作家，终于有一本记载着广东粤商历史发展的书，放在历史的书架上。

我有一种从未有过的成就感。

是为序。

杨黎光

2016年元旦夜于深圳世纪村

45 **第二章 粤商，萌生于大航海时代**

自古以来，中国人一向把海洋作为封闭自守的天然屏障，欧洲人则让它变成了通向未来的探索之路。当欧洲人开始越过大洋全神贯注地凝望中国的时候，距离粤商因势而起的日子，就已经不远了。

在专制政体里，商人的活动空间非常有限，商品经济的发展受到种种约束。但也正是因为营商环境的严酷，粤商的出现才显得可贵。他们在官方严密管制的缝隙间寻寻觅觅，艰难成长。

历史的发展将不断证明，粤商的萌生和奋起，呼应了遥远欧洲的商业革命，促进了中国的社会转型。

65 **第三章 从海上到口岸，主流粤商演化史**

需要交易，渴望财富，不仅是商人存在的前提，也是人类社会前进的基本动力。从陆地到海洋，人类竭尽全力扩大交易范围的过程，自然而然地演变成了探索未知世界的发现之旅。

从闯荡天下、一度主导了南海民间贸易的海商，到居于口岸、总揽西方来华贸易事宜的行商，粤商，一直在风云多变的国内外大势中摸索前进，直至发展成了主导中外贸易格局的中坚力量。

87 **第四章 钟摆摇动，广东迎来"世界时间"**

正当欧洲人努力张开时代的风帆，竭尽所能向海外发展的时候，中国的清朝统治者却逼迫沿海居民离开世代居住的土地，回迁内地。这不仅让人民的生命财产遭受了一场浩劫，给国民经济造成了无法估量的损失，也是一次文明的大倒退。

而就在清政府实施"迁海"令，试图让人民与海洋彻底隔绝的同时，全球化浪潮已经滚滚而来。不管你愿意与否，一个终将覆盖全球的

"世界时间"，伴着时钟机器发出的节奏，正向中国步步进逼。

与此同时，继晋、徽商帮成就的辉煌之后，一个属于广州十三行商人、属于粤商的新时代，就要到来了。

一口通商，是广州十三行的机会，也带来了责任和风险。因为，十三行行商不仅垄断了中外贸易，也要负责经办具体外交事务。他们跨越政商两界，周旋于官府与洋人之间；他们既要尊重中国国情，又得明悉世界大势；他们不仅是中国的商业精英，也是对外进行政治、文化和科学交往的先驱。

因缘际会，在人类社会总体转型的关节点上，广州十三行行商们成为中国走向近代化的直接参与者与推动者。

鼎盛时期的广州十三行是全世界的聚宝盆。这个华洋杂处的奇妙之地，像磁石一样吸引着世界，也接受着世界的影响。由此，广州、广州十三行就成为古老中国缓慢向近代转型的一个历史性起点，成为近代中国百年变革的发源地，它既是一个展示中国形象的窗口，也是重塑中国形象的发力点。

在那个世界对中国满怀误解与偏见的特定年代，在那个大清帝国对世界既轻蔑又疑惧的矛盾年代，广州十三行的行商们站在中国与世界的交汇点上，小心翼翼地树立着这个国家的民间形象。同时，他们也在努力重塑中国商人的形象，一点一滴地推动着这个古老帝国向近代转型。

一边是近代商业文明的杰出代表，一边是失去了社会活力的老旧帝国，中英两国商人的不同境遇，标记了两种文明的分野，也在一定程度上决定了国运的兴衰。

鸦片战争，是一场因贸易纠纷而引发的战争。英国是一个得益于贸易扩张而急剧崛起的近代强国，它视商业利益为国家利益，无论是政治还是外交，都要或多或少地服务于贸易这个立国之本。所以，大清帝国与大英帝国的较量，其实也是近代商业文明与传统农耕—游牧文明的较量。

狂飙过后，大清帝国和广州十三行行商们都进入了飘摇零落的衰败期。

鸦片战争作为一个分界线，标志着中外贸易关系由番邦来朝的纳贡制，进入了由法律和条约主导的条约制。与此同时清王朝只准一口通商变成了五口通商，由十三行专揽对外贸易的时代结束了。

在十三行行商出身的吴健彰主政上海期间，广州十三行行商纷纷借机转型，与外国洋行一起大举北进，进入上海，从而催生了又一个特殊的商人群体：广东买办。广州十三行行商及其他粤商以“买办”的形式在上海异军突起。他们作为中西贸易文化交流的桥梁，深刻地影响了中国的现代化的进程。

五口通商以后，上海取代广州成为中国最重要的通商口岸，也成为中西文明交流互动的又一个至节点。从上海开埠之初直到此后的许多年里，无论是中国从这里走向世界，还是世界从这里进入中国，粤商都起到了不可替代的作用，并因此催生了一个影响近代中国历史走向的特殊群体：广东买办。

在腐朽没落的旧中国摇摇欲坠之际，一向被传统观念所歧视的广东商人身体力行，奋走呼号，承担起了民族振兴的重任。徐润、唐廷枢、郑观应构成了拉动洋务运动艰难前行的三驾马车，助力李鸿章、曾国藩等洋务派领袖，开始探索一条自强之路。

洋务运动是中国历史上的创举，不仅因为它缔造了为期三十年左右的"同光中兴"，初步建立了中国近代工商业的基本框架。与此同时，它也让朝廷亲贵、开明官僚与熟悉洋务的近代商人结成了推进社会变革的精英同盟，并且摸索出了"官督商办"的操作模式。

粤商，全面参与了这场社会经济变革，为了推动中国向现代化转型，以他们的专长、才干和资金实际主导了那场史无前例的洋务自强运动；为了让中国真正实现现代化，粤商又有意识地超越了"官督商办"的洋务自强运动，向思想启蒙、国民教育、文化更新等上层领域提升，在经济、文化和政治等诸多方面，全面影响了近代中国。

粤商，由逐利的商人到推动国家进步的改革者，是一次质变，也是他们从中国各大商帮中脱颖而出，实现身份超越的标志型特征。

人类历史上的一切变革，其最终目标都是让人过上更有尊严、更幸福的生活。粤商作为中国最先进的商人群体，自明清以来始终致力于推动中国的社会转型和进步，从海商到行商、买办，代代相传，层层递进。

民国成立前后，旅居海外的粤籍侨商纷纷回到香港、广州和上海发展，先施、永安、新新和大新四家经营环球商品的大型百货公司先后开张迎客。由南至北，粤籍侨商发动了一场新兴商业文明的"北伐"。他们把现代化变成了一种触目可见、触手可及的生活方式，他们让中国迎来了一个时尚新潮的"摩登时代"。

369 第十二章 商脉，在疾风骤雨中流传

从明朝的海商，到清朝的行商、买办，再到民国时期的归国侨商，数百年来，广东粤商因时而易，顺势而为，不断演进，构成了完整、独特的发展脉络。

粤商作为一个不事张扬的商人群体，承受着近代中国的转型之重，粤商一点一滴、脚踏实地而又卓有成效地推动着中国的现代化进程。无论世道如何艰难，最终他们总能顽强地克服重重困难，延续它那特殊基因，做到一脉相承、根基不断。

近代中国的对外开放史则标记在粤商发展的每一座里程碑上。一代又一代粤商上下衔接，不断延续而成的商脉，将中国与世界愈来愈紧密地连接在一起。

395 参考资料

前　言

海洋、商人与中国社会转型

考察中国社会转型，追寻中国现代化的历史脚印，一个长期被人遗忘的事实便是：得风气之先，最早感受到时代的变迁，进而走在变革前列的，是明清以来一直在广东沿海从事对外贸易的商人。这个群体被称为：粤商。

粤商，才是中国第一批睁开眼睛看世界的人。他们始终以开放的姿态屹立在中西文明不断发生碰撞、冲突与融合的交汇点上，在历史风云变幻之际，承载起转型之重任，脚踏实地推动着中国现代化的进程。

今天的中国人，终于认识到了海洋的力量。所以，"沿海"这个词在当下语境里意味着开放、先进与繁荣。

今天的中国人，终于看到了商人的价值。所以，"商人"这个词在当下语境里意味着富有、精明与成功。

对海洋与商人的肯定，颠覆了已经延续数千年的文化传统，反映了改革开放后中国人价值观念的深刻变化，也彰显了中国社会转型的伟大成就。

在漫长的历史时空里，如何面对海洋，怎样对待商人？

这始终是个具有中国特色的问题。由此，对海洋与商人的态度，便成为衡量社会形态发展变化的一个重要指标；将海洋、商人与社会转型联系到一起进行综合考察，便成为探寻中国现代化进程的一个特殊视角。

这也是今天我研究粤商和书写这本书的意义。

一、"海内"与海外：东方和西方商人的两种境遇

无论哪个国家，由传统向现代社会转型，都是一个曲折而复杂的过程。中国作为一个历史悠久，自成文明体系的东方古国，这个过程尤为艰难。

中国古代历史一向是以陆地为舞台，以帝王将相为主角，以权力斗争为主要脉络的不断重复上演的悲喜剧。对于那些习惯了农耕文明和传统御民术的统治者来说，海洋和商人有一个共同点：都是不易掌握的异类。因此，士农工商，商人被定位于四民之末，长期受到限制、贬抑。至于海洋，则干脆被视为治外之域。中国皇帝自我吹嘘的所谓君临天下，其实也仅仅局限于"海内"这片特定的土地。"普天之下莫非王土"，强调的只是这个"土"。

秦王嬴政灭六国而"并一海内"，威风八面地当上中国的"始皇帝"之后，连续做出了两个影响未来的重大决策，一是众所周知的"焚书坑儒"，禁锢思想，消除异端；另一个便是在东海岸边的朐山竖起界石，作为大秦帝国的东大门。海洋，就这样被关在了国门之外。

浩瀚的海洋，因无边无际而显得渺远莫测。建下"万世之功"的秦始皇，对海洋的所有想象与开发，也只是先后派出徐市、卢生、侯生出海寻找仙人和长生不老的仙药而已。

百代皆行秦政制。秦始皇对海洋的态度，被此后历代君王效仿。直到明清之际，随着大航海时代的来临，究竟该如何面对海洋？终于发展成让朝廷上下反复纠结的问题，时常犹豫在开海与禁海之间。这种纠结与矛盾，阻滞了中国走向世界的脚步，延缓了中国进入现代化，也构成了异常坎坷的中国近代史。

中国统治者崇拜土地，忽视海洋，而且一贯施行重农抑商的治国之策，防止商人凭借财富与他们"分庭抗礼"，危及以君权为核心的社会等级秩序。

春秋时期的齐国名相管仲说："利出于一孔者，其国无敌……先王知其然，故塞民之养，隘其利途。故予之在君，夺之在君，贫之在君，富之在君。故民之戴上如日月，亲君若父母。"

意思是，经济权益由国家统一掌握，这样的国家强大无敌。先王明白这个道理，所以杜绝民间谋取高利，限制他们获利的途径。因此，予之、夺之决定于国君，贫之、富之也决定于国君。这样，人民就拥戴国君有如日月，亲近国君有如父母了。

管仲的这段话，作为弱民贱商的经典表述，被历代君王们奉为控制百姓、治国安邦的金科玉律。

继秦始皇把海洋关在国门之外以后，"威加海内"的汉高祖刘邦又颁布了一系列贱商法令："（汉初）天下已平，高祖乃令贾人不得衣丝乘车，重租税以困辱之。孝惠、高后时，为天下初定，复弛商贾之律，然市井之子孙亦不得仕宦为吏。"也就是说，对商人不仅重租税，而且连衣着乘车都做了限制，不许商人着丝质的衣服、不得乘马车，甚至规定商人的子孙不能做官。由此，本为四民之末的商人就被彻底打入了另册。

拒绝海洋，弱民贱商，使中国停滞在自我封闭、经济单一的农业社会。举国上下共同陶醉在"物华天宝，不假外求"的自足里，既失去了对外探索的动力，也错失了主动提升的机会。

在海洋的远端，在遥远的西方，意大利人正积极利用海洋来开拓东方贸易，并在欧洲催生了一个新兴的商人阶层。这个生机勃勃的新阶层爆发出前所未有的创新能力，率先迈出告别中世纪的脚步，最终改变了欧洲乃至世界的社会形态。

文艺复兴作为一个新时代诞生的标志，从它在意大利萌芽，到蔓延欧洲各国，遍地开花结果，都得益于商人的帮助，也都留下了商业革命的印迹。作为文明进程的重要载体——报纸，最早也创办于当时欧洲亚得里亚海畔的重要商港威尼斯，这份不定期发行的《威尼斯小报》（*Venice Gazette*），主要收集的也是有关商业、贸易的信息以及法庭、城市动态等新闻，是专为商人和王公贵族办的。在当时的上流社会非常流行，从而成为报纸发展过程中一项带有标志性意义的事件。后来改手抄为印刷，加大了发行力度，被后人称为《威尼斯公报》。

尽管西方学者对文艺复兴的起始年代存在争议，但若论及文艺复兴发源于意大利的原因，却都首先肯定了海洋与商人的作用。意大利作为东西方贸易的必经之路，威尼斯、那不勒斯、热那亚和比萨实际控制了地中海贸易。佛罗伦萨、波伦亚、皮亚琴察和伦巴德平原地区其他城市的商人，是南欧和北欧之间商业往来的主要中间人。贸易带来的繁荣、货币经济的兴起，为思想和艺术进步提供了重要基础。

当时的意大利威尼斯港（油画）。

在西方话语体系里，"'贸易'这个词具有双重含义，它不仅指商人为追求利润而进行的交易活动，同时也是城市的生命线。贸易的发展与城镇化几乎是同一概念。"①

商业革命促进了城市的兴起，为文艺复兴提供了广阔的舞台。"文艺复兴社会带有城市的，而不是农业占主要优势的性质。社会和经济生活的中心已经不再是封建贵族的城堡和采邑（即西欧的采邑制，是指西欧中世纪早期国王封赏给臣属终身享有的土地），而是佛罗伦萨、米兰、威尼斯和罗马这样的富庶的城市。"②

商业革命使商人成为一群具有巨大影响力的新贵，他们以雄厚的资本作后盾，为文艺复兴推波助澜。

伟大的尼古拉·哥白尼即出生于富裕的商人之家。他在意大利

---

① [美]内森·罗森堡、L.E.小伯泽尔著，曾刚译：《西方现代社会的经济变迁》，中信出版社2009年版，第64页。
② [美]菲利普·李·拉尔夫、爱德华·麦克诺尔·伯恩斯等著，罗经国等译：《世界文明史》第二卷，商务印书馆1987年版，第120页。

留学期间接受了人文主义思想，并因此改变了他的人生。从费拉拉大学获取法学博士学位后，到波罗的海地区弗隆堡教堂担任司库。我们都知道哥白尼发表了举世震惊的《天体运行论》，以"日心说"成为现代天文学之父，可我们也许不太知道哥白尼曾撰写了关于货币理论的重要论文《论货币的一般理论》。在这篇论文里，哥白尼率先提出了格雷欣法则中的论断，即"劣币驱逐良币"。

意大利不仅是文艺复兴的摇篮，也是银行业和信贷业的发祥地。在西方，所有与银行业务有关的词语，诸如账户、破产、贴水、信贷、贴现等等都源自意大利语。当时银行业的中心在佛罗伦萨，拥有最大银行的美第奇家族既是佛罗伦萨的统治者，也是最著名的文化赞助人。

与"利出一孔"的中国统治策略不同，即使在中世纪，"并非所有东西都归国王所有"，私有财产神圣不可侵犯就已经成为欧洲国家的政策基石。在此基础上，发动于14世纪初的商业革命、文艺复兴与后来发生的宗教改革交互作用，经过几个世纪的社会转型，共同塑造了近代欧洲。

关于商业革命的历史地位和深远影响，西方的学者这样评价："如果中世纪经济方式不发生急剧变化，思想和宗教也不可能发生巨大变动。""不言而喻，商业革命是西方世界历史上最重要的发展之一。如果没有商业革命，就不会有现代经济生活的方式，因为它使商业的基础从中世纪本地的和地区的水平变成至今依然存在的世界性规模。……总之，商业革命后来发展成为构成资本主义制度的许多因素。"①

---

① ［美］菲利普·李·拉尔夫、爱德华·麦克诺尔·伯恩斯等著，罗经国等译：《世界文明史》第二卷，商务印书馆1987年版，第238页。

利用海洋与拒绝海洋、重商与贱商，构成了东西方完全不同的历史发展轨迹。沿着商业革命、文艺复兴和宗教改革开创的道路。西欧各国广泛接受重商主义理论并应用于实践，完成了地理大发现，将贸易拓展为全球性的事业；实现了工业革命和从农业社会向工业社会转型……数百年来，经过一系列伟大变革，终于率先迎来了现代化的曙光。

西方的近代史因开放、变革、扩张而成为炫耀其发展成就的辉煌篇章，中国的近代史则是写满了自闭与自大、保守与停滞、失败与屈辱的一纸血泪。

学术界习惯将鸦片战争作为中国近代史的肇端，但也有人认为，应将1511年中国的番属国满刺加（14—15世纪马来亚王国，约在今马来西亚马六甲州。1511年葡萄牙入侵后衰亡。现多译为马六甲）被葡萄牙人攻陷定为近代史的上限。无论如何，中国进入近代史的标志都是面对西方世界的失败。

中国的社会转型，从明清之际遭遇三千年未有之变局、因形势所迫而采取的被动应对，到全民族普遍觉醒、以现代化为目标的主动追求，经历了一个漫长而痛苦的过程。这漫长而痛苦所构成的民族集体记忆，激励着一代又一代中国人，使我们更加渴望民族复兴，更加急于重振国威，以至于一度简化了对"现代化"这个概念的理解。

关于"现代化"的描述，最为今人熟知的大概就是所谓"四化"，即工业、农业、国防和科技的现代化。长期以来，实现"四化"被当成既定发展国策而深入人心，甚至影响了对这个词汇的定义。几十年前，我们曾以"四化"憧憬未来的现代化；进入网络时代的今天，人们开始重新定义"现代化"这个概念。维基百科、百度百科、互动百科等网站都列出了这个词条，而且做了相似的解释。以百度百科为例：

> 现代化常被用来描述现代发生的社会和文化变迁的现象。根据
> 马格纳雷拉的定义，现代化是发展中的社会为了获得发达的工业社
> 会所具有的一些特点，而经历的文化与社会变迁的，包容一切的全
> 球性过程。
>
> ……
>
> 现代化是人类文明的一种深刻变化，是文明要素的创新、选
> 择、传播和退出交替进行的过程，是追赶、达到和保持世界先进水
> 平的国际竞争。
>
> 现代化的核心是"人性的解放"和"生产力（效率）的解
> 放"，因从欧美等西方社会开始，有时也被称为"西方化"，但不
> 专属于西方社会。

现代化是"包容一切的全球性过程"，是"人类文明的一
种深刻变化"，是"'人性的解放'和'生产力（效率）的解
放'"……亨廷顿则把它浓缩成了一句话："现代化是一个多层面
的进程，它涉及人类思想和行为所有领域的变革。"①

由传统向近现代社会转型，本质上是由旧文明向新文明转型。
中国进入这个脱胎换骨的转型期以来，从维新、改良发展到全面革
命，主要发力点都集中在军事、政治、文化和基础工业领域。有关
现代化的主流言说，也大都成了以政治强人、思想先驱为主角的宏
大叙事。重农抑商、弱民贱商的传统思维，使我们习惯性地忽视了

---

① ［美］塞缪尔·亨廷顿著，王冠华、刘为等译：《变化社会中的政治秩序》，生
活·读书·新知三联书店1989年第1版，第89页。

贸易对社会发展的推动作用。

商人，这个从事经贸活动的主体，更成了不受众人关注的盲区了。

不受关注，并不等于没有价值。尽管商人早已被历史性地剥夺了诸多权利，成为一个备受歧视的边缘群体；尽管古代中国没有机会发生通往现代社会的商业革命，也无法建立起真正的商业文明。但是，在西风东渐、海上贸易发展成为全球性的事业之后，商人们对社会发展的贡献和影响，则开始不容置疑地显露出来了。

考察中国社会转型，或者说追求现代化的历史，一个长期被人遗忘的事实便是，得风气之先，最早感受到时代变迁，进而走在变革前列的并不是高高在上的朝廷大员，也不是自命不凡的传统士大夫，而是明清以来一直在广东沿海从事对外贸易的商人。

广东简称粤，所以这个群体被称为粤商。

粤商，他们才是中国第一批睁开眼睛看世界的人。他们始终以开放的姿态屹立在中西文明不断发生碰撞、冲突与融合的交汇点上，在历史风云变幻之际，承载起转型之重，脚踏实地推动着中国现代化的进程。

发现粤商，发现商人对社会转型的积极意义，才能正本清源，全面地理解历史，准确地把握未来，才能清晰地追寻出中国现代化的脚印。

二、粤商，让世界认识中国，让中国走向世界

我把粤商的发展史放到中国追求现代化进程这个大背景下来思考，最初是缘于对近代革命的先行者孙中山的研究与认识。2008年，我在创作长篇思辨体报告文学《中山路——追寻近代中国的现

代化脚印》一书的采访考察过程中，重新认识了广东的近代史。在查阅了大量史料、走访了一些专家学者和考察了诸多历史遗迹之后，我隐约得出这样一个结论：没有近代商业文明，没有粤商在对外开放中取得的前沿地位，中国不会出现孙中山这样的革命家，不会出现梁启超这样的思想家，甚至可能不会发生结束数千年皇权专制历史的辛亥革命。

正如西方的文艺复兴需要商人提供全面支持一样，中国的思想创新与社会进步，同样依赖商品经济发展和商人阶层的推动。商品经济的基本原则是公平交易，商人的行为守则是尊重契约。渴望公平、希望以条约的形式界定社会各阶层的权域，使商人成为要求社会变革、结束专制统治的基础力量。所谓现代文明，其实是商业文明、契约准则向社会其他领域的延伸。因此，中国的第一部宪法才叫作《临时约法》。

当年孙中山之所以能经营起他的革命事业，进而成为影响全国的领导者，依靠的首先是广东籍海外华侨商人的资本支持。而推翻清政权的辛亥革命，归根结底也是一场商人革命。

民国时期的学者王孝通在其《中国商业史》里这样写道："辛亥革命，其端实启自商人。奕劻当国，收商办铁路为国有，商人群起而反对，各界以公理所在，群起而为商人后盾，遂酿成莫大之风潮。民军乘之，遂首先发难于武昌，各省闻风，先后响应，商人及寓外侨商，慷慨输财，以供军饷，民国之造，商人当在首功之列。"

从孙中山到辛亥革命，从辛亥革命到中国的现代化进程。粤商不断跃入我的视野，吸引我走进一个全新的思考与写作领域。

这是一次不同寻常的发掘、探寻之旅。与今天的有些商人纷纷抢占媒体头条，站立网络话语高地，出书论述指点江山，高调炫耀出人头地不同。中国古代的商人既是边缘群体，也是沉默的群体。他们作为一个备受歧视的尴尬阶层，不仅无法取得主流话语权，而且饱受各方排挤和舆论打压。特别是身处沿海地区，在中西政治、文化冲突的夹缝中求生存、谋发展的粤商，他们一向秉持高调做事，低调做人，谨慎小心，不事张扬的处世原则，使其历史发展脉络更是显得扑朔迷离。虽然徐润、郑观应都有著述遗世，但其经商从政以及与洋人和官府周旋的具体细节却很少道与外人，他们越是讳莫如深，越让人觉得玄机重重。

旧时法律缺少对商人的保护，粤商"倚徙于华洋之间"，深陷各种利益纷争的漩涡当中，使他们成为一个高风险群体。"尤其是晚清掀起的洋务运动浪潮，完全把他们推到政治与经济斗争的风口浪尖之上，使他们时刻都有身败名裂、家破人亡的危险"。[1]严峻的生存环境，让他们战战兢兢，如临如履。

我在香港采访广州十三行行商、太古洋行香港总行买办莫仕扬的后人莫华钊先生时，他讲述的一个不为人知的细节给我留下了深刻的印象。他说，在他的童年记忆里，印象最深的事情就是家里总在烧账本。这个一度垄断中国沿海海运和长江、珠江内河航运，创立著名品牌"太古糖"，为太古洋行拓展了保险、船坞、制漆等多项业务，并获清廷颁授奉政大夫、朝议大夫和资政大夫的豪商家族，却不敢留下从事经营活动的文字记录。未来的不确定性，让他们心生恐惧，不惜一次次烧掉了历史的痕迹。

在历史的余烬中重新发现粤商，还原这个群体的真实面目，对于长期专注这个课题的学者们是个持续的挑战，对我这个以报告文

---

① 王远明、胡波著：《被误读的群体：香山买办与近代中国》（序二），广东人民出版社2010年版。

学创作为主的作家，则是走上了一段坎坷的迷途。我自2008年开始在写作《中山路》之余，尽可能广泛地搜集粤商的各种文献资料，研读世界商业经济发展史，考察广东历史旧地和访问遗存老人，求教国内外从事经济史和商业史研究的著名专家、学者、教授，然后从一些蛛丝马迹中追寻粤商的发展轨迹和生命历程。

正式开始写作始于2013年的1月4日，那年元旦的钟声刚刚敲响，由天津南开大学、上海社科院、香港中文大学、中山市社科联共同主办的"买办与近代中西文化交流"学术研讨会，在南开大学东方艺术大楼演播厅开幕。来自世界各地的专家学者聚集一堂，重新审视买办商人对中西文化交流的贡献，再次讨论粤商对近代中国的多方位影响。会议也邀请了部分著名买办商人的后人与会，并参加学术讨论，提供历史资料。

这是个难得的采访机会。在海内外学术界的积极参与下，特别是在广东省社科文化部门的有力支持下，一向冷僻的粤商研究终于露出了繁荣的端倪，一向隐忍的粤商后人终于开始道出他们的家族往事。我怀着对粤商这个研究课题的强烈兴趣，怀着与粤商后人进行直接交流的愿望，从我居住的深圳，飞往天津。

只是三个小时的航程，却仿佛跨越了两个季节、两个世界。从温暖如春的深圳出发，下了飞机却是滴水成冰的天津。第二天我走出宾馆大门，北方的冬季，天寒地冻；北方的早晨，雾气沉沉。根据这次活动的组织者之一中山市社科联主席胡波先生在电话里告知的路线，我赶往南开大学。

为了及时到达会场，还在出租车上我就开始向司机打听会议地点的位置。司机的回答却不禁让我有点担心，出租车不准驶入南开校园，只能把我送到校门口。

南开大学的校园，宽广得无法用脚步丈量，必须借助由小客车、电瓶车组成的内部公交系统代步。我迎着零下近十度的凛冽寒风，穿过重重雾霾在校园里往来穿梭，寻找东方艺术大楼，探寻有关粤商、买办的历史。

尽管遇到了一些曲折，这却是一次收获颇丰的采访。出席本届研讨会的香港中文大学教授梁元生先生，上海社科院历史所研究员熊月之先生、宋钻友先生，澳大利亚昆上兰大学历史系教授黎志刚先生等人都是粤商研究领域里的重量级人物。通过采访和交流，我了解了他们的研究成果，也证实了我对粤商形成的基本判断，坚定了我通过史辩的方式来反映粤商发展史的决心。

几年来，广东历史上的或者从广东走出去的粤商名人吴添进、林道乾、伍秉鉴、潘仕成、吴健章、莫仕扬、徐润、唐廷枢、郑观应、马应彪、郭乐等一系列名字成为我追踪的目标。自明清之际广东商帮形成以后，他们作为各个时期的代表人物，继继绳绳，在近代中国努力融入全球性转型浪潮的艰巨历程里，经险履危，负重致远，终于让世界认识了中国，让中国走向了世界。

众所周知，中国许多沿海地区都曾有过或长或短的对外贸易史，却没有任何一个地方像广东这样始终保持着对外开放的优势地位。从汉代"海上丝绸之路"的开通，到唐、宋、元、明四朝市舶使司的设立与延续，再到清代的"一口通商"，这里一直是沟通中外的前沿。

身处中央帝国在南方边陲长期保留的贸易通道，广东人养成了特有的重商传统，工商业也较内地发达。到了明朝嘉靖年间，葡萄牙人扬帆东来，广东商人首先感受到了世界形势的剧烈变化。他们发现，与以往接触过的东南亚、日本朝贡商人不同，这些来自西方的"番鬼"们，不仅送来了新奇的自鸣钟，还有让人胆寒的"佛朗机铳"（洋枪）；不仅宣扬"地圆说"，还展示了令人大开眼界的

世界地图……这些陌生的远方来客，"兵械较诸番独精"。因此，他们被以精锐的武器命名，"佛朗机"，既可指称"佛朗机人"，也可代表"佛朗机铳"。为区别过去那些前来朝贡的"蛮夷"，有人干脆叫他们"强番"。几千年来形成的天朝上国、万邦来朝、唯我独尊的文明优越感开始受到冲击，历史悠久的朝贡贸易体系也出现了难以弥合的裂缝。

葡萄牙人租住澳门，无论对中国还是西方都产生了持久的影响。他们率先在这个东方帝国的边缘打开了一个缺口，让西人东来有了第一个立脚点，也为西方诸国树立了一个可以参照、仿效的样板。从此，荷兰、西班牙、英国的商船队纷至沓来，广东商人也迎来了前所未有的发展机遇。

对清朝官府来说，这些接踵而至的西洋人却成了棘手的麻烦。尽管官府强势拒绝西方的自由贸易规则，却又无法将他们纳入旧有的朝贡贸易体系，于是，专门负责对外贸易的广州十三行便应运而生了。

因缘际会，十三行行商们就这样被历史推到了中西互动的前台。他们不仅代表中国参与方兴未艾的全球贸易，中西之间在政治、文化、科技等领域的交涉与交流也主要由行商们具体操办。他们实际充当起了大清帝国的外交人员，几乎包揽了一切洋务或"夷务"。他们是最了解西方的中国人，周旋于官府与洋人之间，或富甲天下，盛极一时；或家破人亡，发配边关。他们在重重风险与阻碍中攫取财富，同时也推动了中国工商业的变革和社会发展。

鸦片战争结束了广州一口通商，公行制度也随之解体。走向衰落的十三行行商们凭借对西方的了解与长期积累的外贸经验，开始向洋行买办转型。这次转型，直接导致了粤商的大规模北进，也促进了上海这个现代大都市的开发建设。

　　粤商北进的过程，也是把自己的影响力向全国辐射的过程。在晚清的政治经济变局中，他们率先突破了传统商人单纯逐利的原始边界，一边积极传播改良思想，开启民智；一边投身洋务运动，推动国家工业化进程。在与时俱进的自我更新中，他们由洋行买办转化成维新思想家、现代企业家，成为中国追求现代化的骨干力量。

　　任何商帮都是时代的产物，它们因时代而兴，因时代而衰。与那些已经被历史淘汰了的商帮不同，几百年来，粤商总能适时把握历史发展趋势，引领中国工商业不断追赶世界的脚步。从广州到上海，他们成就了中国两大经济中心城市的崛起，成为中国城镇化的早期推动者、实践者。

　　由粤商充当操盘手的洋务运动，让中国有了自己的铁路、矿厂和轮船公司，由粤商经营的环球百货公司则彻底改变了传统商品销售模式与消费观念，使上海和世界所有大都会一样摩登、时髦。

　　人们追求现代化的目的是为了过上现代化的生活。上海四大百货公司使现代化成为看得见、摸得着的生活方式，潜移默化地改变着人们的思想与行为。

　　开放、创新、进取是粤商的传统，也是粤商的特质。浩瀚的海洋使粤商获得了有别于徽商、晋商的成长经历与精神气质。他们始终处于中国对外开放的最前沿，得益于海上贸易，也致力于对外开放。他们的成败兴衰，既反映了中国沿海商人面临世界大局变幻时的调适和应对，也折射了中国维新变革的艰难与成就。

　　可以说，粤商的发展史，浓缩了传统中国努力融入世界潮流，追求现代化的艰辛历程。

第一章

岭南，一片属于探索者的土地

千百年来，岭南作为多个民族、多种文化的融合之地，得山海之利，发展出了特有的以五岭—珠江—海洋为表征的山海文明。在这片土地上，无论是穿越"梅关古道"进入岭南的中原人，还是漂洋过海而来的外国商人，他们都是不畏艰辛的探索者，他们及其后代子孙的身上都蕴藏着开拓者的基因。

这也是岭南人乐于面对蓝色海洋，勇于改变陈旧世界的文化血脉。

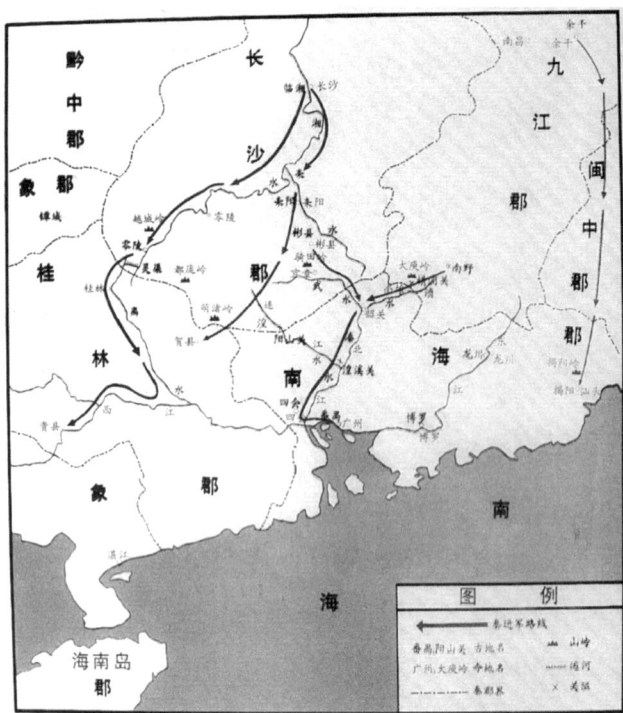

秦岭—岭南进军路线图。*

在中国内陆的南方，由东至西横亘着一条绵延1100多千米长的山脉，大庾岭、骑田岭、都庞岭、萌渚岭、越城岭蜿蜒相连。这五岭之南，便是向海洋伸展的岭南大地。

崇山峻岭，形成一道天然屏障，阻碍了中原与岭南的交通。在悠久的中华文明史上，这里曾被称为"蛮夷之地""瘴疬之地""发配充军之地"……如此一系列以中原为中心的描述，无不突出了走向岭南之路的险峻与艰难，也彰显了它不同于内地的异域特征。

有学者断言，任何文化最终都是自然地理的产物。在李约瑟和黄仁宇这两位史学大家共同撰写的《中国社会的特质——一个技术层面

图片标注*者，均载于《广州历史文化图册》（广州博物馆编）。

的诠释》里亦有这样的论述："中华民族精神的构成，当然是一个可以进行不同诠释的主题。但是，正如我们所看到的，无论意识形态的重要性多么强大，也不能掩盖其下还存在着气候、地理和社会融合等物质性力量这样的基本事实。中国的历史之所以不同于其他一切文明的历史，乃在于中国在公元前若干个世纪里就发展出了一种中央集权的政治体制。……中国所达到的高度中央集权，并不是源于政治思想家们的想象，而是由环境造成的。地理是压倒一切的因素。"①

受地理因素影响，岭南大地，自古便是中国的一个特殊存在。它既与中原内陆遥遥相连，被早早纳入了大中华的文明板块，又因山重水隔，濒临南海而呈现出有别于中原内陆的精神气质。

这是一片属于勇者的土地。华夏民族首次开发岭南，就是一次探险式的征程。从屠睢、史禄，到任嚣、赵佗，秦朝将领从中原出发，一路跋山涉水，前仆后继，终于在公元前214年统一了岭南。首任南海郡尉，被后人称为"岭南第一官"的任嚣，在古番山和禺山上修筑的番禺城，俗称"任嚣城"，也就是今天的广州城。

发源于黄河沿岸的中华文明，经过千里迢迢的远征，完成了一次令人惊奇的地理大发现。

这是一片得天独厚的土地。东江、北江、西江自高山密林间奔涌而出，在广州附近汇流入海，构成了河道遍布的珠江水系。经过江水数千年的冲刷沉淀，在其入海口处堆积成了一片肥沃的珠江三角洲。任嚣为岭南的历史发展找到了一个基点，脱胎于中原农耕文明的岭南山海文明由此滥觞。

任嚣对自己的继任者赵佗说："番禺负山险，阻南海，东西数千里，颇有中国人相辅，此亦一州之主也，可以立国。"他以战略

---

① 黄仁宇：《现代中国的历程》，中华书局2011年版，第2页。

家的眼光看到了番禺城（广州城）的山海之险，历史的发展又不断地凸显了它的山海之利。

据山海之险，使岭南地区较少受到中原战乱频仍的侵扰，成为北方汉人南下避难的世外桃源。继秦朝大规模军事移民之后，魏晋南北朝、两宋末年和清代初年，都曾经出现过大批中原人迁居岭南的移民潮，并形成了岭南汉人三大民系之一的广府民系。其中北宋末年经南雄县珠玑巷进入岭南的先民，更被今人尊为共同的祖先。

占山海之利，让岭南地区的商业得以迅速发展、繁荣。这里拥有长达4900多千米的大陆海岸线，除海南岛外，还点缀着3800座大小岛屿。早在西汉，司马迁就曾说："番禺亦一都会也。"两汉时期，从岭南沿海出发，通往大秦（古罗马帝国）、安息、天竺等地的"海上丝绸之路"即已开通。

千百年来，岭南发展成了多个民族、多种文化的融合之地，又踞山海之险，得山海之利，形成了特有的以五岭—珠江—海洋为表征的山海文明。无论是穿越"梅关古道"进入岭南的中原人，还是漂洋过海而来的外国商人，在这片土地上，他们都是不畏艰辛的探索者，他们及其子孙的身上都蕴藏着勇于开拓，勇于创新的基因。他们共同形成了岭南特有的文化和商业文明，并一代一代延绵至今。

秦灭六国，是旧制度的终结，也是新制度的开始。从此，中央集权的郡县制彻底取代了"封邦建国"的封建制。天下一统，成为中国历史的新主题。也正是由于对统一的热切追求，岭南开始并入中华文明的新版图，进入了有文字记载的历史时期。

公元前219年，已经统一了中原的秦始皇正陶醉在开创历史的喜悦里。他先是东行泰山，封禅望祭山川，刻石立碑称颂"初并天下，罔不宾服"的殊功；然后又南登琅邪，"作琅邪台，立石刻，颂秦德，明得意"，宣扬"六合之内，皇帝之土。……人迹所至，无不臣者。功盖五帝，泽及牛马"的伟绩。前所未有的成功，让他愈加雄心勃勃。大约也是在这一年，为了真正实现"六合之内，皇帝之土。……人迹所至，无不臣者"的目标，命屠睢率50万大军南征百越。

在中国的史书里，所谓百越、南越、南粤、陆梁地、九嶷之南，指的都是岭南这片古老的土地。称谓的多样性，反映了遥远的中原人对它的多重认识。除了南越、九嶷之南等属于地理方位的描述外，"百越"反映了秦朝之前，岭南各部族还没有发展出国家这种高级社会形态，尚处于部落群居或部落联盟的原始阶段；至于"陆梁地"则道出了当地的民风，唐朝学者张守节在《史记正义》中解释说："岭南之人，多处山陆，其性强梁，故曰陆梁。"

对于自幼生长在中原内地、一向疏于山地和丛林作战的秦军将士而言，远征岭南注定是一次充满危机与挑战的冒险。他们将要遇到的对手不仅是分布在岭南各地的百越部落，还有山高林密，河多谷深的恶劣环境，以及由于交通极为不便而使辎重粮草难以运输的供给困难。

"出师未捷身先死"，当秦军主帅屠睢指挥庞大的帝国军团向南方推进的时候，他大概不会想到，自己正在踏上一条不归路。

据《淮南子》记载："九嶷之南，陆事寡而水事众，于是民人披发文身，以像鳞虫……短袂攘卷，以便刺舟。"帝国大军刚刚接近岭南地区，就受到了这些披头散发，浑身上下纹有蛇、虫等部落图腾图案的土著居民阻击。他们施展开翻山越岭、驾船荡舟的长技，充分利用山林河谷与秦军周旋，让秦军屡受重挫。连主帅屠睢都在一次夜袭中被杀，军士"伏尸流血数十万"。

南征意外受阻，骁勇善战的帝国军团竟然陷入了"旷日持久，粮食绝乏"，"三年不解甲驰弩"的困境。

尽管战事进入了双方对峙的僵局，却丝毫没有动摇秦始皇统一岭南的意志。他一边命令南征大军的副帅赵佗"将卒以戍越"，就地屯兵，修筑城堡，扼守要道；一边派监御史禄"以卒凿渠而通粮道"。史禄本是越人后裔，寓居咸阳并被秦人所用。在他的谋划下，终于开凿出一条专为南征大军运送粮草的渠道，这条史上著名的人工运河，就是现存于广西兴安县境内的"灵渠"。灵渠长约30公里，沟通了湘江和漓江，从而实现了长江水系与珠江水系的连接。它不仅为秦军征服岭南提供了便利，在唐代以前，一直都是岭南与中原地区人员物资往来的重要通道。

《史记》关于中原军南下岭南及设置南海等三郡的记载。中原人的南迁对岭南的早期开发起了关键性的作用，番禺从此成为岭南政治、经济、文化中心。*

秦始皇三十三年，即公元前214年，随着灵渠的开通，秦军向岭南发起了决定性的一击。据《史记·秦始皇本纪》："三十三年，发诸尝逋亡人、赘婿、贾人略取陆梁地，为桂林、象郡、南海，以适遣戍。"秦军重新委派名将任嚣为主帅，赵佗为副帅，率领由逃亡者、穷人子弟、商人组成的远征军再次挥师南下。在长达数年的征伐之后，任嚣率领的帝国军团终于一举平定百越，兵锋所指，所向披靡，直抵南海之滨。任嚣成为首任南海郡尉，赵佗为龙川县令。

南征百越的悲壮之师，成为广府民系可以追溯的先祖。流传久远的中华文明，找到了一片开拓创新之地。岭南，也从此掀开了历史的新篇章。

岭南进入由华夏民族主导的历史发展阶段之后，政治、经济、文化都实现了跨越式发展。中央王朝在此设县立郡，结束了百越民族"各有君长""互不统一"的原始状态。社会结构的变化，必然引发思想观念的变革。狭隘的部族意识，短浅的山林视野，不可避免地被国家、天下这些宏观概念所取代，人们的认知水平也被提升到了一个前所未有的新高度。

公元前213年，也就是秦军平定南越的次年，秦王朝为有效控制这片新开发的土地，下令在五岭开山道，筑三关，即横浦关、阳山关、湟溪关。横浦关建在梅岭顶上，因此后人也称其为梅关或秦关。秦时几条新道路的开通，不仅强化了帝国对岭南的统治，而且为文明传播和经贸发展提供了基础。其中，梅关古道从江西南安县越过大庾岭，抵达广东南雄县，历朝历代都是沟通南北的咽喉要道。

秦军平定、戍卫岭南的过程，也是一个传播文明的过程。如果按照"三代法"石器时代、青铜时代和铁器时代来划分文明的发展阶段，岭南地区可以说在转瞬之间便由青铜时代一步跨入了铁器时代。"在秦征服岭南之初，南越人的社会生产水平明显低于中原地

南粤雄关，梅岭古道。

区。比如中原在战国时期已经普遍使用铁制武器、生产工具和生活用品，而南越人尚处于青铜时代。另外，南越人虽然也从事水稻种植等农业生产，但种植技术不发达，渔猎等生产活动仍在经济生活中占据重要地位。随着秦军南征，铁器和北方发达的农耕技术才在岭南得到广泛传播。特别是南越国时期，通过贸易等各种方式，各类铁制用品在生产、生活的方方面面都得到普遍使用，南越国还出现了冶铁、造船、纺织、漆器制造、玉器加工等各种手工行业，制造了许多精美的手工制品。"①

铁器的普遍使用、农业技术的传播和造船业的兴起，对岭南地方经济发展意义非凡，影响深远。尤其是铁器，它作为一种文明进步的代际标志，改变了古代人类的生存面貌，也加快了岭南的社会发展进程。

---

① 金峰、冷东著：《广府商都》，暨南大学出版社2011年版，第10页。

"番禺"铜鼎，南越王赵眜墓出土。*

角形玉杯。西汉前期，南越王赵眜墓出土。用整块青玉雕成。器物造型与纹饰浑然一体，是汉代玉器中的稀世珍品。*

　　学者杜君立近年来一直专注于对"历史的细节"研究，关于铁的重要作用，他这样写道："铁器的出现迅速改变了社会从生产到生活的方方面面，恩格斯将铁器时代称为'英雄时代'。木犁装上铁铧后，耕地效率大幅提高。铁制农具使大量林地被开垦为耕地，粮食出产大增。铁制工具使木匠如虎添翼，改变了建筑和舰船的面貌。'铁已在为人类服务，它是历史上起过革命作用的各种原料中，最后和最重要的一种学科。……它给手工业工人提供了一种坚固锐利的、非石头的、或当时所知道的其他金属所能抵挡的工具。'（恩格斯）铁制轮箍让车轮更加结实，从而使战车成为战争的利器。铁制武器被称为'历史上最好也最恶劣'的武器。"[1]

　　秦军凭借铁制的兵器统一了岭南，又利用铁制的工具开发了岭南。

　　虽然南越自古便流传着"五羊衔谷"的神话，表明当地人初步

————————

[1] 杜君立：《历史的细节》，上海三联书店2013年版，第183页。

掌握了水稻种植方法，因此"五羊衔谷"的雕塑也成了广州的城徽。但是，他们长期处于"刀耕火种""火耕水耨"的原始生产阶段，产量有限，不能保证人们生活所需。许多地方，渔猎甚至重于农耕，虫蛇、蛤贝皆为日常食物。中原传入的铁制农具和牛耕技术，实现了生产方式的革新。在那个民以食为天的历史阶段，农业的发展，是社会稳定和进步的前提。它不仅解决了南越人的温饱问题，也为内地移民的大量涌入提供了基本的食物保障。

与"刀耕火种"的农业生产方式相仿，南越人的造船技术也处于"刳木为舟"的原始阶段。尽管岭南地区有着漫长的海岸线以及纵横交错的江河湖泊，所谓"陆事寡而水事众"，但南越人只会编制竹排木筏或将树干掏空做成首尾不分的独木舟。在中原人移居岭南之后，这里才有了真正的造船业，也开始进入了扬帆远行的航海时代。由此，沟通中外，推动人类文明进程的"海上丝绸之路"才有了开

广州五羊衔谷城徽。

秦代造船工场遗址一号船台，1974年发现于广州市中山四路。建在灰黑色黏土层上的三个船台呈东西走向，平行排列，一号船台滑板之间宽1.8米，已露出29米长，可造载重25—30吨的木船。*

辟的可能。

杜君立在他的《中国之舟》里这样写道：

> 广州造船业始于秦始皇时代，到汉代时已相当发达，可造3000人的巨船。"南越王造大舟，溺人三千"，南越舟是见于文献记载的广州最早的船舶。
>
> 依靠先进的航海技术，汉武帝时代的中国商人在南中国海开辟了海上丝绸之路。这些帆船从广州或北海出发，最远到达罗马帝国区域，主要运送丝绸、珠宝、香料、矿物等大宗货品。

《汉书·地理志》载：

> 自日南障塞，徐闻、合浦船行可五月，有都元国；又船行可四

月，有邑卢没国；又船行可二十余日，有谌离国；步行可十余日，有夫甘都卢国。自夫甘都卢国船行二月余，有黄支国，民俗略与珠厓相类，其州广大，户口多，多异物，自武帝以来皆献见。有译长，属黄门，与应募者俱入海市明珠、璧流离、奇石异物，赍黄金杂缯而往……黄支之南，有已程不国，汉之译使自此还矣。

这份关于"海上丝绸之路"最早的文字经过多年考证，都元国、邑卢没国、谌离国、夫甘都卢国、黄支、已程不国分别指的是现在的马来西亚、缅甸、印度和斯里兰卡等国家的一些城市。[1]

中原人移居岭南，在促进南越社会进步的同时，也为中华文明不断向前演进找到了一块不同于原发地的特别土壤。以任嚣、赵佗为代表的秦军将领，他们敏锐地发现、充分地发挥岭南的地位优势，为传统的农耕文明注入了山海元素，在秦末汉初内地社会动荡

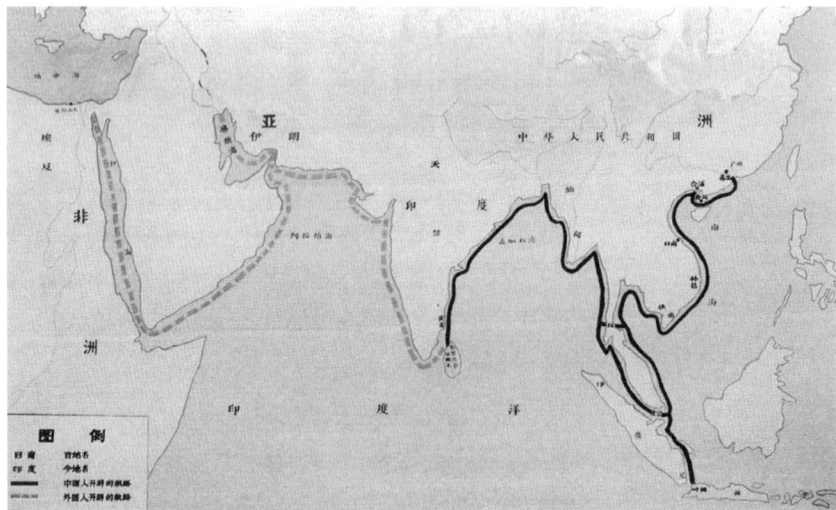

汉代海上丝绸之路示意图。*

---

① 杜君立：《历史的细节Ⅱ》，上海三联书店2013年版，第203页。

之际，在岭南开创了一个较为安定、繁荣的发展时期。

据《史记·南越列传》：

> 至二世时，南海尉任嚣病且死，召龙川令赵佗语曰："闻陈胜等作乱，秦为无道，天下苦之，项羽、刘季、陈胜、吴广等州郡各共兴军聚众，虎争天下，中国扰乱，未知所安，豪杰畔秦相立。南海僻远，吾恐盗兵侵地至此，吾欲兴兵绝新道，自备，待诸侯变，会病甚。且番禺负山险，阻南海，东西数千里，颇有中国人相辅，此亦一州之主也，可以立国。郡中长吏无足与言者，故召公告之。"即被佗书，行南海尉事。

自以为"功过五帝，地广三王"，为"子孙帝王开创了万世之业"的秦始皇，无论如何也不会想到，他建立的大秦帝国竟会那么短命。刚刚进入秦二世，依靠"废王道，立私权，禁文书而酷刑法"维护的暴虐统治，即开始土崩瓦解。中原地区又进入了群雄并起，虎争天下，王朝更迭的乱世。岭南的命运，自秦军平定百越之后再次落到了任嚣、赵佗这两位手握重兵的"秦将"手里。

尽管这时任嚣已经重病缠身，即将走到生命的终点。他仍然以超出凡人的远见，为岭南规划了一条有别于中原的发展路径，并毫无保留地将自己的未竟之志托付给了最可信赖的副手赵佗。

作为秦军名将的任嚣深深懂得，秦始皇之所以一统六国，并且"常为诸侯雄"，首先依靠的便是"秦地被山带河以为固"的地理优势。而岭南，"番禺负山险，阻南海，东西数千里，颇有中国人相辅"，地势更佳，再加上躲避战乱的中原人不断涌入"相辅"，完全"可以立国"，偏安一隅。

据《史记·南越列传》：

嚣死，佗即移檄告横浦、阳山、湟谿关曰："盗兵且至，急绝道聚兵自守！"因稍以法诛秦所置长吏，以其党为假守。秦已破灭，佗即击并桂林、象郡，自立为南越武王。高帝已定天下，为中国劳苦，故释佗弗诛。汉十一年，遣陆贾因立佗为南越王，与剖符通使，和集百越，毋为南边患害，与长沙接境。

任嚣病故后，赵佗遵照任嚣的遗嘱，以防"盗兵侵地"为由，关闭横浦、阳山、湟溪三处关口，断绝与中原的往来通道，诛杀效忠秦廷的官吏，由自己的亲信取而代之。秦王朝灭亡后，赵佗伺机出兵兼并桂林、象郡，合岭南三郡为南越国，自立为南越武王。等到汉高祖刘邦平定天下后，顾及中原百姓长期为战乱所苦，不宜再兴兵南征，便放过了赵佗。汉高帝十一年，刘邦派遣陆贾到南越，封赵佗为南越王，与他立约通使，让他调和百越，不使其成为汉王

南越王赵佗塑像。

朝南方边界的祸患。南越北部边界与汉王朝的封国长沙接壤。

刘邦死后，吕后把持朝政，下令禁止在南越边界地区的"关市"进行铁器贸易，此举激怒了赵佗。无论是作为军事将领，还是一方王侯，他都深知铁器的战略意义。他认为吕后禁止边贸，"隔绝器物"，其真正用意是"击灭南越"。于是，赵佗给自己加了个"南越武帝"的尊号，发兵攻打长沙国边界上的城邑，攻破了几座县城才离去。吕后旋即派出大军征讨，却因兵士不能适应酷暑潮湿的天气，导致疫病流行，无法越过南岭而不了了之。从此，赵佗"以兵威边"，又通过财物贿赂闽越、西瓯和骆越首领，将自己的领地扩张到了"东西万余里"。

自赵佗称王，传国五世，共九十三年，最终为汉武帝所灭。南越国作为一个华夏民族在岭南地区建立的政权，"和集百越"，保境安民，在秦末乱世时维护了社会秩序的稳定，使地方经济得以迅速发展。南越王在延续、传播中华文明的同时，也根据岭南依山临海的地理特点，对"重农抑商"的传统治理策略进行了一定程度的修正。他是中国历史上少有的为维护贸易权利不惜兴师动众，发起战争的君王。他重视与中原的"关市"联系，也致力于开拓海上贸易。"南越王造大舟，溺人三千"，不仅反映了当时岭南地区造船业的发展水平，也折射了远洋贸易对大型船舶的需求。在第二代南越王赵胡的墓葬里，考古学家发掘出的波斯银盒、非洲象牙等许多舶来品，可见南越国时期广州的海上对外贸易已经相当发达。

秦汉之际，作为岭南的文明萌发期，先由任嚣发现了它的山海之险，利用险峻的地势屏蔽内地的战乱；再由赵佗开发了它的山海之利，不仅重视与中原内地的"关市"往来，而且积极发展造船业，拓展海外贸易。以"海上丝绸之路"的开通为标志，一种脱胎于黄河流域农耕文明的岭南山海文明已经隐然成形。

陶象牙，西汉前期，二望岗出土。仿象牙的明器。南越王赵眜墓出土了五枚原支非洲大象牙，可与《史记》《汉书》所载当日番禺货物聚散情况相印证。*

波斯银盒，西汉前期，南越王赵眜墓出土。口沿有极薄的鎏金层，其造型、纹饰同中国传统风格迥异，而与伊朗古苏撒城（今舒什特尔）出土的刻有波斯薛西斯王名字的银器相类同。*

东汉末年的"黄巾之乱"，把中国引向了群雄割据，兵连祸结的动荡年代。三国鼎立、三分归晋、八王之乱、永嘉之乱、五胡乱华、衣冠南渡、南北朝对峙……这一个又一个"乱"字，概括了当时的社会生活面貌。华夏民族各方势力攻伐不止，北方游牧民族乘虚而入，神州陆沉，生灵涂炭，中原人民深陷水深火热之中。

到哪里去寻找一片"不知有汉，无论魏晋"的安身之地？东晋诗人陶渊明的一篇《桃花源记》，道出了无数人的梦想，发出了一个时代的心声。

虽然不似陶渊明描绘的桃花源那般怡然和悦、超然世外，在当时的社会环境下，岭南，仍算得上是中国内陆一片难得的和平之地。尽管东晋时海贼卢循一度占据广州，却很快败亡，对社会稳定并未构成严重影响。随着中原人民纷纷避乱南迁，岭南又进入了一个大规模开发的高速成长期。根据考古发掘，在一块出土于广州近郊的晋代墓砖上，即刻有这样的铭文："永嘉世，天下荒，余广州，皆平康"，反映了经过永嘉之乱以后，中原与岭南截然不同的社会经济状况。

三国时，岭南属东吴（孙吴）管辖。黄武五年（226年），孙权始置广州，下辖南海、苍梧、郁林、合浦四郡，州治番禺（广

西晋墓砖，西村疋岗出土。砖铭反映了西晋时北方人民饱经战乱之祸，而广州相对稳定发展的社会现实。*

州）。从那时起，这个经久不衰的对外贸易港口，这个古代中国的海外贸易中心，开始以"广州"之名闻名于世。

由于北方战乱频仍，与外域通商的陆上丝绸之路失去安全保障，而且时常被游牧民族所控制。在魏晋南北朝时期，凡是偏安江南的汉族政权，都特别重视发展海上交通。作为对外贸易的门户，当时的广州更是"舟舶继路，商使不绝"，不仅汇集了东南亚各国的商使，还有自天竺（古代对印度和其他印度次大陆国家的统称）、波斯（位于亚洲西部伊朗高原地区，以古波斯人为中心形成的奴隶制帝国）、阿拉伯（曾横跨亚、非、欧三大洲的帝国）、大秦（古代中国对罗马帝国及近东地区的称呼）等地越洋而来的诸国商人。

海上丝绸之路研究院院长、广东文史学家陈柏坚在他的《广州是中国经久不衰的外贸港市》里，如此描绘东晋南朝时广州的繁荣景象：

当时外国商人主要把象牙、犀角、珠玑、香料等奢侈品运来广州，换回中国的丝绸、漆器等大宗的生活用品。广州成为中外商品集散地，呈现出百货集贸的繁荣局面。史称："四方珍怪，莫比为先，藏山隐水，环宝溢目。商舶远届，委输南海。故交、广富实，物积王府。"广州也因此而富裕起来，"广州负山带海，珍异所出，一箧之物，可资数世"。因为广州对外贸易的繁盛，其收入竟成为封建政府财政的重要来源，皇帝也发出依靠广州的感叹："岁中数献，军国所需，相继不绝。"武帝叹曰："朝廷便是更有广州。"

公元589年，隋文帝杨坚灭南朝陈，俘获陈后主。此后不久，控制岭南地区的冼夫人顺时应势，归附隋朝，中国这才彻底结束了三百多年的分裂局面，重新建立起统一的大帝国。

公元607年，隋炀帝派出以屯田主事常骏为首的官方使团从广州出发，携带5000匹丝绸前往赤土国（马来西亚），招徕贡使，宣扬国威。

作为一个承上启下的王朝，隋帝国虽然仅仅存在了三十多年，却开创了海上贸易的新局面。除赤土国遣使到广州向中国皇帝朝贡外，南洋一带的真腊（柬埔寨）、林邑（越南）、婆利（印度的巴利岛）、盘盘（今马来半岛北部）等十多个国家不断前来广州进行朝贡贸易，史称"蛮夷朝贡者，络绎不绝"。

由隋恭帝"禅位"建立起来的大唐王朝，是中国历史上最值得骄傲的辉煌年代。自唐高祖李渊开国，贞观之治、开元之治，使大唐帝国呈现出政治开明、观念开放、国家富强的盛世景象。在这样的历史背景下，岭南地区的社会经济，尤其是对外贸易得到了空前的发展。

公元621年，李渊在岭南设置广州都督府，统辖广东、广西的十三个州。所以，在唐代一般称广州为"广府"，这也是今天仍在使用的"广府"这个名词的由来。从广州到广府，显示了大唐王朝对岭南沿海地区的重视。随着此后一系列吸引"诸番"贡使、商人的新政陆续出台，在官方的强力推动下，南海对外贸易逐渐实现了历史性的飞跃。

公元661年，唐高宗李治发布《定夷舶市物例敕》，其中这样规定："南中有诸国舶……舶至十日内，依数交付价值，市了，任百姓交易。其官市物送少府监，简择进内。"

这是朝贡贸易体制下一个难得的制度创新。表明唐王朝对外商来华贸易的管理已经十分宽松，只要"依数交付价值（货税）"，通过官市（官买）"简择进内"之后，就"任百姓交易"（私人经营买卖）。由"官市"到"任百姓交易"，虽然仍以官市为先，却已为自由公平的民间贸易打开了一扇方便之门。这对以朝贡名义来华的外商具有极大的吸引力，它作为一种中外贸易的新形态，充分体现了唐王朝对外开放的宽广胸怀。

唐玄宗初年，是以广府为中心的海外贸易获得大发展的时期。开元元年，韶关曲江人张九龄撰文称："海外诸国，日以通商，齿革羽毛之股，鱼盐蜃蛤之利，上足以备府库之用，下足以赡江淮之求"，大力提倡与海外通商。开元二年（714年），唐玄宗李隆基在广州设置中国历史上第一个管理外贸的机构——市舶使院，也称"广州结好使"。开元四年（716年），命张九龄重修梅关古道，加强岭南与中原的交通联系。梅关古道，从此也称梅岭古道，成为唐朝之后历代移民、商旅的主要通道。后人在古道上修建张公祠并题词："荒祠一拜张臣相，疏凿真能迈禹功"，赞颂张九龄的功绩。

广州市舶使院的设置，一方面表明唐王朝对外贸易开始加强管理，一方面也显示了中外贸易空前繁荣，已经达到了一个新的历史发展阶段。

到了唐朝中叶，唐文宗李昂继高宗李治之后再度发布诏令，进一步放松来华外商限制，向他们怀柔示好。在文宗《太和八年疾愈德音》里有这样一段对沿海市舶管理的谕示：

> 南海蕃舶，本以慕化而来，固在接以恩仁，使其感悦。……其岭南、福建、扬州蕃客，宜委节度观察使常加存问，除舶脚、收市、进奉外，任其来往通流，自为交易，不得重加率税。《全唐文》卷七五）

在文宗的这份诏令里，明令地方官吏要对外商"接以恩仁"，

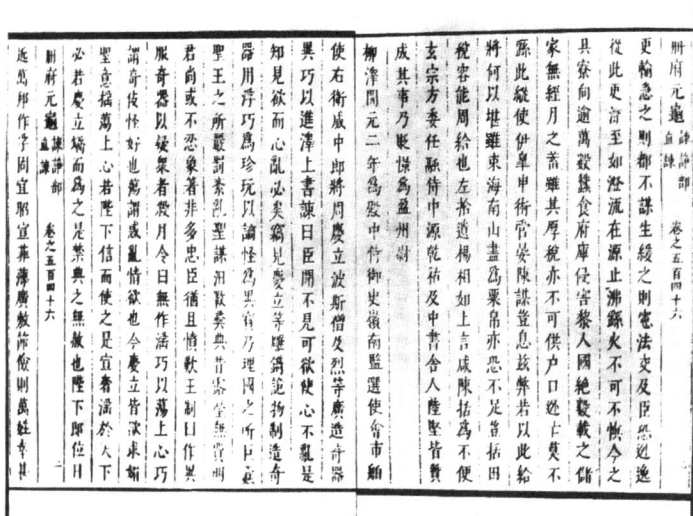

据《册府元龟》载，唐朝政府于开元二年（714年）已在广州设市舶使，为专门负责外贸的官员。*

"使其感悦"。再次重申在外商交纳了"舶脚"（关税）和"收市"（官市优先购买官廷所需物品）以及履行"进奉"（缴奉贡品）之后，即可"任其来往通流，自为交易""不得重加率税"。与此同时，唐王朝还对来广州贸易的外商实行宴请制度，来时设"阅货宴"，走时设"饯别宴"。规定广州市舶使每当"番舶泊步，有下定税，始至有阅货宴"，外商返航归国时，举行饯别宴会。为此，岭南节度使甚至特地修建了"飨军堂"作为宴会和礼宾场所。

除了允许"自为交易"、减税、设宴款待这些招徕外商的礼遇之外，更值得关注、也更具历史意义的是"番坊"的设立。

唐王朝的各项优惠政策不仅使南洋诸国的番商纷至沓来，连波斯、阿拉伯商人也向风慕义，不远万里前来广州。在日本人真人元开的《唐大和上东征传》里曾有如下记载：

江中有婆罗门、波斯、昆仑等舶，不计其数。并载香药、珍宝，积载如山。其舶深六七丈。师子国（斯里兰卡）、大石（食）国（阿拉伯）、骨唐国、白蛮（白种人）、赤蛮（非洲黑种人）等往来居住，种类极多。

这些来自大食、波斯等地的外籍商人起初与华人杂居。后来由于人数不断增多，为方便管理，当局在广州城南，珠江北岸，现今光塔路一带设立外商聚居区，名曰"番坊"。有资料显示，长期居住在广州的海外商人甚至开办了"番学"，专供侨民子弟入学读书。

番坊和番学的出现，证明唐代的广州不仅是中国第一大贸易港，而且已经成为一座蜚声中外的国际化大都市。因此，清人徐继

番坊旧址，在广州怀圣寺一带。"番坊"是唐政府划给波斯、阿拉伯等番商聚居的地方。*

畲在《瀛环志略》说："西北之耀武功，始于汉，故称中国人为汉人；岭南之聚番舶，始于唐，故称中国人为唐人。"

唐朝对外贸易管理方式，成为以后各朝代仿效的政策样本。虽然开放程度不同，对外往来的频率时有波动，但市舶使（司）的体制、番坊（来远驿、怀远驿）的设置一直得以延续。有广东学者认为，番坊是清朝广州十三行的"前世"。还有学者认为，番坊是明廷开埠澳门的制度依据。

（三）

中国的历史从来不缺少辉煌的时代，却始终无法进入持续递进的良性发展轨道。因此，"盛世"总是得不到一个圆满的结局。即使是盛极一时的大唐王朝，最终也没能跳出由兴转衰的历史周期，渐渐走上末路穷途。唐朝末年，中国又陷入了干戈扰攘、宇内分裂的混乱时期。

正如历史上的朝代时常在一乱一治、一治一乱之间循环往复，不断轮回一样，社会经济也一再重复着从毁灭到重建，从繁荣到凋零的过程。黄仁宇在《中国社会的特质》里曾做出这样的总结："一个王朝带着原始落后经济的狂野精神而兴起，然后在将这种经济引导到更高发展阶段后，它就失去了活力而变得颓废。这种情况在中国的历史上反复出现。"

公元960年，宋太祖赵匡胤"黄袍加身"结束了五代十国的割据局面，开始在战争的废墟上，重建已经濒临崩溃的国民经济。从赵匡胤到宋代初年诸帝，发布了一道道整理税则、豁免琐税的诏令，诸如"榜商税则于务门，无得擅改增损及创收"，"岭南商贾赍生药者勿算"，"除商旅货币外，其贩夫贩妇，细碎交易，并不得收其税；当税各物，令有司件拆揭榜，颁行天下"等等。这些恤民惠商政策，再加上国家统一之后社会渐趋稳定，南北商路畅通无阻，使宋代的商业呈现出了蒸蒸日上的良好态势。

随着商业的繁荣，"中国都市物质文化在宋朝达到突飞猛进的最高潮"。尤其是在科学技术方面，取得了许多前所有的突破性成果。"造船之用舱壁以造成不透水的船舱，航海之用指南针，踏水轮之船舰，火药，三弓床弩，占仪，水钟和深度钻地的技术，而极可能的炼钢炉及水力纺织机都已出现于宋代。"①

杜君立在他的《中国之舟》里也这样写道："唐与宋在文化气质上有显著差异，唐代是中世的结束，而宋代则是近世的开始。进入宋朝……中国造船技术已经达到世界顶尖水平。当时欧洲桨帆船还在中世纪的地中海里流连，中国商船依靠指南针已经率先跨入了全风帆时代，南亚的海上航运从阿拉伯人那里易手。中国海船'舟如巨室……中积一年粮，养豕、酿酒其中'，印度洋传统的单桅三角帆船根本无法望中国帆船之项背。"

造船与航海技术的革命性创新，为发展远洋贸易提供了物质准备。同时，由于北方游牧民族再度崛起，宋朝特别是南宋以后，官方开始将战略重心向南部沿海转移，鼓励发展海外贸易，并将之视为获取财政收入的主要手段。在这样的历史环境下，广州这个国际大港的经济地位也再次得以突显。

宋王朝继承了唐时开始的对外贸易管理模式，改市舶使为市舶司，并就征收税款、处置舶货、招徕和保护外商等做出了更详细的规定。此外，设立"来远驿"，专门安置前来朝贡的外国使节，又要求市舶司通过番长（番人头目）对番坊加强管理。经过一番苦心

---

① 黄仁宇：《现代中国的历程》，中华书局2011年版，第36页。

经营，宋朝与50多个国家建立了贸易往来。"据西方历史学家的研究，两宋的对外年贸易量超过世界上其他国家同年的总和，中国商人基本控制着从中国沿海到非洲东海岸、红海沿岸的主要港口。"①

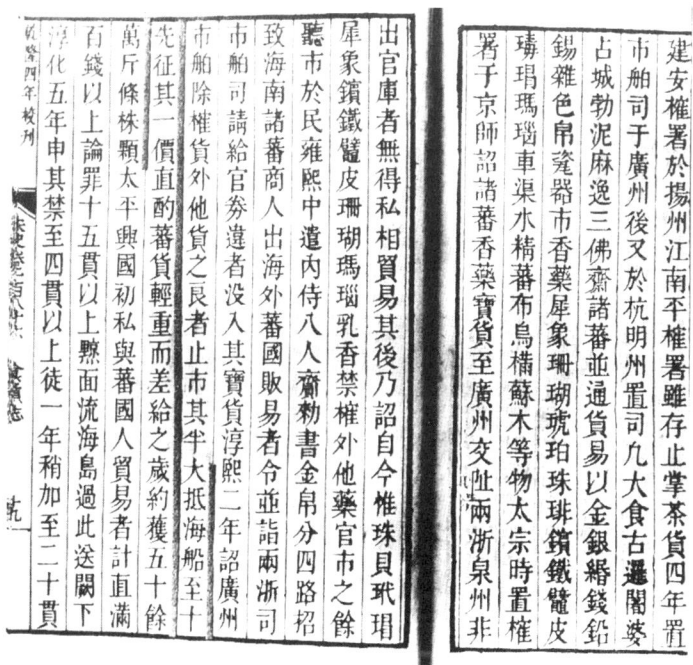

《宋史·食货志》载，宋开宝四年（971年）在广州设立市舶司作为管理外贸的机构。*

对于宋代的繁荣，中外历史学家使用了许多溢美之词，称之为中国的"文艺复兴""商业革命"等等。然而，令人尴尬的事实却是，这些看似可能改天换日的"革命运动"，最终都流产了。而且，宋朝与北方少数民族作战，总是败多胜少。北宋亡于金，南宋亡于元，这个人口多、财富广、文明程度高的民族和国家，始终不

① 杜君立：《历史的细节Ⅱ》，上海三联书店2013年版，第203页。

能与外表处于劣势的对手抗衡。

对于这样一个令人困扰的问题，黄仁宇给出了这样的解释："一是中国财政无法商业化，因之传统社会，不能进入以商业法制管理的阶段。另一则是思想上的内向，以理学或称道学为南针，先造成一种收敛性的社会风气。这两种互为因果，也都在北宋末年开始显著登场。"①

无论如何，蒙元灭宋的崖山海战都是中国历史的重要转折点。中国在历史上第一次完全沦陷于少数民族，所谓"崖山之后，已无中国"。

作为一个由少数民族建立的王朝，蒙元统治者实行了民族分化的歧视性政策，将全国人口分为蒙古人、色目人、汉人和南人四个等级。岭南除少数统治阶级以外，绝大部分都是最低等的"南人"，饱受欺凌。岭南社会进入了一个黑暗的阶段，岭南经济进入了一个艰难的时期。

比中国历史上任何一个"病商"的朝代都更为严厉，蒙元的《刑法志》对商贾禁令的繁多，可谓前所未有：

一、诸滨海豪民，辄与番商交通贸易铜钱下海者，杖一百七。

二、诸市舶金银铜铁男女人口丝锦缎匹绫罗米粮军器等，不得私贩下海，违者舶商舶主事头火长，各杖一百七，舶物没官。②

在这部所谓《刑法志》里，几乎每项条款后面的罚则都有"杖一百七"的规定。对商人打板子，进行肉体惩罚，成了这个游牧王朝最喜欢、也最常用的惩处方式。

对岭南传统的海上贸易构成严重危害的是，据《刑法志》规

① 黄仁宇：《现代中国的历程》，中华书局2011年版，第37页。
② 王孝通：《中国商业史》，团结出版社2009年版，第146页。

定，不仅"舶商大船"需要在市舶司领取"公验"才能扬帆出海，就连"柴米小船"也要领取"公凭"才准许开航，否则"即同私贩，杖一百七，船物并没官"。

在限制民间进行出海贸易活动的同时，蒙元还出台了一些措施鼓励"上等"阶层参与对外贸易，挤压汉人或南人的商业活动空间。蒙元法律规定，"诸王、驸马、权豪"，以及僧道、也可里温（基督徒）、答失蛮（回教徒）可以经营外贸，而且在缴纳税收方面享有特权。在蒙元这种以人种区分高低贵贱的畸形统治下，当时的经济格局也呈现出畸形状态。"色目人在商业中所占势力最大，所包括之人种也最繁；凡西域人，欧洲人均属之。当时宗教中之人经营商业者，往往受政府特别优待，而宗教中商人有佛教徒、道教徒、基督教徒、回教徒、犹太教徒之分，其中以回教徒人数最多。其中来自西域者，多以经营商业为目的，其在商业往来方面，均富冒险精神。又当时欧人来中国者，多为基督教徒，彼等除为宗教事务以外，多为经商而来，其中著名之人物，如马可波罗……观此，欧风东渐，固为明代中叶以后之事，而欧、亚通商之动机，实肇始于元代也。"①

从繁花似锦的宋朝，到满目凋零的蒙元，中国的社会发展出现了一次影响深远的逆转。曾经闪耀出异样光彩的经济成就和科技成果，都没能导致社会体制的根本性变化，虽然王朝已经不是那个王朝，中国却还是原来的中国，仍然要按照她注定的历史命运，经历一次又一次兴衰成败。

岭南，在这次整个民族集体沦陷的危机中再也不是历史的例外。她要和全中国一起，等待未来出现转机。

---

① 王孝通：《中国商业史》，团结出版社2009年版，第149页。

第二章

粤商，萌生于大航海时代

自古以来，中国人一向把海洋作为封闭自守的天然屏障，欧洲人则让它变成了通向未来的探索之路。当欧洲人开始越过大洋全神贯注地凝望中国的时候，距离粤商因势而起的日子，就已经不远了。

在专制政体里，商人的活动空间非常有限，商品经济的发展受到种种约束。但也正是因为营商环境的严酷，粤商的出现才显得可贵。他们在官方严密管制的缝隙间寻寻觅觅，艰难成长。

历史的发展将不断证明，粤商的萌生和奋起，呼应了遥远欧洲的商业革命，促进了中国的社会转型。

在中国走向近代社会的历史变迁中，粤商是居于特殊位置，发挥了特殊作用的群体。同时，他们自身也是历史的创造物。

秦汉以降，一代又一代开拓者离开中原故土，来到岭南沿海这片新乡。他们改变了这里的文明面貌，也为适应环境改变了自己。他们作为一群命运的漂泊者，一群在未知的旅途上寻找精神与物质家园的移民，如同脱离了母体的婴儿，不可避免地淡化了对中原土地的过度依恋，萌发出对山野、海洋的亲近，以及对新鲜事物的强烈好奇与兼收并蓄的吸纳能力。从中原人变身为岭南人，从农耕文明脱胎成长出岭南山海文明，为日后粤商崛起积累了深厚的历史底蕴。

和中国其他商帮一样，粤商的整体形成还要等待历史的机缘，还要等待明清时期近代商业氛围的营建和催生。和中国其他商帮不同，粤商不仅是中国本土经济发展的产物，也是东西方文明碰撞、交流的结果。他们走上历史舞台，还需以航海技术革命、人类对世界的探索与发现为宏观背景。

对于遥远的欧洲人来说，中国作为一个独立兴起的文明，在漫长的历史时空里都曾经是个未知的世界。如同古代中国人不了解西方文明一样，他们根本不知道在大洋的远端，是怎样的一番天地。

公元1298年，一个威尼斯战俘的狱中自述震撼了整个欧洲，并且影响了世界历史的走向。

那是萨丁尼亚王国还没有统一意大利半岛之前，现在都同属于意大利的热那亚和威尼斯是两个拥有重要商港的共和国。为了东方的商业霸权，热那亚跟威尼斯进行了四次大的战争，在1298年的一次海战中，有着海洋霸主之称的热那亚共和国舰队大败威尼斯，一批参战的威尼斯人被俘，关押在热那亚的监狱里。

在被关押的一间监仓里，有两个战俘用讲故事的方式消磨时

光。主讲的人就是后来声名大噪的曾是商人的马可波罗，而记录下
马可波罗神奇经历的是住在同一间囚室的难友、作家鲁思悌谦，这
本后来出版的书就叫《马可波罗行纪》，它首次向欧洲全面描绘了
令人神往的中国——一个幅员广大、遍地财富的新世界。

马可波罗的奇幻故事，激起了人们强烈的好奇心，第一次把欧
洲人的目光引向了这个陌生的国度，并开始了长达几个世纪的全方
位"观测"，由此兴起的中国热、中国风经久不衰。

然而，浩瀚的海洋却像一面铺展在东西方之间的凸镜，使中国
的形象在这些来自远方的眺望中扭曲变形，显得光怪陆离。越是神
秘，越是让欧洲人被深深吸引，无法自拔。

美国汉学家史景迁曾这样解释这种历史文化现象：

> 一个国家之所以伟大，条件之一就是既能吸引人的注意力，又
> 能够持续保有这种吸引力。当西方刚刚接触中国时，中国就明显表
> 现出这种能力。几个世纪来，流行风潮的无常，政治情势的改变，
> 也许使中国的光彩暂时蒙尘，但是中国的吸引力却从未完全消失

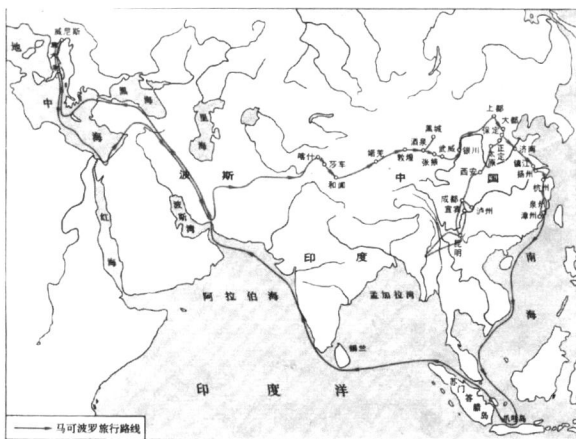

马可波罗和马可波罗旅行路线图。

过。无论是中国在西方引起的强烈情感，一波又一波尝试描述并分析这个国家及其人民的企图，还是西方人对有关中国消息的强烈兴趣，都明确道出了这个国家所散发的魅力。①

受这种神奇"魅力"的持续吸引，世界努力走向中国；被这股全球性浪潮的裹挟，中国必将走向世界。两种不同文明的相遇，无疑是人类历史上影响最为广泛、深远的伟大事件，不管是欧洲人还是中国人，他们的生活面貌都将因此发生超乎想象的剧变。

自古以来，中国人一向把海洋作为封闭自守的天然屏障，欧洲人则让它变成了通向未来的探索之路。当欧洲人开始越过大洋全神贯注地凝望中国的时候，距离粤商因势而起的日子，就已经不远了。

与诞生于印度河、黄河流域的东方文明不同，以古希腊和罗马为源头的西方文明从萌芽阶段便开始了对海洋的征服。在公元前1500年左右，印欧民族的一个族群移入希腊半岛，向南推进。他们放下马车，驾起快速长船，成为"海上民族"。美国著名历史学家威廉·麦克尼尔在比较印度与希腊文明时即这样写道："从一开始，印度文明与希腊文明就存在一个重大差异。印度的雅利安人从来未出过海，而爱琴海地区最早入侵希腊的人却时刻准备出海，渗透到克里特岛上的克诺索斯，并在爱琴海诸岛和希腊大陆建立了自

---

① [美]史景迁著，阮叔梅译：《大汗之国：西方眼中的中国》，广西师范大学出版社2013年版，第7页。

己的政权。"①

"时刻准备"出海的希腊人，以英勇无畏的探索精神创造了与众不同的海洋文明。有着希腊人的"圣经"之誉的《荷马史诗》，不仅是人类反抗悲剧命运的英雄赞歌，也是一部人类挑战海洋的历史传奇；描写特洛伊之战的《伊利亚特》，可以看做是海上扩张的隐喻；反映奥德修斯海上漂泊经历的《奥德赛》，则把海上冒险渲染得惊心动魄，感人肺腑。

在希腊的奥林匹亚诸神当中，许多主神都与海洋、漂泊有关。海神波塞冬受到广泛崇拜，献给波塞冬的神庙遍布希腊各地，以波塞冬的名义举行的庆典是希腊人的盛大节日。此外，众神之父宙斯又是异乡人的保护神，而爱神阿芙洛狄特则诞生于海上的浪花。

"除了注重吟诵史诗来歌颂过去的英雄，在古风时代，希腊人还尝试新型的社会生活和政治生活。他们发展出了一种叫'城邦'或'城市国家'的新型社会模式。"②正是在雅典等著名的城邦里，希腊发展出了影响西方甚至整个世界的宗教、艺术、文学和哲学。

海上扩张与城邦制度，是希腊留给欧洲的两份重要遗产。即使到了中世纪，"意大利的北方诸城，文艺复兴的发源地，颇类似于古希腊时的小城邦。这些意大利城镇在军事和文化上是互相敌对的，它们彼此攻伐也互相竞技，在艺术上互比光辉灿烂。由于它们既是城市又是邦国，能将许多才智之士荟萃于一地……城市生活的多元与活力，是整个社会的特色，在这样的地方，孕育并实践一个

---

① [美]威廉·麦克尼尔著，施诚、赵婧译：《世界史：从史前到21世纪全球文明的互动》，中信出版社2013年版，第80页。
② [美]布赖恩·莱瓦克等著，陈恒等译：《西方世界：碰撞与转型》，世纪出版集团2013年版，第57页。

重建古代世界的计划因此成为可能。"①

历史上每一个看似偶然的事件，几乎都能发掘出必然的根据。意大利的城邦制不仅为文艺复兴提供了历史土壤，也为西方发现中国起到了催化作用。假如意大利是个统一的集权国家，就不会发生威尼斯与热那亚这两个城邦争夺海上霸权的战争；假如没有这场战争，威尼斯商人马可波罗就不可能成为战俘，在狱中与作家鲁思悌谦偶然相遇，因而，也就不会有《马可波罗行纪》这部惊世之作的诞生。

马可波罗的中国故事，发生于蒙古大军长驱直入，南宋王朝即将败亡之际。虽然正经历着一场亡国灭种的空前浩劫，但中国所创造的文明奇迹仍然足以让西方人惊叹。

在《大汗之侵略蛮子地域》这一章里，为了表现南宋皇帝的"大富与大善"，马可波罗这样讲道：

> ……是为一种最大侵略，盖世界诸国无与此国相俦，国王财货之众，竟至不可思议，盖请述其举动如下：
>
> 其国诸州小民之不能养其婴儿者，产后即弃，国王尽收养之，记录各儿出生时之十二生肖以及日曜，旋在数处命人哺育之。……迨诸儿长大成人，国王为之婚配，赐资俾其存活，由是每年所养男女有两万人。
>
> 国王尚有别事足以著录者，当其骑而出，经行城市时，若见某家屋舍过小，辄询其故，如答者谓物主过贫，无资使房屋高大，国王立出资，命将其屋扩大而美饰之，俾与他屋相等。设若房屋属于

---

① [澳]约翰·赫斯特著，席玉苹译：《你一定爱读的极简欧洲史》，广西师范大学出版社2011年版，第173页。

富人，则命其立时增高。职是之故，其蛮子都城之中，凡有房屋悉皆壮丽。别有巨大宫殿邸舍无数，尚未计焉。

执役于国王所者，男女仆役逾千人，衣饰皆富丽。国王治国至公平，境内不见有人为恶，城中安宁，夜不闭户，房屋及层楼满陈宝贵商货于其中，而不虞其有失。此国人之大富与大善，诚有未可言宣者也。①

作为第一个宣称深入中国的西方人，马可波罗描绘了一个"世界诸国无与此国相侔"的梦幻国度：独一无二的富足、独一无二的文明。尽管它美好得有些让人难以置信，却也迎合了西方人的心理期待。在此之前，他们只能通过阿拉伯商人贩运来的丝绸想象中国，并把这个盛产华丽、昂贵丝织品的民族称为"丝人"。如今，终于出现了一个真正踏上中国土地的自己人，他到过的南京城"有丝甚饶，以织极美金锦及种种绸绢"；他到过的镇江府城"产丝多，以织种种金锦丝绢，所以有富商大贾"；他到过的苏州城"产丝甚饶，以织金锦及其他织物"……这些来自丝绸原产地的消息，不仅增加了故事的可信性，而且更加引人神往。

马可波罗远游中国之际，西方经过12世纪"文艺复兴"（中世纪"文艺复兴"），正在步入一个经济繁荣的年代。

一般而言，欧洲的中世纪习惯上被人称为漫长的"黑暗时代"。但在12—13世纪之间，它其实已经发生了深刻的变化。正如一些主流学者所说的："西方经历了一个古代以来无与伦比的创造力迸发时期。"

---

① ［意］马可波罗著，冯承钧译：《马可波罗行纪》，东方出版社2007年版，第366页。

大约在1140年到1260年间，一大批希腊古典著作的拉丁文译本从西西里、西班牙传入欧洲。"学者们对古希腊哲学和基督教神学的融合，代表了12世纪文艺复兴的一个关键侧面，这是一次对古人兴趣的再兴，其重要性可与9世纪加洛林文艺复兴和15世纪意大利文艺复兴的重要性相提并论。"①

在经济方面，从意大利诸城邦到波罗的海沿岸诸城市，一张广泛延伸的贸易网将欧洲连在一起。而商业发展塑造的城市文明，是欧洲中世纪的一个重要成就。

长期以来，在探讨中国与西方的古代经济发展水平时，我们总喜欢比较双方城市规模的大小、人口的多寡、市井的繁荣程度。以宋代为例，当汴梁（开封）、临安（杭州）的人口超过一百万时，欧洲的城市却小得多。宋代城市的手工业、商业、服务业也远比欧洲发达。但是，我们却很少比较城市文明的内核。中国的大型或超大型城市多为朝廷、官府的行政中心，城市手工业者、商人，都是依靠皇室亲贵、高官和文人士大夫奢侈消费谋生的附庸，用西方学者的话说，即"中国手工业者和商人的天赋和技巧主要被用于满足地主—官僚阶级的需要"，他们没有法定的权利保障，也没有权利意识的觉醒。结果，随着两宋王朝的灭亡，汴梁和临安的昔日繁华，全部化成梦幻泡影。

欧洲的城邦或城市则截然不同，城市居民本身就是城市的管理者和城市的主人。随着贸易的发展，商业化的城市文明开始形成，他们自己订立法规，组织执行契约和调解争端的商人法庭，民主和现代国家的治理方式在小范围内得到试验。对于一个像马可波罗这

---

① [美]布赖恩·莱瓦克等著，陈恒等译：《西方世界：碰撞与转型》，世纪出版集团2013年版，第184页。

样的城市公民来说，他的祖国不是意大利，而是威尼斯，威尼斯是一个商业发达的城市，商业城市是市民文化的摇篮，新的教育机构，特别是培训商业精英子弟的大学开始在城市出现。"开始时，这些大学与那些基尔特（即行业协会）没多少区别，它们由学生或教师们自己组织起来，以保护自身的利益。作为基尔特的一员，学生们就像生意人关注成本一样和教师、市民讨价还价，并确立了教育的最低标准。博洛尼亚（Bologna）的法学生基尔特在1158年通过了一个章程，这可能使它成为世界上最早的大学。"①

由市民自主订立的法规，由契约保障的商业经营，由"讨价还价"协商的大学教育标准，中世纪形成的城市文明，为欧洲迈向现代社会奠定了坚实的基础。

"意裔美籍经济史学家洛佩兹（R.S.Lopes）把这种变革称为'商业革命'，是与工业革命效果相似的一次重大突破。他发现，从10世纪的意大利开始，商业对生产过程、人们的心态和生活方式的影响日渐增大。交通运输、商业技能、产品种类和相关制度等方面都出现了深远的变革。当时出现的全新的事物至今仍在，如会计制度、信用、保险、汇票、银行业务、股份公司、资本主义精神等。"②

总之，欧洲的城市文明推动了欧洲近代化进程，中国的城市则和中国的王朝一样，随同兴亡轮回的政治法则，毁了再建，建了再毁。

正当商业革命将"理性地追求无尽的财富"作为一种价值观，

---

① [美]布赖恩·莱瓦克等著，陈恒等译：《西方世界：碰撞与转型》，世纪出版集团2013年版，第184页。
② [荷]维姆·布洛克曼、彼得·霍彭布劳沃著，乔修峰、卢伟译，宁一中审校：《中世纪欧洲史》，花城出版社2012年版，第194页。

注入欧洲人思想意识的时候，马可波罗向他们讲述了激动人心的中国故事。他不仅引起了强烈好奇心，也刺激了欧洲人继续进行海外扩张的欲望。同为意大利人的哥伦布，作为马可波罗的热心读者之一，在《马可波罗行纪》书页的空白处写了近百条眉批，从中寻找隐藏的危险和机会。凡是涉及黄金、白银、丝绸、香料、瓷器等珍稀商品交易的情节，他都做了记号。同时，深受哥伦布关注的内容还有季风期来临时船队航行的方向及时间、海盗和食人部落的分布，可能获取食物及其他补给物资的位置。

四次横渡大西洋的哥伦布意外地发现了新大陆，迈出了地理大发现的关键一步，却未能到达他渴慕已久的中国。他只能想象"在曙光初露的迷雾中，以感觉而非视觉去体会中国"。

史景迁总结了西方对中国的四十八种"观测"方式，包括外交报告、诗作、舞台剧、家书、哲学论文，甚至小说。风靡欧洲的中国传奇，鼓舞着一代又一代探险家、传教士、商人踏上寻找中国的旅途。他们不仅因此完成了地理大发现，最大限度地拓展了贸易版图，而且为欧洲的制度变革、文化创新找到了可供比较、论证的参照系。

从爱琴海到地中海，从地中海到大西洋、印度洋、太平洋，欧洲人不断借助海洋实现对世界的发现和扩张，并且历史性地开启了一个全球化的新时代。

正当西方人远隔重洋、满怀热情地张望中国，想方设法要走向中国的时候，刚刚登上皇帝宝座的明太祖朱元璋却把目光转向了大海的东面。东南沿海倭寇肆虐，曾与他争天下的方国珍、张士诚残部也大多下海为盗，这几股海上势力被他当成了威胁皇权的心腹之患。于是，史上最严厉的"海禁"政策出现了，中国开始与海洋隔绝，与世界前进的脚步脱节。

无论是穷极而反，还是造反成功后的兔死狗烹、杀戮功臣、强化集权，底层农民出身的朱元璋，始终遵循着农民的行为逻辑。学者张宏杰曾这样分析朱元璋的农民人格：

> 对外部世界，农民们的基本反应是排斥、恐惧和不信任。封闭的生活状态让他们感觉安全、轻松。……虽然取天下依靠的是武力、进取和冒险精神，然而一旦天下安定，朱元璋立刻恢复了农民的保守本性。
>
> 大元帝国是一个世界性帝国，夺取了帝位的新皇帝朱元璋却对外面的世界丝毫不感兴趣。他满足于把蒙古人赶回沙漠，并没有"宜将剩勇追穷寇"的勇气和眼光，深入沙漠彻底歼灭之。日本人不断制造事端，对他进行挑衅，他也是发几道诏书，申斥一顿了事，没动过兴兵远伐的念头。他对曾给中国带来巨大财富的海外贸易不感兴趣，不但禁绝了海外贸易，甚至禁止渔民下海捕鱼，把海岛上的居民悉数内迁，"以三日为限，后者死"。①

在农民当了皇帝之后，他的所作所为只有一个目的，就是要不顾一切地保住自己来之不易的权位；他的政策取向也只有一个标准，就看是否对维护自己的统治有利。

朱元璋在称帝之初并没有马上实行海禁。洪武元年（1368年），他还承袭旧制设立市舶司管理对外经济贸易，出现了一个允

---

① 张宏杰：《大明王朝的七张面孔：朱元璋》，天津人民出版社2013年版，第25页。

许私人从事海外贸易的短暂时期。仅仅在三四年间，朱元璋的对外政策就发生了根本性的逆转。

《明史》说："明兴，高皇帝即位，方国珍、张士诚相继诛服，诸豪亡命往往纠岛人入寇山东滨海州县。"

东南沿海的倭患，其实自元朝便已经存在。如今，他们又与亡命海上的方国珍、张士诚余部联手，气焰更为猖炽，侵扰的范围也由"山东滨海州县"不断扩大。史料称："随风所之，南至广东，北至辽阳，无不受其荼毒。由是海防成明代大政，设戍置寨，巡海捕倭，东南疲于奔命。"

对此，明史专家吴晗曾做过这样分析："明廷要解决倭患，只有三个办法：上策是用全国兵力，并吞日本以为藩属，倭患不扫自除。中策是以恩礼羁縻，示以小惠，许以互市，以其能约束国人为相对条件。下策是不征不纳，取闭关政策。努力防海，制止入犯。"①在这三个办法当中，本性保守的朱元璋首先抛弃了上策，然后又由中策滑向了下策。

洪武二年、三年，明廷两次派出吴用、颜宗鲁、赵秩等出使日本。从武力威吓，到委婉劝诱，反复要求日本官方约束"倭兵"，"革心顺命，共保承平"。由于当时日本正处于南北朝分裂时期，政治上的铁腕人物，在北朝是室町幕府的征夷将军足利义满，在南朝是后醍醐天皇之子、征西将军怀良亲王。两股敌对的政治势力根本不能形成一致的对华政策，明廷派去的使节或被斩杀，或灰溜溜地无功而返。为了稳定刚刚建立的王朝，朱元璋推行闭关自守的下策，实行了"片板不许入海"的"海禁"。

有人说，"朱元璋的宏伟理想，是将全国变成一个大村庄"。

---

① 吴晗：《历史的镜子：吴晗讲历史》，九州出版社2008年版，第157页。

历史学家许倬云也曾这样写道：

> 整体来讲，明朝是相当封闭的时代。蒙古退回草原以后，徐达（朱元璋麾下的大将军）修筑了被称为"万里长城"的边墙，从此中国对于北方一直采取守势。西起嘉峪关，东至山海关，所谓"九边"，将中国关闭在草原之外，从此再也没有追逐北上之心。……
>
> 沿海一带，从山海关到今天的厦门，许多地方都在海岸上修筑边墙。……对着大海筑墙，乃是一种保守自卫的心态，对墙以外的事情没有兴趣。
>
> 这种封闭的心态，正像朱元璋起义时的口号：高筑墙，广积粮。并且留下了一个保守的传统。[①]

对着草原筑长城，对着海洋修边墙，中国被围成了一个密不透风的"桶"，再加上严厉的海禁。一心想关起门来做皇帝的朱元璋，把封闭自守的统治策略发挥到了极致。

世界近代史本质上就是一部海权挑战陆权，陆权对抗海权的历史。由农耕文明培育的中国皇帝向来只重陆权，轻忽海权。到了朱元璋时代，不仅进一步自我限制了陆权，使已经存在千年的丝绸之路因"万里长城""九边"受阻，而且通过海禁彻底放弃了海权。

官方主导的对外交往衰落了，负责推动对外贸易的市舶司也于洪武七年废止。禁止商船出洋，禁止渔船出海，甚至禁止百姓修造两桅以上的海船。

然而，闭关自守并没有带来安宁。"海禁"，只是把祖祖辈

---

① 许倬云：《许倬云说历史：中西文明的对照》，浙江人民出版社2013年版，第176页。

辈"以海为田"，靠海谋生的商人、船工、渔民逼上了险途。尽管洪武一朝不断出台各种严刑峻法："海滨居民不许与外洋番人贸易""禁民入海捕鱼""将人口、军器下海者绞"……却无法彻底阻止沿海商民从事海上活动。所谓"官市不开，私市不止"，他们被迫加入"倭寇"的行列，成为从事武装走私的"海盗"。有史家推断，"明代倭寇，十分之六是华人"。结果，真倭未除，假倭又起。

海禁的另一个影响，是驱使华南沿海居民向马来西亚等地移民。这些脱离了明王朝严格管制，到海外寻找生路的中国人，在东南亚一带开辟了许多属于自己的社区，有成千上万的华人聚居。这些向海外拓展生存空间的冒险者，在欧洲会被歌颂为勇敢的英雄，在明廷看来却是"逃匿在彼"的叛逆，是应该严加惩办的不法之徒。

尽管明王朝比任何一个汉人统治时期都更为专制和封闭，尽管他们想尽办法禁锢海外贸易，打压沿海商人，却终究无法阻止一个远洋时代的来临，更无法改变世界驶向中国的航程。

身处岭南沿海的粤商，也即将迎来破茧而出的历史机遇。

三

虽然广东人素有经商的传统，但是作为一个逐鹿中外、称雄一时的商帮则到了明朝之后才开始真正逐步形成。在漫长的岁月里，他们经过一代又一代的努力，一直在寻找厚积薄发的机会。

明朝以来，广东的农业不仅取得了较大发展，而且渐渐开始脱离自给自足的小农经济模式，商品性农业生产异军突起。以此为标志，以中原农耕文明为母体的岭南山海文明也已孕育成形。

　　岭南地处山海之间，中原的农耕技术自秦汉随移民传入后，便因自然条件的变化被不断改造、创新。在唐朝，人们通过修筑圩堤，围起大片原先容易被海水浸灌的沙地，待雨季蓄积淡水冲刷，将盐碱地变为良田，称为"潮田"。到了明朝，珠江三角洲地区的农民发明了一种更为先进的生产方式：桑基鱼塘。农民挖鱼塘时，用余土在四周垫高形成基田，在基田上种植桑树，在塘内养鱼。桑叶可以养蚕，蚕沙（蚕粪）可以喂鱼，鱼塘的淤泥又可以作为桑树的肥料，由此，种桑、养蚕和养鱼构成了一个良性循环的人工生态系统，一种高效利用土地的立体生产方式产生了。

　　人类社会的进步，往往以生产方式的变革为先导，以商品经济的发展为前提。随着桑基鱼塘的普遍推广，种桑养蚕的商品性生产渐成规模，为对外丝绸贸易繁荣和商人崛起打下了基础。

　　我国著名经济史专家黄启臣先生，曾这样论述桑基鱼塘对广东商品经济发展的影响："桑基鱼塘，种桑养蚕，一地几用，是广东珠江三角洲土地利用的一种立体经营模式，是其他地区所少有的。

明清时期，广州府属南海、番禺、顺德的乡村出现了桑基鱼塘。桑叶养蚕，蚕粪喂鱼，塘泥肥桑，形成良性生态循环。*

早在东汉建安年间（196—220年），这里的人们就开始了种桑养蚕的生产，但发展不快，而且属于家庭副业的非商品生产。明初，蚕丝才首次在市场买卖，数量达4100多斤。这标志着养蚕生产正式成为商品性生产。嘉靖至万历年间（1522—1620年），顺德、南海、番禺等县的基塘养鱼和种桑养蚕相结合的专门化生产，已跃居当地农业的首位或第二位。"

欧洲中世纪之所以发生影响深远的商业革命，一个重要的前提就是农村的商业化和农业生产的专门化。在明代的广东，依稀出现了类似的发展势头。虽然在皇权专制的政治格局里，它没有可能、也没有机会重现欧洲商业革命的辉煌，从而推动古老中国全面向近代社会转型，却为粤商的崛起提供了地方的、局部性的前提条件。

除了桑基鱼塘，甘蔗、茶叶、果树等经济作物的种植面积也不断扩大，到明朝末年甚至出现了"弃田筑坝，废稻树桑"的高潮。

农业面向市场的商品性生产，引起了手工业和商业的兴起。明朝开始，广东的丝织业、制糖业都有了长足发展。随着商业资本的活跃，冶铁业、陶瓷业、制盐业也出现了一派兴旺的景象。

自宋朝开始，佛山便是中国的冶铁名镇。到了明代，"春风走马满街红，打铁炉过接打铜"，佛山街市两侧冶铁和铸铁的店户林立，佛山铁锅不仅是宫廷采办的"贡锅"，也是誉满海内外的名品。

唐朝以来，广东的陶瓷业便因大量出口获得到了长足发展。到了明代，广东石湾的陶瓷更是获得了"石湾瓦，甲天下"的美誉。这时的石湾瓷已不再像唐宋时以仿制北方名窑为主，在制瓷工艺和艺术追求方面都有了自己的特色，"石湾公仔"成为广东瓷的拳头产品。

农业的商品性生产和手工业、商业的繁荣，使广东成为中国富庶之地。历史又一次证明，只要给人民自主发展与选择的权利，他们就能发挥出惊人的创造力，找到获取财富的途径。

除了这些地方性因素之外，对粤商的萌生起到关键性推动作用的，是"贡舶贸易"的再度勃兴。

什么是"贡舶贸易"？那时前来中国的外国使节被称为"贡使"，即是来朝贡的，因为外国使节来华的任务，就是前往京城朝见皇帝，递交和接受两国外交文件，并把一些珍贵的本国土特产贡献给中国皇帝。中国皇帝也回赠礼物，并根据所进贡的物品价值回赠相当的物品，这就是所谓的朝贡。

在明初是禁止商船入境的，后来对外国贡使来中国，除携带贡品外，准许其附带部分商货进行贸易，这就是"贡舶贸易"。

永乐年间，被朱元璋"禁"成一潭死水的中国沿海地区，终于涌起了一股重振"贡舶贸易"的波澜。

明成祖朱棣通过"靖难之役"取得政权，极力想向天下宣示自己的"正统"地位，一边设法扩大"厚往薄来"的贡舶贸易，一边派郑和七下西洋，对番邦外夷"多赍金币""给赐其君长"。

永乐元年（1403年），废止已久的广州市舶司首先得以恢复。史称："上以海外番国有朝贡之使，附带货物前来交易者，须有官专主之，遂令吏部以洪武初制于浙江、福建、广东设市舶提举司，隶布政司。"

永乐三年（1405年），更成了明王朝对外交往史上的一个关键之年。在这一年，两件影响深远的事件必将载入史册：一是郑和的远洋船队首航，标志着世界大航海时代的开始；二是朱棣"以诸番贡使益多"，在广州置怀远驿，在泉州置来远驿，在宁波置安远驿，专以款待外国贡使及随从人员。广州的怀远驿共有120间房舍，颇具规模，直接由广州市舶司管理。

有人说，郑和下西洋所推行的朝贡贸易一味"厚往薄来""怀柔远人"，实际"摧毁了宋元两代数百年来积累的中国商业文明和全球贸易体系"。但是，市舶司的重置和怀远驿的设立毕竟在一定程度上改变了"闭关锁国"的僵化局面，让完全禁止的民间海外贸易找到了一丝可乘之机，从而也在客观上推动了广东商帮的形成。

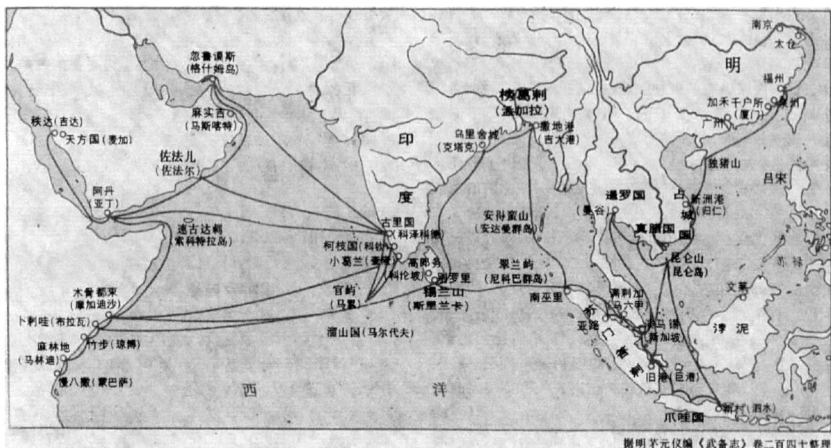

郑和下西洋图。

史料称："凡外夷贡者……许带他物，官设牙行，与民贸易，谓之互市。"

牙行是为买卖双方说合，抽取佣金的商行，洪武年间律令禁止。随着商品经济的发展，特别是贡舶贸易的增加，永乐年间取消了官设牙行的禁令，并规定在广东的对外贸易中，中外商人交易必须通过官牙进行。

广州暨南大学历史系教授，著名明清经济史专家李龙潜先生对牙行制度曾经做过这样的分析：

牙行制度和博买制度（永乐初年对临时性的贡舶贸易采取的专买制度）一样，都是在朝贡贸易发展中产生的，也可以说是明政府统制对外贸易政策的产物，它的产生，填补了朝贡贸易下商品流通的环节，使朝贡贸易制度日臻完善。它作为维持闭塞的封建经济职能而存在。明政府通过它控制商人的活动和竞争，限制商品经济的发展，在维持封建社会市场秩序中起着积极的作用。①

虽然，明政府设立牙行的目的是"通过它控制商人的活动和竞争，限制商品经济的发展"。但是，牙行制度的确立，却也意味着一批专业从事对外贸易的商人群体已经出现。因此，有人认为牙行实际上就是广州十三行的前身，牙商则是开通中西跨海贸易的先行者。

在专制政体里，商人的活动空间本来就非常有限，商品经济的发展本来就受到种种约束。正是因为营商环境的严酷，粤商的出现才显得可贵。他们在官方严密管制的缝隙间寻寻觅觅，艰难成长；他们突出重围，发展自己的同时也逐步承担起推动社会变革的重任。

历史的发展将不断证明，中国粤商的萌生和奋起，呼应了遥远欧洲的商业革命，促进了中国的社会转型。

---

① 李龙潜：《明清经济史》，广东高等教育出版社1988年版，第109页。

第三章

从海上到口岸，主流粤商演化史

需要交易，渴望财富，不仅是商人存在的前提，也是人类社会前进的基本动力。从陆地到海洋，人类竭尽全力扩大交易范围的过程，自然而然地演变成了探索未知世界的发现之旅。

从闯荡天下、一度主导了南海民间贸易的海商，到居于口岸、总揽西方来华贸易事宜的行商，粤商，一直在风云多变的国内外大势中摸索前进，直至发展成了主导中外贸易格局的中坚力量。

德国哲学家黑格尔曾经就中国文明做出的一个著名论断，近年来备受广东重量级学者的质疑与反驳。黑格尔在他的《历史哲学》里提出："尽管中国有海……但中国'没有分享海洋所赋予的文明'，海洋'没有影响他们的文化'。"对此，广东经济史、航运史专家叶显恩先生在他的《岭南文化与海洋文明》中这样写道：

> 大海对岭南人并非吝惜，并非如同黑格尔所说的"（中国）没有分享海洋所赋予的文明"。相反，南海对岭南人的赠予是丰厚而慷慨的。岭南人从海洋吸吮的不仅是物质营养，尤其饱含着丰富的精神养分。
>
> 从广州俯拾皆是的海上贸易遗址、遗物，以及透过富有海贸特色的风俗、语言、器具等社会生活的各个方面，都可看出丰富的海洋文化。16世纪50年代葡萄牙人租借的澳门，19世纪40年代英国占夺的殖民地香港，更是岭南海洋文化的典型城市。[①]

另一位广东经济史专家、原中山大学教授黄启臣先生的文章则更具针对性。他甚至将自己的论文直接定名为《中国分享海洋赋予的文明——以广东开放海外贸易两千年为例》。在该文的一开篇，便直指黑格尔的论断"是错误的观点"，认为"历史的事实是中国也一直分享海洋赋予的文明，海洋同样影响中国的文化"，并且通过详细梳理广东对外贸易史，得出了这样的结论：

---

① 林有能等主编：《香山文化与海洋文明：第六次海洋文化研讨会文集》，广东人民出版社2009年版，第13页。

　　综上所述，我们可以清楚地看到，广东（以广州为中心）的开放海外贸易两千多年的历史地位是非常独特的。与其他省区和贸易港口相比较……唯独南海之滨的广东省和省会广州，从汉代延续至今天，上下两千年开放海外贸易持续发展，历久不衰。这种现象，不仅在中国历史上绝无仅有，就是世界历史上也是十分罕见的。所以，从某种程度上说，一部中国海外贸易史，就写在广东（广州）的记录上。[①]

　　历史地位"非常独特"的广东的确是一个例外。它既是中华农耕文明的例外，也是西方海洋文明的例外。不可否认，广东也分享了"海洋赋予的文明"，但是，这个分享的过程和方式却是明显具有中国特色的。正如前文已经提到的，西方文化一向鼓励，甚至以英雄史诗的形式赞颂海上扩张；中国官府却常常限制，甚至禁止民间出海贸易。在这样的文化背景与政策引导下，中西从事远洋贸易的海商便有了不同的境遇。尤其是到了明清时期，曾经活跃在南中国海的广东、福建的海商，更是受到当时官府的打压，从而迫使粤商的主体形态向居住在沿海口岸、代理番舶贸易的行商演化。

　　英国政治经济学家亚当·斯密说过一句被人广泛引用的名言：人类有一种"以物易物，互相交易的天性"。除此之外，人类还有一种追求财富的天性。受这两种天性的驱使，发展出了一个古老的职业：商人。需要交易，渴望财富，不仅是商人存在的前提，也是人类社会前进的基本动力。从陆地到海洋，人类竭尽全力扩大交易范围的过程，自然而然地演变成了探索未知世界的发现之旅。

---

① 林有能等主编：《香山文化与海洋文明：第六次海洋文化研讨会文集》，广东人民出版社2009年版，第253页。

中国当然也曾有过发现未知世界的壮举。可是，如何对待人类的天性，却始终是中西文明的诸多分歧点之一。中国历史上的统治者对人类的天性充满疑惧，无论是"互相交易"的天性，还是追求财富的天性，在他们看来，都可能变为影响社会稳定的乱源。因此，他们不仅系统性地压制普通商人，还将那些胆敢违禁出海贸易的海商视为不法之徒，笼统污之为海盗、海寇、海贼，多次派兵征剿。此消彼长，世界贸易格局开始发生颠覆性改变，从而也限定了粤商的生存和发展的空间。

论及早期贸易，尤其是早期国际性远洋贸易，郑和下西洋是一个无论如何都不能绕过的话题。作为中国历史上空前绝后的远航，它早已成为中外学界从多个角度反复研究而又争议不断的对象。仅其对国际贸易的影响，目前就存在着难以达成统一的多种观点。

旅居澳大利亚的"历史拓荒者"雪珥认为，郑和下西洋大搞"金元外交"，以至于"已经形成并运行了数百年的中外商贸体系，被郑和切断了命根子，遍布东南亚的华商因此遭受致命的打击"，其结果是"民族去势"：

> 在这种"金元外交"的思路之下，所谓的"贸易"也成了"金元外贸"。根据《永乐实录》记载，当时苏门达腊与柯枝（今印度科钦）等地胡椒每百斤价格约为1两白银，明政府在《给赐番夷通例》中却规定，每百斤胡椒的价格为20两，这种慷慨令世界瞠目。即便是"出了朱皇帝"的龙兴之地凤阳，农户们也从未有机会享受这种超常规的"政府保护价"。

"厚往薄来"的政策，在郑和下西洋中体现得更为淋漓尽致。……东南亚最需要中国的产品，比如茶叶、丝绸、瓷器，郑和都无偿或低价地到处送，当然主要是送给当地的贵族或头人，大搞政府公关；而中国所需要的东南亚产品，比如香料，郑和就以远高于市场价的价格收购。当然，郑和还大量采集奇珍异宝，将航行变成一次奢侈品购物游，提升了面子工程、形象工程的含量。无论是"买"还是"卖"，在郑和的强大游资介入后，市场秩序完全被扰乱乃至丧失，纯正的商业自此崩溃。①

与雪珥的看法相反，内地学者刘刚、李冬君在他们合作的《中国航海时代及其海权思想》里则这样写道：

有人说，郑和下西洋，做的都是赔本生意，此言差矣。郑和沿途赏赐宝物，表面上是维持朝贡贸易，实际上是以贸养战，以贡助战。一支两万七千多人的海军，游弋海上，需要多少给养？食物和淡水不可能全带来，沿途采办，除了靠支付手段，如瓷器、茶叶等，还要靠制海权。这是中国历史上第一支真正的航海远征军，开辟了中国历史上的海权时代。遗憾的是，郑和率领的中国舰队，到过红海，却没有进入地中海，沿非洲大陆东岸南下，到了好望角，却未绕过好望角奔向大西洋。

与以上两种认识相比，广东经济史专家李龙潜先生则显得较为持中：

---

① 雪珥：《大国海盗》，山西人民出版社2011年版，第18页。

　　尽管郑和下西洋具有很大的历史意义，但其目的是以巩固国内统治为主，对经济上的利益，并不予以更多考虑，郑和下西洋多赍金帛等物，"赏赐"各国君主酋长，换回来的大都是奢侈品，满足封建统治阶级的享受。每次下西洋，所费钱粮，赏赐物品十分浩大，因此，时人称为"敝政"。①

　　所谓"敝政"，语出明代成化年间的车驾郎中刘大夏。据明人严从简撰写的《殊域周咨录》所载，当时有太监"迎和上意"，向明宪宗朱见深重提永乐故事，鼓动再派人下西洋。刘大夏藏匿了郑和下西洋的所有"水程"资料，并对奉诏查找此类案卷的兵部尚书项忠直言："三宝下西洋费钱粮数十万，军民死且万计。纵得奇宝而回，于国家何益？此特一敝政，大臣所当切谏者也。旧案虽存，亦当毁之以拔其根。"近代以来，有人据此指责刘大夏断送了中国古代的航海事业，这显然有失公允。其实，他只是道出了忧国忧民的士大夫阶层对"普赍天下"，靠大把撒钱"招徕入贡"的普遍非议。当时，项忠对他这番话的反映就是"竦然听之"，而且赞扬他"阴德不细"，要扶植他做兵部尚书的接班人。日后，项忠去职，刘大夏果然官至兵部尚书。

　　郑和率领舟师七下西洋，确实为大明皇帝赢得了脸面，一时间东南亚、南亚的许多国家开始正式向中国派遣朝贡使节，看似一派万邦来朝的繁盛景象。随着各国船舶频繁往来，朝贡贸易也发展到了一个新的高峰。但是，中国并没有因此发现并获取到新的财富，反而折腾得国库空虚。更重要的是，它还强力挤压了民间海商的海外成长空间。

　　郑和下西洋之前，中国海商已经在东南亚建立起了无可争议的优势地位，开拓了多个独立的华人自治区。日本学者松浦章在追溯

---

① 李龙潜：《明清经济史》，广东高等教育出版社1988年版，第117页。

东南亚华侨历史时即这样写道："13世纪后半期，元朝灭南宋后，宋的遗民有的逃往东南亚，而且，元朝也想远征东南亚但多数的士兵在当地留下不愿前行。结果，从印度支那半岛逃到爪哇的许多中国人在当地定居。这是华侨产生的起源。"①

这些华侨定居海外之后，并没有失去与祖国的联系，而是发挥自己擅长的航海特殊技能，从事海上贸易。无论是移民到人地两生的异国他乡，还是在茫茫大海上做买卖、讨生活，都具有强烈的冒险性。特定的生存环境，使这些华侨移民自然形成了一些强悍的武装集团。在西方海洋文明的背景下，他们很可能被歌颂为勇闯天下的伟大英雄，但在当时内忧外患的政府看来，他们是不法之徒。

在心胸狭隘的当朝统治者看来，移民海外本身就是一种背弃天朝的叛逆行为。根据这种封闭保守的思维模式，他们将这些海外华人武装集团视为海寇、海贼、海盗，也就再自然不过了。

据《明史·三佛齐旧港传》记载："有梁道明者，广东南海人，久居其国。在闽、粤军民泛海从之者数千家，推道明为首，雄视一方。"

旧港，又称三佛齐，即现在印度尼西亚苏门答腊岛的巨港，位于马六甲海峡南端，是控制太平洋和印度洋的战略要地。梁道明离开故乡广东后，便以这里为活动根据地，率众建立起了具有"准政权"性质的华人自治区。有史料这样描写梁道明的身份背景："初贩爪哇，后挈家移居旧港数年。"也就是说，他原本是常到爪哇做生意的广东海商，后来才举家迁居旧港，逐步发展成当地侨领的。

永乐三年，朱棣派遣梁道明的广东同乡谭胜受等人到旧港，劝他归顺大明。他随谭胜受等人一起回国，向朱棣贡献旧港方物，受

---

① [日]松浦章著，谢跃译：《中国的海贼》，商务印书馆2011年版，第41页。

赐而还。梁道明虽然贡献了方物，也领受了赏赐，但明廷还是没把他当自己人看待，在官方文字里，始终称其为"头目"。

永乐四年，旧港另一位华人领袖陈祖义的势力崛起。梁启超在《郑和传》里称他为"三佛齐王"，李龙潜在《明清经济史》里称他为"旧港酋长"，而明代官方正史里则一直称他为"头目"。《明史》这样写道：

> 四年，旧港头目陈祖义遣子士良，道明遣从子观政并来朝。祖义，亦广东人，虽朝贡，而为盗海上，贡使往来者苦之。五年，郑和自西洋还，遣人招谕之。祖义诈降，潜谋邀劫。有施进卿者，告于和。祖义来袭被擒，献于朝，伏诛。

这个"旧港头目"陈祖义也是广东人。有史料称，他们全家是在洪武年间逃到旧港的。因此有人推断，他们可能是违反了朱元璋订立的海禁政策，所以才惹祸上身远走他乡的。

依《明史》所述，永乐四年，陈祖义派儿子士良，梁道明派侄子观政一起回国朝贡。陈祖义虽然归顺了朝廷，仍然"为盗海上"，威胁往来贡使。永乐五年，郑和率领舟师经过此地，派人招抚他。他一边诈降，一边打起了郑和船队的主意，阴谋劫掠宝船。结果，被另一个当地华侨，同是广东人的施进卿告发。当陈祖义突然来袭时，早有防备的郑和将其擒获，押解回京，开刀问斩。

照此看来，陈祖义被歼实在是咎由自取，罪有应得。但是，雪珥在他的《大国海盗》里却对此说法提出了质疑。他根据郑和的助手马欢撰写的《瀛涯胜览》认为，旧港之战"完全是郑和主动出击。正史中描述的陈祖义诈降等，实际上是为郑和的主动攻击寻找一个师出有名的理由"。另外，他还做了这样的分析：

其实，按常理推测，陈祖义能够在异国他乡成为"甚是豪横"的枭雄，智商与情商应该至少在中人以上，审时度势是其生存本能，绝不可能疯狂到以卵击石的地步。根据正史，郑和的舰队足有27000多人，舰船高大，装备精良，绝对堪称当时的"无敌大舰队"。陈祖义虽然是一方枭雄，无非也只是被"千余家"当地华人所认可和追随而已，面对郑和，陈祖义就仿佛小舢板面对航空母舰一样，过于渺小。①

无论如何，这一战的结果是郑和船队"杀贼党五千多人，烧贼船十艘"。这些"贼党"都是寓居海外的华人同胞，这"贼船"都是海外华人赖以为生的私人产业。

郑和在海外打的第二场仗，情节类似，但对手换成了外国人，却有了截然不同的结局。

同样是《明史》所述，永乐六年九月，锡兰山国王亚烈苦奈儿"诱和至国中索金币，发兵劫郑和舟"。郑和趁其国内空虚，杀入王城，生擒亚烈苦奈儿及其妻儿，献俘于朝。结果，"帝赦不诛，释归国"。

纵观中外各国的海外贸易发展历史，"海盗"都是一股不容被忽视的民间力量。在美国著名技术史专家、斯坦福大学经济学家内森·罗森堡与法学家小伯泽尔合著的《西方现代社会的经济变迁》里，甚至专设一节论述"海盗活动与自由贸易的兴起"，其中这样写道：

中世纪及以后的地中海商业史，在很大程度上是与海盗活动交织在一起的。……

① 雪珥：《大国海盗》，山西人民出版社2011年版，第5页。

> 海盗与海上武装民团往往很难区分。在西班牙人眼里，费朗西斯·德雷克就是个海盗，但在他成功完成1577—1580年的航行返回英国时，伊丽莎白女王在他旗舰的后甲板上封他为"爵士"。当然，女王这样做也是有道理的，德雷克为资助他航行的股份公司赚回4700％的利润，而伊丽莎白女王和主要大臣都是股东。①

同样是海盗，在英国可以受封为爵士，成为传奇英雄。同样是海外贸易，英国女王和大臣、商人一样，共同收获股票红利，而不是独享所谓"贡品"，再还以"厚往薄来"的恩赏。所以，英国的海盗或海商能够自由驰骋海上，直至称霸世界；而中国的海商则阻碍重重，处境艰难。

走向现代化的过程，归根结底是一个权利与财富重新分配的过程。越多的人掌握权利，越多的人拥有财富，这个社会便越容易向近代社会转型，越容易走向现代化。现代社会的真谛不是居高临下的赏赐，而是契约平等条件下的分享。这种契约、平等与分享，都有赖于自由贸易的蓬勃发展。自由贸易，不仅是发自于人类天性的必需，而且是一项改造世界的伟大事业。与之相比，明王朝主导的朝贡贸易既垄断了权利，也垄断了财富。结果，不仅限制了中国商人自由发展的空间，也势将断送曾经拥有的制海权。

就在郑和统领60多艘"体势巍然，巨无与敌"的宝船，以及上

---

① ［美］内森·罗森堡、L.E.小伯泽尔：《西方现代社会的经济变迁》，中信出版社2009年版，第75页。

百艘粮船、水船、马船浩浩荡荡地离开非洲东岸，返航回国不久，葡萄牙国王若奥一世的儿子、有着"航海家"之称的亨利王子派出船队沿非洲西岸南下，开始寻找通往远东的新航道。

葡萄牙航海纪念碑，建于1960年，位于里斯本贝伦塔附近，屹立于海旁的广场上。该纪念碑为纪念航海家亨利王子逝世500周年而建，其外形如同一艘展开巨帆的船只，碑上刻有亨利及其他80位水手的雕像，船头站立者即为亨利。

1415年，葡萄牙人越过直布罗陀海峡，攻占北非重要港口城市休达，被认为是欧洲开始实施海外扩张的标志。亨利亲身经历了这场具有历史意义的战役，而他的航海事业也正是从这里起步的。在休达期间，他从战俘和商人那里获取了大量航海资料、历史文献，他因此确信，海洋本身就是一片尚未得到充分开发的宝藏，通过海洋即可抵达许多神奇的地方。自休达返国后，他作为葡萄牙南部省份阿尔加维的统治者，在自己领地的最南端、一个名叫萨格里什的小镇建立了航海学校、天文台和收藏着《马可波罗行纪》的图书馆。他以此为总部，资助和组织了大量探险航行。

1453年，奥斯曼帝国占领君士坦丁堡，垄断了东西方贸易，促使欧洲人迫切需要找到通往印度和中国的新途径。亨利的探险船屡次沿非洲西岸南下，试图绕过非洲大陆发现通往东方的航道。遗憾的是，直到他1460年去世，葡萄牙人也没能到达非洲的最南端，更不可能到达遥不可及的印度和中国。但是，亨利仍然无愧于"航海家"的称号，他使葡萄牙成了欧洲的航海中心，建立了一流的船队，拥有了一流的造船技术，培养了一流的探险家和航海家。有历史学家评价他说，无论对葡萄牙还是对整个欧洲，亨利的一生及其事业的重要性是无法估量的。从他开辟的航海时代起，每一个从事地理大发现的人，都在沿着他的足迹前进。

在亨利的时代，葡萄牙人发明了可以在复杂多变的风向中航行、可以承载大量货物、可以由很少的船员驾驶的三桅"轻快帆船"。此后的几十年里，欧洲的造船技术继续提升，强大的龙骨、厚重的船肋材料、双层橡木船板，使其能够承受船载大炮的巨大后坐力。这种船只的出现使传统的海上作战方式完全过时了，它能在200来米之外发射炮弹击毁敌舰。总之，在全球航海时代来临的时候，欧洲的造船业取得决定性的技术优势。在茫茫无际的海洋上，"中国和日本的平底船是唯一的竞争对手，但是它们通常没有可与欧洲船只相媲美的重炮"。①

怀着对东方的渴望，凭借着坚船利炮，自由的欧洲人开始改写世界史。正当葡萄牙人沿非洲西岸不断摸索前进的时候，哥伦布终于说服了他们的竞争对手、卡斯蒂利亚王国的女王伊莎贝拉资助他向西航行。根据世界是圆形的新理论，哥伦布相信，一直向西航行

---

① ［美］威廉·麦克尼尔著，施诚、赵婧译：《世界史：从史前到21世纪全球文明的互动》，中信出版社2013年版，第274页。

也能到达中国。

　　伊莎贝拉本身就是一个富有传奇色彩的女人。正是由于她与阿拉贡国王斐迪南二世联姻，才使西班牙实现了统一，形成了新的共主联邦。1492年8月3日，在她的资助下，哥伦布集合三艘帆船和一群由90名男子和男孩构成的船员起航了。他们在一望无际、完全未知的水域里航行了两个多月之后，终于在月光的映照下看到了陆地。"哥伦布和他的船员们带着重装武器、叮叮当当地登上了巴哈马一个岛屿的海滩。……哥伦布认为他可能位于印度，因此，他称他遇到的那些当地人为'Indians'——'印第安人'。他的另一种观点是他可能处于亚洲中部的蒙古人当中，这些蒙古人在他的旅途中被称为'大汗的子民'"。①

　　尽管哥伦布固执地坚信他已经发现了通往亚洲的道路，但其他的航海者仍然对此表示怀疑，因而也从未停止寻找新航道的努力。1498年，葡萄牙航海家达·伽马从里斯本出发绕过好望角，然后沿着郑和走过的航道继续东行，真正到达了印度。这次成功的航行，使欧洲人距离梦想已久的中国更近了一步。

　　达·伽马的船队抵达印度古里后，开始系统地搜集有关亚洲的地理和人文资料，其主要目标便是远东的中国。据说，在达·伽马从印度带给国王的礼物中，有多件在古里购买的中国瓷器，深得王后赏识。这更加刺激了国王唐·曼努埃尔一世从海上发现中国、发展贸易的强烈愿望。

　　尽管自丝绸成为深受上层社会追捧的奢侈品以来，欧洲一直流行着关于中国的种种传说，但他们始终缺乏对这个国家的基本认

---

① [美]布赖恩·莱瓦克等著，陈恒等译：《西方世界：碰撞与转型》，世纪出版集团2013年版，第230页。

识。或许，正是因为神秘，它才显得魅力无穷。就当时葡萄牙人对中国的了解程度，专门从事中葡关系史研究的金国平、吴志良这样写道：

> ……1502年9月在里斯本绘制的第一次标明赤道线和热带回归线的地图上，有关满剌加的说明如下："这个城市所有的物产，如丁香、芦荟、檀香、安息香、大黄、象牙、名贵宝石、珍珠、麝香、细瓷及其他各种货物，绝大部分从外面进来，从秦土（terra dos chins）运来。"此乃葡萄牙文献上有关中国的最早明确记载。①

因为对"秦土"（中国）的探寻，满剌加，这个今天被称作马六甲的马来西亚城市成了当时葡萄牙人关注的焦点。1505年，葡萄牙国王唐·曼努埃尔一世任命德·阿尔梅达出任葡印舰队司令时，对他反复叮咛，要对满剌加及尚未十分了解的地区进行开发。1508年，唐·曼努埃尔一世再次专门派出一支舰队驶向满剌加。国王给舰队司令塞格拉的使命是了解"秦人"的一切情况，包括："他们来自何方？路途有多远？他们何时到满剌加或他们进行贸易的其他地方？……他们穿什么衣服？他们的身材是否高大？……他们是基督徒还是异教徒？他们的国家大吗？国内是否不止一个国王？是否有不遵奉他们的法律和信仰的摩尔人或其他任何民族和他们一道居住？还有，倘若他们不是基督徒，那么他们信奉的是什么？崇拜的是什么？……"如此等等，通篇透露出他对"秦土"与"秦人"的好奇和渴望。塞格拉的舰队在满剌加逗留了数月，与当地华人有了初步接触。

---

① 金国平、吴志良：《早期澳门史论》，广东人民出版社2007年版，第30页。

1511年，是个被中国传统史学严重低估了的时间点。这一年，有着"海上雄狮"之称的"果阿公爵"阿方索·德·阿尔布克尔克率领19艘大船、1400名士兵从印度果阿出发，攻陷中国藩属国满剌加。自此，欧洲人开始闯入中国的势力范围，通往中国的水域彻底洞开了。

有人说，这是中国悲剧的开始，它逐渐导致了中华帝国三千年未有的变局，亦决定了世界未来格局。甚至认为1511年满剌加沦陷至鸦片战争这一历史过程，应被视作中国的近代初期史或近代早期史。其理由是"鸦片战争只是贸易冲突的军事解决方式，但东西文明间的较量才是一切冲突的渊源。显而易见，东西文明早在鸦片战争前几百年便以潜移默化的形式在碰撞，至1840年才迸发了火星"。①

满剌加易主，的确是西人东进的一次决定性胜利。它象征着明王朝从此失去了对南洋的控制权，几千年来中国以"朝贡贸易"方式保持的"主宰地位"开始动摇。同时，它也显示了两种贸易形态所产生的不同结果，反映了商人对历史发展走向的直接影响。

明廷的天朝皇权外交历来与民间海外贸易处于分裂甚至矛盾的状态。满剌加虽然是大明帝国的藩属国，却对当地华商百般欺凌，经常掠夺他们的财物、威胁他们的安全。海外华商既没有祖国的保护，也得不到藩属国的尊重，于是便转而成了葡萄牙人的合作者。正是在他们的支持下，葡萄牙人才得以顺利攻陷满剌加城，占据这一海上交通要冲的。

据史料记载，阿方索·德·阿尔布克尔克的舰队抵达满剌加港后，首先解救了五艘被满剌加国王强行征用的华人平底船。这些华人出于愤慨，也为了保护自己的人身安全，主动要求与

---

① 金国平、吴志良：《早期澳门史论》，广东人民出版社2007年版，第40页。

阿方索·德·阿尔布克尔克协同作战，一起讨伐满剌加。阿方索·德·阿尔布克尔克婉谢了他们的好意，只希望他们能将平底船上的交通艇提供给葡军，以便登陆之用。华人为报答解救之恩，表示如果将来满剌加由葡萄牙人管理，保证每年会有100艘中国帆船来这里做生意。他们还向阿方索·德·阿尔布克尔克介绍了满剌加城内的布防情况，提醒他当地人数不胜数，还有两万头全副武装、配有塔楼的战象，攻城时要特别谨慎。阿方索·德·阿尔布克尔克对他们的忠告十分感激，却坚定地表示，纵使满剌加国王强大无比，上帝仍然略胜一筹，他们为上帝的信仰而战。他还请求华人在此多停留几天，在旁边看看满剌加之战的最终结局。

葡萄牙人控制满剌加后，于1513年和1515年先后两次派船扬帆广州，虽然与华商做成了几笔生意，却始终无法与明廷建立官方贸易关系。1517年，以皮莱茨（又译皮雷斯）为首的葡萄牙使团从广州登岸，在满剌加华人火者亚三的引领下前往京城，试图与明廷建立全面外交关系。这是第一个欧洲赴华使团，他们虽然以失败告终，却开辟了中欧交往的新时代。

中葡双方的最初接触，注定不会一帆风顺。这是两种政治文明与经济观念的碰撞，谈判、战争、妥协，轮番上演。但是，世界大势此消彼长，无论明王朝表面上如何强大与强硬，它都已经无力阻止西人东进的决心与脚步，最后，澳门便成了一个双方都能接受的中间地带。

粤商是因海洋而生、依靠对外贸易而存的。他们必须顺应国际形势的变化，适时调整自己的发展走向，不断寻找新的立足点与突破点。在主动走出去的海商受到种种限制，海上生存空间日渐狭小的情况下，澳门——这个中西文明的交汇之地，为他们提供了另一种可能。

三

明清两代，中国的海岸时常徘徊在开禁之间，是开是禁，都与商贸利益无关，全凭朝廷意志，甚至只是皇帝的个人好恶。只有一个地方，在敞开之后就再也无法禁闭，这就是原属香山县的澳门。因此，这里也成了国人了解世界，走向现代化的始发点。

专事广东十三行历史研究的梁嘉彬先生曾说：葡萄牙人"立埠于澳门，实为泰西通市之始"。

关于澳门开埠及葡萄牙人入居的年份，史学界流行着三种观点，即1535年、1553年和1557年。这三个年头，都有值得研究、书写的历史事件。

据《明史·佛朗机传》：

> 先是，暹罗、占城、爪哇、琉球、渤泥诸国互市，俱在广州设市舶司领之，正德时，移于高州之电白县。嘉靖十四年，指挥黄庆纳贿，请于上官，移之濠镜，岁输课二万金，佛朗机遂得混入。

明史上记载的嘉靖十四年也就是公元1535年。那些被当时中国称之为"佛朗机"的葡萄牙人，于1535年借广州市舶司将查验番舶的地点迁往濠镜（澳门）之机，通过行贿官员而混进来的。

另一份史料上却是这样记载的，据郭棐的《广东通志》：

> 嘉靖三十二年（1553年），舶夷趋濠镜者托言舟触风涛缝裂，水湿贡物，愿借地晾晒，海道副使汪柏循贿许之，时仅棚垒数十间，后工商牟利好奸者，始渐运砖瓦木石为屋，若聚落然。自是诸

澳俱废，濠镜独为舶薮。

由此看来，葡萄牙人又是以舟船破损、海水打湿了上贡物品、借地方晾晒为由，于1553年进入澳门，就此"渐运砖瓦木石为屋"，长住下来的。

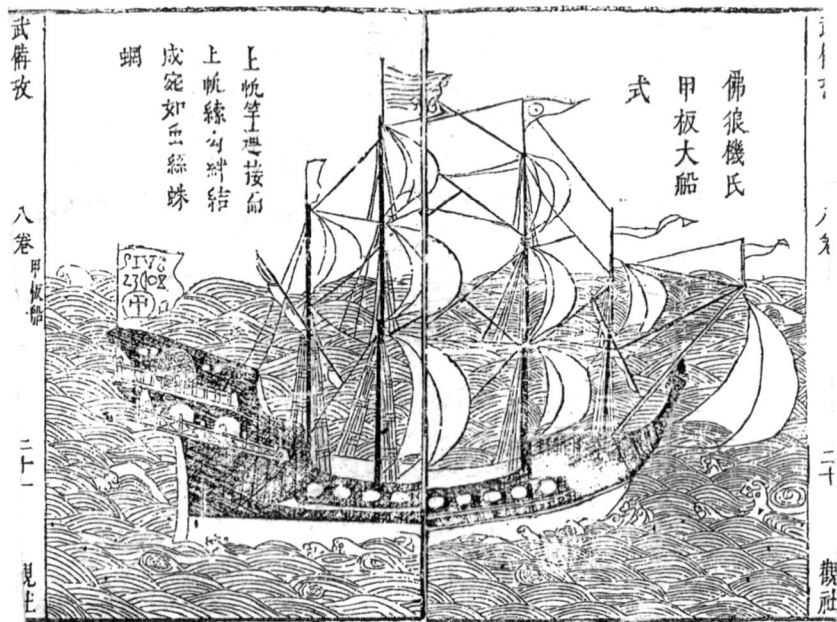

佛朗机甲板大船。载《澳门编年史》（第二卷），广东人民出版社2009年版，第522页。

与中国史籍记载的不同，葡萄牙人大多认为，澳门正式开埠的时间为1557年。探险家费尔南·门德斯·平托在他的《远游记》中说："直至1557年，广东官员在当地商人的要求下，将澳门划给我们做生意。"

不管怎样，此前名不见经传的佛朗机（葡萄牙）能打破常规，在高傲自大、闭关自守的天朝独占一隅，筑室建城，俨然一独立王国。这不仅是史无前例的"创新"，而且影响了此后数百年的历史。所以，葡萄牙人究竟是如何获得官方允许，得以长期占据澳门？这也成了学术界争论不休的问题。

多少年来，"霸占说""受贿说"等不同观点和演绎都曾在史学界风行一时。这些解释都有其产生的历史背景，却也同时忽视了商贸的作用，忽视了明王朝对欧洲物质文明成果的需求。

历史是政治的，也是经济的。如果从经济学角度分析澳门开埠及由此产生的影响，龙涎香、自鸣钟和佛朗机铳就成了新的关键词。有学者认为："嘉靖至南明的中葡关系，基本上是围绕着它们展开的。龙涎香是葡萄牙人入居澳门的护身法宝，自鸣钟为扣开中华国门的敲门砖，明末视佛朗机铳为制胜神器，香、钟、铳这三部曲，贯穿了明代以澳门为中心的中葡关系。"①

梁嘉彬先生也认为："葡人始通中国时，布政使吴廷举以缺上供香故，准其入居蚝（濠）镜；至于清代以鸦片税故，又准其永管澳门。余谓：澳门之失，一失于龙涎（香），二失于鸦片。"

1521年发生的中葡"屯门之役"，虽然以广东水师险胜告终，却让中国人第一次尝到了"佛朗机铳"的威力。明廷就此封锁广东，禁绝一切海上贸易。严厉的海禁，让广东地方官面临两个十分棘手的问题，一是地方经济遭到沉重打击，岭南商民怨声载道，军饷官俸出现紧缺，因此时有开海之议；另外便是海盗再次猖獗，何亚八、林道乾等大小海商（盗）集团渐有坐大之势，在这样的背景下，当局又有了引葡人入澳，"以商制夷""以夷制盗"的算计。恰在这时，一道圣旨传到广东："速访买……龙涎香一百斤，即日来用。"

---

① 金国平、吴志良：《早期澳门史论》，广东人民出版社2007年版，第94页。

嘉靖皇帝迷信道教，沉溺长生秘术，重用术士陶仲文、顾可学等人炮制不老药"万岁香饼"。龙涎香是其中一味主药，于是，命全国上下遍寻此物。

龙涎香产于西亚、东非、印度洋一带，葡萄牙人一度垄断了龙涎香贸易，这也成了他们入居澳门的护身法宝。

早在正德年间，广东布政使吴廷举便为了寻香让"番舶不绝于海澳"，并因献香有功官运亨通，一路高升。到了嘉靖年间，广东海道副使汪柏沿袭其为，成为葡萄牙人入澳、居澳的关键人物。他之所以敢力排众议，允许海舶入澳，目的也是为了"访买"龙涎香。

汪柏在中国历史上算不上什么著名人物，但是，历史往往是由那些看似无足轻重的人改变的。葡萄牙人入居澳门，影响了中国甚至世界。

"千金一片"的龙涎香，让葡萄牙人以四两拨千斤的方式在"普天之下，莫非王土"的明王朝谋得一个立足点，进而发展成了国中之国。它的存在，从根本上撼动了明廷自洪武年间即开始苦心经营的朝贡贸易体系，开创了西方人渗入中国本土的先例。葡萄牙人之所以能取得前无古人的成功，得益于他们的海外贸易扩张，得益于对龙涎香等珍稀资源的垄断。

继龙涎香之后，自鸣钟、佛朗机铳和望远镜等文艺复兴取得的文明成果，通过澳门流入中国，成为中国经济文化与世界接轨的第一切入点。由此，广州—澳门对外贸易经济带逐渐成形，一种新的经济观念和经营形态开始在岭南滋长。

澳门作为广州的外港，有向西通往欧洲、向北通往日本、向东经菲律宾通往拉美地区的三条主要航线，是早期世界贸易史上举足轻重的交通枢纽。到明万历年间已有一万多名西方人在此居住。

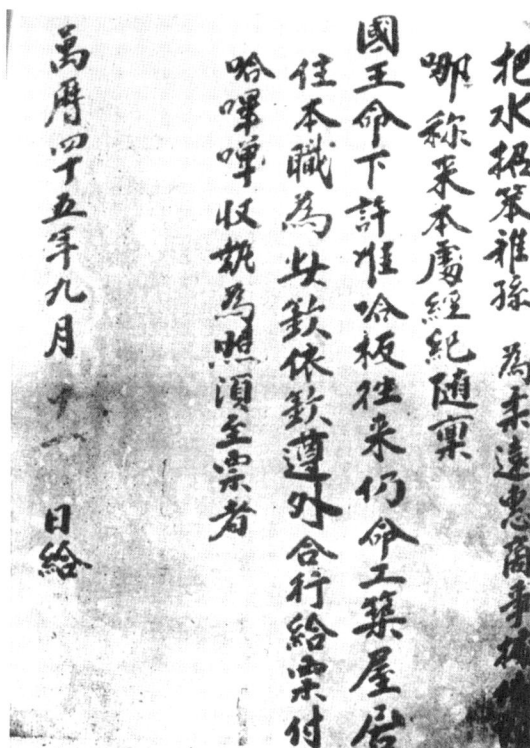

明政府于万历四十五年（1617年）发给外籍船长哈哗嘽的文书，准许其船只从澳门进入广州。原件藏英国牛津大学。*

葡萄牙人为了长期占据澳门，积极协助明政府攻击何亚八海商（盗）集团、镇压在香山一带活动的"阿妈贼"，"为天朝守海门而固外围"，让广东当局部分实现了"以夷制盗"的目标。在民间海商的生存空间受到强力挤压的同时，汪柏"乃立客纲、客纪，以广人及徽、泉等商为之"。所谓"客纲"实际就是牙行的组织机构，每纲设一"纲首"，总理牙行事宜，主持对外贸易；所谓"客纪"就是牙行的经纪人。通过"立客纲、客纪"，将与外商有关的所有事务统统交给牙行商人办理，实施"以商制夷"。这是明朝中晚期，在西方自由贸易强烈冲击下，陈旧的"朝贡贸易"体系面临崩解失效情势下的一种"制度创新"。

有关专家根据史料分析，明代由广州、徽州、泉州三地商人垄断的这十三家商号，便成了清代广州十三行的权舆。换言之，由行商总揽西洋贸易事务，"以商制夷"的政策设计，被清政权全面继承，而且发展到了一个新的高峰。

从闯荡天下、一度主导了南海民间贸易的海商，到居于口岸、总揽西方来华贸易事宜的行商，粤商，一直在风云多变的国内外大势中摸索前进，直至发展成了主导中外贸易格局的中坚力量。

第四章

钟摆摇动，广东迎来"世界时间"

正当欧洲人努力张开时代的风帆，竭尽所能向海外发展的时候，中国的清朝统治者却逼迫沿海居民离开世代居住的土地，回迁内地。这不仅让人民的生命财产遭受了一场浩劫，给国民经济造成了无法估量的损失，也是一次文明的大倒退。

而就在清政府实施"迁海"令，试图让人民与海洋彻底隔绝的同时，全球化浪潮已经滚滚而来。不管你愿意与否，一个终将覆盖全球的"世界时间"，伴着时钟机器发出的节奏，正向中国步步进逼。

与此同时，继晋、徽商帮成就的辉煌之后，一个属于广州十三行商人、属于粤商的新时代，就要到来了。

中国圣人喻时间如流水，西方哲人视时间如黑洞。

《论语》有言，"子在川上曰：逝者如斯夫，不舍昼夜"。大概也正是从此开始，"流逝"便成了汉语里表述时间走向的一个专用语汇。不断流逝的时间，构成了异常久远的中华文明史。

古罗马诗人奥维德说，"时间吞噬一切"。拥有时间就拥有生命，失去时间则意味着死亡，因此，时间又有了宗教意义。无论是西方的教堂还是中国的寺庙，钟楼都是必不可少的经典建筑，信徒们在钟声的催促下，走向庄严的圣殿，朝着神明祈祷，渴望超越时间的限制，获得灵魂永生。

可是，谁也挡不住时间的流逝。人们感叹的"时间都去哪儿了？"既是个哲学问题，也是个历史问题。

在过去数不清的岁月里，人类一直以日晷计时，太阳就是时间。中国传统上将一天分为十二个时辰：夜平、鸡鸣、平旦、日出、食时、隅中、日中、日昳、晡时、日入、黄昏和人定。人们祖祖辈辈依照太阳的运行规律来安排生活，日出而作，日落而息，循环往复，亘古不变。从这个意义上来说，所谓"流逝"的时间其实又是"停滞"的，就与中国的社会形态一样。

1350年，文艺复兴的发源地意大利制造出第一台结构简单的机械打点塔钟。此后，在英、法等国的大型标志性建筑上也相继出现了报时钟，其动力来源于由绳索悬挂的重锤，利用地心吸引力驱动指针。1510年，德国的锁匠首先用钢发条代替重锤，制造了装有冕状轮擒纵机构的小型机械钟。1582年前后，伽利略发明了重力摆，惠更斯把重力摆引入机械钟，创造了摆钟。总之，自14世纪起，欧洲逐步摆脱了以太阳为中心的自然时间，进入了更为精确、统一、客观的机械时代。时间被小时、分、秒逐级分割，人类的生命活动被科学规划。从此，时间有了年代分界，一种叫古代时间，一种叫近现代时间。

依据时钟实现的"时间标准化"是工业化社会的基础，"准时"不仅被视为新的美德，而且是规模化生产必须遵守的"纪律"；时钟是机器之母，是"机械中的机械"，它作为知识、智慧和技术的结晶，成为科学革命的标志性成果，影响深远的工业革命也因此发轫。欧洲作为时钟的原创者，依靠机械时间建立起了一种新的文明形态，这就是所谓的现代。当这种文明成为人们共识变为世界主流时，一个现代世界就这样诞生了。

在重锤、发条和齿轮的共同作用下，时间开始发出嘀嗒、嘀嗒的规律响声。它以扣人心弦的节奏，显露时代的脉动。这时，无论是哪个民族，无论是处在地球的东方还是西方，只有把握"世界时间"，才能跟上世界发展的脚步。换言之，与先进文明接轨，首先要与"世界时间"接轨。这个全新的"世界时间"，已经把欧洲人从自然舒缓的古代，推向了争分夺秒的近现代。

在中国，广东是最接近"世界时间"的区域，粤商是最接近"世界时间"的商人群体。正当欧洲人通过"机器时间"，改造自己的文明形态，向资本主义社会转型的时候，中国的大明王朝也出现了一些新鲜景象，这些景象被当今的史学界普遍称之为"资本主义萌芽"。这其中最引人注目的，当属晋商、徽商，以及粤商等几大商帮的相继崛起。商帮的形成，不仅象征着商业的繁荣，而且使各地商人结成了强有力的利益联盟，使他们仿佛有了一丝向新兴社会阶层演进的可能。

历史向中国商人打开了一扇机会之窗，而最终经受住"时间"考验，主动融入世界性发展潮流、努力参与社会更新的，自然首推广东沿海的粤商。

明清两朝的许多年里，在中国商界占据统治地位的主要是晋、徽两大商帮。它们一北一南，主导了当时中国的商贸局面，二者的影响力也常在伯仲之间。

晋商兴于明、盛于清，起于盐业、显扬于票号，曾经是中国最有势力的商帮。然而，无论是兴盛还是衰落，它的每一个发展阶段都深深地刻上了特有的中国印迹，从而也就根本无缘"世界时间"。

晋商发迹，全赖明廷推行的"开中制"。明朝初年，为了解决西北边防守军的粮草之需，朱元璋采纳了山西官员的建议，命商人将粮食运到大同或太原，根据运粮的数量获取"盐引"（贩盐的特许凭证）。这两地附近的山西商人凭借天时地利，得以挤入官府专卖领域，通过垄断盐业，出现了一批豪商大贾。掘得"第一桶金"后，他们的经营范围逐渐扩展至丝绸、布匹、颜料、药材等行业，成为遍布全国的商人集团。

早在清军入关之前，山西商人就已进入东北地区，与清皇族多有联系。清军入关后，有的商人专事皇家采购，成为"皇商"；有的跟着清军一起行动，从事随军贸易。如介休的范家，除提供皇宫内的各种日常生活用品，还曾经负责运送军粮。而当朝廷铸币用的铜出现短缺时，范家又摇身一变成了大铜商，垄断了铜材供应。票号兴起后，山西商人迎来了又一个辉煌期，可谓"富甲华夏""汇通天下"。然而，山西的票号终究不同于欧洲的银行，它不是自由经济体系下竞争的产物，兴衰成败都与经济规律无关，全赖与朝廷、官僚的特殊关系。张之洞为了当上两广总督，曾从山西协同庆

晋商协同庆票号。

票号筹借十万两白银，疏通关节，打点上下。张之洞如愿以偿后，便投桃报李，特准协同庆在广东开设分号，把两广的钱粮国税一揽子交给协同庆办理，仅三四年间这家山西票号就获利白银百万余两。与此相仿，几乎每个大的山西票号都有达官贵人做靠山，蔚盛长号交好庆亲王，大德通号交好赵尔巽，三晋源号交结岑春煊，日升昌号交结伦贝子、振贝子、赵舒翘，如此等等，不一而足。

山西商人对清朝权贵的这种依附关系，使他们结成了一荣俱荣，一损俱损的命运共同体。加之这些票号过于热衷借助权势在流通领域渔利，不愿向产业资本转化，结果，辛亥革命事起，庞大的晋商团体无所凭依，迅速衰落。他们把所有的财富与荣耀，都留在了"清朝时间"。

徽商以从事淮盐、钱庄、典当、茶叶、丝绸、木器等行业著称，他们与晋商既相似又有明显的差异。徽商也涉足官盐买卖；徽商经营的银号、钱庄也依靠与上层官僚的特殊关系，吸纳大笔军饷、募兵费谋取暴利。徽商的代表人物、"红顶商人"胡雪岩即先后6次为左宗棠的西征军向外资银行贷款，史称"西征借款"。有学者分析推断，不算外资银行付给胡雪岩的佣金，仅仅利用浮报利息款他就从中赚取了白银288.33万两。

徽商与晋商的区别，主要表现在商业理念和经营思想上。晋商一向以"义利并举"为经营之道，他们所追求的守信、讲义，说到底不过是中国传统道德向商业经营领域的移植，因此在文化和思想上都显得比较朴素，缺少震撼人心的创见。徽商生于程朱故里，深受宋明新儒学的影响，尤其是在王阳明提出"四民异业而同道""虽终日做买卖，不害其为圣为贤"等尊商思想后，徽州商人获得了摆脱世俗偏见的文化资源与心理优势。虽然这还不足以从根本上动摇"荣宦游而耻工商"的传统价值观，却能通过提升商人的自我修养，重塑商人的公众形象。徽商的"贾而好儒""贾服儒行"，开创了中国"儒商"一脉，成为最具文化底蕴的商人群体。正如叶显恩先生所说的："徽商以商业的成功与推进文化、培育人才并举，既提高商人的素质和层次，又制造了一个官僚集团。……在利用传统文化促进商业发展方面，已经达到了极致的境界。"

叶显恩，原广东社科院历史所经济研究室主任，以《明清徽州农村社会与佃仆制》《徽州与粤海论稿》《明清广东社会经济研究》等专著享誉学界，是我国寥若晨星的商业史专家之一，长期从事徽商与粤商的比较研究。2013年7月，我为写作本书曾专程赴广州采访这位老先生。

为安排这次采访，我以电子邮件的方式和他取得了联系。他的复函满怀热忱，行文古雅，字里行间流露出中国老一代知识分子特有的儒者风范。

到约定那天我起了个大早，从深圳驱车赶往叶显恩先生位于广州的居所。在当下这个人际关系日渐疏离的社会，人们似乎已经习惯了关闭家门，把自己紧紧地包裹起来，谢绝一切外来打扰。就我接触所及，如今还愿意向访问者主动开放门户、向你暴露自己的私人空间的，差不多都是叶先生这样的老学者和教授。他们仍然保持着与人讨论学术问题的热情和接人待物的坦诚。

穿过耸立着一排书柜的客厅，随叶先生进入他的书房。书房里有更多的书柜，虽然略显促狭，却也有了相对而谈的亲近。关于粤商，叶先生的许多观点与我不谋而合，我们都特别看重这个商人群体所具有的"现代性"。正是这种努力向"世界时间"靠拢的特点，才使粤商从众多商帮里脱颖而出，独树一帜。

愉快的谈话总是显得短暂。到采访不得不结束的时候，叶先生交给我三份电脑打印的文稿，分别为《儒家传统文化与徽州商人》《粤商与广东的航运业近代化：1842—1911》和《略谈广州十三行研究的意义》，大约是他还未公开发表的研究成果。

在《儒家传统文化与徽州商人》一文里，他将徽商与粤商做了这样的比较：

> 徽商无论在贾道和商业运营方面的建树上，抑或规模经营和资本的积累方面，都走到了传统的极限，但是却至此而止步不前。他们积聚资本仅视为手段，而不是目的。既没有以商业为终生终世的事业来追求、没有如珠江三角洲的商人般进一步提出"以商立国"的思想，也没有建立商业帝国的宏图；徽商既没有将其商业资本转化为产业资本，如同珠江三角洲商人投入机器缫丝业，实行近代工业化，反而用来结托官府，或用于科举仕途，以实现其"缙绅化"。

在《略谈广州十三行研究的意义》里，他再将徽商、晋商与以广州十三行为代表的粤商进行对比：

> 广州十三行商人不断地发展壮大，成为明清时期继徽、晋商之后的具有崭新特色的豪商集团。应当指出，徽、晋商和十三行商人之间具有质性的差别。这不仅表现在经营规模和拥有的资本总量上，后者超过前者，尤其体现在经营理念、经营管理方法和手段上有质性的差别。应当说广州十三行商人是商业转型期的商人集团。他们中的一部分行商，以及他们培育的买办商人，已经投资产业，向企业家转化，是一种不同于徽商、晋商的新型商人。

说起粤商，离不开"十三行"，而论及"十三行"的历史，又不能不涉及葡萄牙人入居澳门，以及"定期市"的形成。

经过文艺复兴和商业革命双重洗礼的葡萄牙人，一来到中国就颠覆了它维持已久的对外贸易规则。中国传统的朝贡贸易，仪式和手续都相当繁琐，朝贡国首先得获取明王朝的"勘合"（允许他们前来朝贡的凭证），然后由贡使带着"金叶表文"（朝贡国国王献上的进贡文书）、方物（进贡物品）来到指定口岸，经市舶司核验无误后方准入贡。入贡，是与中国进行贸易活动的先决条件，只有获准入贡的"番舶"才能与中国互市，非来朝贡的外国船舶根本就不让靠岸。明朝初年，载于《皇朝祖训》允许前来朝贡，并领到"勘合"的国家总共也只有真腊（今柬埔寨的高棉）、苏门答剌（今苏门答腊岛西北部的亚齐）、占城（今越南南部）、日本等十几个国家。而且还不是每年都允许他们来朝贡，所谓"贡有定期，防有常制"，对贡期、贡道（贡使朝觐的路线）和船舶数量都有诸多限制。葡萄牙人的到来，尤其是当他们获准入居澳门之后，这种刻板的朝贡贸易体制开始动摇，广东官方允许葡人每年冬夏两季进入广州开市贸易，这就是新出现的所谓"定期市"。

在《利玛窦中国札记》里，对"定期市"有着比较详细的介绍：

> 葡萄牙商人已经奠定了一年举行两次集市的习惯，一次是在一月，展销从印度来的船只所携来的货物，另一次是在六月末，销售从日本运来的商品。这些集市不再像从前那样在澳门港或在岛上举行，而是在省城本身之内举行。……在这里，他们晚间必须呆在他们的船上，白天允许他们在城内的街上进行贸易。……这种公开市场的时间一般规定为两个月，但常常加以延长。①

一年两度的广州"定期市"，不少学者在其著述中都有涉及，却始终缺少深入、到位的阐发。正是由于它的出现，才彻底改变了朝贡贸易时兴时衰的尴尬局面，使广州发展成为与澳门联系紧密、名符其实的国际大港。中国内地商人运来的茶叶、丝绸、瓷器，葡萄牙商人从欧洲、东南亚和日本运来的枪炮、玻璃、钟表、胡椒、象牙、刀具等，一起汇聚到这里，使它成为紧俏物资的集散地、国际贸易的重要枢纽。可以说，影响深远、活跃至今的"广交会"即发源于此。

正如今天的"广交会"一样，"定期市"不仅使本地粤商广泛受益，也吸引了闽浙、徽州等内地商人南下广东，他们当中的一些人落地生根，成为一股新生力量，加入了粤商的行列。据史料记载，当时仅"闽商聚食于粤，以澳为利者，亦不下万人。"

"定期市"也是广州十三行商人得以萌生的土壤。正是由于中外贸易异常活跃，本地粤商、徽州和泉州商人经营的牙行生意火爆，才有了中外学者反复提及的"汪柏乃立客纲、客纪，以广人及徽、泉等商为之"。汪柏通过设立"纲首"对众多牙行及其经纪人

---

① [意]利玛窦、[法]金尼阁著，何高济等译，何兆武校：《利玛窦中国札记》，中华书局1983年版，第144页。

进行组织、管理，统揽对外贸易。这些牙行游走于外商与内商之间，作为买卖的中介评定货价、牵线搭桥，在双方交易过程中收取行用钱，即所谓"牙钱"。作为中外商舶贸易的关键环节，他们实际承担起了市舶司的部分职能，成为沟通中外，保证买卖公道，维护市场秩序的新兴商人集团。

总之，由于葡萄牙人的到来，由于一年两度的广州"定期市"，打破了中国朝贡贸易的僵化局面，使广州真正被纳入全球海洋贸易体系，也使粤商开始触摸、感受到了通向近现代的"世界时间"。

在长期封闭的古代中国，仿佛连时间都是静止的，让那些不安于现状的活跃分子倍感窒息。这时，在广东沿海，一个通向世界，也通向未来的海上之路豁然而开。于是，闽浙、徽州的商人开始蜂拥而至。与历史上那些到广东躲避战乱的被动移民不同，这些商人都有着明确的人生发展目标，他们在这里发现了改变命运的机会之窗。广东作为中外文明的交汇之地，以其兼容并包的文化传统，为全国外贸商人提供了广阔的舞台，或者说，为他们提供了日新月异的"世界时间"。由此可见，广东对全国各地精英人士的吸引，不是今天才出现的，而是其来有自，古已有之。

汪直，一个近年来被学术界重新认识、评价的传奇人物，也是由徽州到广东从事海上贸易的著名代表之一。他生于徽州，发迹于广东，称"王"于海上，被斩首于杭州。他自称"净海王""徽王"，明朝官府称其为"海盗""倭寇"，如今学者们更愿意把他叫做海商。

　　汪直生于人多地寡的徽州歙县，那里素有出外经商的传统。据《明书·汪直传》记载，汪直"自少落魄任侠……既壮，饶智略，性善施"。嘉靖十九年（1540年），汪直和他的同乡叶宗满等人结伴南下，到广东寻找商机。另据《歙县志》记载："嘉靖十九年，直与宗满等之广东造巨舶，抵日本、暹罗诸国互市，致富不赀，夷人呼为五峰船主。"

　　汪直等人在广东高州所造的"巨舶"，"方一百二十步，容两千人，木为城为楼橹，四门其上，可驰马往来"。他们凭借这样的大船，走私硝石、硫磺、丝棉等违禁品，五六年间便积累了大笔资本。

　　早在葡萄牙人占据澳门之前，长期从事海上贸易的汪直就与葡萄牙人建立了紧密联系，而且曾充当葡萄牙与日本军火交易的中间人。雪珥根据日本史料讲述了一个"铁炮传来"的故事。1543年秋天，在日本海面上出现一艘大船，"不知自何国来，船客百余人，其形不类，其语不通，见者以为奇怪矣"。幸好，船上有个名叫五峰的"大明儒生"。于是日本人便把所有的疑问都写在了沙滩上，船上来的是哪国人，怎么生得如此怪异？"大明儒生五峰"也在沙滩上书写答案，经过一番"笔谈"，日本人方才得知，船客都是来自西方的"贾胡"（葡萄牙商人）。接着，在他的翻译说和下，葡萄牙人开始推销"铁炮"（火绳枪）。经过当场示范，日本人终于买了几支葡萄牙人的"铁炮"。所谓"大明儒生五峰"，就是中国海商汪直。虽然尚不足以据此就确定是汪直把日本带入了热兵器时代，却也说明了汪直穿梭于各国海商之间的活动能力。

　　随着汪直的海上势力不断壮大，日本战国时代的肥前国大名（藩主）松浦隆信邀请他在自己的领地，位于长崎的平户岛建立了稳固的根据地，双方合作拓展海外贸易。这也是汪直被官方称为

"倭寇"的主要原因。

在日本站稳脚跟的同时，汪直又以此为后盾再向中国东部沿海发展。他先是投靠盘踞在舟山外海双屿岛上的海商集团首领许栋。双屿岛是当时的"世贸中心"，为逃避明廷海禁，中国、葡萄牙及日本的海商大多选择在此交易。浙江巡抚朱纨命官军出动380多条战船荡平双屿岛后，汪直率众逃到了舟山的沥港（也称烈港、冽港）。由于他"沈机有勇略，人服之"，被许栋的残部推为新主，另立门户。

在沥港重整旗鼓后，汪直转变了经营策略，开始主动向官府靠拢，协助官军攻击其他武装海商集团（"倭寇"），同时借机扩大自己的势力范围。在嘉靖二十九年（1550年）到嘉靖三十一年（1552年）这三年间，他先后剿灭了卢七、陈思盼等多个"海贼"集团。其中，陈思盼以横港为据点，驰骋海上，雄踞一方，是汪直的主要竞争对手。据汪直被诱捕后的狱中自述，他攻击陈思盼是因为"官兵不能拒敌，海道衙门委宁波府唐通判、张把总托臣剿获"。除此之外，大概也不能排除他想借机铲除异己的算计。此前汪直的船队从陈思盼控制的海面经过时，也曾"屡被邀劫"。1551年，有位王姓海商率20多条船到浙江海面贸易，被陈思盼邀请入伙。王船主不肯，陈思盼便杀人夺船，胁迫船员归顺自己。对此，王船主的亲信很是愤愤不平，暗中与汪直联络，欲为旧主复仇。这让汪直找到了进攻的机会，设计在陈思盼大办寿宴时，里应外合，突然袭击，诛杀陈思盼，并将其余党尽收帐下。经此一役，汪直奠定了海上霸主地位，稳固了舟山的沥港基地，使其与日本的平户岛根据地遥相呼应，互为犄角之势。一时间，"五峰旗号"在海上畅通无阻，成为中国沿海最大的海商集团。

无论汪直杀了多少"海贼"，在朝廷眼里，他终究还是"倭寇"，岂能容他就此坐大？嘉靖三十二年（1553年），当时与戚继光并称"俞龙戚虎"的"抗倭"名将俞大猷等"驱舟师数千"围攻沥港，汪直再次率部突围，逃往日本。

以为替朝廷"捍边"有功的汪直觉得十分委屈，回到日本后干脆自立为"徽王"，"僭号曰宋……部署官属，皆有名号。控制要害，三十六岛之夷，皆其指使"。

在日本称王，并且可以"指使"众多"岛夷"之后，汪直开始向闽浙沿海发起一次次反击，"纵横往来，如入无人之境"，"比年如是，官军莫敢撄其锋"。他终于成了让朝廷头痛的真正的倭寇首领。所谓"首倭而作乱者，徽人汪直也"。

嘉靖三十三年（1554年），汪直的安徽同乡、绩溪人胡宗宪被任命为浙江巡按监察御史，随后又升任兵部侍郎兼都察院佥都御史、总督浙江、南直隶（南京附近归中央直属区域）、福建军务。他改变朱纨对海商或曰"海贼""倭寇"赶尽杀绝的办法，采用了"剿抚兼用"的策略。问题是，此前也曾有官员主张招抚汪直，都被嘉靖皇帝以"一意剿贼，贼首不赦"否决。因此，胡宗宪再次上书时便将派人招抚汪直，说成了"募人出海，通谕日本国王，使其约束倭夷，不使侵扰我境"。

获得朝廷的同意后，胡宗宪派蒋洲、陈可愿两人"出使"日本"宣谕"。他们到日本后，首先和汪直的义子汪滶（毛海峰）取得了联系，说是要见日本国王。汪滶告诉他们，"徽王"汪直才是"岛夷所宗"，见国王根本就没用。这正合两位使者的心意，他们来的目的就是要见到汪直。在汪滶的引荐下，两位使者对汪直传达了胡宗宪的招抚之意："总督公（胡宗宪）推心置腹，任人不疑"，已将汪直的老母妻儿从狱中释放，生活也得到了妥善安置，希望他"立功以自赎，保全妻孥"，由此"转祸为福"等等。

经过两年多的反复游说、谈判，汪直终于同意接受招安。嘉靖三十六年（1557年），汪直率千余"骁勇之倭"，乘战船来到舟山群岛的岑港。虽犹豫再三，汪直最后还是在胡宗宪派出的一干官员的劝诱下决定离船登岸。当时，他受到了胡宗宪的热烈欢迎，两人推杯换盏，把酒言欢。随胡宗宪回到省城杭州后，汪直也享受了几天"乘金碧舆""纵饮青楼"的荣华，可惜好景不长，没过多久即被软禁。由于汪直余部的海上势力依然强大，对他好吃好喝地"羁养"了将近两年之后，才以"背华勾夷，罪逆深重"为名枭首示众。

关于胡宗宪是真心想招安汪直，后来迫于压力无奈食言，还是以招抚为名，设计诱捕，历史上颇多猜测。毫无疑义的是，汪直至死都不承认自己是叛贼，却反复强调其所作所为"别无他望，唯愿进贡开市而已"。

杀了与葡萄牙人、日本人过从甚密的汪直，既没能终结倭乱，也没能阻止葡萄牙人的到来。当大航海及越洋贸易成为一种势不可挡的潮流之后，任何人都已经无法改变时代前进的脚步，无法拒绝"世界时间"的来临。

几乎就在汪直被引诱到杭州羁押的同时，葡萄牙人凭借龙涎香、自鸣钟和佛朗机铳在广东打开了一条直抵中国内地的贸易通道，并且在澳门获得了长久定居点。在这里，"中国时间"首先遇到了"世界时间"的挑战。

曾在澳门居住，并经此进入中国的耶稣会传教士利玛窦，一踏上这片土地就发现了它的"时间问题"，"这个国家只有少数几种测时的仪器，他们所有的这几种都是用水或火来测量的。用水的仪器，样子像巨大的水罐。用火操作的仪器则是用香灰来测时的，有点像仿制我们用以滤灰的可以翻转的炉格子。有几种仪器用轮子制成，用一种戽斗轮来操作，里面用砂代替水。但是所有这些都远不如我们的仪器完美，常常出错，测时不准。至于日晷，他们知道它从赤道而得名，但还没学会怎样依照纬度的变化摆正日晷。"[①]

　　这个发现成为欧洲传教士和商人影响中国的突破点。无论是作为送给皇上、官员的礼品，还是双方贸易的商品，钟表都大受欢迎。"中国人从没有听说过钟表这种东西，那既新鲜又使他们感到神秘。"尽管利玛窦说，"上帝管辖着时间和时刻，上帝自古以来就规

　　利玛窦，意大利耶稣会士。明万历十年（1582年）进入广东等地传教。他带来西方的科技知识，促进了中西文化交流。下图为利玛窦在华期间刊刻的《万国坤舆全图》，它综合反映了世界地理大发现的成果。*

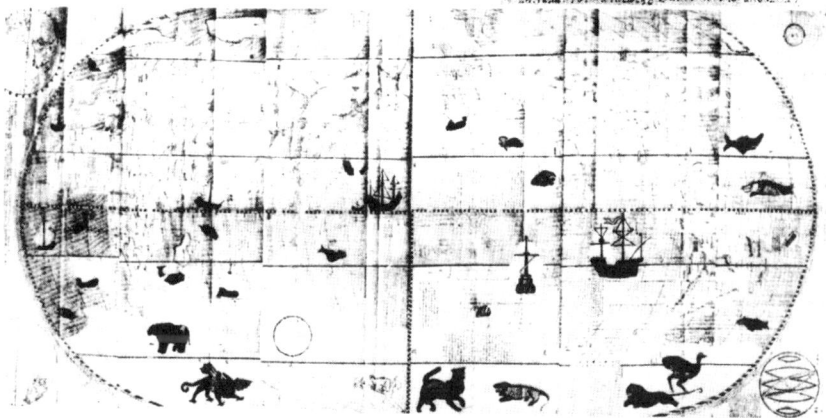

① [意]利玛窦、[法]金尼阁著，何高济等译，何兆武校：《利玛窦中国札记》，中华书局1983年版，第24页。

定了这个民族要接受他的光明"，但是，最终让这个国家的门户向他们敞开的，却主要是因为广东巡抚陈瑞等地方官喜欢新奇的钟表。借助钟表的吸引力，中国大陆上第一座耶稣会神父建起的教堂在肇庆出现了，与此同时，中国内地也开始了第一架自鸣钟的制造。

肇庆知府王泮听说澳门能造钟表，就要求神父给他定做一个，还"答应给以善价"。因为当时耶稣会财政紧张，买不起王泮要的钟表，又不能让这位尊贵的"长官"失望，他们便把外国钟表匠从澳门带回了肇庆，由王泮指派的两名当地匠人协助，就在教堂里造起了自鸣钟。正当利玛窦绘制完世界地图的时候，这座大钟也竣工了，他把这两样东西一起送给了王泮。几个月后，王泮发现家里没人会给钟上发条，又把它送了回去，摆放在教堂里供来客们取乐。

象征着时代进步的自鸣钟来了，却被人们当成了玩物，习惯了传统思维的中国人距离真正理解"世界时间"，还有很长的一段路要走。更令人啼笑皆非的是，传教士利玛窦却因此在中国培育了一批崇拜者。生于1840年的复旦大学创办人和第一任校长马相伯回忆，"年幼时，上海钟表业都奉利玛窦为祖师，有利公塑像，每月朔望都受钟表修理业的膜拜。"①

不管明王朝对"世界时间"做出怎样反应，在葡萄牙人的示范下，欧洲已经依照自己的时间表开始了分秒必争的"竞赛"。这个竞赛的场地，是占地球总面积超过百分之七十的浩瀚海洋；这个竞赛的目标，就是要尽快到达世界的东方，从而控制全球贸易。

① 方豪：《中国天主教史人物传》，中华书局1983年版，第75页。

1521年，也就是葡萄牙人攻占满剌加十年之后，麦哲伦率领西班牙船队横渡大西洋，穿越南美大陆，再经过太平洋的探险航行，到达菲律宾的宿雾岛。1565年，西班牙远征军占领宿雾。他们以西班牙国王菲利普二世的名字，将这片被古代中国称作吕宋、苏禄的群岛命名为菲律宾，从而开始了长达三百年的殖民统治。1571年，殖民者将吕宋岛的马尼拉开发成贸易港，作为西班牙向东方扩张的根据地。

西班牙是第二个抵达东方的欧洲国家，西班牙人刚在马尼拉站住脚，便派人来到澳门，想方设法要与中国互市。他们为中国"国王"准备了丰厚的礼品，而且动员了耶稣会传教士的力量，可是刚在广东上岸就受到了葡萄牙人的排挤。关于这个"派向中国皇帝的西班牙使团"所经历的阻遏，利玛窦以亲历者的角度做了这样的描述：

> 教团的顺利开端，意味在中国播下基督的种子，这个好消息马上四下传开，不仅传到澳门，甚至传到日本以及更远的菲律宾群岛。……
>
> 刚好当时菲律宾总督在召开马尼拉大主教区和评议会的大会，决定给予我们在中国的传教以某些支持。作出这个决定的主要原因，是希望打开西班牙人和中国人之间的贸易往来，尽管他们知道，除对葡萄牙人而外，这种交往直迄当时是对所有人都关闭的。他们的想法是要获允通过广东省的一个新港口进行贸易。西班牙国王的皇家监督官罗曼（Jean Baptiste Roman）是个有长期阅历的人，被派到澳门进行谈判，随同他来的有西班牙的耶稣会士桑切斯。[①]

---

① [意]利玛窦、[法]金尼阁著，何高济等译，何兆武校：《利玛窦中国札记》，中华书局1983年版，第183页。

　　西班牙人请求在华传教士帮助联络疏通，想取得广东官方的允许，让自己的使团"前往中国宫廷"，商谈贸易事宜。传教士们认为，这也是个让教团深入中国内地的机会，而且旅途费用全部由西班牙国王的监督官支付，因此便积极行动起来。正当他们在肇庆四处游说，已经取得一些进展的时候，又接到了葡萄牙人的"新指令"：

　　澳门行政当局却认定提出西班牙使团的主要原因是在同一省内要打开和中国人的贸易关系，而这正是他们自己在该省进行的，这就意味着一定会使他们的生意和殖民地遭到破坏。菲律宾岛有大量的银子，那是每年从新西班牙和秘鲁省送来的；但是葡萄牙人估计，如果这笔钱用来购买广东省的中国货物，那就会破坏贸易市场。以后葡萄牙人就不得不用更高的价格购买这些货物，并被迫用低价把它们在海外售出。

　　因此，在一份正式通知中神父们被告诫不要再推动那项拟议的计划，因为它意味着殖民地的灾难，而他们自己正靠这个殖民地得到许多好处。通知中复述，澳门的人民确信传教士不愿给他们造成不幸，而且他们还说，让西班牙获得遣使中国皇帝之荣乃是不合时宜的。①

　　在葡萄牙人的强烈干预下，西班牙使团无功而返，从而保住了葡萄牙人在澳门的垄断地位。但是，他们从南美运来的白银却深深地吸引了中国商人。从此，在闽、粤、日及南洋商人的参与下，马

---

① ［意］利玛窦、［法］金尼阁著，何高济等译，何兆武校：《利玛窦中国札记》，中华书局1983年版，第185页。

尼拉渐渐繁荣起来，成为东南亚的又一个活跃的贸易港。

图中船只，运载荷兰公司1655年的专使。采自：尼乌霍夫《专使的使命》（*John Nieuhoff's Embassy*），奥格尔比（John Ogilby）译，1668年伦敦版（原刊第一卷108页之后）。

继葡萄牙、西班牙之后又一个到达东方的欧洲国家是荷兰。尽管英国在1600年就成立了世界上第一个东印度公司，但是，最先到达中国海域的商团却不是他们，而是荷兰东印度公司。

1595年，当第一批荷兰船队抵达东南亚的时候，葡萄牙、西班牙与中国建立的贸易网络已经在这里运行了三十年之久。作为来自欧洲的又一股新势力，荷兰人经过一番观察、摸索之后发现，他们必须采取一些与众不同的手段才能在东方立足。1602年，荷兰继英国之后成立了欧洲第二家东印度公司。荷兰国会赋予这个“远距公司”异常多的特权，包括对“东方的王子与君主”发动战争和缔结条约的权力。这些独立自主的处置权，是荷兰东印度公司对抗葡萄牙王国与西班牙王国的有力武器。由于它先于英国东印度公司抵达中国沿海，因此常被视为世界第一个跨国公司。

凭借着东印度公司的组织形式，荷兰成为这场海上竞赛的后起之秀。就此，日本学者上田信在其研究中国海洋史的专著《海与帝国：明清时代》里这样写道："以冒险家著称的葡萄牙商人，他们也曾活跃于海域世界，但是进入17世纪以后他们的影响越来越小，取而代之出现在东欧亚海面上的是依靠国策特许的东印度公司前来拓展势力的荷兰人。葡萄牙依靠的是个别海商的智慧，而新兴的荷兰人则是有组织地开展贸易。"①

欲进入中国，必以东南亚为跳板，这是葡萄牙、西班牙已经确立的东进模式。荷兰人也不例外，他们选中的是被华人称为椰城的巴达维亚（今雅加达）。它坐落在印度洋与中国南海的重要通道上，荷兰东印度公司总督简·皮特斯佐恩·科恩认为这是通向中国的理想之选。

尽管荷兰东印度公司的17人董事会警告科恩总督，必须避免昂贵的战争，强调"在我们身为商人的立场来看，没有经过不法的手段或暴力而获取利润，就是一种荣誉"。但是，荷兰人作为一个新来的闯入者，他们只有打破旧有的贸易格局才能获得发展空间。这时，武力就成了科恩争雄海上的主要手段。

1622年，科恩派出由12艘船只组成的舰队包围澳门，试图取代葡萄牙成为广州贸易的控制者。被葡萄牙人击退后，荷兰人又在澎湖列岛建立基地，希望借此涉足中国的海上贸易。由于受到中国方面的驱赶，直到1624年他们才在大员湾（今台湾安平一带海湾）的入口处建起了热兰遮城。这是继巴达维亚之后，荷兰人在亚洲拥有

① ［日］上田信著，高莹莹译：《海与帝国：明清时代》，广西师范大学出版社2014年版，第296页。

的第二个堡垒。它位于中国、日本以及中国南海的诸多港口之间，成为荷兰人插手东方贸易的一个战略性支点。

1641年，荷兰人又拿下了长期由葡萄牙人占据的马六甲，控制了印度洋和中国南海之间的又一重要航线。至此，荷兰东印度公司已经全面取代葡萄牙人，成为亚洲最重要的西方航海势力，一个新的地区强权。

荷兰东印度公司的交易员将印度的纺织品送到巴达维亚换取香料及名贵木材，再带着这些东西到台湾，从大员湾的中国闽、粤商人那里购入丝绸，然后到日本将之换成白银。现在，荷兰人已经由东方海上贸易的后来者，变成了主导者、支配者。

然而，澳门的存在却始终是荷兰人的隐忧。他们的垄断地位，很快就受到了一个在澳门成长起来的中国人的挑战。如同16世纪从广东走出的汪直曾经称霸海上一样，在17世纪是从澳门崛起的郑芝龙海商集团。

郑芝龙，福建泉州南安县人。泉州四周被山海环抱，耕地极少，因此当地居民和徽州人一样，大多外出经商。而素有对外开放传统的广东，便成了这些徽、泉商人求生存、谋发展的最佳舞台。

郑芝龙"父母贫贱"，在家中排行老大，因此小名叫"一官"。大概在十八岁那年，郑芝龙离开家乡，投奔"行贾香山澳"的母舅黄程。黄程经常往来于澳门与日本之间，从事跨国贸易。

在澳门期间，郑芝龙努力学会了葡语。为了能当上"通事"，替葡萄牙人作"掮客"，他皈依了天主教。在耶稣会教士眼里，他"十分聪敏，办事得力，一切谨慎从事，敏锐，能成大业"。有资料显示，郑芝龙的教父是个葡萄牙富商，家财巨万，待他如同亲子。这个葡萄牙富商死后，"将大部分财产留给了一官，因为他无后人"。

大海商郑芝龙。

当年曾经被汪直盘踞的日本平户岛，这时已经发展成繁荣的贸易港，除了葡萄牙之外，荷兰、英国都在此设有商馆，也吸引了许多闽人前来定居。在这里，郑芝龙遇到了两个影响他一生的泉州同乡，一个是大海商李旦，一个是已经与当地日本人通婚的铁匠翁翌黄（皇）。这两个人一个成了他的义父，一个做了他的岳丈。

李旦长期以日本平户为据点经营国际贸易，有人说他是继汪直之后最大的"倭寇"。他的武装商船穿梭于越南、澳门、吕宋及台湾等港口之间，在海域世界颇具影响力。1621年，郑芝龙随母舅黄程押运一船货物到平户岛，结识了李旦并取得了他的赏识和信任。日本史料称，李旦将郑芝龙收为义子。

翁翌黄与日本女子田川氏结婚后，育有一女田川松刚。1623年，郑芝龙娶田川松刚为妻，生下儿子福松。这个童年生活在日本的孩子，就是日后威名远扬的郑成功。

在日本娶妻生子后，或许是受李旦的指派，郑芝龙去了台湾，在那里的荷兰商馆担任通事。

日本学者评价说，"郑芝龙在他仪表堂堂的外表下，隐藏着一颗蠢蠢欲动的野心，且极具智慧"。从澳门到日本，从日本到台湾。一个来自泉州农村的青年，开始走上他的传奇之路：

> 1625年李旦在平户去世后，郑芝龙几乎获得了他所有的财产。同一时期，一位叫颜思齐的海商也在台湾过世，郑芝龙继承了他的船队。在短短时间里郑芝龙如何在海域世界中建起最大势力，尚有许多谜团。还有人认为颜思齐会不会是李旦的别名，他俩其实是同一人。郑芝龙发迹的过程为历史小说提供了绝好的题材。①

中国学者则认为，郑芝龙能称雄海上，主要得益于他在澳门受到的欧化教育："欧洲的崛起依靠两样东西：坚船、利炮。这是欧洲获得世界海权的基础。郑芝龙居澳期间，欧化的最大受益可能是接触了'佛朗机'铳炮。……他日后驰骋纵横战场、商场、官场几十年，基业无不以此为元本。"②如果此说成立，那么郑芝龙应该算是最早开始实行"师夷之长以制夷"的先行者。

继承了李旦和颜思齐的海上势力之后，郑芝龙利用雄厚的资本招兵置船。他的舰船不仅数量众多，而且学习葡萄牙、荷兰的造船工艺，装备了当时最先进的火炮、火铳。他还从澳门招募了许多被称作"黑兵"的黑人雇佣军。这些来自东非海岸和印度的"黑兵"身体强健、作战勇猛，擅长使用各种先进火器。

---

① ［日］上田信著，高莹莹译：《海与帝国：明清时代》，广西师范大学出版社2014年版，第297页。
② 金国平、吴志良：《早期澳门史论》，广东人民出版社2007年版，第309页。

1627年，郑芝龙已经拥有各式舰船近700艘，建立了一支庞大的海上武装集团。明朝官府为了遏制不断膨胀的民间海上力量，向台湾的荷兰人求援，试图展开围剿。郑芝龙率数百艘战船包围荷兰舰队，一举将其击退。从此，郑氏海商集团便成了令荷兰人心怀忌惮的竞争对手。

1628年，郑芝龙占领厦门。和当年对待汪直一样，明朝官府在无奈之下改剿为抚，福建巡抚熊文灿任命郑芝龙为海防游击。此后，郑芝龙在与包括荷兰人在内的其他海上势力较量中屡建战功，平步青云，从参将、副总兵、到总兵，又封南安伯、再进平虏侯、终授平国公。

1633年，郑芝龙在金门料罗湾击败荷兰舰队。

1635年，郑芝龙与明军合作剿灭刘香海商集团，从而完全控制了东海航路，操纵了中国沿海贸易。"在东海航行的船只若不竖起郑芝龙的大旗，就无法安全航海。为了树起郑芝龙的旗帜，海商们每艘船都需要向其交纳2000两白银。这一制度在郑成功时代也得以沿袭。"[①]

郑芝龙的海上存在使荷兰人失去了垄断东方贸易的霸主地位。台湾的荷兰商馆如果不依靠挂着郑芝龙旗帜的中国商船，就无法获得生丝和丝织品。从此，荷兰在东方水域的影响力走向衰落。

然而，正当郑芝龙代表中国开始重新掌握制海权和对外贸易主导权的时候，东北地区一个叫女真的游猎民族趁明朝内乱之机入主中原。中国的历史走向由此改变，本来已经足够缓慢甚至静止的中国时针开始逆转，与不断前进的"世界时间"越走越远。

---

① [日]上田信著，高莹莹译：《海与帝国：明清时代》，广西师范大学出版社2014年版，第298页。

四

如果不是全社会各阶层对明朝统治者普遍厌恶，如果不是各级官员在关键时刻见风使舵，区区六万八旗兵无论如何不可能长驱直入、横扫中原。

若从经济角度分析这个北方政权的最初跃起，日本学者上田信认为，"清朝是个貂皮创造的帝国"：

> 16世纪大量白银通过大海流入中国，诞生了一批城市富裕阶层，对奢侈品黑貂皮的需求也因此迅速增大。皮毛的用途与其说是为了取暖，倒不如说它自皇帝赏赐流行起来，已经成为身份高贵的象征。
>
> 这种需求的增加，其背景是突破朝贡贸易的毛皮交易盛行。而控制这一交易的政治集团就是在距中国最近的地区活跃的建州女真。①

努尔哈赤的政权控制了中国东北部的毛皮、高丽参等贸易，获得了明朝禁止出口的农具等铁制品，又从朝鲜等地获得耕牛。最初他通过人口买卖等手段获得一些汉族农民充当奴隶，与明朝进入战争状态后，俘虏也成为奴隶。依靠农具、耕牛、奴隶的组合，在平原地区开展农业生产。在这一经济基础之上，努尔哈赤拥有了六万八旗兵。

一个依靠贩卖人口和毛皮起家的政权，一个利用奴隶从游猎向

---

① ［日］上田信著，高莹莹译：《海与帝国：明清时代》，广西师范大学出版社2014年版，第278页。

农耕转型的民族，其文明程度不仅远远落后于大明王朝，对欧洲先进的"世界时间"更是懵然无知。但是，威力无比的"佛朗机铳"，或者说"红夷大炮"却让他们尝到了这股来自西方的巨大力量。

1625年，努尔哈赤从辽阳迁都沈阳，改名盛京，开始了从部族政权向帝国的蜕变。然而，正当他试图由辽东继续向西进行势力扩张的时候，明朝安置在渤海附近宁远城的佛朗机大铳挡住了他的去路。关于1626年的努尔哈赤之死，有一种说法就是他被炮弹残片击中，伤口恶化不治而亡。

自嘉靖时起，中国大量仿制先进的佛朗机铳用于抵御"北虏南倭"。到了崇祯年间，澳门的"王家铸炮场"大量使用来自佛山的华人技工。他们将西方的先进造炮技术带回家乡，结合当地冶铁业的传统优势，使佛山逐步发展成为兵器制造基地。明朝末年，澳门葡萄牙人还多次直接派军北上援明。

1644年，是一个不祥的闰年。它是明崇祯十七年，清顺治元年，李自成的大顺朝永昌元年。这一年的4月21日，李自成的大顺军与吴三桂的明军在山海关开战。在多尔衮率清军支援下，李自成溃败。吴三桂引清军通过山海关，5月2日进占北京。前后不到半个月的时间，中国的王朝又完成了一次更替。

佛朗机铳虽然没能挽救朱明王朝的败亡，却给满族人造成了难以释怀的心理阴影。因此，清朝攻陷北京后，马上起用曾为前朝效力的西方传教士汤若望，以便与欧洲人沟通；清军南下广东后，明知澳门葡萄牙人曾经协助南明抗清，却也心怀忌惮，只是兵临城下，引而不发。

清军入关改变了许多人的命运，郑芝龙也走到了人生的十字路口。南京的福王政权被清军消灭后，郑芝龙先在福州拥立朱聿键为唐王，抵抗清军。1646年福州沦陷，郑芝龙又归顺了清廷。这时，深受唐王赏识，封忠孝伯，赐"国姓"朱的郑成功则做出了与父亲截然不同的选择，他出走金门，继续顽强抵抗清军。

被人称作"国姓爷"的郑成功，取得了政治向心力和民族凝聚力。他以厦门、金门为根据地，在福建至广东的沿海地区扩张势力。郑氏海上武装商人集团，从此进入了反满抗清的郑成功时代。

作为北方原始森林里的游猎民族，清朝对海洋的疑惧较中原汉人更甚。顺治十三年（1656年）六月，清廷先行颁布了禁海令。严格禁止沿海商民船只私自入海，不允许用大陆的产品、货物进行海上贸易，有违禁者，不论官民，俱行正法，货物充公。沿海可停泊舟船的地方，处处严防，不许片帆入海。如有从海上登岸者，失职的防守官员以军法从事，督抚议罪。加上郑成功与沿海汉人联合抗清，为了阻断他们与沿海人民的联系和从陆上居民处获得补给，清廷又出台了比明朝洪武年间更为疯狂和野蛮的海禁政策。

顺治十八年（1661年）清廷发布了迁海令。康熙元年（1662年），辅政大臣鳌拜下令将山东至广东沿海的所有居民内迁三十至五十里，史称"迁海"或"迁界"。其中尤以广东地区为甚，连续被迫内迁了三次，最远距离至百里。凡迁界之地，房屋、土地全部焚毁或废弃，重新划界围栏，不准沿海居民出海。迁界之民丢弃祖辈经营的土地房产，背井离乡，仓促奔逃，野处露栖，"死亡载道者以数十万计"。迁海令的实行，使田园荒芜，农业、渔业、手工业及海外贸易都遭受很大的摧残。人民生计断绝，流离失所，其间曾不断发生激烈的反迁海斗争。不仅给社会经济带来严重恶果，而且，由于沿海空虚，海盗趁机活动，造成沿海社会治安更不得安宁。一直到台湾最后被清军攻陷，康熙二十二年（1683年）才废除迁海令，前后延续23年之久的迁海苛政才告以结束。

明、清两代实行"海禁"，时张时弛。康熙二年（1663年），强令东南沿海五省居民内迁50里，广东部分迁民在广州城西楼身，日久成市，人称"移民市"（今广州西华路第一津），后改"宜民市"。图为"宜民市"石匾。*

正当欧洲人努力张开时代的风帆，上下一心，竭尽所能向海外发展的时候，清朝统治者却逼迫沿海居民离开世代居住的土地。自宋明以来，极大地推动了沿海地区的经济发展和科技文化进步的航海贸易，也被清廷野蛮的迁海令毁于一旦，沿海地区千里无鸡鸣，航海贸易一落千丈，久久都不能恢复。这不仅让人民的生命财产遭受了一场浩劫，给国民经济造成了无法估量的损失，而且是一次历史的反动，是一次文明的大倒退！这个由原始部落发展起来的统治集团刚刚登上中国的政治舞台，就以其蒙昧无知对先进的"世界时间"，显现出了源自本能的抵触和敌意。

"迁海"作为清政府推行的一项弊政、一桩骇人听闻的恶行，为正史所不载，就连沿海各省的地方志也语焉不详。李龙潜先生经过多年的努力，依靠发掘出的几种民间未发表过或流传不广的笔记，又结合其他的文献，以严谨的态度，从考订入手，辨别记载真伪，努力揭开"迁海"史实的面纱。

李龙潜，广州暨南大学历史系教授，我国明清经济史权威，一向以治学严谨著称。他的《明清经济史》作为大学教材影响了一代又一代学人，而《明清广东经济社会研究》《明清经济探微初编》

等专著也因史料翔实，论述精辟广受赞誉。

和叶显恩先生一样，李龙潜先生也曾受业于我国社会经济史学的奠基者之一、学界泰斗梁方仲教授门下。两位师出同门的学者行事风格有些相似，他也爽快地把采访地点安排到了自己的家里。他几乎不会说普通话，为了能和李龙潜先生畅顺沟通，我特意请了一位谙熟粤语，而且是学历史出身的同事作为翻译。这位同事当年听过李老师的课，正好借机重登师门。

一见面，李龙潜先生就显示出对待学术研究的严肃认真。就我之前通过电子邮件发给他的采访提纲所涉及的内容，他已经进行了逐一准备，密密麻麻地写满了几页纸。

虽然已经是八十多岁的老人，但谈起学术问题，李龙潜先生依然思路清晰，神采飞扬。各种鲜为人知的史实典故、文献资料，都能信手拈来，是当今难得一见的博学之士。

根据李龙潜先生撰写的《清初广东"迁海"经过及其对社会经济的影响》，顺治十八年（1661年）清廷发布迁海令后，曾派出官员到各省"立界"，筑垣墙，发兵戍守。由于广东远离北京，学界尚无法确定迁海令到达的时间。有据可查的是，康熙元年（1662年）二月，清廷官员到达广东，当时已经到处"立界"，"强令滨海民悉徙内地五十里"。清廷的"迁海"比明朝的"禁海"更具破坏性，靠海为生的当地居民就此断了生计，难免偷越"界限"，下海谋生。康熙三年，清廷又以"迁民窃出渔盐，恐其仍通海舶"为由，下令再迁三十里。史料称："诸臣奉命迁海者，江浙稍宽，闽为重，粤尤甚。大较以去海远近为度，初立界犹为近也，再远之，又再远之，凡三迁而界始定。"说明广东划界经过三次才确定下来，从五十里，到八十里，个别的地方甚至达到一百里。"再远之，又再远之"，清廷统治者的倒行逆施，让刚刚与欧洲近代文明发生接触的中国离海洋越来越远，离推动社会进步的"世界时间"越来越远！

迁海所产生的灾难性影响是多方面的。世代生长在海边的居民不愿舍弃自己的家园，清军便把迁界以外的民房全部焚毁，限三日内迁出，逾期便派兵丁驱赶。居民如藏匿抗迁，立遭杀害。

据光绪《重修香山县志》记载：

> 香山县黄梁都民奉迁时，民多恋土。都地山深谷邃，藏匿者众。平藩（平南王尚可喜）左翼总兵班际盛计诱之曰：点阅报大府即可复业。愚民信其然，际盛乃勒兵长连埔，按名令民自前营入，后营出。入即杀，无一人幸脱者，复界后，枯骨遍地。这就是史上著名的"木龙冢"事件。据估算，在广东迁海过程中被屠杀，或饥病而死的百姓即达二十万人。

除了这些死于非命的百姓，迁海还使广东滨海地区"流离数十万之民"。他们饱受盗贼、清兵的劫掠和瘟疫的侵袭，痛苦挣扎在水深火热之中。康熙二年，番禺渔民周玉、李荣原因"失其固业"，生活无着而率众起义。康熙三年，惠州海丰碣石镇总兵苏利不满迁海，也率部起义。明清战争尚未完全结束，广东地区又陷入了动荡不安的混乱中。

迁海更是让广东的地方经济受到重创。大量劳动力非正常死亡，田地抛荒，农业生产停辍，粮价暴涨，人民生活陷入贫困；盐业、渔业全线崩溃；纺织业、制糖业、制香业一蹶不振。明朝刚刚兴起的商品经济也遭到了毁灭性打击，各地集市"唯存瓦砾"。尤其严重的是，迁海使广东已经延续千年的海外贸易被迫中断。清人慕天颜说："海禁未设，见市井贸易多以外国银钱，各省流行，所在多有。自一禁海之后，绝迹不见，是塞财源之明验也。"

康熙皇帝在对内实施残暴统治的同时，对外却采取了怀柔的安抚政策。葡萄牙人占据的澳门即以"其言语难晓，不可耕种，内地既无聚扎之地，况驻香山数百年，迁之更难"为由，得以免迁。可是，由于通往广东的贸易渠道受阻，澳门也成了一座萧条的孤岛。

迁界令不仅使澳门失去了繁荣景象，连日本的贸易港长崎都受到了影响。实行迁界令后，在长崎入港的中国船只才二三十艘。它们除了郑成功的商船，就是东南亚中国海商的货船以及平南王尚可喜的"官船"。

就在清政府实行迁海的第二年，郑成功率25000名义军从厦门越过台湾海峡，攻取荷兰人建造的赤嵌城和热兰遮城，将他们从台湾彻底赶了出去。郑成功为加快开发台湾岛，从福建、广东等地召集移民。许多因迁海令流离失所的人们，积极响应号召，来此重建家园。

旧中国的历史是封闭的无限循环。有明一代，是在王朝初立时先行海禁，待政权稳固后再有限度地开海贸易。历史已经走过的路，清廷又重复了一次，先实施比历朝历代都更加严酷的"迁海"，然后再重建经济，再迫不得已地开海贸易。每次改朝换代，都是屠杀、破坏、崩溃，再重新恢复、发展的轮回。因此，旧中国被人讥为"停滞的帝国"。与此同时，在遥远的欧洲，人们却依照不断向前发展的"世界时间"，始终在从事着继往开来的不懈追求。

与畏惧海洋的旧中国统治者截然不同，欧洲大国都以商业立国，都把发展远洋贸易当成国强民富的必由之路。为此，他们绞尽脑汁，想尽各种手段，开始了控制东方贸易的激烈竞争。

自葡萄牙、西班牙、荷兰先后踏上前往中国的旅途之后，一个新兴帝国迅速崛起。明万历四年（1576年），英国商船开始探索打通中国的航路，很快受到葡萄牙、西班牙、荷兰等几个先发国家的遏制。明万历十六年（1588年）英国海军在英吉利海峡击溃西班牙的"无敌舰队"，一跃而成为海上霸主，这才使他们打通中国航道的梦想得以付诸实现。

明万历二十八年（1600年），英国东印度公司成立。明崇祯八年（1635年），该公司商船"伦敦"号，装载货物，首次抵达中国，并在澳门停留了三个月。1637年，以威代尔为司令，蒙太尼为总商的远征舰队抵达澳门附近的横琴岛。澳门的葡萄牙人惊恐万状，多方留难。威代尔一边佯将舰队泊定横琴岛，迷惑葡人；一边暗使"安娜"号轻帆船探寻进入广州的珠江水道，并偷偷溜过虎门，深入到离广州城约15海里的头道滩。沿途探暗礁，测水位，作标记，绘海图。随后，威代尔引领整个舰队强行驶入珠江。当英舰驶到虎门附近时，与中国军队发生了冲突。这是继1521年间中葡第一次热兵器交火之后，又一次中西方热兵器交锋。英国人自由通商的要求被拒，在葡萄牙人斡旋下，从澳门装上一些货物返国。中英的第一次商贸接触即以此告终。

明王朝被清王朝取代，永远退出了历史舞台，英国人却没有一去不复返。据马士《东印度公司对华贸易编年史》第一卷有关资料统计，在明清两代更迭之际（1635—1700年），到广东的英国船只有12艘。中英这两大帝国之间，注定将上演一场持久的、影响深远的政治、经济、军事、文化较量。

继英国成立东印度公司专事开拓印度殖民地和对华贸易之后，荷兰、法国、瑞典也都先后创建了自己的东印度公司。就在清政府实施"迁海"令，试图让人民退回内陆与海洋彻底隔绝的同时，向中国涌来的全球化浪潮，已经潮流暗涌，滚滚而来。不管你愿意与否，一个终将覆盖全球的"世界时间"，伴着时钟机器发出的节奏，正向中国步步进逼。与此同时，继晋商、徽商成就的辉煌之后，一个属于广州十三行商人、属于粤商的新时代，就要到来了。

第五章

一口通商，中国唯有十三行

　　一口通商，是广州十三行的机会，也带来了责任和风险。因为，十三行行商不仅垄断了中外贸易，也要负责经办具体外交事务。他们跨越政商两界，周旋于官府与洋人之间；他们既要尊重中国国情，又得明悉世界大势；他们不仅是中国的商业精英，也是对外进行政治、文化和科学交往的先驱。

　　因缘际会，在人类社会总体转型的关节点上，广州十三行行商们成为中国走向近代化的直接参与者与推动者。

李鸿章、严复等人在晚清感受到的三千年来未曾遭遇的大变局，其实早在清朝入主中原之初就已经开始酝酿了，只是由于当时山河破碎，清军的铁蹄吸引了世人的全部注意力，也扰乱了当时有识之士的洞察力。在此之后，随着清王朝对思想文化的全面禁锢，人们在昏沉迷蒙中已经失去了主动吸取外来变革的自觉意识与动力。

许久以来，史学界普遍流行着这样的一个观点：明朝中晚期中国已经出现了资本主义的萌芽。如果这个判断是正确的、是符合历史真实的，那么清朝入主中原，就不单是一次传统意义上的王朝更替，也是中国探索近代化进程的一次逆转。这次逆转，只有在再次经历长时间的重新酝酿，由歧路再重新回到继续发展的坦途上来。

明末清初那场改朝换代、江山易主的全面战争不仅对各地经济形成了摧毁性打击，也使尚处在孕育阶段的近代“世界观”胎死腹中。

在地理大发现之前，中华帝国一家独大的天下观，看上去既合理又稳固。虽然也曾遭受过匈奴、鲜卑、突厥、契丹、女真、蒙古等强大民族的凭陵，但他们也只是恃武力而得逞于一时，终究无法取得文明上的优势。随着西人东来，尤其是与葡萄牙、荷兰、西班牙等西方诸国进行了一百多年的“商舶贸易”之后，严密的“朝贡体制”在明朝已经不可避免地出现了裂痕。

与以往所见的那些“蛮夷”不同，这些“佛朗机”或者“红毛番”不光有威力无比的坚船利炮，而且通过耶稣会教士带来了另一种新鲜的文明。利玛窦绘制的世界地图直观地否定了“天下”中心的地理定位，也在心理上动摇了明朝士大夫唯我独尊的盲目自信。徐光启在利玛窦的帮助启发下，翻译欧几里德的《几何原本》，按照西方天文学书籍修订历法，辑成《崇祯历书》，将中国农书与西方水利学相结合编撰《农政全书》，如此等等。标志着明朝知识阶层，已经从简单地欣赏西洋的枪炮、钟表等器物，向学习科学技术、介绍文艺复兴的先进成果转化。显然，经过一百多年的贸易与文化交流，大明王朝的士大夫已经开始尽可能深入、全面地了解这个来自远方的文明。"东来者大都聪明特达之士，意专行教，不求利禄"，《明史·意大利亚传》里的这句话，反映了当时士大夫对西方传教士学识、品格的了解和评价。

欧洲人通过贸易拓展了世界，大明王朝的中国人通过贸易获得了认识世界的机会。正当中西两大文明怀着浓厚的兴趣开始互相打量、互相欣赏、渐渐走近的时候，崛起于中国东北的满洲人成了意外的闯入者。对于那些满洲人来说，打进中原就是夺取了天下，这已经是足以自豪的丰功伟业。至于"天下"之外的"世界"，他们还没见过，当然就更谈不上有什么深入的认识和了解了。

正如达·伽马将东方探险的动机概括为"寻找胡椒和基督徒"，西人东来，一是为了贸易，一是为了传教。这也构成了中西之间进行文明交流相辅相成的两个方面。

清初颁布的迁海令，在给国计民生造成巨大损失的同时，全面阻断了通过贸易沟通世界的渠道。虽然一些传教士凭借其特有的学识与技能作为前朝"遗臣"被留用，却也经历了诸多波折甚至生死考验。中西之间的联系变得十分脆弱，世界进入中国的努力几乎前功尽弃，差不多又回到了明朝嘉靖年间的原点。于是，这个易主之后的东方王朝与西方世界的新一轮碰撞，又从头开始了。

1644年福临从荒僻的山海关外进入北京，成为中国的顺治皇帝，那时他还是个7岁的孩子。执掌大权的是有着"叔父摄政王"称号的多尔衮。这位地位显赫的"叔父摄政王"，连皇上的御玺都要藏在自己的府邸里，对朝政更是说一不二。

无论是打天下还是坐江山，多尔衮对清王朝的贡献都是多方面的。作为一个落后民族的杰出人物，他清醒地意识到了汉文化的先进性，因此全面借鉴继承明朝的治国方略和行政体制，同时尽量挽留了大部分前朝职官。为了吸引汉族官吏加入清廷统治集团，甚至曾经允许他们仍然穿戴明朝的衣冠。在这样的历史背景下，德意志籍耶稣会教士汤若望也作为前朝遗臣，保留了钦天监监正的职务。然而，留用并不等于信任，从"历法之争"到"礼仪之争"，直到"禁教令"的实施，大清权贵一登上政治舞台，即开始了与西方文明的一系列冲突。

作为利玛窦开创的传教事业的继承者，汤若望在明清王朝更迭之际成为西方文明的代表性人物。他博学多识，尤精天文、铸炮。虽然在明末曾经帮助朝廷督造过让满人闻风丧胆的火炮，但在满人入关之初，多尔衮还是重用他主持改订历法。满人政权渐渐稳固后，汤若望等传教士的厄运也就开始了。这场变故，就是所谓的"历法之争"，这大概是满人入关后第一次对汉人和西洋人同时大动刑狱，史称"历狱"。

关于这场冤狱，中外史料上存在着一些细节上的差异。但无论怎样，都反映出了文化冲突的必然性。

在清王朝建立之初，汤若望以传教士特有的慈善和超绝非凡的才学与多尔衮、福临（顺治）建立了良好的个人关系。即使如此，也不能保证汤若望的人身安全和他所代表的西洋文化不被清廷打压。

顺治死后，帝位由他的第三子、年仅8岁的玄烨继承，年号康熙。在康熙13岁亲政前，朝政由索尼、苏克萨哈、遏必隆和鳌拜四位摄政大臣把持。

亲贤远佞，还是相反，不仅反映了秉政者的个人好恶，也在某种程度上代表了这个时代的价值取向。明朝时，徐光启、李之藻等开明人士多受重用，到了清朝，鳌拜等人青睐的却是对西学一窍不通又冥顽不化的杨光先。

杨光先，安徽歙县人，本是一介布衣，只因撰文疯狂攻击天主教而暴得大名，受到了清权臣的重用提携。有史学家认为，杨光先是个"古怪的男人"。说他"古怪"，大概是因为他作为明朝遗民，却从清廷统治者的立场出发，病态地仇视西方传教士，污蔑他们"邀请结天下人心，逆势已成"，宣扬的都是要毁灭大清的邪教。他根本不懂历法，却又大言不惭地诋毁来自西方的天文学，反对颁行传教士修订的新历书。

杨光先为维护清政权而提出的文化保守主义，得到了鳌拜等人

杨光先（1597—1669年），激烈反对制定新历法，曾荒谬地提出："宁可使中夏无好历法，不可使中夏有西洋人。"

的高度认同。康熙三年（1664年），一场针对西方传教士和钦天监汉人官员的大规模的刑讯开始了。

这时，74岁的汤若望已经中风卧床，言语不清，另一位耶稣会传教士、比利时人南怀仁作为同案犯成了重点审问对象。南怀仁等传教士被关进监狱，五名支持采用西洋历法的汉族天文官被处死，所有与传教士关系密切的官员都受到传讯。同时，清权臣委派杨光先为钦天监监正，命令他重新制订历法。康熙四年，汤若望被判死候斩，也就是所谓斩监候。

非常具有戏剧化的是，这场以"天"为名兴起的历狱，因为一次日蚀的到来出现了令人意想不到的转机。1657年到达中国的法国传教士聂仲迁，详细记录了南怀仁等人于困境中抗争的惊险过程。

在杨光先事件发生前的六个月，南怀仁代替因中风行动不便的汤若望观测天象，预测出西历1665年1月16日将发生日蚀。南怀仁经过仔细测算，才将日蚀发生的时间、大小，以汤若望的名义上报礼部。杨光先出任钦天监监正以后，要求手下的天文官重新推算，试图推翻南怀仁的预测。于是，一场关系到传教士身家性命的较量，在北京天文台上演了。

冬季的北京，天寒地冻。将要出现日蚀那天，南怀仁被押上天文台，用带着枷锁的双手做观测前的最后准备。身患重病的汤若望也被命令来到现场，在凛冽的北风中战栗着等待。大批官员得到皇上的旨意，也都聚集到天文台上，见证这场传教士与杨光先及其属下的生死对决。

众目睽睽之下，日蚀来临的时间一点一点地逼近。对杨光先及其下属来说，这是个千载难逢的天赐良机。现在，那些西洋人已经被戴上枷锁镣铐了，只差一步便可以把他们赶尽杀绝。杨光先一伙大概是太急切了，抢先煞有介事地向众人宣告，一刻钟后日蚀便将

1956年初开放的北京古观象台，位于北京市建国门立交桥西南角，始建于明朝正统年间，是世界上古老的天文台之一。它以建筑完整、仪器精美、历史悠久和在东西方文化交流中的独特地位而闻名于世。

开始。天文台上的大小官员或心怀疑虑或信以为真，待时间一到，纷纷翘首引领，寻找那个传说中的天象奇观。可是，杨光先等人的预言当场就破产了。太阳还是那个太阳，它依然在天空中放射着耀眼的光芒。

正当众人大失所望，窃窃私语之际，有官员大声宣布，现在到了汤玛法（"玛法"为满人对老人的尊称）的时间了。他话音刚落，在南怀仁事先准备好的测试日蚀的纸片上立即出现了小小的阴影。日蚀真正开始了！

太阳是公正的，它作为一个自然无私的仲裁者站在了科学的一方。在杨光先等人的预言宣告破产的同时，命悬一线的传教士，通过一场立竿见影的实验证明了自己的价值。对他们的刑讯停止了，但汤若望却因囚禁生活导致病情恶化，一年后去世。

关于这场"历狱"，在中国的史料里看不到杨光先与南怀仁在天文台对峙的场景，也不似法国传教士聂仲迁描绘的这样惊心动魄。只说汤若望被宣告死刑，南怀仁获笞刑，由于北京发生了地震而终止执刑。

康熙六年（1667年）玄烨（康熙皇帝）亲政，他仍然让南怀仁与杨光先及下属进行竞争，结果传教士完胜，西洋历法的准确性被反复验证。康熙八年，杨光先去职，南怀仁被任命为钦天监监副。

大概正是经过一次又一次历法之争，让康熙在少年时就认识到了西学的价值并产生了浓厚兴趣，时常请西洋教士进讲天算、历法、炮术。在中国的正史里，他素有勤奋好学的美誉，其鼓吹者甚至说他学贯中西，在数学上也有很深的造诣。"但他学业成就的程度或许被夸张了。人们发现他在奏折上写的'朱笔批注'文理颇为幼稚，书法也很平庸。在宫中供职达十三年之久，并在1718年为康熙刻制一幅中国地图的马国贤神甫（Father Matteo Ripa）在回忆录中评论说'这位皇帝自负精通音乐，更善于数学，然彼固喜爱科学及其他知识，却对音乐一无所知，而于数学也只略知皮毛而已。'"[1]

康熙对西学的喜好以及对耶稣会教士的优待，只是因为他们能够为他所用，并不代表他对西方文明有多么深刻的理解。随着他对天主教认识的加深，尤其是当天主教宗教神权与中国专治皇权发生矛盾时，一场深层次的文化冲突便不可避免地出现了。这便是继"历法之争"之后，又一个为中西文化交流带来灾难性影响的"礼仪之争"。

大明年间，西人东来之初，耶稣会的利玛窦等人为了化解中国

---

① ［美］徐中约著，计秋枫等译：《中国近代史：1600—2000，中国的奋斗》，世界图书出版公司北京分公司2008年版，第24页。

人对西方的本能敌意与文化隔膜，策略性地采取了移花接木的方法，将天主教教义融入儒家学说，借助儒学的语言和思想方法来传播福音，即所谓"以儒法传圣教"。利玛窦去世后，他的同伴龙华民（Nicolas Loogobardi）就曾对此提出过质疑，认为有违宗教的纯洁性，尤其是祭祖、敬孔、畏天等中国传统礼仪都属于崇拜异端的迷信，应当明确反对并禁止。由于当时这种争论主要局限在耶稣会内部，没有其他教团卷入，也没有扩散到欧洲惊动罗马教廷，所以也就没有形成太大影响。

清康熙时，继耶稣会之后多明我会和方济各会的传教士也相继来到中国，他们拒绝接受"以儒法传圣教"这种具有中国特色的变通方法，并向罗马教廷提出控告。1704年，教皇克莱门十一世颁谕禁止利用中国礼仪传教，并派遣特使多罗来华监督执行。1705年，多罗到达中国后，礼仪之争渐趋激化。康熙虽然纡尊降贵接见了多罗，可两人显然话不投机。此后，在有关的御批、谕旨里，康熙对教廷及传教士的态度越来越强硬，甚至表现出不加掩饰的厌烦。

康熙以一个中国君主的"天威"，轻蔑地把教皇（教宗）克莱门十一世称为"教化王"。在他看来，除了他这个大清皇上，任何人都没资格称"皇"、称"宗"，从而与其分庭抗礼，即便是远在西方的神职人员也不行。

对于"教化王"的特使多罗，他在一道御批里这样评价："此等人譬如立于大门之前，论人屋内之事，众人何以服之，况且多事。"其实就是指责多罗作为一个外国人"粗暴干涉中国内政"。

康熙认为，对这些教廷派来的特使、教士"若不定一规矩，唯恐后来惹是生非"，所以必须严加管束。在康熙四十五年（1706年）七月初十的一道御批里，他先是要求地方官限制教士入境："嗣后不但教化王所遣之人，即使来中国修道之人，俱止于边境，地方官查问明白，方准入境。"然后又对罗马教廷隔空喊话："尔等西洋之人，如来我中国，即为我人也。若尔等不能管束，则我等管束何难之有。"①

多罗显然不想、也不可能接受康熙的"管束"，维护天主教的正统性与纯洁性正是他此次中国之行的目的，是教皇赋予他的神圣使命。1707年1月25日，他在南京发表公函，宣布罗马教廷已经禁止中国教徒祭祖、祭孔的决定。多罗对教义的坚持，引来了康熙的"雷霆之怒"。4月19日，康熙发出谕旨："谕众洋人，自今以后，若不遵利玛窦的规矩，断不准在中国住，必逐回去。"所谓遵守"利玛窦的规矩"，就是要罗马教廷改变教规，顺应中国"礼仪"。究其根本，就是要传教士尊重中国的传统价值体系，进而维护皇权专制的无上权威。

要么低头接受朝廷"管束"，要么被赶出中国，如此强硬的宣示似乎还不足以表达康熙对"教化王"的愤怒。在这道谕旨里，他又十分情绪化地对在华耶稣会教士说道："教化王若说你们有罪，必定教你们回去，朕带信与他说，徐日升（葡萄牙人，曾在中俄尼布楚会谈中担任通译）等在中国服朕水土，出力年久，你必定教他回去，朕断不肯将他们活打发回去，将西洋人头割了回去。朕如此带信去，万一尔教化王再说，尔等得罪天主，杀了罢。朕就将中国所有西洋人等都查出来，尽行将头带回西洋去。"

康熙显然不太可能割下所有西洋人的头。这道谕旨的直接结果，是将多罗如囚犯般地押解到澳门，要葡萄牙人严加看守。罗马教廷与清朝廷刚开始接触，就陷入了尖锐对立的僵局。

---

① 陈垣：《康熙与罗马使节关系文书》，故宫博物院1932年版影印本，影本无页码标注。

康熙晚年，他的皇子为了争夺大位，各树党羽，耶稣会教士因亲近皇九子允禟和皇十四子允禵，从而得罪了皇四子允禛（即后来的雍正皇帝）。结果，这个比多明我会和方济各会都尊重中国礼仪的教团也无法在中国立足了。

雍正元年（1723年），雍正皇帝正式颁布禁教令，除在京效力的洋人外，其余一律送往澳门，各地天主教堂均改为公廨、祠庙或义学。乾隆时代，取缔尤甚，一再查禁内地的西洋人和私习天主教者，甚至曾处死外国教士。嘉庆、道光两朝，供奉内廷的洋人愈少，最后连钦天监里也没有他们的位置了。

礼仪之争是中西两种文明之间的一次硬性对撞，凸显了西方宗教神权与中国专制皇权势不两立的根本分歧，也确定了大清帝国与西方世界互动关系的基调。在此后的数百年里，自绝于世界的清王朝，还将持续不断地受到西方的冲击，直至它最后轰然崩塌。

康熙可以对西洋人以杀头相威胁，可以把罗马教皇的特使当成罪犯押解到澳门，甚至可以下令禁止天主教在中国的传播，但是，他无法阻止西方驶向中国的航船，更无法阻止一个贸易全球化时代的逼近。

其实，就在清廷通过迁海的方式迫使沿海居民退回内陆，试图禁绝海上贸易的同时，由地方军阀操控的海上走私活动便开始活跃起来。

从顺治七年到康熙十九年，广东被平南王尚可喜、尚之信父子所据。顺治十年（1653年），暹罗、荷兰相继派出商船抵达广州，停泊在虎门外要求互市。他们通过盐课提举白万举游说平南王尚可喜，极言贸易之利。在巨大的商业利益驱使下，尚可喜同意他们在明代遗留下的市舶驿馆怀远驿进行贸易。由此，尚可喜、尚之信父子发现了滚滚的财源。

在康熙初年禁海期间，尚可喜、尚之信父子指使王府参将沈上达主持走私贸易，组成庞大的"藩商"集团（隶属藩王府的特权商人，俗称"藩商"或"王商"）。有史料称："自康熙元年奉文禁海，外番船只不至，即有沈上达等勾结党棍，打造海舫，私通外洋，一次可得利银四五万两。一年之中，千船往回，可得利银四五十万两，其获利甚大也。"这种由地方军事集团控制的对外贸易，"垄断水陆之利，占据商民之业"，不仅严重危害地方社会经济，而且造成国家税银的大量流失。尚之信参与叛乱失败后，官府查抄沈上达家产，起获总值近百万两白银的财物，可谓是仅次于藩王尚氏的富豪。

一方面，是地方军阀"私通外洋"，牟取暴利；另一方面，是西方国家不断派来商船，叩关要求互市。清初的禁海与迁海，从一开始就表现出了违背世界潮流的荒诞性，后来连康熙在他的"上谕"中都说："向虽严海禁，其私自贸易者，何尝断绝"。

康熙二年（1663年），荷兰人因帮助清廷围剿郑成功有功，以此为由要求开展贸易。敌人的敌人就是朋友，清廷允许荷兰隔两年进行一次贸易。康熙五年（1666年），又改成允许荷兰每八年进行一次贸易。

贸易是有魔力的，它的魔力就是可以创造巨额财富。财富，又是一切政权赖以存在的基础，一个靠暴力维护统治的政权更加需要强大的财政支持。

清军入关之初，首先实行圈地政策，大面积抢占本来属于汉人的良田、房产，以此封赏满洲王公权贵和旗人军士。这种强盗瓜分赃物的刺激方式，虽然保证了清兵的战斗力，却也激化了民族矛盾，更使中原经济遭受重创，民生凋敝。连康熙本人都承认："比年以来，复将民间房地，圈给旗下，以至民生失业，衣食无资，流离困苦。"

战争这部机器，是要以金钱为动力才能保证运转的。当掠夺无法持续而又不利于政权稳定、保护掠夺成果的时候，就必须另辟财源。

早在顺治年间，兵部尚书明安达礼等人就曾请求清廷批准，允许西洋人在澳门开展贸易，以开财源，充实军饷。平西王吴三桂策动平南王尚可喜、靖南王耿精忠发起"三藩之乱"后，清兵更需大笔军费。康熙十八年（1679年），清廷首先恢复了广东与澳门的陆路贸易，允许澳门的西洋人与内地商人将各自货物由陆路运至关前界口，就地交易。

在付出了生命财产的巨大代价之后，总算平定了"三藩之乱"，也攻陷了台湾，满人控制了中国全境。然而，这是一个在战火的废墟上建立起来的政权，生灵涂炭，百业萧条，民生困窘。

为解决财政危机，重振社会经济，康熙二十二年（1683年）两广总督吴兴祚上疏请求"展界"，即放松迁海界线，招募百姓耕种已经荒芜的沿海田地。康熙这才被迫同意废除迁海令，允许沿海居民返回故乡复业，但对商舶出洋互市仍然严格禁止。

专制统治的特点就是人为地设置各种禁区，而冲破每个禁区，都将是艰难而漫长的过程。关于清初的开海通商经过，梁嘉彬先生在他的《广东十三行考》里这样写道：

> （康熙）二十二年（1683），始开海禁，时沿海居民虽得以复业，然商舶出洋互市仍悬为厉禁。施琅等屡以弛其禁为言；而荷兰复以前功首请通商，因许之。西洋诸国因荷兰得请，争相趋附。而东南各省疆吏亦多有以是为请者。遂于二十四年设粤海、闽海、浙海、江

海四榷关于澳门（广州）、漳州、宁波、云台山。置吏以莅之。①

在统一台湾过程中，有功于清廷的施琅与荷兰人，首先为禁止互市的铁幕打开了一道缺口。然后，西洋各国群起效仿，再加上东南沿海各省的封疆大吏争相建言、游说，康熙终于有了这样的认识："开海贸易，谓于粤闽边海民生有益。若此二省民用充阜，财货流通，各省俱有裨益。"此外，更让他看重的是，出海贸易所产生的税收"可充粤闽军饷，以免腹地省份转输协济之劳"。就这样，中断已久的越洋跨国贸易终于得以恢复，与世隔绝的清廷被迫又与世界重新建立了联系。

在粤、闽、浙、江四个海关当中，粤海关最为重要，是清代管理对外贸易的主要机构。粤海关设专职监督一人，多为满人担任，其地位与行省的都抚大员相等，不受都府节制，直接向皇帝和户部

清政府于康熙二十四年（1685年）设立了粤海关，管理对外贸易和征收税。图为19世纪初期的粤海关外貌。*

---

① 梁嘉彬：《广东十三行考》，广东人民出版社2009年版，第72页。

负责。粤海关下辖省城大关、澳门总口、乌坎总口、庵埠总口、梅菉总口、海安总口、海口总口等七个总关口。各总口又下辖小关口共70个，其中虎门口和黄埔口直属省城大关，地位特殊。

粤海关建立初年，两广总督吴兴祚会同广东巡抚李士桢、粤海关首任监督宜尔格图商讨，决定以法律形式制订税收则例，将海关税收和国内一般商业税收区别开来，即把海关贸易税和常关贸易税按"住"和"行"分为两项货税征收。凡国内贸易者，作为"住税报单"，皆投金丝行，到税课司纳税；凡海外贸易者，作为"行税报单"，皆投洋货行，到粤海关纳税。这一规定，把广州洋货行的商人从一般商人中分离出来，便洋商成为一个专门从事对外贸易的行业集团。而且明确规定，鼓励"身家殷实之人承充洋货行商"。

有学者说，清粤海关取代明市舶司管理对外贸易税饷事宜，是一项重大制度改革。又称，市舶制度以朝贡贸易为主要特征，各国商人随同贡使或干脆冒用贡使的名义到广州，将贡品献给皇帝，将货物交市舶司临时招商买卖。海关制度建立后，将外贸管理机构（海关）和外贸经营机构（洋货行，简称洋行）完全分离开来，实现了传统的朝贡贸易制度向商业行馆形式转变。

然而，据梁嘉彬先生考证，"此种'官商'包揽对外贸易出入口税收之制，不仅清代为然……是明代亦有此制。"而且，就连将洋货行叫做"十三行"这个命名方式，也是"沿明之习"。至于"印光任、张汝霖谓十三行皆起重楼台榭，实乃明代怀远驿旁建屋一百二十间以居番人之遗制；屈大均谓'洋船争出是官商，十字门开向二洋，五丝八丝广缎好，银钱堆满十三行'云云。大抵康熙粤海设关时，亦正十三行之复兴时也。"①

---

① 梁嘉彬：《广东十三行考》，广东人民出版社2009年版，第73页。

由此可见，尽管清廷从名义上以粤海关取代了市舶司，但其实质内容主要还是沿袭明朝遗制。梁嘉彬先生所说的"十三行之复兴"，也是历史断裂后的一次重续，是从歧路再走上坦途的一次回归。

从明初的牙行，到明中期的客纲、客纪，再到明末清初的广州十三行，广东商人积累了丰富的对外贸易经验，形成了深厚的对外交流底蕴。这时，他们终于艰难地迎来了第一个黄金时代。

三

中国一向是崇尚传统与历史的国家，可商人的历史却是被长期掩埋的。就其在历史上所发挥的作用而言，广州十三行商人是中国近代史上一个不容忽视的特殊群体，是中国向近代化转型的重要推动者，然而，在中国的史料里却很少有关于他们的记载。从历史的缝隙里，我们知道早在明朝，十三行商人就已经成为从事对外贸易的专业人士，可这样一个重要的群体，我在写作此书时，为找到几个有名有姓的代表人物，几乎是翻遍了所有能找到的官方史料，收获甚微。

在那些汗牛充栋的官方正史里，充斥着王公贵族、历朝大臣，甚至盗贼流寇的种种行迹，唯独缺少商人的身影。最早将十三行商人的名字写入史册并进行系统介绍的，是曾经在清廷皇家海关总税务司任职的美国人马士。他退休后写下的《东印度公司对华贸易编年史》和《中华帝国对外关系史》两本书，成为后人研究十三行商人的重要参考文献。但是，马士毕竟是美国人，他用英语发音记录的中国人名、行号不仅让人颇费猜疑，而且极易混淆，再加上文化差异的影响，难免存在某些讹误。直到20世纪30年代，梁嘉彬先生著《广东十三行考》，终于对这段湮没已久的历史进行了重新挖掘，为后人了解十三行及有关行商们打开了一扇方便之门。

在粤海关设立之始，海禁初开，海关税收、杂费都过于繁重，因此"来舶无多"，税饷也少，所谓十三行行商实际只有数家而已。以收取税费为目的对外贸易，一开始却意外遭到了西洋人的冷落。面对这种萧条难堪的局面，康熙很是焦急。康熙三十七年（1698年）上谕大学士等说："广东海关收税人员，搜检商船货物，概行征税，以致商船稀少，关税缺额。……著减广东海关额税银三万二百八十五两，著为令。"

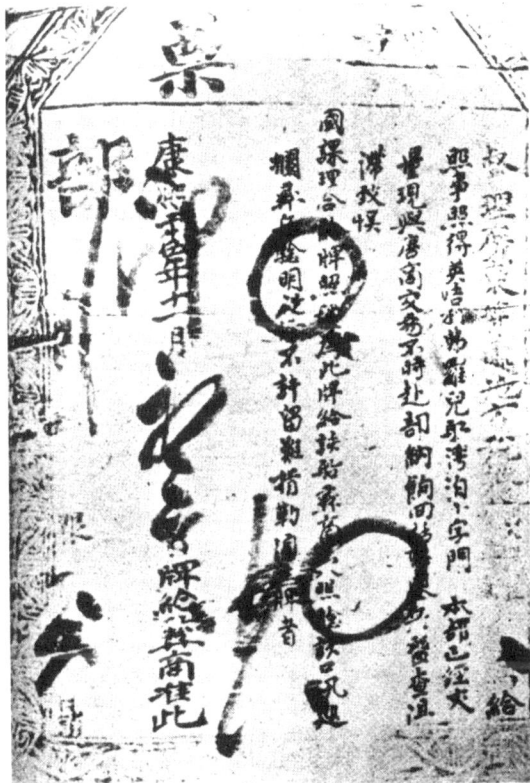

清康熙年间广东官府发给英国商船的"部票"，证明该船已经查验，"不许留难指勒"。

康熙为吸引外商提出的"优惠政策"，很快就取得了成效，首先受益的便是英国商船"麦士里菲尔德"号（Macclesfield）。康熙三十八年（1699年），它刚一抵达澳门，即受到中葡官吏的热烈欢迎，海关监督更是亲赴澳门，率同商牙、差役等人丈量船只，并主动减去原定课税的四分之三以示招徕。中国商人Hunshunquin（美国人马士以音译翻译的中国商人名字）也当面向英国大班道格拉斯（Robert Douglas）保证，会以最高价买入洋货，以最低价卖出国货。由这艘入港的英国商船开始，中英贸易才有了长足发展。

美国人马士在《编年史》里对中国商人Hunshunquin大加赞扬，说他以前曾是受尚可喜、尚之信父子器重的"王商"，藩王的势力衰落后，他又找到了北京方面的权贵为后盾。因其左右逢源，具有惊人的商业经营才能，信用卓绝，在中外商界享有很高的威望。然而，即使是这样一个在中外贸易中一度举足轻重的商人，也无法确定他的准确中文姓名，只是根据马士的注释知道，他英文名的最后几个单词quin即quan，汉语"官"字的英文发音。

据梁嘉彬先生考证，这个所谓"官"字属尊称之辞，"中国自元以后，凡豪富之家以金捐官爵者，人多称之为某'官'，而行商原为钦准性质，有专揽对外贸易特权，其本人称'官商'（The Mandarin's Merchants），其行则称'官行'（Kwang Hong）"。所以，同文行行商潘振承又称潘启官，怡和行行商伍秉鉴又称伍浩官，如此等等。至于这个Hunshunquin具体是叫什么官，仍待考证。

自英国商船"麦士里菲尔德"号成功在粤交易后，广东的海洋贸易日渐繁盛，牙行商人的竞争也日趋激烈，纷纷寻找官方后台为奥援，成了背景不同的"官商"。如Hunshunquin这类曾经受过"尚王"任命的，仍然叫"王商"；受总督任命的，则叫"总督商人"，其势力已经开始超越旧"王商"；受将军任命的，叫"将军商人"；受巡抚院任命的，叫"抚院商人"。到了康熙四十一年（1702年），广州、厦门两地又突然出现了所谓"皇商"。

据一位叫做Leanqa（又是一个无法确定中文姓名的英语发音）的官商（十三行行商）向英国大班透露："此皇商昔为盐官（The Mandarin of Salt），以私瞒朝廷，中饱盐税，曾被逐出省外，然彼卒能贿通权要，以四万二千两巨款进于皇储，而取得欧西贸易之包揽特权。朝廷原未知其事，而彼亦无存货或订购货物之合同，第恃势凌人而已。"①

这位靠贪污盐税暴富，又以巨额贿款收买"皇储"，试图包揽对外贸易的皇商，受到了所有行商和英商的联合抵制。康熙四十三年（1704年），四艘英国商船抵达广东海岸，其中就有三艘拒绝与皇商贸易，而是秘密与其他五名行商订立了交易合约。这些行商已经贿通了海关监督，以此与皇商相抗衡。见到不惜重金买来的独揽贸易权竟遭到众行商蚕食，自恃后台强硬的皇商当然不肯善罢甘休，遂向总督申诉。众行商也不甘示弱，以皇商的资本不够充实，在商界信用欠佳为由进行反诉。面对皇商与行商之间围绕着对外贸易权展开的争夺，总督显得十分谨慎。他们双方各有实力，又涉及外国商人，让这个总督大人也不敢掉以轻心，随意处置。他几经调查，结果都与行商的陈情相符，而且英商也坚持反对由皇商垄断贸易。在他的调停下，皇商不得不做出让步，允许行商在赔偿损失的条件下参与对外贸易。

由于无法保证独揽贸易的垄断权，又缺少参与竞争的专业素质和外商的支持，两年之后皇商便彻底退出了对外贸易领域，十三行

---

① 梁嘉彬：《广东十三行考》，广东人民出版社2009年版，第76页。

行商重新取得了主导地位。

此番行商与皇商之争，是有关各方实力与能力的全面比拼，其中英国商人起到了不容忽视的作用。这也足以表明，康熙解除海禁后，英国已经迅速取代葡萄牙、荷兰等国成为欧洲对华贸易的主要国家。这个新兴的帝国刚刚踏上中国的土地，就以自己的方式发挥了至关重要的影响力。大清帝国最强硬、也最强大的对手，来了！

康熙五十五年（1716年），英国商船"马尔巴勒"号、"苏姗娜"号、"长桁"号相继抵达广州。由"苏姗娜"号大班牵头，与海关监督缔结了六项普通权利约定：

1. 英船大班不用等候，可以随时与海关监督相见。

2. 英国商馆前须贴一许可自由贸易之布告，不得骚扰。

3. 英船得随意任免通事、买办及其他类此之仆役。

4. 英大班及该船长官在海关船内不得被阻出入，有旗帜竖起者，即为彼等所在之标志。

5. 英船有存储各种海军军需品之自由，不得加以任何课税。

6. 英船需要出关单时，政府不得延误。

这大概是中国海关与西方国家签订的第一个保护贸易条约。尽管海关方面认为其中承诺的六项权利只属于暂时性的，它仍然在国际商界引起了极大反响，广州口岸也因此更加兴盛，当年就有英法等国的20艘远洋货船来到黄埔、澳门开展贸易。也正是在这一年，继法国之后，英国也在广州十三行正式开设商馆，作为拓展对华贸易、处理在华事务基地。英国广州商馆的设立，是中英关系进入新阶段的标志，在随后的一百多年间，中英贸易是最重要的中外贸易，中英关系是最重要的中外关系。

清十三商馆玻璃画。十三商馆即十三夷馆，由行商修建，租给外国人居住、存货和经商。在今广州市文化公园一带，后毁于火。*

　　哪里有利益，哪里就有激烈的权利博弈。随着广州对外贸易日益繁荣，有关各方之间的矛盾冲突也更趋频密。虽然"皇商"已经无奈地退出了外贸领域，行商与行商之间的矛盾却愈发突出。他们依靠各自的官方后台，彼此排挤，互相倾轧，争揽贸易，纠纷不断。

　　为了维护这个共同的市场，十三行行商决定联合起来，建立统一的公行组织。康熙五十九年（1720年）十一月二十六日，各大行商一起聚集在神坛前，杀鸡啜血，共同盟誓，日后将一致遵守十三条公行行规：

1. 华夷商民，同属食毛践土，应一体仰戴皇仁，誓图报称。

2. 为使公私利益界划清楚起见，爰立行规，共同遵守。

3. 华夷商民一视同仁，倘夷商得买贱卖贵，则行商必致亏折，且恐发生鱼目混珠之弊，故各行商应与夷商相聚一堂，共同议价，其有单独行为者应受处罚。

4. 他处或他省商人来省与夷商交易时，本行应与之协订货价，俾得卖价公道；有自行订定货价或暗中购入货物者罚。

5. 货价既经协议妥帖之后，货物应力求道地，有以劣货欺瞒夷商者应受处罚。

6. 为防止私贩起见，凡落货夷船时均须填册；有故意规避或手续不清者应受惩罚。

7. 手工业品如扇、漆器、刺绣、图画之类，得由普通商家任意经营贩卖之。

8. 瓷器有待特别鉴定者（指古瓷），任何人得自行贩卖，但卖者无论赢亏，均须以卖价百分之三十纳交本行。

9. 绿茶净量应从实呈报，违者处罚。

10. 自夷船卸货及缔订装货合同时，均须先期交款。以后并须将余款交清，违者处罚。

11. 夷船欲专择某商交易时，该商得承受此船货物之一半，但其他一半须归本行同仁摊分之；有独揽全船之货物者处罚。

12. 行商中对公行负责最重及担任经费最大者，许其在外洋贸易占一个股，次者占半股，其余则占一股之四分之一。

13. 头等行，即占一全股者，凡五，二等者五，三等者六；新入公行者，应纳1000两作为公共开支经费，并列入三等行内。

通过此行规可见，当时行商已经发展到十六家，其中头等行五家，二等行五家，三等行六家。这与三十多年前放开海禁之初只有几家行商的惨淡局面相比，显然已经有了很大发展。这项盟约的订立，也正是为了适应这种变化，使行商形成一个严密的组织，避免内部恶性竞争，一致对外。尽管它强调"华夷商民一视同仁"，货真价实，买卖公道，却也具有较强的封闭性和排他性，严格划定行商与普通商人的区别。说到底，还是要设置准入门槛，试图实现变相的行业垄断。因此，这行规订立不久，就受到了强烈要求自由贸易的英国商人的挑战。

在公行成立的第二年（康熙六十年，即1721年），英船"麦士里菲尔德"号再次抵达黄埔。他们很快就从相熟的中国商人那里得到消息，粤海关已经下令，凡未加入公行的商人（散商）均不得擅自与外国人接触。散商若想与外商做瓷器生意，必须向公行交纳百分之三十货价，做茶叶生意更须交纳百分之四十货价。这些中国商人纷纷向英船大班诉苦，要求他出面干预。面对这种情况，英船大班也担心，如果粤海关和公行的规定得以实施，势必会导致瓷器和茶叶的价格大幅上涨，所以他一边设法疏通关系，一边以停止贸易相要挟。海关监督见英商立场强硬，深恐影响税收，承担罪责，只好于7月30日召集公行领袖人物会商变通之策。几经权衡，公行不得不做出让步，允许散商有条件参加瓷器、茶叶贸易。就此，公行制定的行规丧失了实际约束力，成为一纸空文，而公行这个组织也于无形中暂告中止。

在中英两国的贸易交往中，英国人又一次冲破了中方设置的限令，改变了其单方面制订的游戏规则。其实，这也只是个小小的插曲。古老的中华帝国与新兴的日不落帝国之间，未来还会继续互动、碰撞下去。而作为对外贸易具体参与者的十三行行商，则需要不断调整自己的角色定位，在强权的夹缝中寻找生存与发展的空间。

四

与那些以商立国，大力鼓励国民从事商业经营活动的西方国家不同，大清帝国为了增加税收、充实军饷而开启的对外贸易从一开始就是被动的、满怀戒心的。

康熙二十四年海禁重开后，沿海居民纷纷造船出海贸易，消失已久的中国海商再度出现在浩瀚的洋面上。对于这种局面，清朝廷又感到惴惴不安了。在他们看来，南洋各国历来是"海贼之渊薮"，海商历来是一股影响政权稳定的异己，"不可不加提防"。于是，在康熙五十六年（1717年），清廷再度颁布"南洋禁航令"，规定内地商船不准赴南洋贸易，南洋华侨必须回国，澳门夷船不得载华人出洋。同时，严令沿海炮台拦截出洋船只，水师各营加强巡查，禁止商民"私出外境"。这个禁航令，直到雍正年间才部分解除。

针对本国船只实施的禁航令，让中国商人丧失了"走出去"主动参与国际贸易的机会，只能在广州等口岸坐等外商上门交易，因而十三行行商则几乎成了唯一合法从事对外贸易的专商。

独裁专制政体与贸易自由发展具有天然的敌对性。垄断的权力，造成了垄断的经营模式，形成了畸形的对外贸易格局。尤其是主导对外贸易的粤海关，自成立以来便流弊丛生，到雍正改元之后，已是索取无度，贪腐成性了。

按照粤海关成立后制订的税收则例，关税分为正税和杂税。正税包括货税和船钞两项：货税是进出口货物的从量税，如"天鹅绒每匹税四两""生丝每担税一两八"等等；船钞是对商船征收的课税，根据船只的大小分为不同的等级，按级征税，大约在两三千两不等。至于杂税，则是名目繁多。外国商船进关时，自官礼银起，至书吏、家人、通事、头役止，其规礼、火足、开舱、押船、丈量、贴写等共有三十余项；外国商船放关出口时，又有书吏人等验舱、放关、领牌、押船、贴写等三十八条。这些因袭陈规陋习设置的杂税由官吏、丁役收取后中饱私囊，因此又统称为"规银""规礼"。除此之外，外国商人随船自用的食物如奶油、蜜饯、洋酒、腌肉、腌鱼等，进口时一律照例征收进口税，等他们离港归国时，那些没吃完的剩余食物还要交一次出口税。

正税、杂税和规礼之外，还有茶银、饭钱等许多额外的勒索苛求，引起外商强烈反弹。他们将所有的外轮都停泊在近海洋面上，拒绝靠岸，以此向粤海关施压。他们抗争的结果，就是由行商代垫部分税金。由此，行商负担无端加重，深陷窘境。整个雍正一朝，除个别实力特别雄厚，又有官府做靠山的大行商外，许多行商都在惨淡经营，勉强支撑。乾隆十五年（1750年），政府开始实行"保商"制。所谓"保商"制，就是因为担心有的行商经营困难，无力代外商缴纳税金，便干脆下令由行商中的"殷实之人"出任"保商"，由他统一缴纳船钞、规礼银两等入口税饷。

"保商"制让个别大行商在实际上获得了贸易独揽权，迫使许多行商出走广州，纷纷到厦门、宁波发展。外国商人为了逃避粤海关的高额税收、规礼，以及大行商的价格垄断，也有意放弃广州口岸，试图到厦门、宁波等地贸易。其中，最有代表性的就是多次闯关，本想进京去告御状，结果却惹得乾隆大发雷霆的英国商人洪任辉。

洪任辉，本来是经常到广州进行贸易活动的资深英商，能通汉语，对中国的国情也比较了解。乾隆二十年（1755年）四月，他首先率船从广州驶往浙江定海，对当地官员声称持有粤海关执照，来这里采购湖丝、茶叶。隶属于宁波府的定海县本来就有与外商贸易的传统，只是近几十年来西洋船舶都到广州、澳门交易，"番商不至"，连原来设立的"红毛馆"都荒废了。洪任辉到港后，当地官员把他安排到宁波李元祚洋行落脚，介绍牙人与他洽谈交易。由于买卖公平，税费低，交易成本较广州大幅下降，在此之后的三年间（乾隆二十年至二十二年），洪任辉又多次前往浙江，并与当地商人李元祚、郭益隆、信廷英建立了长期稳定的伙伴关系。

洪任辉到浙江开展贸易，在外商中起到了示范效应，大家纷纷放弃广州，转投宁波。随着宁波的兴旺，广州顿时萧条下来，前来贸易的外国商船骤然减少。据广东巡抚讬（托）恩多的奏折，广州的到港洋船从乾隆十九年的二十七艘，直线下降到乾隆二十二年的七艘，流失了大量船钞、规银及货税。为了扭转这种被动局面，两广总督杨应琚于乾隆二十二年（1757年）上奏朝廷，要求将浙江海关的关税增加一倍，希望以此逼迫外商重返广州。

当年十一月，乾隆发出谕旨，不仅同意增加浙江海关税额，而且明确规定只限广州一口通商，西洋"番舶"不得进入浙江海口。乾隆之所以做出如此极端的决定，其理由是："粤省地窄人稠，沿海居民大半借洋船为生，不独洋行之二十六家而已；且虎门、黄埔所在设有官兵，较之宁波可以扬帆直达者，形势亦异，自以仍令赴粤贸易为正。……将来只许在广东收泊交易，不得再赴宁波，如或再来，令原船返棹至广，不得入浙江海口，豫令粤关传谕该商等知悉。若如此办理，于粤民生计并赣、韶等关均有裨益，而浙省海防亦得肃清。"[1]

乾隆虽然反复强调一口通商是为"粤民生计"，但他最看重

---

[1] （清）王之春：《国朝柔远记》卷五，光绪十七年（1891年）刻本。

的其实还是海防。广州不仅地处南粤边陲，远离中原腹地，而且有虎门、黄埔要塞、官兵层层设防，不似宁波口岸可以"扬帆直达"，长驱直入，进而危及京畿。似乎是为了证明他对海防的担心，两年之后即发生了洪任辉驾船一路北上，直达北方门户天津的闯关事件。

乾隆二十四年（1759年），洪任辉又一次率船来到浙江，由于有了朝廷的禁令，当地官员再也不敢让他在此停泊，命令他立即返回广东。洪任辉则以广东生意不好做为由，仍想说服官府允许他在当地贸易。经反复交涉未果，洪任辉一气之下竟然向宁波和定海官员控诉起粤海关贪污腐败、敲诈勒索的种种恶行，还向他们递了份写好的状子，然后才愤然离去。洪任辉并没有就此返回广东，而是继续扬帆北上，直达北方门户天津，要进京去告御状。他大概是想，既然已经在这里把广东官员给告了，一不做二不休，索性就一条道走到黑了。

六月二十四日，大沽营海上游击赵之瑛意外发现，在海口炮台以外停泊着一艘三桅洋船，随即前往查看。他发现船里面有十二个西洋人，其中名叫洪任辉的粗通官话。洪任辉对他说，这条船和船上的人都是英吉利国的，因有负屈之事，特来呈诉，让赵之瑛带自己去面见文官，以便陈情。赵之瑛收缴了船上的两门铜炮、一门铁炮，移送到海口炮台暂存，将洪任辉专差押往天津审讯。

"红毛番"到了天津的消息，不仅在当地百姓间引起了轰动，更让官府和朝廷感到惶恐不安。洪任辉被清兵关到一座神庙里，软禁起来，严加盘查。一场涉及粤海关、行商，甚至中外贸易及中英两国关系走向的风波由此而起，史称"英吉利通商案"。

被惊扰了"圣驾"的乾隆在震怒之下，命钦差大臣新柱、朝铨于当年七月先后抵粤会审广东关吏、行商，严拟粤海关监督李永标罪名，革职查办。

自雍正以来，粤海关即号称"天子南库"，海关监督直属内务府，海关税收上交内务府，专供皇室之需，海关的苛求，其实是与皇室密切相关的。所以，洪任辉虽然曝光了粤海关的种种劣迹，自己却没有得到好的结果。他先被送回广州，然后驱逐出境。他意在谋求清廷开放浙江港口的闯关，换来的却是"锁关"。清廷不仅关闭了江、浙、闽三地海关，就连广州也开始对外商实行严格控制。

当年年底，乾隆批准新任两广总督李侍尧拟定的《防范外夷规条》：

1. 外商在省住冬，永行禁止。

2. 外人到粤，令寓居行商馆内，并由行商负责管束稽查。

3. 内地商人借领外商资本，及外商雇请汉人役使，并行查禁。

4. 外商雇人传递信息之积弊，永行禁止。

5. 外船收泊之所，派营员（清兵）弹压稽查。

不仅如此，在此基础上，清廷又对外商颁布了九条禁令：

1. 外洋战舰不得驶进虎门水道。

2. 妇女不得携入夷馆，一切凶械火器亦不许携带来省。

3. 公行不得负欠外商债务。

4. 外人不得雇用汉人婢仆。

5. 外人不得乘轿。

6. 外人不得乘船游河。

7. 外人不得申诉大（官）府，事无大小，有需申诉者亦必经行商转递。

8. 在公行所有之夷馆内寓居之外人须受行商管束，购买货物需经行商之手，尔后外人不得随时自由出入，以免与汉奸结交私贸。

9. 通商期间过后，外商不得在省住冬，即在通商期间内，如货物购齐及已卖清，便须随同原船回国，否则（即间有因洋货一时难于变卖，未能收清原本，不得以留住粤东者）亦须前往澳门居住。

有学者说，这是"清政府第一个全面管制外商的正式章程"。其实，这是清廷在国际交往中的一次单方违约。清廷以其对现代外交的无知，仍然延续着"天朝上国"随意处置藩邦外夷的惯性思维，毫无顾忌地背弃了康熙五十五年（1716年）粤海关与英商签订的"六项普通权利约定"。这个具有国际条约性质的约定，曾经是打破清朝海禁之后的贸易僵局，使广州口岸得以兴旺发展的重要前提。该约定明确规定："英国商馆前须贴一许可自由贸易之布告，不得骚扰""英船得随意任免通事、买办及其他类此之仆役""英船有存储各种海军军需品之自由，不得加以任何课税"等等。现在的规定则是，外商住进夷馆便"不得随时自由出入""外人不得雇用汉人婢仆""一切凶械火器亦不许携带来省""外船收泊之所，派营员（清兵）弹压稽查"，就连"外商雇人传递信息"也要"永行禁止"。在外商看来，他们几乎失去了一切正当权利。

由于西方各国政府缺少与清朝廷的沟通渠道，加之渴望与中国保持贸易关系，清廷这种言而无信，随意毁约的做法，没有立刻引起国际社会，尤其是英国方面的反弹。但是，它却为日后的中西交往，特别中英交往埋下了不祥的种子。它直接影响了西方外交界人士对大清帝国文明程度的判断，它与三十四年后（乾隆五十八年，1793年）马戛尔尼使团的失望而归相呼应，一起印证了清廷与现代世界的隔阂与差距。

除此之外，《防范外夷规条》及针对外商颁布的"九条禁令"，正式完成了清廷"以官制商，以商制夷"的制度设计。外商住进了商馆便不准随便出入，不许同中国百姓和官吏随便接触，外商买卖交易、纳税均由行商代办，即使有冤要申、有苦要诉也"必经行商转递"，外商的一切活动都由行商管束起来了。

一口通商以及对外商的严控禁令，重新划定了中国对外交往与贸易的政策边界，直至1840年鸦片战争后才被废止。在此期间，整个中国的海外贸易，全部集中在广州进行，全部由十三行具体操办。"东西南北中，一起到广东"。广州十三行得天独厚，迈上了发展的顶峰。

根据梁嘉彬先生的考据性研究：

> 行商在18世纪中叶以前，尚多为小规模贸易商人，且多有原操船业，近则往来闽粤，远则海航吕宋、瑞典，以贸易为生者。……乾隆二十五年，同文行潘启（官）等九家呈请设立公行，专办欧西货税，谓之外洋行，别设本港行专管暹罗贡使及贸易纳税之事，又改设海南行为福潮行，输报本省潮洲及福建民人诸货税。外洋、本港、及福潮分办，广东十三行行商遂转入专对欧西诸国贸易之时期。[1]

一口通商及相关规定促使广州十三行向专业化、精细化发展，而敏感地发现这个机遇，呈请设立公行的潘启官亦因此迅速崛起，成为行商的领袖人物。

据史料记载，"潘启官"是外商对他的尊称，他的真名叫潘振承，字逊贤，号文岩，生于康熙五十三年（1714年），祖籍福建漳

---

① 梁嘉彬：《广东十三行考》，广东人民出版社2009年版，第100—101页。

州。他从少年时就开始学习经商，成年以后，和许多同乡来到广东发展，并学会了外语。曾多次至吕宋、瑞典贩运丝茶，靠以此积累的资本"请旨开张同文洋行"。

我无法确定，潘振承是否算得上最早远赴欧洲开展贸易的中国商人，但是，他的出现无疑标志着一代新型行商的涌现。与那些完全靠贿赂官府谋取贸易独揽权的旧行商不同，他了解中国，也了解世界。他的经历与才干，使他在广州十三行行商中成为佼佼者。

一口通商是广州十三行的机会，也带来了责任和风险。由于清政府一向置外于国际社会，除了收税和索贿，大小官员都把与洋人打交道的"夷务"视为棘手的麻烦。所以，他们才把这些麻烦都推给了行商处理，由他们为官府代办一切交涉。由此，十三行行商不仅垄断了中外贸易，也负责经办具体外交事务，具有外贸与外交的双重职能。他们跨越政商两界，周旋于官府与洋人之间；他们既要尊重中国国情，又得明悉世界大势；他们不仅是中国的商业精英，也是对外进行政治、文化和科学交往的先驱。

因缘际会，在人类社会总体转型的关节点上，广州十三行行商成了中国走向近代化的直接参与者与推动者。

第六章

行商，树起中国商人的世界形象

鼎盛时期的广州十三行是全世界的聚宝盆。这个华洋杂处的奇妙之地，像磁石一样吸引着世界，也接受着世界的影响。由此，广州、广州十三行就成为古老中国缓慢向近代转型的一个历史性起点，成为近代中国百年变革的发源地，它既是一个展示中国形象的窗口，也是重塑中国形象的发力点。

在那个世界对中国满怀误解与偏见的特定年代，在那个大清帝国对世界既轻蔑又疑惧的矛盾年代，广州十三行的行商们站在中国与世界的交汇点上，小心翼翼地树立着这个国家的民间形象。同时，他们也在努力重塑中国商人的形象，一点一滴地推动着这个古老帝国向近代转型。

18世纪，是西方世界逐渐开始放弃一厢情愿的美好想象，根据实际接触后的直观经验，重新认识中国、理性审视中国的转折年代。与此同时，清朝廷则依然对西方保持着一成不变的固有印象，而且傲慢地缺乏进一步了解他们的兴趣。因缘际会，被官府推上贸易、外交前台的十三行行商便站到了沟通中西的最前沿。他们是商人，也是这个东方国家的"形象大使"，在西方对理想中国不断祛魅的转变中，重新树立起并维护着中国的国际声誉。贸易的内容不仅仅是商品交换，随之而来的还有对一个国家的认知。

就总体趋势而言，欧洲对于中国，是个由发现、欣赏，到怀疑、研究，最后强力施展影响的主动过程。中国之于欧洲，则是由无知、轻慢，到敌视、抗拒，最后在冲突中遭受挫折的被动过程。这种失衡的、极不平等的持续互动，最终决定了双方关系的发展走向。

早在16世纪传教士登陆中国广东之后，西方便开始了对中国的全方位探索。他们的兴趣从丝绸、瓷器、茶叶扩展到中国文化和政治制度，被中国吸引的人群也由商人、贵族向作家、学者蔓延。德国哲学家莱布尼茨便是他们当中一个具有典型意义的代表。

莱布尼茨，是为人类文明进步做出了伟大贡献的哲学家、数学家，被誉为"17世纪的亚里士多德"。1646年，他出生在当时属于神圣罗马帝国的莱比锡，父亲是伦理学教授。青年时代，他在巴黎读书并进入了当时的知识圈，随后回到德意志的汉诺威，为当地一位公爵管理图书馆。这份特殊的工作使他有时间按照自己的兴趣研究数学，尤其是二进位算术和几何学。莱布尼茨正是通过数学发现中国文化并且沉醉其中的。由于二进位算术的演算规则与《易经》的六爻卦类似，这让他倍感新奇，进而迷上了中国文化，尤其专注于中国语言文字系统。他不仅搜集、阅读了大量耶稣会教士关于介绍中国的文章，而且开始与居住在中国或是从中国返回欧洲的传教士通信，长期而深入地探讨那个奇妙而神秘的异域文明。

莱布尼茨（1646—1716年），德国哲学家、数学家，通过数学发现中国文化并沉醉其中。

1697年，莱布尼茨编辑《中国近事》并写作序言，对中华文明极尽溢美之词。他在该书的序言里乐观地说，当时"最高度教化，最有品位的人"，都集中在两个大陆上，即欧洲和中国。这"距离遥远而高度文明的土地上的人，只要愿意彼此伸出双手"，以"泽及中间地带的人"，那么"人间天堂"就有降临的一天。莱布尼茨甚至认为，中国人在实证哲学领域，包括"文明生活的规范"上已经遥遥领先于欧洲。甚至一度认为，欧洲根本没有必要往中国派传教士，反而应该请中国人来欧洲广施教化，"我们才需要中国来的传教士"。

然而，随着研究的深入，特别是到了1708年以后，莱布尼茨又对中国产生了不同的看法："我相信，无论是历史、评论或哲学，中国人都未充分发展。中国人至今尚未写出一本文学史，也没有一个中国人能将真实的作品、意义及内涵归功于每一位作者。我同时担心，古代经典都受过篡改。"①

继莱布尼茨之后，另一个对中国文化给予特别关注的是孟德斯鸠。这位法国启蒙思想家年轻时就被中国深深吸引，倾注了极大的探索热情。孟德斯鸠于1689年生于法国贵族家庭，承袭男爵封号。他24岁那年，在巴黎从事法律工作期间认识了一位颇有文化修养的中国人黄嘉略。黄嘉略由法国天主教教士带到法国，但他拒绝了皈依教会、从事神职的机会，另外找了份编辑中国书目的工作，同时还为法院编纂中法字典。从孟德斯鸠留下的笔记看，他与黄嘉略进行了多次对话，内容涉及中国宗教的本质、中国语言的本质、中国

孟德斯鸠（1689—1755年），法国启蒙思想家，年轻时就被中国所吸引。

---

① ［美］史景迁著，阮叔梅译：《大汗之国：西方眼中的中国》，广西师范大学出版社2013年版，第114页。

的官僚系统及科举制度等等。两人经过多次长谈，最后触及到了中国这个国家的本质。孟德斯鸠表示，他与黄嘉略就中国政府的本质进行探讨后，得出结论："统治者的权威无可限量，他集天上、人间的权力于一身，因为皇帝是知识界的主宰。因此他统治下的臣民的生命财产完全操纵在他手上，任由暴君的喜怒哀乐决定一切。"

虽然孟德斯鸠与黄嘉略对话的时候还是个对世界充满好奇的青年，但是，与中国人面对面交流却让他萌生了有别于学界前辈的中国观。在此基础上，他又广泛阅读了有关中国的著作以及在华传教士、外交官、探险家和商人的书信，为日后写作那部皇皇巨著《论法的精神》提供了素材和论据。在这部影响世界政治文明进程的心血之作里，中国作为一种完全不同于西方诸国的国家形态被孟德斯鸠反复论及。孟德斯鸠比莱布尼茨走得更远，他根据自己的研究，对耶稣会教士一味赞扬的中国进行了严厉的批判。在该书的第八章，专设一节评说"中华帝国"这个特殊的政体，就耶稣会对中国的美化提出质疑：

> 我们的传教士谈及幅员辽阔的中华帝国时，把它说成一个令人赞叹的政体，其原则兼具畏惧、荣宠和美德为一体。……
>
> 对于一个不使用棍棒，人民便什么也不干的国家而言，我不明白他们所说的荣宠是什么。
>
> 此外，传教士们提及的那些美德，从我们的商人的叙述中几乎丝毫也感觉不到。我们不妨听听他们所说的中国官员的欺诈掠夺行径。①

---

① [法]孟德斯鸠著，许明龙译：《论法的精神》，商务印书馆2009年版，第133页。

显然，在研究中国的过程里，孟德斯鸠既没有发现君主制社会不可或缺的荣誉感（荣宠），也没有找到共和政府特有的道德感，他看到的只是"一以贯之的暴政"，以及"不动声色地对人性的摧残"。由此，他得出的结论是："传教士们或许是被表面的秩序蒙蔽了……中国是一个以畏惧为原则的专制国家。在最初那些王朝统治时期，疆域没有现在那样辽阔，专制精神可能略为逊色。可是，如今已非昔日可比了。"①

不仅如此，孟德斯鸠通过将欧洲与中国进行比较，还总结出了令人震惊的两股"趋势"："欧洲为自由，亚洲为奴役。"孟德斯鸠对自己的发现既自信又自豪，正如他宣称的："从来没有人做过如此观察。"的确，在他之前，大概还没有人如此严苛地评论这个东方帝国的本质。

可以说，孟德斯鸠是让欧洲人扭转对"中国印象"的代表人物。到了18世纪末期，涂抹在中国表面的那层华丽的奇光异彩已经褪去，显露出了斑驳的底色。此时的言论不仅认为中国停滞不前，或是缺乏进步，更进一步断定其已经油尽灯枯，甚至僵化如石。套句孟德斯鸠独特的话"奴役始于困倦"。德国学者兼历史学家约翰·戈特弗莱·赫尔德（Johann Gottfried von Herder）形容中国，就像"榛睡鼠冬眠时的循环系统"。

欧洲人的中国观发生大逆转的18世纪，恰好是启蒙运动方兴未艾、产业革命勃然而起，新思想、新理论、新发明不断涌现的伟大年代。而这时的中国，则正好处于雍正、乾隆两朝颁布禁教令、驱逐传教士，想方设法拒绝西方影响的"盛世"。

台湾"中研院"近代史研究所创始人兼学术奠基人、著名历

---

① [法]孟德斯鸠著，许明龙译：《论法的精神》，商务印书馆2009年版，第135页。

史学家郭廷以先生曾对这一时期西方取得的文明成果做过这样的梳理：

> 鼓吹自由民主、影响政治思想最大的孟德斯鸠（1689—1755）的《法意》（《法的精神》）是1748年（乾隆十三年）完成的，卢梭（1712—1778）的《民约论》是1762年（乾隆二十七年）完成的，主张放任政策的经济学鼻祖亚当·斯密（Adam Smith 1723—1790）的《原富》完成于1776年（乾隆四十一年），圭士奈（Quesney，1694—1774）也是属于这个时代。这均是支配人类近代思想行为的力量。而支配人类近代物质生活力量的动力及机器发明（产业革命），则在十八世纪后期及十九世纪初期。1767年（乾隆三十二年）英国人哈格里夫斯（James Hargreaves）和稍后的阿克莱特（Richard Arkwright）发明了纺织机，1769年瓦特发明了蒸汽机……①

世界正发生着人类有史以来最剧烈、最深刻的变革，中国却对此懵然无知，完全置身事外。这时，唯一还与世界保持有效沟通的，就只剩下了海上贸易，只剩下了广州这个国际口岸和那些被欧洲人称作"启官""浩官""章官"的十三行行商们。因此，有学者这样评价行商在中国近代史中的独特地位："在王朝的正史里，多半没有'浩官'这类人物，他们不过是无名小卒。然而，在近代史里，他们却是过了河的卒子，成为近代化的先驱。当林大人（林则徐）还在'睁眼看世界'时，他们早已在全球投资。"②

　　行商们是个在特定历史背景下产生的特殊人群。一口通商的政

---

① 郭廷以：《近代中国的变局》，九州出版社2012年版，第6页。
② 刘刚、李冬君：《中国近代的财与兵》，山西人民出版社2014年版，第40页。

策设计使广州成了中国联系世界的唯一节点，一时间，西班牙、荷兰、英国、法国、瑞典、丹麦、美国等西方国家纷纷到广州十三行附近开设商馆。这个中外商家与资本交汇融通的氛围，使行商们成为第一批国际化的中国商人。他们在新旧两个世界的交往与冲突中艰难地成长。他们的存在与发展，既反映了中国传统工商业向近代转型的艰苦卓绝，也折射了在新的世界格局下，中华帝国国家体制面临的挑战与危机。

在21世纪的今天，随着各种富豪榜在媒体上流行，人们又重新发掘出了一位近两百年前的世界首富：当时家赀已达2600万两白银的广州十三行行商伍秉鉴。行商成为世界首富，有着复杂的历史背景，它既反映出了那个年代世界贸易的特殊态势，也反映出了行商们在当时世界贸易中的影响力。

对于大清帝国主导的一口通商，西方人按照他们的理解将其概括为"广州体制"。这种严格限制外商交易的活动场地，以"行商制夷商"的强制性贸易体系，之所以能被欧洲各国勉强接受，主要是由于他们对茶叶的巨大需求。茶，使中国有了制定贸易规则的权力。更有甚者，在大清官员看来，允许夷人前来进行茶叶贸易，都成了对他们的恩赐。

鸦片战争前夕，自信满满的林则徐大人在给洋商的谕令里曾经如此写道："大皇帝多年来允许他们贸易，购买茶叶和大黄，'外夷若不得此，即无以为命……恩莫大焉。'"①

---

① [美]埃里克·杰·多林著，朱颖译：《美国和中国最初的相遇——航海时代奇异的中美关系史》，社会科学文献出版社2014年版，第218页。

以为欧洲人离开了茶就会患上消化不良，肚腹鼓胀，直至一命呜呼；以为仅仅依靠茶叶就能轻易控制住欧洲人的生存命脉，自然是言过其实，甚至显得有些无知。但是，中西之间的茶叶贸易的确改变了中国、英国、美国以及世界的历史走向和经济发展格局。因此有历史学家说，"大清朝虽然闭关锁国，但中国茶叶却参与了世界历史的进程，喝茶改变世界"。

葡萄牙人虽然最先到达东方，并且率先接触到了中国茶，但是他们依照传统眼光，并没有深入挖掘它的商业价值，还是将贸易重点放在丝绸与瓷器上。随之而来的荷兰人在1610年首先将茶叶进口到欧洲，从此饮茶之风吹遍整个西方社会，其中又以英国人对此最为热衷。

17世纪50年代，荷兰商人已经在伦敦贩卖茶叶。1660年，伦敦著名的咖啡馆店主T.加拉韦在咖啡店的外墙上发布了巨幅广告，大肆宣扬这种来自东方的异国风味："茶叶优点众多，在以古老、知识和智慧闻名的国度，茶叶的价格常常两倍于白银。"据说，茶叶是有史以来第一个在伦敦做广告的商品。

1662年，爱喝茶的葡萄牙公主凯瑟琳嫁给英王查理二世，她的嫁妆里就有中国茶叶和茶具，经过她的演示和推广，茶叶在英国上流社会首先风行起来。不久之后，英属东印度公司开始进口茶叶，到了18世纪初，茶叶已经成为一种时尚的奢侈品，风雅之士都陶醉于饮茶。尤其是经过医生、作家的推波助澜之后，饮茶之风愈来愈盛，长久不衰。

在商人大肆宣扬饮茶有"消除呼吸困难，清视明目""驱走疲劳，净化胸腹"等好处的同时，医生们也开始推荐利用这种饮料来增进健康。1679年，荷兰的德克尔医生建议大众每天至少喝八到十杯茶，"只要胃能承受，再多喝几杯也无妨"。这位外号叫做"好茶医生"的德克尔拥有大批追随者。

茶叶在广州交易后装箱外运的情景。茶叶是清代大宗出口商品，19世纪初期，粤海关征收的茶税每年约40多万两白银。*

18世纪，茶叶已经远远超出丝绸和瓷器，成为最抢手的中国货。1770年，英国从中国进口的茶叶已经从最初的几百磅上升到900万磅，这还仅仅是官方统计数据。除此之外，为逃避政府对英属东印度公司进口茶叶征收的重税，以荷兰为主的欧洲商人每年还将数百万磅茶叶走私贩入英国。

进口量的剧增使茶叶的价格变得更容易为大众普遍接受，饮茶习惯也随之普及到社会各阶层。1757年，英国作家和评论家T.约翰逊描述了一幅自画像，被视为数百万英国嗜茶者的代表。他称自己为"典型顽固不化的茶鬼"，"与茶为伴欢娱黄昏，与茶为伴抚慰良宵，与茶为伴迎接晨曦"。

英国成为饮茶大国的同时，也造就了一种影响深远的生活方式，其标志就是英式茶文化的形成。除了闻名天下的英式下午茶，英式泡茶方法也越来越讲究、英式茶具也越来越精致。以《一九八四》震动文坛的英国著名作家乔治·奥威尔曾专门写过一篇短文，名字就叫《泡一壶好茶》。他归纳了十一种泡茶方法，并且认为，茶是英国、爱尔兰、澳大利亚、新西兰文明的重要支柱之一。

茶叶影响了英国及其殖民地的生活形态，也改变了世界历史。茶叶的出现让这个国家找到了一种全民上下沉醉其中无法自拔的饮品，却也引发了经济与政治的双重危机。这个全球性新兴帝国所发生的危机，最终改变了世界格局。

正如19世纪中叶的鸦片战争让中华帝国经受了内忧外患一样，18世纪的茶叶贸易也让大英帝国内外交困。对外，由于对销往北美殖民地的茶叶征收重税，激起愤怒的"茶党"潜入波士顿港湾，登上三艘英国货船，把342箱茶叶倒入大海，从而成为引发"独立战争"的导火索，以至于永远失去了新大陆。对内，由于大量进口中国茶叶导致巨额贸易逆差，财政吃紧。

关于当时中英贸易的总体态势，国内外学者都有类似的表述：

> 18世纪的大部分时间里，无论是满足英国人对茶叶日益高涨的需求。还是对丝绸、瓷器和其他中国货物相对较低的需求，英属东印度公司的办法并不多，中国人需要的主要英国进口货是毛制品、棉制品、锡、铅。但这些货物不足以支付东印度公司在广州采买茶叶之费。因此，英国就要用大量白银填补差额。白银的外流让英国财政左支右绌，造成英国政府担心的贸易赤字，特别是国际供应的紧张，找到足够的白银也时有困难。解决的办法之一就是让中国人对英国的商品更感兴趣，避免直接支付白银。这一点加上其他因素，促使英国政府于1792年派出马戛尔尼勋爵带领贸易使团觐见乾

隆皇帝。①

　　作为英国有史以来对外派出的最为庞大的外交使团，也是欧洲规模最大的赴华使团，马戛尔尼等人被英王乔治三世、英国内阁及英属东印度公司寄予厚望。结果，一次全面加深中西双方了解的机会却变成了一场"聋子的对话"。

　　在马戛尔尼出使中国之前，英国人根据自己的思维逻辑和西方商业运行规则坚持认为，中英之间的贸易问题归根结底是由于中国闭关锁国，是由于一口通商的政策制约。尤其是经过洪任辉闯关事件之后，英国政商两界到处弥漫着一股因被羞辱而激起的愤懑之情。"英国商人在中国、在广州始终遭受着不公正待遇"作为一种流行的观点令骄傲的英国人无法释怀。因此，无论是内阁还是东印度公司都强烈希望改变现状。"中国市场被广州这个瓶颈卡死，仍是不对英国商品开放。伦敦当局最后认为只有更高级别的协议才能排除障碍。"

　　为了打开中国的大门，早在1787年，皮特首相和他的朋友，东印度公司监督委员会主席敦达斯就已经决定向中国派遣特使。可是，由谁出任特使，大英帝国该以怎样的方式、姿态与那个陌生的国家展开第一次官方对话？这又让他们颇费踌躇。他们征询东印度公司驻广州代表的意见，得到的回复则是："中国政府对外国人一概蔑视，它对外国实力的无知使它过分地相信自己的强大。它认为派遣使团只是一种效忠的表示。"

　　尽管英国的政治家还不知道怎样平等地与这个自大的帝国交

---

① [美]埃里克·杰·多林著，朱颖译：《美国和中国最初的相遇——航海时代奇异的中美关系史》，社会科学文献出版社2014年版，第114页。

往，但在企业家们越来越强的压力下，伦敦当局经过千挑万选，终于找到一位恰当的特使人选：马戛尔尼勋爵。马戛尔尼有着骄人的外交履历，他曾先后担任驻俄国公使、加勒比海总督和印度马德拉斯总督，为大英帝国成功地解决过许多棘手的外交难题。

1791年10月，已经出任英国内务部长的敦达斯，正式向马戛尔尼提出了由他率团出使中国的建议。马戛尔尼经过一番深思熟虑，于圣诞节前提出了为他增加年俸、晋升为伯爵和由他本人挑选所有使团成员等条件。对此，伦敦当局予以全盘接受。

马戛尔尼对这个使团的定位是："让中国看看表现我们才华的作品"。他认为："天主教传教士未能把我们最现代的机器展示给中国人。把我们的最新发明如蒸汽机、棉纺机、梳理机、织布机介绍给中国人，准会让这个好奇而又灵巧的民族高兴的。"另外，"许多曾去过东方的使团写的记行，使我们深信每个使团均应配备卫队。在皇帝面前迅速变换队形，表演现代炮兵的装备定会给人留下深刻的印象，因而支持我们的外交活动"。①

敦达斯幽默地告诫他，"你不是率领皇家学会的代表团"。马戛尔尼仍然坚持己见。他挑选的使团成员都是英国各领域的杰出人士，包括外交官、青年贵族、学者、医师、画家、乐师和技师，他还把代表近代文明先进成果的天体运行仪、地球仪、望远镜、秒表、豪华四轮马车，甚至是榴弹炮、步枪，以及韦奇伍德瓷器（韦奇伍德，英国最精致的瓷器，品牌创始于18世纪，曾为俄国女沙皇叶卡特琳娜二世专门制作餐具，著名的"罗马波特兰"花瓶现藏于大英博物馆，已经成为英国的国宝）、布料等统统作为礼品装上了

---

① [法]佩雷菲特著，王国卿等译：《停滞的帝国——两个世界的撞击》，三联书店1993年版，第8页。

前往中国的远洋帆船。

结果，马戛尔尼等人乘兴而来，失望而归。高高在上的乾隆皇帝对英国人的所有"物件"都不感兴趣："天朝物产丰盈，无所不有，原不假外夷货物以通有无。特因天朝所产茶叶、瓷器、丝巾为西洋各国及尔国必需之物，是以加恩体恤，在广州开设洋行，俾得自用有资，并沾余润。"话已经说得很直白了，允许你们洋人前来贸易已经是"加恩体恤"了，一口通商的广州体制不可动摇。

这个由英国王室、内阁和东印度公司精心组织策划的超级豪华使团，和当年闯关赴京告御状的英国商人洪任辉走过的航线一样。他们都有意绕开了广州，沿着中国海岸线一路北上，直抵更接近中国腹地的津沽口岸。他们的结局也一样，都被皇帝轻易打发回了广州，最终黯然离去。

曾经在国际舞台上如鱼得水，为大英帝国屡建功业的马戛尔尼勋爵从未经历过如此惨痛的外交挫折。由北京来到广州后，他即被幽禁在与十三行隔水相望的一处官方驿馆里，深居简出。但他的随

马戛尔尼使团在承德避暑山庄觐见乾隆皇帝。

行人员却相对自由，特别是年仅12岁的见习侍童托马斯·斯当东，满怀好奇地走遍了广州的集市和手工作坊，对这座东方大港的繁荣与国际化大加赞美。

托马斯·斯当东是马戛尔尼的副手乔治·斯当东爵士的儿子，使团最小的成员。这位在马戛尔尼觐见乾隆时为他提着斗篷下摆的少年，后来成为第一位精通中文的英国人，对中英关系产生过深刻影响。

当年，托马斯在其家庭教师陪伴下先去了广州十三行。他在日记里这样写道：

> 12月22日。今天我们摆渡到对岸的英国代理行去，这条河要比泰晤士河宽得多，代理行的建筑确实非常漂亮。我们逛了附近几家大店铺。令我惊讶的是商人的名字，甚至他们所卖商品的名字都用罗马字写在每家店铺的门上。更令我惊讶的是，大部分商人都能用

托马斯·斯当东像。

英语交谈，他们的英语还相当不错。我们看到一家很大的瓷器店，品种之多不亚于任何一家英国瓷器店。街道很窄，两旁商店林立，没有住家，很像威尼斯的梅斯利亚区。

作为一个历史悠久的对外贸易口岸，特别是在实行一口通商的政策之后，广州迅速发展成为一座国际化都会。托马斯所看到的广州也不再完全是属于中国的，它已是世界的一部分，全球贸易的一部分。

在前店后厂的手工业区，托马斯和他的家庭教师看到："他们把所有在欧洲制造的产品模仿到了以假乱真的程度，从各种家具、工具、银餐具等器皿直至箱包。所有这些仿制品的工艺与英国制造的一样好，而价格要便宜很多。"

国际化的商人、灵巧的工匠，这些活生生的广州人与傲慢的乾隆皇帝、僵化贪腐的大清官员形成了鲜明的反差，弥补了马戛尔尼使团的中国印象。马戛尔尼甚至推测，"如果中国有一个政治上强大、经济上有影响力的商人阶级，那么中英之间的困难将会少得多"。

中国如果有一个强大的"商人阶级"，不仅"中英之间的困难将会少得多"，中国向近代化转型的困难也会少得多。可惜，当时的商人被统治者视为需要提防、排挤的异类，根本就没有机会成长为强大的"商人阶级"。况且，官府对于这些常年与夷商打交道、具有国际视野的行商更是严加管制，处处设防。皇权专制的统治特征是，"普天之下莫非王土，率土之滨莫非王臣"。将这个原则运用到经济领域，就是"属于大家的东西都是我的"。因此，一口通商的"广州体制"可以造就伍秉鉴这样的世界首富，却始终无法培育出强有力的"商人阶级"。即使是伍秉鉴这样的豪商巨贾，也不得不屈从于官府的淫威，否则，他随时可能被整治得倾家荡产。尽管，他当时已经受到了全球商界的普遍尊敬和爱戴。

二

在零落的中外史料碎片里，有两个十三行行商家族的面目稍显清晰，约略可以让我们了解当年广州十三行行商们的生存状态。他们一个是外国人所说的"潘启官"，包括潘振承（文岩）、潘有度（佑读、致祥）、潘正炜祖孙三代；另一个便是著名的"伍浩官"，包括世界首富伍秉鉴（敦元）、伍绍荣（崇曜）父子。这两个家族都曾做过十三行的总商，外国人也称其为首席行商。

潘振承年轻时到吕宋、瑞典贩运丝茶发迹后，"请旨开张同文洋行"。由于潘振承会外文、讲诚信，尤其是与瑞典有着较深的渊源，"是以同文洋行商务冠于一时"。也就是说，自潘振承在广州创办同文行后，即凭借其综合优势迅速崛起，冠绝一时。据说，瑞典哥德堡博物馆里至今藏有潘振承的玻璃画。至于潘有度，马夏尔尼到访广州时曾与之会晤，是近代广州乃至中国诸多历史事件的参与者与见证人。从史料来看，除了"潘启官"在商业方面的成功和参与公益事业之外，给人留下深刻印象的，大概是他们生活的豪奢与待人的慷慨大方。

美国旗昌洋行的合伙人、曾长期在广州从事贸易活动的亨特在其回忆录《广州番鬼录》里，首先对行商们进行了一个总体评价："作为一个商人团体，我们觉得行商在所有交易中，是笃守信用、忠实可靠的，他们遵守合约，慷慨大方。"紧接着，他就谈起了行商的住宅和饮食："他们自己的住宅，我们曾去过几处，规模宏伟，有布局奇巧的花园，引水为湖，叠石为山，溪上架桥，圆石铺路，游鱼飞鸟，奇花异卉，千姿百态，穷其幽胜。"而在这些行商的豪宅当中，"最美丽的是潘启官的住宅"，亨特甚至将这片坐落于江边的建筑称为"私人宫殿"，里面雇佣了侍者、门丁、信差、轿夫和名厨等大批仆役。亨特曾受邀参加在这里举行的"筷子宴"。对于这席完全不使用刀叉的中式"筷子宴"，亨特也做了详尽描述："我们吃的菜有美味的燕窝羹、鸽蛋，还有海参、精制的鱼翅和烧鲍鱼，这些只不过是全部菜色中的一小部分，最后还有各式各样的点心。饮料是用大米酿造的'三苏'（一种烈酒），也有

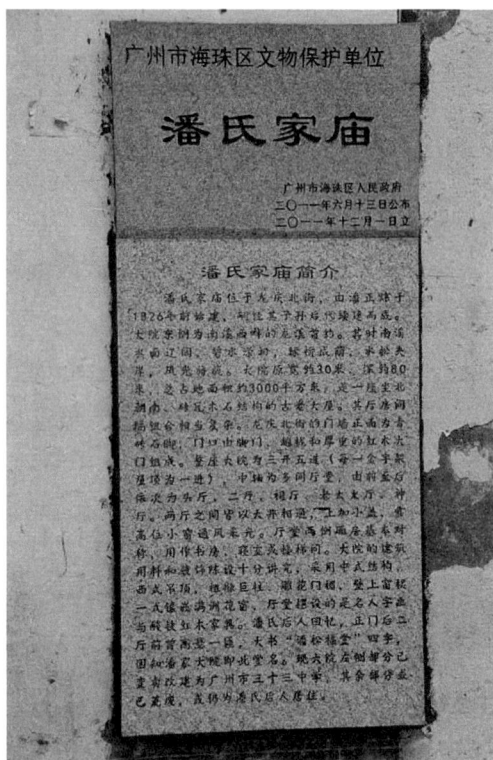

潘氏家庙位于广州市海珠区龙庆北约，由潘正炜于1826年前始建，嗣经其子孙后代续集而成，是潘、卢、伍、叶四大行商家族中现存规模最大，建筑尚存较多的古建筑旧址，已被列为文物保护单位。

一种用绿豆、一种用黄皮水果，以及其他我们从未听说过的东西酿成的酒。盛酒的是很小的银杯或瓷杯，每只杯都放在制作精美的银座上。"①

"潘启官"等众多行商通过"请客吃饭"这种中国式的社交方法，树立起资本雄厚而又和蔼可亲的个人形象，与外商结下个人友谊。而对于那些远在他乡的外国人来说，这也正是他们需要的。就此，亨特这样谈他的个人感受："这些宴会确实令人赏心悦目，至今仍使人记忆犹新。主人热情好客，彬彬有礼，散宴时每次都送我们到大门外，然后吩咐脚夫打着写有他们姓氏的大灯笼，护送我们返回商馆。"

与"潘启官"主动"请旨开张同文洋行"不同，"伍浩官"的入行经历较为曲折，也较为被动。据说，伍秉鉴的父亲伍国莹（琇亭）曾为潘氏同文洋行的账房。大概是由于他谙熟外贸业务，粤海关曾命他自办洋行，充任独立的行商。或许是畏惧经营洋行的种种风险，伍国莹不仅拒绝了海关的任命，还为此逃匿。离开同文洋行后，伍国莹一度充当盐商，不知什么原因却"不幸复遭赔累"，总之是很不成功，这时他开始后悔当初没有接受海关的任命。乾隆四十九年（1784年），迷途知返的伍国莹开办怡和洋行，正式成为行商。重新回到国际商界的伍国莹很快就进入了状态，有位英国大班仅凭一面之缘，便认定他是得力的代理人，与之建立了紧密的合作关系。到了乾隆五十一年，也就是怡和洋行创办两年后，它已经在二十家行商中列居第六。然而，伍国莹的命运似乎总是有些坎坷，乾隆五十三年，他又因"欠负关饷綦重"，再次匿避不出。因

---

① [美]亨特著，冯树铁、沈正邦译：《广州番鬼录；旧中国杂记》，广东人民出版社2009年版，第50页。

海关收取的税饷、规礼、杂费等过于繁重，行商欠负关饷以致破产的，已是屡见不鲜。比较而言，怡和洋行应该算是幸运的，伍国莹隐匿后，他又以儿子伍秉鉴的名义出任行商，以图东山再起。伍秉鉴乳名亚浩，外人因此称之为"浩官"。从此，"伍浩官"作为一个商名、一个品牌开始在国际商界鹊起，而怡和洋行也终于迎来了它的辉煌时代。

出于对这位中国商人的尊重，美国人马士在其《东印度公司对华贸易编年史》里这样记述伍秉鉴的生平：

> Howqua（Wuo Pinkien，伍秉鉴）生与拿破仑、威灵顿同年（1769年，乾隆三十四年），殁于1843年（道光二十三年）。1802年（嘉庆七年）列居行商第三，越五年跃居第二，再越二年遂为总商。……综彼生平富有，其在1834年（道光十四年）之财产总额，为二千六百万元以上，而彼之捐输可以百万计。

喜欢强调伍秉鉴与拿破仑、威灵顿生于同年的不仅是马士，亨特在其《广州番鬼录》里也曾写道："浩官和拿破仑、威灵顿都生于1769年。"或许，这也是西方人对他表达敬意的一种方式。

虽然是世界首富，虽然同样做过十三行的总商，伍秉鉴为人却相当低调。在西方人的笔下，处处显现出中国式的君子之风。

研究中美关系史的美国历史学家埃里克·杰·多这样写道：

> 在美国人交往的所有行商中，最受敬重的是伍秉鉴（Wu Bingjian），外国人口中的"浩官"。伍秉鉴身形瘦小，面容和善，处事温和，被很多人视为可靠、精明，值得信赖。这种信任非同一般，因为行商和代理人之间并无书面合约。在广州，商人之间

曾为世界首富的十三行总商伍秉鉴当时的
油画肖像。

以口头约定。而浩官的话就是信心的保证。①

与伍秉鉴曾经共事的美国商人则如此描绘他眼里的"浩官"：

> 他为人很俭朴（就其生活方式而言）。一则因为其性情如此，
> 一则因为其身材瘦小，食量不大。而他的慷慨是无限度的。他的账
> 目非常清楚，除绝对必需的以外，从不增加开销。在他管理的井井
> 有条的庞大行号里，办公室占有两三个房间，陈设也极简单。②

---

① [美]埃里克·杰·多林著，朱颖译：《美国和中国的最初相遇——航海时代奇
异的中美关系史》，社会科学文献出版社2014年版，第171页。
② [美]亨特著，冯树铁、沈正邦译：《广州番鬼录；旧中国杂记》，广东人民出
版社2009年版，第56页。

"慷慨"，是西方人描写伍秉鉴时经常反复使用的词汇。他表现慷慨的方式不是请人到家里做客，大摆宴席，而是"为人俭朴"的慷慨，是对贸易伙伴的宽容、体贴，并由此展现出的人格魅力。

一位美国人说，"浩官的慷慨堪称传奇"。关于伍秉鉴慷慨的事例，西方商人能举出很多，诸如他为一位险些赔本的船长垫付货款，他拒绝接受一位失误代理人的高额赔偿等等。其中最让人津津乐道的，是他免除了一位流落异乡、有家难回者的巨额债务。这件事，不仅体现了他的慷慨，也反映了他内心的慈善和对生意伙伴的友爱。

来自美国费城的威尔考克斯（Benjamin Chew Wilcocks，亨特在《广州番鬼录》里简称其为W先生）在广州从事贸易多年，人高马大，被中国人叫做"高鬼"。他曾经拥有一笔可观的财富，却因为喜欢花天酒地和收集各种艺术品折腾得穷困潦倒。千金散尽之后，他决心振作精神，重整旗鼓。无论贫富，伍秉鉴都视他为自己的"老友"，慷慨地为他提供贷款。在伍秉鉴的支持下，威尔考克斯的境况渐有好转，可他支出款项的数额也在与日俱增。对此，伍秉鉴从不查询。直到两三年后，他在与伍秉鉴对账时才发现，已经累积拖欠了7.2万元。即便如此，伍秉鉴也没在意，而是"仁慈地接受了威尔考克斯对欠款开出的期票，并塞到自己的保险柜里"。日子一天天过去，见威尔考克斯仍然没有返回美国，伍秉鉴便关切地问他："你离家这么久了，为什么不回去呢？" 威尔考克斯说他早已思归心切，但要首先还清债务。伍秉鉴又问他，是不是因为那张债券让他有家难回？如果将这笔债款一笔勾销，他是否能体面地回家？在得到肯定的回答之后，伍秉鉴立即让账房把保险柜里的期票拿来，对威尔考克斯说："你是我的'老友'，是个诚实、正直的人，只是不走运。"随后，他便将期票撕碎扔进了废纸篓。他对目瞠口呆的威尔考克斯说："我们债务已经结清了，你高兴什么时候走，就什么时候走。"

事实上，让在华外商对伍秉鉴赞不绝口的不仅是他的慷慨，还有他的彬彬有礼，和他身上体现的那种东方式的温文儒雅。

中国一向称为礼仪之邦。但是，这些"夷商"们却很少感受到来自官方的礼遇。在他们的印象里，那些清朝官员大多傲慢、无知，而且贪婪，因此将之戏称为"满大人"。作为行商首领的伍秉鉴则截然不同，哪怕他自己承受着巨大的压力，也绝不失礼。

以"行商制夷商"的政策设计，使行商被迫成了在华外商的"监护人"。他们要对各国商人的一切行为负责，实际上承担起了诸多外交事务。总商作为十三行的首领，更是责任重大。

1837年，外国商馆里的年轻人兴致勃勃地组织了一个"广州划船俱乐部"，准备举办划船和帆船比赛，各国商馆还专门建立了代表队，统一着装，准备一较高下。可是，清政府对外商在广州的活动范围一向有着十分严格的限制，从乾隆年间制订的《防范外夷规条》及相关九条禁令，到嘉庆十四年颁布的《民夷交易章程》，以及道光十一年修订的《防范夷人八项规条》，均明确规定："夷人不得在省河划船游乐。"也就是说，无论是外国商人组织的"广州划船俱乐部"，还是他们打算进行的体育比赛，都属于犯禁之举，若官府追究起来，不仅很可能引发外交冲突，众行商也要承担连带责任。

为了避免那些热爱运动的外国人惹起不必要的纷争，伍秉鉴联合其他行商给"广州划船俱乐部"的主要组织者写了一封情真意切的劝阻信：

函达：

　　可敬的老先生：获悉老兄及各位先生拟举行河上划船竞赛，未知确否？此举向来所无，若官府闻悉，则弟等以轻率从事而受重责。河面船艇丛集，往来不息，易生冲撞，发生意外，甚至沉船伤人。后果甚重。

　　敬恳转告各位先生，切勿赛艇。无贻后患，各保安宁为是。

　　大展鸿图，万事如意。

（签名）

浩官、茂官、潘启官及其他行商等

美国人亨特说，这封信写得"在礼仪上无可挑剔"。晓之以理，动之以情，在外商中广受好评。

时代造就了伍秉鉴，伍秉鉴又在某种程度上超越了时代。借着全球兴起的茶叶贸易，在武夷山区拥有大片茶园的"伍浩官"迅速积累了财富。在当时的欧美市场上，凡是专用茶箱上印有"浩官"（HOUQUA）商标的功夫茶、熙春茶都是大受追捧的名品。已经全面打入国际市场的伍秉鉴再也不可能像同时代的中国商人那样，仅仅把目光局限在田产、房产、店铺和钱庄等传统领域，而是透过英属东印度公司、美国旗昌洋行等跨国商业集团，将投资范围扩展到了远洋运输、美国铁路、矿山和国际证券等多种新兴行业。在清王朝闭关锁国，一口通商，拒绝自由贸易的桎梏下，他冲破了旧观念的局限，主动融入世界，积极参与贸易全球化。

拥有国际视野，善于投资全球，伍秉鉴配得上世界首富这个荣誉称号。他慷慨大度，以礼待人，更为其赢得了世界的尊重。

鸦片战争后的1843年9月4日，伍秉鉴在广州河南（今广州海珠区）去世，享年74岁。对于他的故去，美国历史学家埃里克·杰·多林这样写道："他几乎是广州体制的化身。对浩官的过世，《新罕布什尔爱国者报》（New-Hampshire Patriot）将他称为一个'诚实的人'和'伟大的商人'，而在香港出版的一份英国报纸则断言'我们认为，浩官完全可以比拟欧洲最著名的商人……果断、审慎、机警和精明都是他商人性格的明显特质'。"[1]

在中西之间冲突不断、充满误解与偏见的清廷时期，偌大一个中华帝国大概只有伍秉鉴这个十三行行商获得了世界的广泛认同与赞誉。

三

1783年9月3日，美英两国签订《巴黎条约》，正式结束了美国独立战争。仅仅几个月后，准确地说是1784年2月22日，"中国皇后"号便从纽约港起锚，迫不及待地开始了美国对华贸易的历史性首航。

8月22日，"中国皇后"号抵达澳门。28日，在一名引水员的带领下抵达黄埔。它一边缓缓驶向锚地，一边与停泊在这里的法、英、荷、丹麦等国商船以鸣放礼炮的方式互相致意，隆重地完成了一个对华贸易新成员的入列式。

9月6日，珠江边的一所空房子被改造成美国商馆。美国以惊人的速度成为广州十三行国际商馆区的一员。新加入的美国人带来了深受中国上层社会欢迎的海豹皮、花旗参、海参和檀香木，他们也以此成为全球对华贸易中的一股重要力量。

---

① [美]埃里克·杰·多林著，朱颖译：《美国和中国的最初相遇——航海时代奇异的中美关系史》，社会科学文献出版社2014年版，第256页。

"中国皇后"号返回美国后，为投资者带来了30727美元的利润，略高于本金的四分之一，虽然不及想象中丰厚，仍然足以证明此次航行大获成功。美国就此打开了通往东方的大门，预示着对华贸易潜力无穷。从那之后，越来越多的美国商人跃跃欲试，力图在这场贸易盛宴中分一杯羹。美国著名汉学家费正清注意到十三行在当时国际经济中的特殊地位，把这条流淌着机会与财富的街道形象地叫做"金街"。

这条闻名世界的"金街"到底蕴藏了多少真金白银？如果不是因为一场意外事件，恐怕人们很难对此做出准确的估计。

1822年11月1日傍晚，距离十三行商馆区约一英里的一家饼店突然起火，很快蔓延到邻近的房屋。警铃响起后，英国商馆和行商的救火车赶到现场。那里已经混乱不堪，人们带着细软四处奔逃。由于缺乏统一指挥和救火车供水不足，大火越烧越旺，情势危急。

十三行在今广州十三行路南侧、西濠口一带。图为19世纪十三行同文街，两旁是专为外国人而开设的店铺（拉维涅画，比切博斯刻印设色石版画）。*

外国商人建议迅速拆掉火场周围的房屋，打出一条隔离带阻止火势扩大。十万火急，行商们将这个建议以信函的方式立即送往督府，督府却无动于衷。众人只能聚集在英国商馆的阳台上望火兴叹，同时观察火情，提心吊胆地等它烧到自家门口。晚9点，各国商馆开始向停泊在黄埔的商船发出通知，要求马上赶到广州协助疏散货物、抢救财产。午夜过后，商馆里的住户开始收集重要的文件和贵重物品，尽力将它们转移到在珠江边待命的船上。

次日早晨8点左右，熊熊大火开始侵入商馆区。外商在许多中国人的帮助下，全天都在拼命灭火，可是杯水车薪，始终收获甚微。这场不受控制的大火把"金街"和广州城的部分地区烧成一片废墟，它所造成的损失，不同的史料又有着不同的描述。

美国学者说大火从11月1日傍晚烧到3日天明，"数千栋房屋被烧毁，大约5万人无家可归，多达百人丧生。……尽管外国人和行商抢出了一些财物，他们的损失也很可观。商馆和仓库已经荡然无存，存放的数万箱茶叶和数不清的丝绸也尽数烧毁。英国人估计，火灾损失达400万元，美国人也损失了10万元。"[①]

清朝学者钱泳在其《履园丛话》中则这样写道："太平门外火灾，焚烧一万五千余户，洋行十一家，以及各洋夷馆与夷人货物，约值银四千余万两。"

另一位清朝文人汪鼎的《雨韭庵笔记》则描绘得更为形象："烧粤省十三行七昼夜，洋银镕入水沟，长至一二里，火熄结成一条，牢不可破。"

一场大火，让人们实实在在地看到了一条四处流淌着银钱的

---

① [美]埃里克·杰·多林著，朱颖译：《美国和中国的最初相遇——航海时代奇异的中美关系史》，社会科学文献出版社2014年版，第184页。

"金街"，看到了广州十三行在国际贸易中的枢纽地位。虽然损失惨重，可是一刻值千金的跨国贸易不等人，在财富的驱使下，各国商馆很快在废墟上重建。"金街"依然是"金街"，而且焕发出更加耀眼的光彩。正如当时的广州童谣所说的：火烧十三行，越烧越排场。这便是贸易创造的奇迹，资本创造的奇迹。

鼎盛时期的广州十三行是全世界的聚宝盆，也是封闭中国与世界仅存的一个交接点。这个华洋杂处的奇妙之地，像磁石一样吸引着世界，也接受着世界的影响。这种来自异域文明的影响是全方位的，既有生产方式、经营形态的变革，也有先进科学的引进和文化思想的更新。由此，广州、广州的十三行就成为古老中国缓慢向近代化转型的一个历史性起点，成为近代中国百年变革的发源地。它既是一个展示中国形象的窗口，也是重塑中国形象的发力点。

细究起来，行商对近代工商业的影响绝不仅仅局限于贸易和投资领域，也带动了生产方式的更新。一度风靡世界的"广彩瓷"，以及花式欧化的外销丝绸就是这种创新的结果。

丝绸和陶瓷都是传统出口商品，它们曾经作为中华文明的象征辉煌一时。然而，随着全球贸易的发展，中国传统样式的丝绸和陶瓷已无法满足西方市场的多元化需求。于是，一种新的生产方式便在十三行行商的运作下出现了：按照欧洲商人提供的式样、图案加工丝绸和瓷器。据说，这种新式样的外销丝绸刚一面市，就受到了英属东印度公司商人的欢迎："十三行的丝织品太好了，他们花费了不少心血，按照欧洲的式样织造丝绸。"比外销丝绸影响更大，甚至已经发展成为一种新的陶瓷品类的，是更加西化的"广彩瓷"。民国初年的广东学人刘子芬在其《竹园陶说》里写道："海通之初，西商之来中国者先至澳门，后则径趋广州。清代中叶海舶云集，商务繁盛。欧土重华瓷，我国商人投其所好，乃于景德镇烧造白器，运至粤垣，另雇工匠仿照西洋画法加以彩绘，于珠江南岸之河南开炉烘染，制成彩瓷，而后售之西商。盖其器风自景德镇，彩绘则粤之河南厂所加者也。故有河南彩及广彩等名称。此种瓷品始于乾隆，盛于嘉道。"

"广彩瓷"的热销，树立了中西文化交流与融合的成功范例。景德镇素胎瓷的古雅、朴拙，与西洋画风的华贵、绚丽经过十三行匠人的巧妙糅合之后，一种别具一格，中西合璧的陶瓷新品就这样诞生了。由于它更符合西方消费者的审美情趣，而且款式和花色年年翻新，很快就成为出口瓷的主打商品。

在传统的基础上不断创新，让市场引导生产，根据市场变化主动对产品进行升级换代，是十三行行商经营理念的一次飞跃。这种根据客商下的订单，来料加工的外向型生产模式，有计划、有目的地将中国产品推向世界，一直被沿用至今，甚至一度成为改革开放初期的主要经营模式。

与外销丝绸、瓷器几乎同时出现的，是外销画。一些广州画师接触到西洋油画和水彩、水粉画后，向来华的西方画家学习，逐渐掌握了西洋绘画技巧。他们不仅仿制西方名画，也绘制了许多表现中国风情的油画，由十三行远销欧美，成为独特的出口商品。

外销丝绸、瓷器和绘画的出现，表达了广州十三行行商与西方文化对接的愿望与努力，同时，也带动了相关行业制造技术与工艺水平的发展。令人欣喜的是，他们的努力取得了意想不到的成功！尤其是在美国这个新兴市场，十三行通过贸易刮起了一股"中国制造"的旋风：

美国人的餐厅、客厅、卧室里纷纷摆上来自东方王国的瓷器、家具、丝绸、绘画、墙纸和古董珍玩。曾有人估计，在19世纪早期

清花鸟绣屏。广绣又称粤绣，是我国四大名绣之一，构图丰满，色彩鲜明，装饰富丽堂皇，针法多样且善于变化，是当年广州十三行出国商品之一。*

广州彩瓷是清初发展起来的外销瓷器。图为法国商人订造的广彩碟，碟上法文的意思是"忠诚和坚贞"。*

广州是清代珐琅的最大产地，品种齐全，技艺精妙。此錾胎珐琅鎏金鼎为广州珐琅中的精品。*

清红木花船，广州制造。*

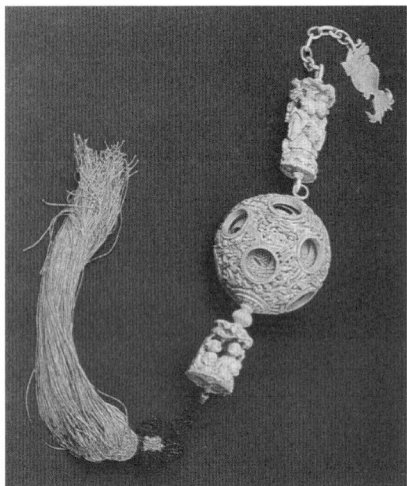

清象牙雕刻套球。镂空16层，层层玲珑剔透，活动自如。牙球首创于清乾隆年间，广州传统牙雕品种之一。*

清代外销画中的广州商店。*

的许多波士顿和塞勒姆家庭中，大约十分之一到五分之一的器物用品都来自中国。这些物品构思精妙，巧夺天工。艺术史家H.A.C.福布斯（Crosby Forbes）称，"广州的工匠群体里，有瓷器和珐琅画、油彩和水彩画工、织工和刺绣工、银匠和其他金属工匠、雕刻匠、镀金匠、细木工，在相当长的时间内制作了许多质量稳定、品位出众、种类多样的商品。全世界没有任何其他工匠群体可以与之比拟。"①

一百多年来，十三行行商们追求着自己的商业成功，也在国际社会树立着中国形象。他们与聪明勤劳的工匠相结合，发展出了以外销为主导的制造业，早在19世纪就创造了"中国制造"的奇观，让全世界对中国的工艺水平与制造能力刮目相看。

四

为了改变"四民之末"的社会地位，获得与身家财富相称的社会认同，凡是成功的中国商人都有两个喜好，一是投资文化事业，一是捐官。因此，在重点描述行商潘振承生平的《潘氏族谱》和《潘启传略》里，除了炫耀他通商亚欧，开办同文洋行的经营业绩，还用了许多篇幅着意渲染他领衔兴办文澜书院、"诰封通议大夫"等种种功德："当时粤垣文风尚未兴盛，启合同志数人在西关创立文澜书院，延聘学行之士主讲，由是文风丕著，冠于全粤。……至国家报效，地方善举，无不竭力输将。乾隆间由粤吏保

---

① ［美］埃里克·杰·多林著，朱颖译：《美国和中国的最初相遇——航海时代奇异的中美关系史》，社会科学文献出版社2014年版，第98页。

荐，蒙朝旨赏加三品顶戴，诰封通议大夫。"[①]

办书院、捐善款等行为当然值得嘉许，但若仅限于此，十三行行商便与传统的旧商人没什么显著区别，也很难取得开拓性的历史贡献。行商的特殊之处，在于他们既尊重本国文化，又敢于吸纳西方文明成果。

十三行行商身处中西之间。他们与西方人交往越频繁，越清楚东西方之间的差距，越容易激起强烈的家国情怀。除了像旧式商人一样积极参与慈善事业，热心公益之外，更把引进西方先进技术、科学文化视为己任，并开创了许多全国第一。

在引进西方技术方面，十三行行商做得最成功，也最为人津津乐道的，是将预防天花的牛痘接种技术在广东及全国推广。这无疑是一项造福国民的伟大创举。

由于人类经过数个世纪的努力，已经于1980年10月由世界卫生组织对外宣布，全世界已消灭了"天花"，"牛痘接种"也就取消了，因此20世纪80年代后出生的人们，恐怕已经不了解何为"牛痘接种"了。

说起"牛痘接种"，不能不说"天花"。

"天花"是一种由天花病毒感染人引起的一种烈性传染病，人被感染后无特效药可治，死亡率极高，特别是免疫力低的孩子。感染就是侥幸痊愈了，"天花"也会在脸上留下明显的疤痕，民间俗称"麻子"，"天花"也由此得名。全世界的医生都在寻找治疗"天花"的办法。英国医师爱德华·詹纳经过长期的观察，发现挤牛奶的妇女感染天花病毒后不会出"天花"，于1796年试用牛痘来预防天花，即将牛痘疫苗接种到人的身上，使人获得对天花的免疫

---

① 梁嘉彬：《广东十三行考》，广东人民出版社2009年版，第235页。

力，经过试验，大获成功，称为"牛痘接种技术"。以后牛痘接种技术在世界范围内推广，对后来消灭天花起到了决定性的作用。

我国也是天花感染大国，在我们祖父辈的人群中，看到脸上有麻子的人，并不罕见，他们就是天花的感染者。早在宋真宗时代（998—1002年）我国即发明了人痘接种法，但此法不安全，有时反而会引起天花，后来就放弃了。西方发明了"牛痘接种技术"，但把它引进中国，却是十三行行商们的功劳。

道光年间修撰的《南海县志》记载：

> 牛痘之方，英吉利番商多林文于嘉庆十年携至粤东……时洋行商人郑崇谦译刊《种痘奇书》一卷，募人习之。同时习者数人：梁辉、邱熹、张尧、谭国。而粤人未大信，其种遂失传。迨十五年番商剌佛复由小吕宋载十小儿传其种至，洋行商人伍敦元、潘有度、卢观恒，合捐数千金于洋行会馆，属邱、谭二人传种之。寒暑之交，有不愿种者，反给以赏，活婴无算。[①]

以此为据并综合《澳门新闻纸》等其他史料，我们可以比较清晰地了解到牛痘接种技术进入中国的过程：嘉庆十年（1805年），英国商人多林文首先将牛痘疫苗带入广东，并由英国医生皮尔逊（Alexand Pearson，又译卑臣）传授接种技术。当时的十三行行商郑崇谦，将皮尔逊撰写的《种痘奇书》翻译、刊印作为教材，召募梁辉、邱熹、张尧、谭国学习。梁辉等人都是与十三行有关的商人或伙计。由于当时广东百姓缺乏近代医疗知识，不太相信来自西洋的"种痘法"，因此未能普及。次年，广东地区爆发天花疫情，当

---

① 梁嘉彬：《广东十三行考》，广东人民出版社2009年版，第275页。

初由皮尔逊、梁辉等人在教授、实习过程中接种了牛痘的儿童均得以幸免，人们这才认识到了种痘的奇效，只可惜已经没有了牛痘疫苗。嘉庆十五年（1810年），又有外国商人从小吕宋带来了牛痘疫苗，行商伍秉鉴、潘有度、卢观恒当即出资数千元在洋行会馆开设诊所（又称"种洋痘局"），让邱熺、谭国为当地儿童接种牛痘。对那些不愿意接种的，以金钱奖励的办法进行诱导。这一善举，使无数儿童免受天花病的侵害，得以健康成长。

十三行行商们不仅首开先河引进西洋"种痘法"，还翻译出版相关科学文献、组织人员向英国医生学习接种技术，又出资开设"种洋痘局"，他们系统地推动了牛痘法在中国传播。其中，会隆行行商郑崇谦更被后人尊为在中国推广牛痘法的鼻祖，写入近代医史。

道光八年（1828年），广东巨商、潘氏族人潘仕成到北京，利用宣武门外南海会馆设立"种痘局"，邀请北京医生到场观摩、学习。从此以后，种痘预防天花的医疗技术逐渐传向全国各地。

种痘法在中国获得的成功，让十三行行商对引进西方医疗技术更有信心，也更加热心。1834年10月，毕业于美国耶鲁大学的新教医学传教士伯驾抵达广州。行商主动支持他在新豆栏街开设"眼科医局"，这是中国最早的眼科专科医院，伯驾在这里施行了第一例白内障手术。由于伯驾医术精湛而且免费接待贫穷病人，前来就诊的病人与日俱增，医院场地日显局促。伍秉鉴见状，便将自己的一栋楼房免费借给伯驾建立分院，这就是著名的博济医院前身（现为广州中山大学附属第二医院，它是中国也是东方的第一所西医医院。学医的孙中山先生也曾在该院习医过，后改名为中山医学院第二附属医院，也曾改名为中山医科大学孙逸仙纪念医院）。伯驾在博济医院施行了中国首例膀胱取石手术，首次在中国运用了乙醚麻醉法，治愈的各类患者不计其数。伯驾和博济医院不仅在医学领域取得了许多开创性的成果，而且对中国近代政治也颇有影响。道光十九年（1839年）七月，到广州禁烟的林则徐因患疝气，曾派人到博济医院取药求医，他赞扬这家医院医术高明。同治五年（1866年），博济医院下设"博济医学堂"（后改名南华医学校），孙中山以"孙逸仙"之名在此入学读书。这所由美国传教士主办的西医学校，无疑对青年孙中山的人生观和世界观都曾产生过重要影响，由此也对中国近代史有一定程度的间接影响。

　　自印刷术发明以来，刊印书籍便成为传播文明、表达思想的主

　　1835年，美国传教士伯驾在广州创办眼科医局，后行商伍秉鉴将自己的一座楼房免费借给伯驾办仁济医院，1866年改为博济医院。成为外国人在我国内地办的第一所医院（今孙逸仙纪念医院）。*

要手段。印什么书，宣扬什么文明，亦即标示着某种特定的理想与追求。随着对世界的了解，对西方文明认识程度的加深，十三行行商对文化的介入也不再局限于传统的办书院、刻古书。潘氏族人潘仕成刊印的《海山仙馆丛书》一改以往只重经史诗文的旧习，重点选择数学、地理、医学方面的著作，致力于中国的学术更新。这套书的编辑方针，隐约表达了一个文明古国对近代科学的向往，也是继明朝末年的徐光启等士大夫之后，开始的又一次科学启蒙。

广州十三行，一个非常时期的非常产物。无论是与外商交往时的温文有礼、信守承诺，还是对贸易全球化的积极参与对国际投资领域的超前性拓展，又或对西方文化技术的积极引进，他们在中国与西方发生全面接触与碰撞初期，于经济、外交以及文化思想领域都发挥了无可替代的作用。

在那个世界对中国满怀误解与偏见的特定年代，在那个大清帝国对世界既轻蔑又疑惧的矛盾年代，他们站在中国与世界的交汇点上，小心翼翼地树立着这个国家的民间形象。同时，他们也在努力重塑中国商人的形象，一点一滴地推动着这个古老帝国向近代转型。

第七章

国运，从商人的境遇看大国兴衰

　　一边是近代商业文明的杰出代表，一边是失去了社会活力的老旧帝国，中英两国商人的不同境遇，标记了两种文明的分野，也在一定程度上决定了国运的兴衰。

　　鸦片战争，是一场因贸易纠纷而引发的战争。英国是一个得益于贸易扩张而急剧崛起的近代强国，它视商业利益为国家利益，无论是政治还是外交，都要或多或少地服务于贸易这个立国之本。所以，大清帝国与大英帝国的较量，其实也是近代商业文明与传统农耕——游牧文明的较量。

　　狂飙过后，大清帝国和广州十三行行商们都进入了飘摇零落的衰败期。

作为一个有着光荣往昔的文明古国，作为一个曾经决定了整个东亚地区政治、经济形态的"中央帝国"，到清王朝时却遭遇到来自西方，尤其是大英帝国这个位于欧洲大陆西北面不列颠群岛上的西欧岛国的强力挑战。此时的大英帝国已经发展成为西方近代民主国家的杰出代表，它既不同于中国周边的那些传统"藩邦"，又有别于先前抵达中国沿海的葡萄牙、荷兰等"外夷"，自从它出现在世界的东方，便开始对大清"中央帝国"的固有体制与运行规则发起了全面而持久的革命性冲击。或许正如一位学者所说的，这些远方来客深信，"大英帝国矗立于近代文明的巅峰，帝国的特别义务就是通过贸易、圣经、枪炮，或者这三者的结合，去启蒙和教化世界上较为不幸的文化和种族"。

贸易是手段，也是目的。英国是一个得益于贸易扩张而急剧崛起的近代强国，它视商业利益为国家利益，无论是政治、外交，还是"圣经"和"枪炮"，都要或多或少地服务于贸易这个立国之本。所以，大清帝国与大英帝国的较量，其实也是传统农耕—游牧文明与近代商业文明的较量。

从来没有一个"番邦外夷"，对中国的历史走向产生过如此深刻的影响。它使尚处于近代化边缘的大清帝国经历了难以意料的创痛，它彻底颠覆了东亚地区的政治格局，它迫使这个"停滞的帝国"开始被动转型。大英帝国与大清帝国的交锋不仅直接改变了中国的历史进程，也打破了东亚乃至世界的传统格局。因此，为数众多的中外学者将这两个国家从最初接触，到此后百余年间的激烈互动作为研究课题，而且作出了各种善意的"假设"。

先后七次出任法国文化部部长，却以写作《停滞的帝国——两个世界的撞击》闻名于世的法国作家佩雷菲特，就分析马戛尔尼使团首次访华及此后的中英关系时这样写道：

在这两个人类取得丰硕成果的国家之间，直到那时只有少量的贸易把它们联系在一起。如果这两个世界当时增加接触，互相吸取对方最成功的经验；如果那个比其他国家早几个世纪发明了印刷术和造纸，指南针和舵，炸药和火器的国家同那个刚刚驯服了蒸汽，并即将制服电力的国家把各自的发明融合起来，中国人和欧洲人之间的信息和技术交流必将使双方的进步源源不断。这将是一场什么样的文化革命啊！……①

这个假设实在是过于美好了，它美好得让人浮想联翩、遐思无限。可是，它却注定不可能成为现实。无论从哪个角度看，那个早在13世纪初就制订了《大宪章》，17世纪又经历了光荣革命的大不列颠联合王国，与长期在皇权专制下停滞不前的中华帝国根本就不在一个沟通平台上。

遥想当初，为了让清政府了解以英国为代表的西方新兴文明，以便促进双方贸易健康发展，马戛尔尼可谓煞费苦心。他不仅把英国的文人学者、科学家，甚至专业技师都招进了自己的访华使团，在抵达中国之后也一再寻找机会展示、推介这些来自欧洲的"学问巧思"和"精巧技术"。他甚至曾恳请中国留用随团同来的两位算学家；在由天津赴北京的途中，他曾下令演放新式榴弹炮让陪同官员参观；他曾多次与军机大臣和珅谈起欧洲的物质文明及产业革命后的新发明、新技术，还特别提及可以升空的热气球，并且愿意让人在北京表演，希望借此引起大清统治者对西洋科学的兴趣。

按照西方的外交惯例，他自然也与和珅谈到了两国互派使节，

---

① [法]佩雷菲特著，王国卿等译：《停滞的帝国——两个世界的撞击》，生活·读书·新知三联书店1993年版，第19页。

敦睦友谊问题。除了表示他本人愿意作为大使长驻北京外，更加欢迎中国使节长驻伦敦，许诺使节赴英的交通工具及其抵英后的所需费用均由英方代为筹办，而且保证予以极高的尊敬和礼遇。在与和珅屡次商谈失败，被乾隆打发去广州之后，他又与前去赴任的两广总督长麟唠叨了一路，明确告诉长麟中国工业不如西洋，化学、医学等科学知识过于幼稚。如果中国政府允许英国人自由来华，英国人将传播这些知识，这将对中国大有裨益等等。

就马戛尔尼到华后的一系列游说，台湾著名历史学家郭廷以曾发出如此感慨：

> 假设马戛尔尼的要求和建议中国均能接纳，逐一使之实现，英国大使驻在北京，中国大使驻在伦敦，彼此有了亲切的接触，我们的出使人员亲历目睹，观摩熏染，再加上英国科学工程人员的指导协助，不惟可恢复雍正以前的中西文化关系，而且定能过之，中国的近代化当可提早七十年。日本从明治维新到甲午战争，其间不足三十年，就是中国从同治的自强新政到我们今天，也不过八十多年。在近代史上七十年是一段很长的时间，有不少事情可作。[1]

令人惋惜的是，马戛尔尼的所有提议都被清政府拒绝了。这次史无前例的外交接触不仅没有增进双方的了解与友谊，反而产生了许多误会与隔阂。按西方人的说法，这是一场"聋子的对话"。用中国的话来说，它是对牛弹琴。其本质上，则是新旧两种文明形态的一次跨时代的碰撞。

马戛尔尼作为一个全球性新兴强国的特使，自认为给中国的厚

---

[1] 郭廷以：《近代中国的变局》，九州出版社2012年版，第13页。

礼和尊重已经非同凡响，再要求他对异国君主跪拜叩首，实在是难以理喻。这不仅不符合欧洲的礼仪习惯，简直就是有损国家体面的羞辱。因此，他只肯依照其觐见英王的礼节行事，既不下跪，也不磕头。问题就这样出现了，彼此都固执地认为此事关系到国家和自己的尊严，以致双方刚开始接触就陷入了难以调和的礼仪之争。

对于英方互派大使的提议，乾隆表面上以"外藩使臣到京、驿馆供给，行止出入，俱有定制"，不能"更张天朝百余年法度"为由明确拒绝。私下里，他又认为英夷"心怀窥测"，更为戒惧，反而不断催令他们早日离华返国。至于和珅，对马戛尔尼这一系列建言更是毫无兴趣，不是顾左右而言他，就是表现出漠不关心的冷淡。不仅是和珅，马戛尔尼的想法和他对西洋文明的介绍，大清朝廷的那些衮衮诸公，大概没有几个人能够听得明白，也谈不上理解领会，更看不到它对以后强国发展的意义，自然也不会产生兴趣。马戛尔尼和他们根本就不在一个认知层面上。马戛尔尼的建议，对他们来说实在是过于超前了。

在清政府看来，允许外夷到中国朝贡、贸易已经是天大的恩赐，除此之外的所有要求和建议都是不知天高地厚的非分之想。这种固步自封、目空一切的狂妄，不仅让中国错失了发展良机，而且很快就遭到了难以承受的代价。

与欧洲诸国为了强国富民，围绕贸易扩张制定国家长期发展战略，旗帜鲜明地推行重商主义截然不同。满清官府允许夷人来华贸易，并指定广州十三行包揽各项"夷务"，本质上与国计民生无关，与国家经济建设无关。虽然，从清初允许开海贸易直到鸦片战争爆发之前，官方在表面上都有以关税充实军饷的说法，但在实际操作中，这也始终是个"说法"而已。自粤海关成立以来，它即被视为"天子南库"。粤海关监督由内务府派出，关税收入亦不归国库，全由内务府支配，专供皇室之需。也就是说，粤海关这个代表主权国家对国际贸易实施监管权的执法机构，实际只是为大清皇帝私设的"小金库"。而看上去叱咤商海的广州十三行行商们，说到底也不过是被摆上权力砧板的鱼肉，全凭官府任意宰割。

东方皇权专制的特点之一便是亦家亦国，亦国亦家。既然连整个国家都是皇家的，那么所有的权力、财富由皇家垄断便是自然而然的。可是，这种垄断一切，占有一切，支配一切的政治、经济体制既没有让皇家的江山永固，也没有使国家变得繁荣昌盛。它只能在西方近代国家的持续挑战下节节败退，直到1840年被英国等列强彻底撞开国门，从此江河日下，渐渐沦为一个积贫积弱、任人欺凌的破败之邦。

鸦片战争，一场关涉中国命运转折并作为羞耻标记写入史册的惨败，先是让人直观地见识了夷人的坚船利炮，继而又让人看到了中英两国在军事建制、科学技术、文化教育等方面的诸多差距……同时，也留下了各种疑问。人们一直在探讨这样一个问题：疆域辽阔，统治着众多人口，而且GDP位居世界第一的清政府，为什么就打不过一个"蕞尔小国"派出的几千名远征军？

近年有经济学家认为，在鸦片战争前后，"由于古老的税收体系，清政府能够动用的只是每年GDP的3%；而英国政府当时可以动用的是当年英国GDP的60%"。我不知道这两个对比数字是如何测算出来的，依据又是什么。但是"古老的税收体系"制约了国家财政资源的动员能力，则无疑道出了这个陈旧的经济体制症结所在。

18世纪，全世界的白银从四面八方朝着"中华帝国"滚滚而来，中国的GDP长期占据世界第一的位置。可问题是，这大笔的银子都去哪儿了？

中国的银子都去了哪里？在很长时间里，饱食终日的清廷大员们似乎很少把它当成一个严肃的问题加以深究。直到19世纪，随着鸦片的大量输入，"睁眼看世界"的林则徐蓦然发现了"白银外流"，并以一句"数十年后，中原几无可以御敌之兵，且无可以充饷之银"振聋发聩，惊动朝野。林则徐此言一出，连道光皇帝都被惊出一身冷汗，立即委派他为钦差大臣去广东禁烟，其目的就是试图以此阻止白银外流。

但是，白银真的都随着鸦片烟的进口而流向海外了吗？

近年不断有学者对此提出质疑。刘刚、李冬君两位史学家便通过他们最近合作的专著《中国近代的财与兵》，对林则徐的白银外流说提出了不同的看法。他们认为"有许多白银都流入了中间环节"，也就是为皇家管理着"天子北库"（北京崇文门税关）和"天子南库"（粤海关）的大小官员手里。

百余年来，人们以各种不同的角度为切入点，不断地从鸦片战争中发掘可资吸取的历史教训，以为镜鉴。可是，他们却较少关注另一个重要的问题，即当时两国经济形态和商业观念的悬殊，以及商人境遇的迥然不同。追根溯源，这毕竟是一场因为贸易纠纷引起的战争，是一场大英帝国为保护本国商人的利益而发动的近代战争。

一边是近代商业文明的杰出代表，以贸易扩张为立国之本，为保护商人的财产不惜劳师远征；一边是失去了社会活力的老旧帝国，视贸易为对蛮夷外邦的恩赐和皇家的专享财源，把商人当做可以肆意欺凌的贱民。中英两国商人的不同境遇，标记了两种文明分野，也在一定程度上决定了国运的兴衰。

在旧中国，商人是一个危险的职业。他们不仅承受着蚀本亏损的经营风险，身为没有任何权利保障的"四民之末"，还必须忍受官府及大小官吏的层层盘剥。和这些传统商人相比，广州十三行行商们的处境更加险恶，他们长期遭受粤海关、地方督抚等官员甚至其家丁、门人的欺压、敲诈，同时，由于他们处在官府与"夷商"的夹缝之间，不仅尴尬，而且风险倍增，尤其是到了嘉道中衰时期，因穷于应付而家破人亡者亦不乏其人。

清朝出了两个世界首富，一个是前文已经提及的广州十三行商人伍秉鉴，另一个便是为乾隆皇帝掌管着户部和内务府的和珅。与和珅相比，伍秉鉴不值一提，他依靠苦心经营跨国贸易、积极投资世界新兴产业才辛苦积攒下来的那两千多万家产，还不及和坤贪腐而来的财产的十分之一。根据嘉庆查抄和珅家产的清单估算，他的财产数以亿计，折合成银子，少说有两亿多，多说有十一亿。这笔超乎常人想象的巨额财富，有很大一部分即来自对伍秉鉴等广州十三行行商们的盘剥。

这两个世界首富，一官一商，一北一南，却都在短时间内盛极而衰，既反映了清朝官员与商人的不同处境，又揭示了这个帝国政治、经济体制的种种弊端。其中尤其值得注意的是，他们的财富积累都与广州十三行对外贸易或者粤海关密切相关。而随着所谓"天子南库"日渐式微，大清帝国的国运也开始出现逆转，自以为强盛无比的天朝，渐渐走向了暗淡的黄昏。

林则徐虽然以"白银外流"引起了道光皇帝的惊恐，但他似乎并没有真正摸清大笔白银的去处。他对清朝财税体系的了解和认识，大概还不及和珅以及替皇室管理着税关、海关的那一干人等。

和珅对马戛尔尼带来的西方文明提不起丝毫兴趣，却打心眼里喜欢从西方流入的白银。和珅能让自己的个人收入超过国家财政收入，成为前无古人的世界首富，便是因为他善于巧取豪夺，尤其是对商人毫不留情。

贪污也是需要技巧的。当时的清政府和皇室除了征收传统的田赋等杂费之外，主要还有两大财路，一是内需最大的财路崇文门税关，号称"天子北库"；一是外销唯一的财路粤海关，又名"天子南库"。乾隆最信任的宠臣和珅为了皇家，也为了自己，通过控制户部和内务府把这两路财源都牢牢地抓在了手里。

对于这两条财路，和珅摸得很透，把得很死，不仅知本末，而且熟悉所有的中间环节，不肯放过其中一点细枝末节。

关于粤海关、地方督抚的腐败与横征暴敛，英国商人洪任辉在进京告状的时候便已经揭露无遗了。这种既收正税，又索要"规礼""分头"等杂费的陈规陋习是如何形成的？又为何始终得以名正言顺地公然存在？归根结底还是由于粤海关作为"天子南库"这种家国不分的特殊地位。

清朝的粤海关是由宋朝的市舶司脱胎而来的，但是，宋朝市舶司的收入，是要上缴国家财政的，粤海关收入却只交内务府，专供皇室之需。尤其是乾隆只准一口通商之后，皇家不仅垄断了整个国家的对外贸易，还把国家的海关收入变成了专供皇家挥霍的私房钱。

既然是为大清皇室收取的私房钱，一般官员自然不便轻易过问，事实上他们也无权置喙。由此，皇帝和他的内务府大管家和珅，以及内务府派出的海关监督，便自然结成了一个利益共同体，层层瓜分粤海关搜刮的税费。说得直白点，皇帝通过和珅将粤海关

"承包"给他的亲信，亲信靠"投资"成为海关监督取得承包权后，直接由京入粤，而且"不必听督抚节制"，只管放开手脚为皇上，为内务府，也为自己捞钱就行了。海关监督上任，可以带家人60人，乾隆朝李永标超额，带了73人，包干了海关所有事务，使粤海关成了他的"家天下"。这个"家天下"为期三年，三年之后再换一个海关监督来此继续包干、发财。

1758年粤海关发给澳门第二十二号额船牌照。载《澳门编年史》（第二卷），广东人民出版社2009年版，第1009页。

"粤海关有多肥？比崇文门税关还肥。崇文门税关肥得流油，但还不及粤海关。崇彝写《道咸以来朝野杂记》，写他做崇关帮办委员时，每年约可得四五千两银子，就自以为很肥了。可冯桂芬在《校邠庐抗议·罢关征议》中提到粤海关，说海关看门人月薪都有

800两银子，其他人就可想而知了。"①

官员有多"肥"，商人的负担就有多重。海关监督、地方大员、驻地军事将领都把这个"天子南库"当成了中饱私囊的财源，而十三行行商们便成了他们肆意勒索盘剥的对象。除了正税之外，行商还要交纳"规礼""规银"，除了"规礼""规银"，又要交付贡价（献给朝廷的礼品）、军需、河工、剿匪、河防等名目繁多的杂费。就连海关监督的门上（看门的杂役）、书吏都能随便向行商索要贿赂。当时在华的美国商人亨特称，官员除了巧立目名迫使行商们对公益事业、公共建筑捐款之外，更为恶劣的是，"政府还经常无中生有地或夸大长江、黄河泛滥造成的灾害"，借此逼捐。就此，亨特在自己的回忆录里专门写了一段他和伍秉鉴的对话作为佐证：

> "浩官，你好！"有时拜访浩官，我们谈起天来，"今天有什么消息吗？"
>
> 他回答说："太多坏消息了，黄河又闹水灾。"
>
> 这当然不是好消息。"官员来看你了吗？"
>
> "没有，但他叫人送来一张'票'，他明天来，要我拿出20万元。"
>
> 这显然又是勒索，而且数目甚大。"你给他多少？"
>
> "我给他五六万吧。"
>
> "假如他不满意呢？"
>
> "假如大头子不满意，我就给10万。"

从这事可以看出官方对总商的勒索。其他行商也会被轮流召

---

① 刘刚、李冬君：《中国近代财与兵》，山西人民出版社2014年版，第45页。

见，要他们拿出钱和他们的财力来。同时他们知道，所谓水灾的严重性是被夸大了的，即便真有其事，他们的捐款中，也只有一小部分用来修理河堤，官员们拿走大部分以满足自己的私欲。行商们可以商量，可以少拿，但不能逃避。同时当海关监督回京时，新任监督上任时都必须送钱，还要送钱给京城的户部大员，之所以这样做，是因为由此可以获得官员势力的保护。[①]

按照传统观点，人们往往习惯于把官员的苛敛勒索归咎于他们腐败成性，贪得无厌。其实，从根本上说，这还是一个社会制度问题，它首先反映了皇权专制下的家国不分，赢者通吃。其次，它也暴露了这个社会机制所隐含的掠夺性。经济学家许小年写过一篇题为《清政府GDP第一，为何鸦片战争会输》的文章，其中重点对当时英国和中国的社会制度体系做了比较："现代社会制度体系的政治子系统包括了法制，它有效地保护了个人的权利，这对于科技和经济的发展都是至关重要的。因为当个人的权利得到有效保护以后，建立起了正确的社会激励机制；如果我们每一个人的权利都得到有效的保护，对于这个社会中的精英来说，他们想获得社会地位、获得财富，就不可能通过侵犯他人、剥夺他人的权利来获得（这点非常重要）。"

在这种社会机制下，中国人形成的传统观念是"当官发财"，而不是"生产发财"或"经商发财"。只要当上官，"一任清知县，十万雪花银"，而那些督府大员更是财源滚滚了。

清朝实行的一口通商，把广州十三行行商推到了对外贸易第一线，因此有人说他们是垄断经营的"官商"，独享贸易之利。广州

---

① [美]亨特著，冯树铁、沈正邦译：《广州番鬼录：旧中国杂记》，广东人民出版社2009年版，第47页。

十三行行商们作为一批当时中国难得的专业人士，凭借对"夷务""夷情"，以及国际市场的了解和把握，的确曾经创造了丰厚的利润。但是，他们充其量也只是大清皇室和各级官吏的敛财工具而已，而且还全面承担了政治、经济和外交的所有风险。

根据梁嘉彬先生的《广东十三行考》，在乾隆四十年（1775年）以后，随着"政府诛求愈严"，行商们陷入经营困境，倒闭破产，被发配到伊犁的事例开始逐年增多："乾隆四十二年（1777年）三月，革监倪宏文赊欠英商货一万一千余两，监追无着，谕令倪宏文发往伊犁，永远安插，以示惩儆。按倪宏文英文商名Wayqua，实为行商之一。四十五年（1780年），行商颜时瑛、张天球借欠英商银两，不将每年所得行用余利撙节归还，任令英人加利滚算，奉旨革去职衔，照交结外国诓骗财物例发往边境当差，从重改发伊犁。"①

由于官府征收的苛捐杂税日益繁重，到乾隆年间，广州十三行的中小行商向合作的英商赊欠货款，举债经营，已经是一种普遍现象。到了嘉庆时期，累积日久的"商欠"问题终于集中爆发。继行商倪宏文赊欠英商货款一万一千余两，收监追讨无果，发配伊犁之后，泰和行行商颜时瑛、裕源行行商张天球，也因借欠英商银两无力偿还被发往伊犁。按照清政府具有"连坐"性质的规定，一家行商负债破产，所有行商都需承担连带责任，共同代偿债务。随着营商环境持续恶化，破产者不断增多，意外受到牵连赔累的无辜行商也越来越多。嘉庆元年（1796年），当时的十三行总商、万和行行商蔡世文甚至因为赔累过甚，被逼自杀，其家属也相继逃亡。迨至道光九年（1829年），行商赔累愈甚，能清偿债务者只剩下了伍氏

① 梁嘉彬：《广东十三行考》，广东人民出版社2009年版，第137页。

的怡和行、潘氏的同孚行、谢氏的东裕行这三家。也就是说，在鸦片战争爆发前的一段时间里，广州十三行行商们已经危机暗伏了。

导致行商不堪重负终至破产的，表面上看是他们无力偿还陆续积欠英商的货款，其实更主要的是清政府索取无度的"饷银"。众多行商在官府与夷商的双重夹击下举步维艰，接连倒下。

道光九年（1829年），福隆行行商关成发破产倒闭，家产被查抄。据清故宫大高殿档案，道光九年十月初三两广总督李鸿宾奏："嘉庆十六年有福隆行邓光（兆）祥亏饷逃匿，饬拿未获，行务空悬，经已故洋商卢观恒等以关成发在行多年，夷情熟悉，禀请接充福隆行商。……该商经理不善，递年亏折，积至道光八年（1828年）共欠饷银三十四万三百一十一两零，又陆续积欠英吉利等国各夷人货价银一百零九万九千三百二十一元零……"

据此可见，关成发是在原福隆行行商邓光（兆）祥"亏饷逃匿"，饬令捉拿不获之后，接手行务，成为行商的。尽管关成发已在福隆行经营多年，熟悉"夷情"，但是由于营商环境未见丝毫改观，从嘉庆十六年（1811年）到道光八年（1828年）这十七年间，"递年亏折"，终因"拖欠税饷未完"，落下了查抄家产，发配边地，客死他乡的悲惨结局。

在清政府的官方文件里，总是特别强调行商破产是由于赊欠"夷商"货款，但是从当时在华外商留下的文字记载来看，这些"夷商"往往又对关成发这样的破产者满怀同情：

> ……最近被流放的破产行商叫人和（关成发英文名Manhop，又译为"人和"），他在外国侨民中颇得人望，举止谦恭有礼，从各方面看来，都是一个有修养和诚恳的人……他的行号账本和事务交由公行清算，结果证明情况很糟。当结果呈给海关监督时，他被

宣告破产。结果，他被判处终身流放到西北边境的伊犁。广州人通称伊犁为"寒冷"的地方。几乎没有人知道它的地理位置。行装准备好之后，人和及其他几个犯人由一些官吏押送，前往那个遥远的省份。上述全部人犯已在碇泊商馆附近的艇上，他的许多中外老友都到艇上和他话别。其中一个外国人交给他一封信，信中对他的不幸深表同情。另外，为使他有所安慰，行商和外国人捐赠一笔钱，同时，也用来交给自愿陪伴他去流放的忠仆……

……过几年之后，我们突然听说他已去世，其遗体被运回广州（是由那些留在那里服侍他的仆人运送回来的），以便归葬故乡。[①]

笔者在查找资料中，不断地看到有行商被流放伊犁，这个被流放的过程今人也许不能体会其中的艰辛和凶险。伊犁与广州远隔近万里（按今天精确的数字是4878千米），当时的交通工具也就是坐船和马车，何况行商被流放是戴罪之身，还不一定始终都有交通工具，不少的地方只能步行。这样路上要走一个多月，如果遇上盛夏和严冬，流放者还没到伊犁，有的就死在路上了。就是经过了千辛万苦到了伊犁，那儿和广州完全不同的气候条件、饮食习惯和生活风俗，要想活下来，对于一个南方人，尤其是广东人，真的是很难。所以，关成发到了伊犁不久就死了。

我之所以说广州十三行行商是近代中国一个特殊的商人群体，不仅由于他们在闭关锁国的蒙昧时代，意外承担起了中西沟通的桥梁作用，也因为他们的命运代表了那个年代商人的共同命运。无论他们曾经创造、积聚了多少财富，都不可能获得最后的成功，都有

---

① [美]亨特著，冯树铁、沈正邦译：《广州番鬼录：旧中国杂记》，广东人民出版社2009年版，第48—49页。

一个相似的悲剧性结局，即便是伍秉鉴这样的世界首富也不例外。

早在1215年，英国就通过《大宪章》确立了英国国民拥有不容侵犯的人身权和财产权。人身权的保护，使人们避免未经依法审判即被逮捕、监禁和其他侵害，使生命安全获得保障。财产权的保护，可以保障个人的生存和独立，也可以限制国家权力对个人的侵犯，在此基础上形成对政府征税权力和财政收支预算的监督和控制，是人民约束政府权力的有效武器。这些都是近代文明社会的根基，也是大清王朝与大英帝国的根本差别。这种差别不仅决定了两国国民的生存处境，也决定着两国国力的强弱盛衰。

广州十三行行商是特定历史时期出现的特殊产物。当时西人初来，大清王朝既没有主动发展跨国贸易的意识和能力，更不懂得"平等互惠"的近代外交理念。朝野上下，无论是所谓明君圣主，还是和珅这样的宠臣，甚至是"睁眼看世界"的林则徐，脑子里装的还都是根深蒂固的"天下体制"，面对这些来自西方的"蛮夷"，在茫然无知的同时，仍然像对待周边那些"藩邦小国"一样，以天朝上国自居。其结果就是把外交办成了内政，一再拒绝西方国家在华派驻大使的请求，将管理"夷商"等具有近代外交意义的种种行政事务，一揽子交由广州十三行行商们代理。这样一来，行商的作用其实就相当于国内商业活动中的"地保"，由他们包揽与外商间的交易买卖，也由他们安排外商在广州期间的生活起居等一切日常事务。更重要的是，行商还要负责监管其言行举止，保证这些"夷人"遵守大清的各种"规矩"，不会乱说乱动，惹是生非，如若外商有公事要与官府交涉，其呈文也必须由行商们代交代办。

可是，这些来自近代文明国家的"夷商"们，毕竟不同于大清的顺民，也不同于那些已经"教化归顺"的藩邦贡使，他们总想按照国际惯例和行为准则修改大清的所谓"规矩"，尤其是那些让官员滥用权力的陈规陋习。于是，广州十三行行商就成了一个处于"夷商"与官府矛盾冲突之间的夹心层，勉强以商人身份参与外交事务，结果便是左右为难，左支右绌，还难免惹祸上身。

清王朝主导的对外贸易体制，让敲诈勒索合法化、制度化，用中外商人的血汗养肥了皇家和个别官员，早已招致普遍不满。广州十三行行商作为权力的附庸，其个人命运完全被官府左右，只能忍气吞声，逆来顺受。可是，善于维权，而且早已习惯受到政府支持与保护的英国商人则截然不同。自他们来到中国拓展贸易，准确地说是在英国商人洪任辉闯关告状之后，便开始对腐败的"广州体制"发起了一轮又一轮冲击。傲慢的乾隆皇帝将洪任辉对粤海关种种劣迹的控诉视为冒犯，以关闭江、浙、闽三海关，只准广州一口通商作为回应。因此，便有了马戛尔尼使团访华。这个被乾隆误以为是前来给他贺寿、送礼的使团，乘兴而来，失望而归。他们此次行程，既是中英两国建立官方关系的起点，也是一个转折点。这次不欢而散的互动，确定了两国交往、中西交往的灰暗基调，决定了近代中国及东亚的未来走向。同时，也预示了广州十三行这个商人群体势将走向衰亡的悲剧性未来。

作为一个精心策划的外交使团，马戛尔尼在启程前往中国之前，不仅准备了最能显示英国文明成就的新奇礼品，还非常具体地列出了伦敦当局希望他完成的外交使命：

1. 为英国贸易在中国开辟新的港口。

2. 尽可能在靠近生产茶叶与丝绸的地区获得一块租界地或一

个小岛，让英国商人可以长年居住，并由英国行使司法权。

3. 废除广州现有体制中的滥用权力。

4. 在中国特别是北京开辟新的市场。

5. 通过双方条约为英国贸易打开远东的其他地区。

6. 要求向北京派常驻使节。

7. 最后的，但不是最不重要的一点，情报工作，"在不引起中国人怀疑的条件下，使团应该什么都看看，并对中国的实力做出准确的估计"。

这七项使命的前六条都和贸易有关，其中前三条就是英国商人洪任辉渴望已久却始终未能实现的心愿。它充分反映了大英帝国对其商业利益的重视，这个以贸易扩张为立国之本的新兴强国，把保护本国商人的权益当成了制订外交政策的核心。用日本学者的话说，他们都是"国家商人"。与这些受到特殊保护的"国家商人"相比，广州十三行行商则是一支深陷窘境的孤军。他们处于"广州体制"的最底层，大清官府及官吏只知一味从他们身上索取税银、贿赂，搞得许多行商债台高筑之后，又抄家拿人，将之发配边疆。

马戛尔尼使团访华，将商人洪任辉未能达到的目标作为国家意志，试图通过外交努力得以实现。然而，清朝廷的反应却让马戛尔尼遇到了意想不到的阻碍。他在一份呈送给英国国王的报告里这样写道："尽管对我们的接待排场很大，但鞑靼族的达官贵人们用怀疑的眼光看待我们的每一项建议，这是再明显不过的了。就好像我们是来颠覆这个国家的。"

马戛尔尼失望而归，但也不是一无所获。他至少圆满地完成了那项"最后的，但不是最不重要的一点，情报工作"。也就是说，所有建设性的使命都没有取得预期成果，倒是这个对大清政权真正具有颠覆性的工作却完成得异常出色。他仅仅凭借这一点的成功，便让大清帝国成了长远的失败者。而大清官府主导的"广州体制"和这个体制下衍生的广州十三行行商也从此开始走上了穷途末路。

日本学者在研究鸦片战争时，特别注意情报的重要性，日本学者上田信在自己的著述里不惜篇幅专门讨论"信息与战争"："从战争的过程来看，英国是在掌握了中国弱点的基础上进行的攻击。1793年英国使臣乔治·马戛尔尼对广东至渤海之间的海域进行了测量，并且在回国途中路经大运河了解到它的重要性。这以后英国也不断在积累有关中国的信息。"

依照日本学者的看法，马戛尔尼应该算得上英国对华搜集情报的第一人。的确如此，却又不仅仅如此而已。

马戛尔尼（1737—1806年），出身于苏格兰贵族家庭，毕业于都柏林三一学院，之后进入伦敦坦普尔大学进修。1792年，被加封为"马戛尔尼伯爵"。

马戛尔尼是第一个实地考察这个东方神秘帝国的英国官员，也是所有西方各国政府中对它了解最为深入的官方使者。不管是西方的传教士、商人还是学者，从来没有人像他这样透彻地洞悉大清国的本质："只是一个泥足巨人，只要轻轻一抵就可把他打倒在地。这是诊断，又是预言。"马戛尔尼不愧是出类拔萃的外交家，具有非常敏锐的国际战略眼光。

1794年初，马戛尔尼结束了他的"失望之旅"，乘坐"狮子"号远洋帆船离开广州黯然返国，法国作家佩雷菲特如此描述当时的情景：

> 1月13日，"狮子"号通过两个守卫"虎口"的要塞。马戛尔尼估计后说："防御很薄弱，大多数开口处没有炮，有少数几处有炮的地方，最大炮的口径只有6英寸。"只要涨潮和顺风，任何一艘军舰"可以毫无困难地从相距约1英里的两个要塞中通过"。
>
> ……与"狮子"号交叉而过的武装船上装满了士兵。但并没有鸣礼炮。原因就不言而喻了：炮孔里没有炮。这些炮孔都是在船舷上画的逼真画。这难道不是中国本身的形象吗？马戛尔尼思忖。"破败不堪的旧军舰，它只能靠着庞大的躯壳使人敬畏了……"①

马戛尔尼以敏锐的观察力发现了大清帝国的真相，也从心里失去了对它的尊敬。他关于中国的预言几乎全部应验了，其超前的预见性直至今天仍然令人感到吃惊：如果中国禁止英国人贸易或给他们造成重大损失，那么只需几艘三桅战舰就能摧毁其海岸舰队，并

---

① [法]佩雷菲特著，王国卿等译：《停滞的帝国——两个世界的撞击》，生活·读书·新知三联书店1993年版，第520页。

制止他们从海南岛至北直隶湾的航运。更严重的是，朝鲜人将马上就会获得独立。而且，中国的大陆和台湾维系在一起的联系是如此的脆弱，只需外国介入，它立即就会被切断……

此外，他还预言了澳门的衰落，俄国人向远东扩张的野心以及对蒙古及黑龙江流域大片土地的攫取。总之，他极富预见性地大胆断言，只要几艘三桅战舰就能让这个貌似强大无比的大清帝国分崩离析。

这边，马戛尔尼已经用大清朝野闻所未闻的近代战争思维，摸清了对方的所有底牌。那边，乾隆皇帝依然踌躇满志，还陶醉在普天之下唯我独尊的梦幻里。

马戛尔尼勋爵既是一个国家利益至上主义者，也是一个人道主义者。乾隆王朝的傲慢，被不少英国人认为是难以接受的"羞辱"，开始鼓吹采取"更直接的途径"予以回应。对于这些激进的想法，马戛尔尼勋爵始终不以为然。他的主张是："只要尚有一线希望可以通过温和的方法取得成功"，英国的"利益"以及它的"人道精神"应当促使它不入侵中国。

但是，马戛尔尼使团所了解的情况，还是彻底影响了英国乃至整个西方世界此后对中国的态度。如果说，过去对中国的褒贬还是个可以争议的观点问题，那么它现在已经有了确凿无疑的结论。《爱丁堡评论》这份在英国上层社会颇具影响力的严肃杂志，甚至发文欢呼这个"半野蛮的"大清帝国"声誉扫地"，直指中国人生活"在最为卑鄙的暴政之下，生活在怕挨竹板的恐惧之中"。

此外，马戛尔尼使团另一个影响深远的成果，是培养了托马斯·斯当东这个立场强硬的中国通。1793年他随团访华时，还只是一个12岁的见习侍童。一次东方之行改变了这个英国少年的命运，关注中国问题，成了他一生的事业。青年时代，他又回到中国，从

1798年至1816年长期住在广州，先是作为东印度公司的职员，后来是专员，最后当上了公司的代理人。1800年，他19岁时发现了大清帝国的法典《大清律例》，花费10年的时间将它翻译成英文出版。这也是第一本由中文直接译成英语的著作。

依靠法律限制王权，也依靠法律保障民权的英国人，对一个民族的法典异常重视。《爱丁堡评论》认为："一个民族的法律是他的精神状态和性格明白无误的见证。"然而，无论是费尽心血翻译《大清律例》的斯当东，还是喜欢对中国事务发表议论的《爱丁堡评论》，都对大清朝的法典评价不高。《爱丁堡评论》更直截了当地说："在欧洲人最近发展最快的那些领域里，中国人的知识十分缺乏。"

英国主流社会对大清帝国的观感持续恶化，却没有就此放弃通过"直接接触"增进双方了解的努力。尤其是在威灵顿公爵战胜了拿破仑之后，英国内阁立即以西方第一强国的姿态向北京宣告了法兰西帝国的崩溃，希望以此受到应得的尊重。然而，他们得到的答复仍然是居高临下的漫不经心："尔国远隔重洋……但尔国王能知大义，恭顺天朝，深堪嘉尚。"

在英国内阁感觉受到轻慢的同时，东印度公司在华商人对大清官员的抱怨声也越来越强。他们向伦敦当局反映，广东政府对英国公司高层管理人员的选任横加干涉；限定公司只能与广州两三家行商交易，故意制造价格垄断；又禁止中国仆役为英国商馆服务；官府不接受英国大班呈交的诉状，只能由指定的行商转交；任意捉拿殴打或监禁大班雇用的中国通事；近年开始，禁止英国大班使用中文，所有上交官府的呈词只能用英语书写，致使官方指定的译官得以上下其手，对呈词进行蓄意歪曲；地方政府视大班如臣仆，任意侮辱轻谩，其告示往往用最倨傲的词句；又常常遣员任意闯入英国商馆，骚扰英方人员，扰乱正常商务……

在广州的"国家商人"受到如此粗暴无礼的对待，对于声势赫赫，正处于鼎盛时期的大英帝国无疑是难以忍受的刺激。为此，英国决定再向北京派出一个新的使团，由贵族院议员阿美士德勋爵率领，让中国问题专家托马斯·斯当东作为他的副手。这时，斯当东已经是东印度公司广州特别委员会的主席了，他熟知"天朝"的一切。

和马戛尔尼使团一样，阿美士德使团也被英国内阁赋予了明确的使命：

1. 为避免广东政府之苛刻不公，求详细规定英公司之利益。
2. 为保障商业之延绵，求给英大班有与闲散商人贸易往来之自由。
3. 为免除中国官宪侵犯商馆（夷馆）之痛苦，求许商馆人员雇用中国仆役，并禁止中国官吏任意轻蔑及傲慢无礼之举动。
4. 为另辟英商馆人员与中国公衙或礼部往来之途径，求允许其遣员驻扎京师，或准其直接用中国文字陈诉地方政府，并保证任何文牍亦可用中国文字。

1816年6月，阿美士德乘坐"阿尔赛斯特"号战舰到达中国海，与斯当东等已在广州的人员会合，未在广州停留，沿海路继续北上，直达京城。

可是万里而来的阿美士德万万没有想到，他们的遭遇还不如23年前的马戛尔尼使团。他们刚在北直隶登岸，还没到天津，就又一次遇到了被要求向大清皇帝叩头的问题。随后又有官员提出斯当东和另一位东印度公司的专员都是"商人"，没资格觐见皇上。虽然双方龃龉不断，好在嘉庆皇帝对这些外国"贡使"还有几分兴趣，没有将他们拒之门外。

阿美士德一行于8月28日深夜到达北京，当时的他们又脏又累，心神未定，只想找个地方休整一下。这时，戏剧性的情节出现了，一群满族亲贵和高官穿着朝服匆匆而来。他们带来的消息是"皇上的接见提前了，它将马上进行；只有使臣、两位专员和翻译马礼逊可以进去。"

这突如其来的变化让英国人感到措手不及，他们甚至从中隐约感到了阴谋的迹象，接着便发生了"让人目瞪口呆的争吵"。一群中国官员扑向阿美士德等人，强拉硬扯，连推带搡地要他们立即去见皇上，场面混乱，到处喊成一片。阿美士德抵挡着，以疲惫不堪，衣冠不整，时间太晚为由拒绝进宫，抗议他们对外交使节动武，并言明他拒绝向皇上叩头。他的抵抗被汇报上去，嘉庆皇帝龙颜大怒，要他立即离京。就在当夜，刚刚到达的英国使团，不得不又踏上了归途。

大英帝国的外交使团刚进北京就被驱逐，无疑又一次加深了两国间的隔阂。作为副使和东印度公司专员的托马斯·斯当东更加坚定了自己的强硬主张：在中国，"屈服只能导致羞辱"。

马戛尔尼曾经十分庄重地阐述自己的对华立场："我们现时的利益，我们的良知和我们的人性，禁止我们考虑派兵远征中国，除非我们绝对肯定我们的忍耐没有用。"

在英国人的"忍耐"又一次遭到挫折之后，马戛尔尼的继任者开始有些不耐烦了。这意味着，两国和平相处的时间剩下不多了。

从国家利益和商业角度分析，嘉庆皇帝驱逐阿美士德使团都是极不明智的。他不仅像乾隆一样没有意识到两国国力的悬殊，而且不了解两国贸易形势也已经发生了本质性的变化。早在阿美士德使团来华的十年前，准确地说是在1806年，鸦片贸易和公司其他货物交易所得的白银第一次超过了购买中国商品的成本。英国人终于不用再将白银送入中国，白银头一次回流到英国，中国历史上第一次出现贸易赤字，在后来的多年里只增不减。

对于阿美士德等人被驱逐，梁嘉彬先生认为："清廷以其倨傲侮慢，严旨斥逐回国。由是中英国交无复尺寸进步，而当时鸦片输入额日益巨，祸机萌于此矣。"

"祸机"一旦萌发，便开始默默地迅速积累。1833年，英国废除了东印度公司的专营权。英国和印度的散商——也就是行商们所说的"港脚商人"大量涌入广州。他们不同于东印度公司的"国家商人"，大多靠鸦片走私起家，胆大妄为，难于控制。

东印度公司撤离后，为平稳延续对华贸易，英国派遣律劳卑勋爵（William John Napier，又译内皮尔或拿皮耳）为驻广州的商务总监（又称贸易监督），负责协调两国贸易事宜。英国的本意是"以公断及谈判之力解决英商彼此间，与中国间，及与任何外国间之一切纠纷，而避免与中国政府发生冲突"。为了展示和平姿态，他没有乘坐军舰，而是搭了一艘商船前往中国。结果却事与愿违，律劳卑一到广州，便开启了中英之间的又一轮误会与冲突，而且酿成了一次真正的外交危机。这次，广州十三行行商作为官府和"外夷"的中间人，身不由己地被推到了大国外交的前台。

客观地说，英国政府选派律劳卑出任驻广州商务总监，或许从一开始就是个可悲的错误。律劳卑出自英国望族，先世多为海军大将、政治家及学者，本人也颇有才干与气节。但是，作为外交官，他身上有一个致命的弱点：不熟悉东方事务。他不像托马斯·斯当东这样的中国通，自幼便随同使团访京，成年后又作为东印度公司的代表在广州生活多年，对清朝廷和广州官府、行商都有比较深刻的了解。律劳卑有学识，却失于固执；忠于职守，却不善审时度势，因地制宜。他完全按照西方人的思维方式与大清官府办交涉，不仅让居间调停的十三行行商们十分为难，而且自己也是处处碰壁，最后还搭上了性命。

1834年（道光十四年）7月15日，律劳卑抵达澳门，第二天便马不停蹄地前往广州，入住英国商馆。他这个驻广州商务总监刚一到任，就与大清官府擦出了火花。按照英国外相巴麦尊（John Palmerston，又译巴尔墨斯敦）之嘱，他"须以文书递交广东总督宣告抵任"。可是，他派英国随员给两广总督卢坤送去的官方公文被拒收，根本就无法与官方直接接触和沟通。

两广总督卢坤认为，律劳卑让英国随员直接到总督府送交公文的做法，违反了英国大班的呈文必须由行商代交代办的旧例，乱了规矩。他又派出行商伍秉鉴、卢文蔚（Mowqua）前往英国商馆，对律劳卑进行"政策宣讲"，要求他遵守成规，一切交由行商代理。

律劳卑按照西方外交惯例，拒绝了伍秉鉴、卢文蔚两位行商首领的劝说。他坚持认为自己是英国政府派驻广州的官方代表，不是普通商人，有权要求直接、平等地与大清官员往来。

一边是强硬的总督大人卢坤，一边是固守国际外交准则的英国勋爵律劳卑，广州十三行行商伍秉鉴等人处于中英两国政府之间，奔走斡旋，窘态毕现。

在双方僵持不下之际，总督卢坤于7月30日谕告行商：律劳卑必须即时退出广州，若不奉命，则系公行怠慢，有损国威，惟行商罪。

外国人不听管教便拿中国行商问罪，是大清官府"以商治夷"的惯用手段。行商们为了避免被官府问罪，只好将总督卢坤的谕令如实转告与他们合作的主要英国商人，希望他们能说动律劳卑服从总督的指令，否则，便于8月16日起停止与英商贸易。

面对行商的要挟，律劳卑认为中英贸易对于中国更为重要，不肯就范，仍然坚持要与两广总督对等往来。而卢坤又和林则徐一样，以为中国的茶叶、大黄是英国人的命根子，离了它们一天都活不了，而且朝廷有令，身为大臣不能擅自"交通"外国。双方你来我往，始终意见相距悬殊，都不肯退让半步。广州十三行行商们奔走其间，劳而无功，进退维谷。

见伍秉鉴等行商对态度坚决的律劳卑一筹莫展，卢坤很是不满，即命所有行商封舱歇业，停止与英商贸易，同时派兵围困英国商馆，断绝商馆与外界的联系和饮食供应。

卢坤此举刺激了律劳卑。按照他的西式思维，官兵围困使馆已经接近于战争行为，认为自己和商馆的安全都受到了严重的武力威胁。9月5日，律劳卑派一个信使去见碇泊虎门口外的皇家战舰"伊莫金"号舰长布莱克伍德，请他派12名海军前来护卫商馆，要求他的军舰和僚舰"仙女座"号一起火速驶入黄埔。

英国军舰驶入黄埔水道，与中国炮台发炮互轰。9日英舰进驻黄埔，广州与各国的贸易全面陷入停顿，形势更趋紧张。当时律劳

律劳卑在澳门居住过的房子。

卑患上了疟疾，19日病情加重。21日，律劳卑于无奈中退驻澳门，英舰亦退出黄埔。10月11日，律劳卑在澳门病故。

据说，律劳卑在离开广州前与英国侨商告别时曾经放言："将来必有用武力雪此奇耻大辱，使中国知道尊敬英国官吏，并承认其地位之一日。"

律劳卑去世后，英国方面曾打算派第三个使团去北京交涉，这次他们想起了中国通托马斯·斯当东，希望他出任正使率团出访。这个提议遭到了斯当东本人的反对，几番挫折之后，他大概已经对与清廷谈判失去信心了。

三

为了迷惑对方，战争的爆发往往看似偶然，但它大都不是由某个单纯的诱因引发的，它是双方矛盾持续累积的结果。中国叫做"鸦片战争"，英国称之为"中英战争"或"通商战争"的那场军事冲突，其实有着历史的必然性。中国将之命名为"鸦片战争"，强调的是自己拥有道义上的优势；英国将之定义为"通商战争"，突出的是中英冲突的性质和因由。无论如何，处于中英两国冲突夹缝里的广州十三行行商又得背负起各种罪责了。

鸦片输入中国的历史，可以上溯至公元7世纪到8世纪。唐贞元年间，阿拉伯商人已经带着鸦片前来贩卖，随后中国本土也出现了罂粟的种植和采摘。之后的好几个世纪里，鸦片的使用范围十分有限，大多被上层人士当做炼丹或房中术的药物使用。17世纪，荷兰人将少量鸦片掺入烟草里以增加劲道，中国人开始效仿。17世纪晚期，发展到直接吸食鸦片。因此在清康熙初年，鸦片进口还以药材纳税。乾隆三十年（1765年）以前，每年输入额至多200箱，以自

葡萄牙输入为主。到了乾隆四十六年（1781年），英属东印度公司
取得对华贸易垄断权，而受其管辖的印度、孟加拉又是鸦片产地，
于是进口量日增，吸食者日众。嘉庆元年（1796年），开始明令
禁止入口。道光年间，查禁愈严。但是，此时鸦片不仅已经成为英
国平衡对华贸易的利器，也发展成了大清官员敲诈勒索的又一个财
源，于是，走私量与日俱增。

鸦片作为一种古已有之的毒品或成瘾物，为什么唯独在中国的
清朝时期开始泛滥成灾，禁而不绝呢？梁嘉彬有这样的分析："自
道光元年以来。烟禁愈严，而私售益广，推原其故，盖有二端，一
曰，查拿之人，亦作弊之人。……二曰，外人与行商贸易之利，不
如私运鸦片之利。"①

所谓"查拿之人，亦作弊之人"，不仅指水师将领收受贿赂，
放走私船入口，还发生了水师副将韩肇庆与外国走私商人约定，每
万箱鸦片要送他数百箱上缴邀功请赏，再以水师兵船代运鸦片进口
的恶性事件。如此一来，清朝的水师官兵与走私商人勾结，不仅把
查禁鸦片做成了一笔借机敛财的生意，还弄虚作假，冒领军功，
升官发财两不误。至于"外人与行商贸易之利，不如私运鸦片之
利"，则是不言自明的贸易政策偏差。

由此可见，鸦片在中国成为一种影响广泛的祸害，既源于外国
商人走私逐利，更源于大清王朝垄断权力、财富和官员贪赃枉法。

梁嘉彬的分析判断，也得到了美国商人亨特的证实：

> 鸦片贸易是皇帝的圣旨和广州当局的文告所禁止的，中国人贩
> 卖"洋烟土"要受到斩首的刑罚，但是由于其中存在着完备的贿赂

---

① 梁嘉彬：《广东十三行考》，广东人民出版社2009年版，第185—186页。

制度，以致鸦片通行无阻，而且经常地进行着。虽然有时也会暂时中断，例如在新的地方官到任的时候。接着出现了提高规费的问题，但问题很快就得到解决，除非新上任者的胃口太大……无论如何，很快一切都会满意地得到解决，经纪人又会笑逐颜开，大地上充满着"平安"无事。①

直到 1839年，随着钦差大臣林则徐来到广东，这种"平安无事"的日子眼看就要结束了。

道光十八年十一月十五日（1838年12月31日），道光皇帝发出任命林则徐为钦差大臣的"上谕"："著颁给钦差大臣关防，驰驿前往广东查办海口事件，所有该省水师，兼归节制。"

1839年3月10日，美国旗昌洋行代理人亨特和两位同事站在商馆附近的小帆船上，目睹了钦差大臣的船队到达广州时的情景：早晨8点半，林则徐坐在一只大官船的船头进入人们的视线，他的身后站着几个戴红顶子或蓝顶子的官员。林则徐的座船后面，尾随着一大群各式官船，船上挂着写有主要官衔品级的黑底金字旗。江岸炮台上，有穿着崭新制服的士兵列队肃立。沿途所有街道上的门口和窗户，以及空地上都挤满了人，好奇地观看这难得一见的新奇场面，到处一片寂静。

这种表面上的寂静隐伏着清廷与西方各国在华势力的较量，以及中外商人的惶惑不安。几天之后，随着林则徐率先"亮剑"，广州的局势骤然紧张起来：

---

① ［美］亨特著，冯树铁、沈正邦译：《广州番鬼录：旧中国杂记》，广东人民出版社2009年版，第72页。

林则徐（1785—1850年），福建侯官（今福州）人。1839年受命为钦差大臣赴广州查禁鸦片。*

　　18日，钦差传谕行商，斥责他们包庇鸦片贸易。钦差大人威胁说，如果不立即停止，就要绞死几个；又责备他们纵容居住商馆的外国商贩"吸烟"。他们惊恐万分，其中有一个人说："从未见过这种样子。"他们立即在公所商议，直至深夜。

　　同一天，钦差向外国人发布第一道谕令，命令他们将持有的鸦片全部交出，而且必须具结，不再从事这种贸易，违者处死。事情很清楚，这位钦差大人不可等闲视之。①

广州十三行行商与鸦片贸易的关系，一直是个难下定论的历史

---

① ［美］亨特著，冯树铁、沈正邦译：《广州番鬼录：旧中国杂记》，广东人民出版社2009年版，第137页。

问题。梁嘉彬在其《广东十三行考》里曾说："鸦片贸易，论者每归其罪于行商；经余考证得知，输入鸦片者多属走私商人，而十三行行商中前后仅有三二家经营此宗贸易而已。"他们或许没有直接参与鸦片走私，但是，作为与英美等国资本联系紧密的外贸商人，若深究起来恐怕也很难撇清关系。这时，林则徐便把他们与走私鸦片的外商紧紧绑在了一起，尤其是时任十三行总商的伍秉鉴，更成了他"以商制夷"的抓手。

当时伶仃洋的趸船上有鸦片1.5万箱，在沿海各地有5000余箱，价值超过1200万元。在伍秉鉴等人的奔走劝说下，宝顺洋行的颠地、旗昌洋行的格林等人同意认缴1034箱，价值72.5万元。当他们把这个数字呈报给林则徐时，受到断然拒绝，并要求颠地前去当面解释为何洋商胆敢抗命不遵？

颠地拒绝去拜见林则徐。林则徐便派人锁拿伍秉鉴之子伍绍荣，押往钦差行辕监禁。伍秉鉴救子心切，欲倾其所有财产赎之，反被林则徐摘去了顶戴，并且扬言，如果颠地不来认罪便将其子处死。伍秉鉴只好忍辱继续奔走于钦差和洋商之间，设法缓和双方危机，设法救子。然而，事态的发展并不以他的愿望为转移，心高气傲的钦差大臣还在向洋商步步紧逼。

23日，林则徐下令，各商馆内所有的中国人，从买办到厨子，一律撤出，否则问斩。

24日，英国驻华商务总监（贸易监督）义律从澳门赶到广州。这时，整个十三行商馆区已经被清军包围，不准运入生活物资，也不准一个人走出隔离区，事态极为严重。商馆内的食物和燃料全靠行商设法给他们偷运进去。

面对僵局，义律只好妥协，27日同意将英国商人的所有鸦片全部交出，共计20283箱。在接下来的六个星期里，这些鸦片被分批交给钦差，而洋商依然被困于商馆。30日，义律在致伦敦的公文里这样批评清廷："该国政府竟用挑衅手段，无缘无故地进行危害不列颠人的生命、自由和财产，并危害不列颠王室的尊严。"

直到5月2日，在英商交出15501箱鸦片之后，林则徐才允许部分中国仆役分批返回商馆；5月5日，允许部分洋商离馆；5月21日，20283箱鸦片全部交齐，次日义律便公出告示，通知英国侨民全部撤出广州。到了月底，除了旗昌洋行的美国人仍然留在广州，所有外国人都撤去了澳门。

这价值1200多万元的2万多箱鸦片，成就了一个"虎门销烟"的惊世之举。从6月3日开始，用了近三周时间才算完全销毁。

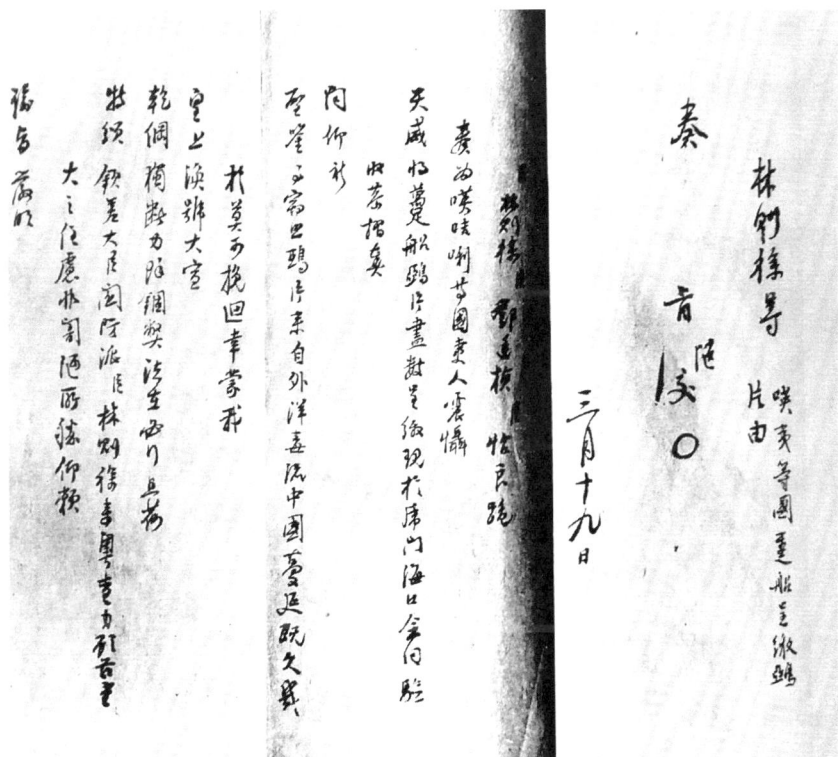

林则徐到达广州后，采取严厉措施，迫使英美鸦片贩子交出鸦片230余万斤，在虎门当众销毁。这是林则徐向道光皇帝汇报销烟情况的奏折。*

林则徐本人对此极为满意。他在给道光皇帝的奏折里这样写道："其远近民人来厂观看者，端节前后愈见其多，无不肃然懔畏。该夷人等倾耳敬听，俯首输诚，察其情形，颇知倾心向化。"

不知道林则徐所说的"倾耳敬听""倾心向化"指的是哪位夷人。不过，林则徐大概真的一度以为，他的禁烟行动就这样以虎门销烟圆满落幕了，从此只要洋商具结不再重新走私鸦片，广州就可以重开贸易了。可是，事实远非如此。

在林则徐禁烟期间，义律即曾多次致信英国外相巴麦尊子爵，敦促英国政府采取行动。4月，英商在广州被围困时，义律写道："阁下，在我看来，对这些不公平的暴力行为，应该给予沉重回击。"英国人全部撤往澳门之后，双方产生的摩擦不是减少了，而是越来越多，甚至发生了造成4艘中国兵船沉没，15人阵亡的"穿鼻之战"。双方的对立在升级。

从1839年夏末到1840年初，随着有关广州纠纷的报告传回伦

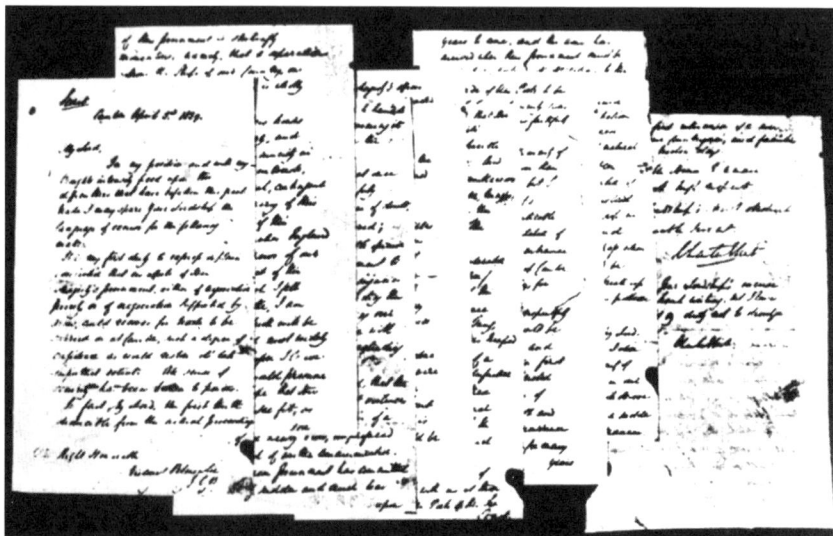

1839年4月，英国驻广州领事查理·义律向英国政府呈送的报告书中建议以武力侵华。*

敦，媒体的报道也越加密集。在《泰晤士报》上，有人要求出兵教训中国，也有人关注鸦片贸易罪恶的一面。

1840年2月20日，外相巴麦尊终于在给清廷的照会里，全面表明了英方的立场和行动计划。巴麦尊称：如果清廷真的希望禁烟法令得到落实，就应该从惩戒自己的官员开始，因为是他们让走私行为逍遥法外，甚至暗中相助，中饱私囊，因此难辞其咎。巴麦尊认为，中国的做法"并不是查封走私鸦片，而是逮捕平和的英国商人，软禁他们，撤走了中国仆役的协助，以饿死相威胁，这种对待英国公民，特别是对王室正式代表义律的野蛮做法违反了国际法"。随后，巴麦尊提出了具体补偿要求。

这回英国没有再考虑派出由外交官率领的使团，而是派出了由义律的堂兄、海军上将懿律率领的强大远征军，它包括装载了540门大炮的16艘战舰、4艘蒸汽战船、27艘运输船和4000名士兵。巴麦尊的照会，便是由这支远征军带往中国的。

为了实现对大清帝国的报复计划，巴麦尊耍了个手腕，他打算等到远征军已经在开赴中国的路上了，才提交议会公开辩论。所以，直到4月7日这个议题才在反对派议员的追问下拿上议会讨论，而且引起了针锋相对的激烈争论。这时，受人尊敬的议员托马斯·斯当东成了一个坚定的主战派，巴麦尊的强力支持者。他说："我们进行鸦片贸易，是否违反了国际法呢？没有。当两广总督用他自己的船运送毒品时，没有人会对外国人也做同样的事情而感到惊讶。"他根据自己对清政府的了解得出结论："尽管令人遗憾，但我还是认为这场战争是正义的，而且是必要的。"

反对派格莱斯顿谴责政府为保护"鸦片走私生意"发动战争。他的发言虽然也引起了一些响应，但是，在国务大臣渲染了英国使节和商人被围困，生命受到威胁，财产被没收、销毁等惨痛遭遇之后，进攻中国的计划获得通过。

于是，一个新兴强国与一个老旧帝国的武力对决，已经不可避免了。

这是一场因贸易纠纷而引发的战争，这是一个近代国家为维护其海外商人的利益发动的武装攻势。狂飙过后，大清帝国和广州十三行行商们都进入了飘摇零落的衰败期。

第八章

化蛹为蝶，广东行商的涅槃之路

　　鸦片战争作为一个分界线，标志着中外贸易关系由番邦来朝的纳贡制，进入了由法律和条约主导的条约制。与此同时清王朝只准一口通商变成了五口通商，由十三行专揽对外贸易的时代结束了。

　　在十三行行商出身的吴健彰主政上海期间，广州十三行行商纷纷借机转型，与外国洋行一起大举北进，进入上海，从而催生了又一个特殊的商人群体：广东买办。广州十三行行商及其他粤商以"买办"的形式在上海异军突起。他们作为中西贸易文化交流的桥梁，深刻地影响了中国的现代化的进程。

从明代初年的牙行，到明中期立客纲、客纪，广州十三行得以萌生；从清康熙二十四年（1685年）设粤海关，十三行获许延续中断已久的海上贸易，到康熙五十九年（1720年）各大行商聚集一堂，歃血为盟，建立统一的公行组织；从乾隆二十二年（1757年）只限广州一口通商，十三行成为唯一与西方保持贸易联系的专商，到鸦片战争后"广州体制"解体。一个始终面向海洋，一个长期致力于沟通中外，一个饱经历史沧桑，一个曾经在国际贸易领域里举足轻重的特殊商人群体，在大清帝国与近代西方列强的全面冲突中，渐渐走到了内外交困的穷途末路中。十三行行商们向何处去，粤商向何处去？是就此沉沦，绝迹商海，还是顺时应势，开辟出柳暗花明的新天地？这不仅关系到粤商能否继续保持在中国商界的前沿先导地位，也势将影响中国与西方近代国家的关系走向，以及从传统社会向近代化、现代化转型的历史进程。毕竟，他们已经积累了数百年的对外交往经验，是一群最接近西方、最了解近代文明的中国人。

在皇权专制的清朝，对外贸易从来就不是一项单纯的商业活动，它是天朝上国的"怀柔远人"，笼络、控制藩邦外夷的手段，它是皇家专享的财源，它是大小官吏中饱私囊的钱袋子。而具体从事对外贸易的广州十三行行商们，说好听点是"钦命"专商，实际本质上则不过是一些被皇室及达官贵人控制的"商奴"，是他们垄断国际贸易的驯服工具。十三行行商的兴衰沉浮完全由官府左右，连身家性命都遭到绑架，难以自主。他们渴望改变现状，却无力掌握自己的命运，只能在朝廷、官府、英美"外夷"等各种权力板块的缝隙间，寻觅一线生机，寻找摆脱体制困境的突破点。

没有商业贸易自由，商人就成了权力的附庸。他们的路，只会越走越窄，直至被体制窒息。广东的对外贸易经过清初几番海禁之后，一度迎来了爆发式增长。在西方诸国对丝绸、茶叶等中国物品的追捧热潮里，广州十三行行商们抓住商机，以诚待人，与英国大班紧密合作，迅速在国际商界里崛起，成为一股举足轻重的中国力量。然而，这始终是一项危险的游戏。行商们为获取对外贸易权，首先要以高昂的代价与权力进行交易。他们一方面要对朝廷"承保税饷"，让"天子南库"充盈不竭；另一方面还要全力满足大小官吏的贪欲，应付各种名目的敲诈勒索。结果只能是欲壑难填，行商不堪重负。尤其到了"嘉道中衰时期"，许多行商陷入了难以为继的经营困境，纷纷要求退办行务。

与权力交易，就如同与魔鬼交易，都具有难以抗逆的强制性。成为行商难，辞任行商更难。那些在官府压榨下已近油尽灯枯的经营者，必须先清偿债务和多年积累的欠饷、罚金，然后才能申请退办行务。而海关监督为了保证税源和自己的灰色收入，往往对退办者百般刁难，拒绝他们的辞呈，强令其继续经营。行商被套上了难以摆脱的枷锁，只能借债勉强支撑，直至宣告破产，继之被收监、抄家，甚至被发配伊犁。

今天，人们在谈起十三行行商的时候，往往喜欢渲染他们是如何的富有，生活如何豪奢，却很少提及他们的生存状态是如何的艰难。戴着镣铐跳舞，是他们毫不夸张的真实处境。乾隆六十年（1795年）而益行行商石中和（Shy Kinqua）拖欠16万元税饷，被锁拿下狱。即使石中和在每次提审时都叩头求饶，他的弟弟还是被判充军伊犁。他本人则因无力清偿欠款，被披枷载锁，长期囚禁，后来终于因不堪承受鞭挞等酷刑，惨死狱中。嘉庆二十一年（1816年），英国商人不理会清廷要求所有公文必须经行商转交的规定，独自到广州城门口投递"禀帖"，触怒了总督大人。结果这位盛怒的总督大人，竟然把所有与这位英商有关系的买办、通事等人全部捉进监牢，严刑拷打。而且，把广利行行商卢茂官锁在公堂上示众，以此向英国商人施压。卢茂官是地位仅低于伍秉鉴的行商公行领袖，此时竟然成了清朝官府向英国人示威的人质。

行商制度或曰"广州体制"于鸦片战争后彻底崩解。在此之前，它实际上就已经进入了衰败期，而精明的行商如伍秉鉴这样的行商领袖，也早早地就开始了自我转型的艰难努力。

道光六年（1826年），伍秉鉴萌生去意，多次请求退办行务。在向海关监督行贿五十万元之后，终于获得恩准。官方虽然在名义上允许伍秉鉴退出，但伍秉鉴的怡和行不能歇业，应交的税饷、杂费、规礼一分都不能少。被逼无奈，他的第四子伍受昌只好子继父业，成为第三代"伍浩官"。

道光十三年（1833年），英国东印度公司失去对华贸易垄断权，遂告解散，撤出广州，十三行行商们又面临着新的变局。从此，来华贸易的都是英国及印度的散商，鱼龙混杂，良莠参差，而且缺乏有效的组织和管控，中英之间的贸易、外交摩擦也由此骤然加剧。也就是在这一年，伍秉鉴通知与他长期合作的英国大班：近年来一直替他代理行务的第四子伍受昌不幸病故，第五子伍绍荣（崇曜）尚在北京未归，第六子年仅十岁，后继乏人，从此不打算再做买卖了。其实，这只是他审时度势，全面结束对英贸易的托辞。他是想要以此为契机，调整自己的业务发展方向，为自己寻找安全的着陆点。

伍秉鉴可以不和英国人做买卖，却不能不向官府交纳税银及各项规费。于是，生意还得继续做，他只是把所有业务都转向了美国旗昌洋行，对外贸易全由这一家洋行代理。在他看来，与后来居上的美国人合作才能应对英国、印度的散商们大量涌入后出现的混乱局面，摆脱复杂多变的经营困境。

　　伍秉鉴成功度过了因英国东印度公司退出后形成的乱局。1834年，他拥有的各项资产总计2600万银元，达到事业的顶峰。但是，几年后发生的鸦片战争却让他陷入了难以自拔的险境。不仅是伍秉鉴和广州十三行行商们，整个大清帝国都因此面临着异常深重的危机。

　　危机也是转机，在这个旧帝国被迫向近代化转型的同时，以行商们为代表的粤商群体也迎来了前所未有的变革时代。他们凭借传统官僚士大夫普遍缺乏的国际视野，独领风气之先，成为探索中国近代化道路的先驱。

　　据说，道光皇帝心中有四位最为得意的封疆大吏：直隶总督琦善，湖广总督林则徐，两江总督陶澍和云贵总督伊里布。在鸦片战争爆发初期，他们中的前两位都曾经作为钦差大臣被派到广州去处理中英纠纷。林则徐的人品才学自不待言，就连被后人贴上"卖国贼"标签的琦善也绝非等闲之辈。在去广东之前，他是一等侯爵，文渊阁大学士，素以办事果敢敏捷著称，作为直隶总督替道光皇帝掌握着京畿周边的核心重地。可是，这两位朝廷重臣都栽在了广东。到广州禁烟的林则徐因"办理终无实济，转致别生事端，误国病民"，被流放伊犁。至于琦善，则因擅自订立《穿鼻草约》被"革职锁拿，查抄家产"，贬到了山高皇帝远的西藏任驻藏大臣。他们从钦差到钦犯，竟然也重蹈了那些破产行商的覆辙，步其后尘走到了流落边陲的境地。在皇权专制的淫威下，无论商人还是官僚士大夫，他们没有一个人是真正安全的，都处在前途难测的险境里。

由于对来自西方的"化外蛮夷"缺乏最基本的了解，道光皇帝的对英策略从一开始便在"剿"与"抚"之间徘徊不定。先是重用主"剿"的林则徐，销毁鸦片，包围商馆，摆开阵势要与英国人兵戎相见。作为大清帝国万人之上的皇上，竟误以为英国人离开了中国的茶叶、大黄就活不下去了，甚至荒诞地听信那些不学无术官员们的胡说，把英国士兵作战使用的绑腿，说成是"腿足裹缠""屈伸皆所不便"，到了岸上一推就倒。结果直到两军真正交锋，才发现"一推就倒"的其实是自己节节败退的清兵。

1840年6月，来势汹汹的英国远征军到达中国海面，留下小部分船只封锁广州，主力舰队和义律一起沿海岸线北上，先占领舟山群岛，封锁宁波及长江口。随后舰队又一路高歌猛进，8月份到达天津白河口，向清廷递交英国外相巴麦尊的照会，强硬指责钦差大臣林则徐及广东官府侵害英国人的财产，威胁英国人的生命安全，提出了包括赔偿损失在内的一系列要求。

见英军已经兵临天津城下，危及京师，道光皇帝这才慌了手脚，埋怨林则徐在禁烟中"别生事端"，要"重治其罪"。同时，改剿为抚，派他更为信任的满人总督琦善为钦差大臣，与英国驻华商务总监也是英方全权代表义律议和。

琦善也曾主"剿"，可是自从他在白河口见识了英军的坚船利炮之后，内心深受震撼，彻底改变了自己的立场，转而不惜一切地致力于"抚"。

无论主"剿"派还是主"抚"派，他们在本质上都是忠于朝廷的，都想保住大清的江山和尊严。所以，琦善告诉义律，鉴于事端起于广州，最好还是回到广州去谈判。事实上，他只是想让英军远离京城，保障朝廷的安全。他的目的达到了，义律让英国舰队撤离天津海域，双方回到广东继续谈判。

虽然同样主"抚"，待在皇宫里的道光皇帝与直接面对义律的琦善还是有着不小的差距。或许是由于翻译的问题，或许是出于传统思维定式，道光皇帝竟然将巴麦尊措辞严厉的外交照会，视同洪任辉之类的"负屈"外藩前来"告御状"的折子，以为只要撤了林则徐，允许英国人回到广州继续通商，再赏他们点银子作为销毁鸦片的补偿，就算给足了英国人的面子了。至于英方提出的"提供一处或多处沿海岛屿，作为英国臣民居留和贸易之所，免受人身干扰，确保财产安全"等其他要求，他根本没当回事。

在道光皇帝的满朝文武当中，大概只有琦善准确判断出了英军的实力，而且敢于将自己的观点如实讲出来。但是对于毫无自知之明的道光皇帝和那些以主"剿"显示"忠心"的人来说，他的真诚就成了怯懦，成了长别人的志气，灭自己的威风之举。

明知敌强我弱，又想保住"天朝"的尊严，琦善只能和义律软磨硬泡，委曲求全。在交涉开始后，琦善只同意赔偿烟价款500万元，被义律拒绝后，又让步为600万元，但在割让香港问题上陷入僵局，谈判破裂。1841年1月7日，英国舰队进攻虎门炮台，造成大量死伤，琦善被迫重启谈判，顶着压力再次做出让步。20日，义律单方面宣告与琦善达成草约（琦善尚未在《穿鼻草约》上签字）：重开中英贸易，割让香港给英国，赔偿英国600万元。

这是一个让中英两国政府都极为不满的草约。清廷认为让步太多，有损"天威"，琦善因此被革职问罪，道光皇帝也由主"抚"又变为主"剿"，派皇室宗亲奕山为靖逆将军到广州指挥对英作战。同时，英国方面则认为义律用兵不力，获益过少，将其撤职，改任璞鼎查为全权代表，并派来规模更大的海陆军队，进一步加强军事打击力度。因此，《穿鼻草约》被废，两国战事全开。

广州十三行行商们作为一群依赖对外贸易为生的商人，中英之间的冲突越激烈，他们的处境就越艰难。他们最了解"夷情"，也与外商联系最为紧密，无论他们如何向朝廷和官府表示效忠，在某些人看来总是显得可疑，都是不值得信任的。主"剿"的林则徐来到广东销烟，采用"以商制夷"的办法，先指责他们包庇鸦片贸易，然后就抓了伍秉鉴的儿子伍绍荣。主"抚"的琦善与林则徐不同。他倒不认为行商们是英国人的同谋，因为他经过调查后发现，除了伍秉鉴等极少数行商外，大多数行商都还欠着英国人的巨额借款，因此"犹且乐于打仗，冀图赖账"。取代琦善来广东主事的靖逆将军奕山又有不同，这个要用"马桶阵"熏死英军的酒囊饭袋"防民甚于防寇"，对整个广东人们都怀有极深的地域偏见，竟说什么"粤民皆汉奸，粤兵皆贼党"。仅凭这句话，他对广东行商们的态度就可想而知了。

其实，行商与英国商人之间的关系既是复杂的，也是不断变化的。在丝绸茶叶贸易繁荣的黄金时代，作为共同左右世界海上贸易格局的合作伙伴，中国行商们与英国东印度公司大班曾经建立了深厚的友谊。乾隆四十八年（1783年），有1402担茶叶因不符合英国方面的质量要求被英商退货，广东行商们为了维护信誉，立即重新组织货源，保证了供货，此举赢得了英国大班的尊重，也为行商们建立了国际声誉。乾隆五十八年（1793年），行商与大班之间的关系达到了互相信赖的新高度。以前行商们对英国东印度公司补偿茶叶在运输过程中造成的损耗的要求，都毫不犹豫地予以接受，从这一年开始，他们出于对英国大班的信任，又对出口生丝也采用同样的补偿办法。作为回报，英国大班在茶叶、生丝等货品跌价的年份，仍然按照原价或高于市价收买，以保证行商们的利润。到嘉庆年间，"商欠"问题开始爆发，行商们普遍遭遇经营困难，积累的欠款难以偿清，英国东印度公司也屡屡出手相助。嘉庆十四年

（1809年），行商倪秉安及郑崇谦都到了破产边缘。英国东印度公司为了救济这两家行商，不仅让他们继续经销英国毛织品，还和他们签订巨额茶叶进口合约，使他们每年都能盈利17万两左右。经过长达六年的持续扶持，这两家行商才最终偿清拖欠官府及官吏的饷银、杂费和规礼。嘉庆十九年（1814年），行商们十之八九都濒于破产，英国东印度公司专门准备了22.6万两白银作为援助基金，为行商纾难解困。而且，对粤海关监督要求公布行商们所欠外债详细账目的指令，英国东印度公司也屡次拒绝，认为所有账目一经公开，必将动摇行商在国内外商界的信用，这无异于雪上加霜，他们怕是连翻身的机会都没有了。嘉庆二十二年（1817年），伍秉鉴放款接济福隆行、丽泉行等七家行商，英国东印度公司不仅出面担保，还跟随伍秉鉴一起行动，也向行商放款，让他们得以足额交纳欠饷。一直到道光初年，由于行商在"商欠"危机中越陷越深，这些常规性的扶持措施已经无济于事了，英国东印度公司才渐渐失去了援助热情。

道光十三年（1833年），英国东印度公司撤出，大量英国及印度散商，即所谓的"港脚商人"涌入广州，情况开始变得异常混乱。中外商人之间的关系也逐渐恶化。英国散商大多靠的是走私鸦片起家，桀骜不羁，胆大妄为；来自印度的散商主要是"巴斯商人"（Parsi，又译帕西商人），他们虽然也以"英王陛下的臣民"自居，但其实都是早年移居印度的波斯人，因为好以白布缠头，因此又被广东人称作"白头回"或"白头鬼"，以区别于英国"红毛鬼"。巴斯商人比英国散商更加贪婪狡诈，不仅肆无忌惮地大量走私鸦片，而且是臭名昭著的放高利贷者。他们以6%—12%的较高利率把印度的存款吸收到中国来，然后以12%—20%，甚至于40%的利息贷给行商或其他中国商人，通过榨取中国商人的血汗钱牟取暴利。巴斯商人的恶名，在今天的粤语里还留有痕迹。在香港和澳门，把放高利贷者俗称为"大耳窿"，这种称谓就与巴斯商人有关。据说香港开埠之初，经营高利贷的多是巴斯等印度商人。他们都戴着大耳环，因此耳朵必须穿两个窟窿。以后香港和澳门的中国人就把放高利贷者称为"大耳窿"，一直延续至今。

由英国东印度公司专事对华贸易时的互相信任、互相提携，到"港脚商人"涌来后的备受倾轧，行商们与英国、印度商人的关系已经发生了根本性的变化。这种变化从行商首领伍秉鉴停止与英商合作，将海外业务全交给美国旗昌洋行代理的转型中得到了明确体现。但是，无论是哪个历史时期，行商们的主要压力都是来自朝廷和官府。一方面，朝廷和官府苛索无度才导致行商们不堪重负、欠债经营；另一方面，当行商与外商发生经济纠纷时，从皇帝到官吏，不问原委，只会对行商"重治其罪"，或锁拿威逼，或查没家产，生怕"贻笑外夷"。这种担心"贻笑外夷"的心理，成了巴斯商人欺诈中国行商的有力保障。

鸦片战争作为一个分界线，它不仅是英国迫使大清帝国向近代国家转型的分界线，也是一个国家对本国商人取态的分界线。清廷唯恐"贻笑外夷"，对广州十三行行商们一味索取苛责，甚至将他们当成罪犯锁拿拷打，发配边陲；英国却为保护本国商人的利益不惜劳师远征，发动战争。

靖逆将军奕山到达广州后，一边推动战事升级，一边又以粤民为寇，广州十三行行商们的处境更趋窘困。具有讽刺意味的是，无论是大清皇帝派来的钦差大臣，还是各路"将军"，说到底也只会在中国人面前施展一下淫威。他们既缺乏和平谈判的近代外交素养，又没有领军抵抗外侮的能力。危机时刻，其实常常是凭借十三行行商们的付出和斡旋，才在鸦片战争中保证广州城池不失，解救百姓脱离战火之苦。

1841年5月21日，奕山指挥清兵分三路出击失利，却给英军提供了全面反扑的可乘之机。英国远征军陆军司令卧乌古爵士就势挥师进攻广州城，清兵一击即溃，一边败逃一边沿途劫掠百姓，英军顺利占领城北各炮台。清兵退入广州城里后，又为争抢粮食发生内讧，秩序大乱，百姓深陷水火，苦不堪言。与此同时，英军利用炮台居高临下炮击城内各衙门，水上战舰也向城里连连发炮。26日早晨，奕山的住所被炮弹击中，他立即派人在城头挂起白旗，宣布投降。仅仅一天之后，奕山便与义律签订了《广州和约》，主要内容有中方向英军缴交600万元的"赎城款"，赔偿英国商馆损失费30万元，奕山等人率领的外省清兵退出广州城60英里以外等条款。

广州城躲过了鸦片战争开始以来的第一次沦陷危机，这座历史悠久的国际商都总算逃过了一劫。但是，高达600万元的赎城款如何筹措？官府首先想到的还是十三行的行商们。

自中英关系破裂，一步步进入战争状态之后，行商们的处境更趋艰难。无论是战是和，他们都得作为官府的提款机。战，他们要提供军需；和，他们要筹措赔款。同时，还要蒙受包庇外夷、沟通敌国等诸多指责。

鸦片战争中著名的主战场之一虎门炮台，就是十三行行商们捐资六万两白银修建的。如今炮台失陷，英军兵临广州城下，又要他们出钱赎城。这就是行商们在这场战争中的处境。

仅仅赎城款一项，行商们共捐资200万元，占了总数的三分之一。其中，伍秉鉴一人就出了110万元。在这场战争中，伍秉鉴一家为修炮台、造火炮、供军需，以及购买美国新式帆船"伶仃洋"号，总共耗资数百万元。这对于拥有2600万元的世界首富来说，本不至于伤筋动骨，心生绝望。可是，在官府的屡次责难下，尤其在

为防范英国侵略者的报复，林则徐、关天培等修固虎门要塞各炮台。图为关天培著《筹海初集》中所绘虎门十台全图。*

他的第五子伍绍荣（崇曜）被锁拿下狱之后，他是真的绝望了。他甚至多次放言，愿意把百分之八十的财产全部捐给官府，只求停办怡和行，安享晚年。他至死未能如愿，怡和行不准歇业，还得为大清朝廷继续办下去，还得缴饷、纳税、送"规礼"，以充实"天子南库"和大小官员的钱袋子。这位年逾七旬的老人曾经写信给美国朋友，说他非常想移居美国，过上几天清静日子，只是年纪太大，怕是经受不起海上的波涛颠簸了。

1843年9月4日，在《南京条约》签订刚满一年之际，74岁的伍秉鉴在广州去世。作为十三行行商的领军人物，作为最后一位"总商"，伍秉鉴的故去具有强烈的象征意义：那个属于广州，属于行商们的中西贸易时代，就此寿终正寝了。

伍氏家族从崛起、辉煌到最终衰败，几乎完整地反映了广州十三行的历史发展轨迹。乾隆四十七年（1782年），伍秉鉴的父亲伍国莹以潘氏同文行的账房初为中外商界认知；乾隆四十九年（1784年），伍国莹始设怡和行，成为十三行行商之一。伍国莹去世后，其第二子伍秉钧曾短期主理过怡和行行务；嘉庆六年（1801年），伍秉钧病故，伍国莹第三子伍秉鉴全面接手怡和行，成为第二代"伍浩官"。伍秉鉴继承了父兄留下的事业，却取得了远远超越父兄及所有广州十三行行商的伟大成就。

即使已经有了父兄的两代经营，当初的怡和行也只能在众行商中位列三四而已。伍秉鉴接手行务后，紧紧抓住全球兴起的茶叶贸易商机，在欧美市场上打造了以"浩官"（HOUQUA）为商标的功夫茶、熙春茶等著名品牌。随后，他又独具慧眼，透过英国东印度公司、美国旗昌洋行等国际财团，将投资范围扩展到了远洋运输、美国铁路、矿山、国际证券等多种新兴行业，成为中国第一个被世界尊敬的超级富豪。令人惋惜的是，伍秉鉴能超越前辈，超越国界，却始终无法超越令人窒息的清朝政治经济体制。他建立起来的、属于中国人的跨国商业集团刚具雏形，就永远失去了继续发展的机会。

人们常说，中国人富不过三代。它既有商人自身的局限，也有大众社会环境因素。其中之一便是清朝这种体制不可能让你无惊无险地富下去。伍氏家族三代而衰，就是证明了清朝这个体制的致命弊端。

三

与义律商谈《穿鼻草约》的琦善被贬为驻藏大臣之后，在拉萨遇到了从法国来的古伯察神甫。他大概把金发碧眼的法国人当成了义律的同胞，满怀同情地对古伯察说："可怜的义律真倒霉，他是个好人啊。"琦善以为义律比自己更惨，因为在和谈中向对方让步过多，回国之后可能就被杀头了。古伯察向琦善解释，在欧洲国家，一个政府官员是不会因为公务上的过失随便被处死的。琦善惊讶不已，对西方政治文明开始有了初步的认识。

义律走了，接替他的英国全权代表璞鼎查来了。这是一个真正的"狠角色"。他到澳门不久，即率舰队北上，一路摧城拔寨，先后攻占了厦门、舟山、镇海、宁波、吴淞、乍浦和上海。在此之前，北京官员普遍严重低估了英国的军事实力，还纷纷嘲笑主张和谈的琦善怯懦，现在目睹英军攻无不克，清军节节败退，他们才终于认识到了一支训练有素、指挥得当、补给充足，而且拥有现代化枪支、火炮、战舰的军队是多么可怕。

1842年7月初，73艘英国军舰沿吴淞口溯长江西上，20日，舰队抵达镇江。在先前接连轻易攻克数城之后，英军在这里遭到了意料之外的阻击。数千守军"顽强抵抗，寸土不让"，尽管清兵以血肉之躯抵抗着英军的洋枪火炮，斗志极高，但仍然很快就和其他地方一样，败于装备先进的英军手下，全城沦陷。

镇江地处长江与京杭大运河交汇处，历来是兵家必争之地。英军占据这一战略要冲之后，便控制了中国内陆交通和通信两大动脉。随着英国舰队继续向南京逼进，清廷陷入一片惶惑不安之中。始终在"剿""抚"之间摇摆不定的道光皇帝见英军一路攻城略地，尤为恐惧，担心战火继续蔓延，危及京城。当英国舰队在下关江面摆开阵势，将炮口对准南京城的时候，他彻底丧失了抵抗意志，命钦差大臣耆英、伊里布和两江总督牛鉴再与英军议和。

1842年8月29日，英国全权代表璞鼎查与钦差大臣耆英、伊里布和两江总督牛鉴签订了《南京条约》（旧称《江宁条约》）。自从马戛尔尼使团访华以来，或者说自从商人洪任辉北上闯关"告御状"以来，英国人持续追求多年的目标全部实现了：开放广州、福州、厦门、宁波、上海等五处口岸，"贸易通商无碍"；割让香港岛，由英国人立法治理；废除公行垄断贸易的"广州体制"，商人交易自由；确定统一的出口、进口税费；两国官员通信平等往来，无需中间人转交。至于赔款，清廷除了要补偿600万元鸦片烟价款外，还要补偿水陆军费1200万元及行商们累欠英商债务300万元，总计2100万元。

对于鸦片战争，对于《南京条约》，已经有了许多泛政治化的讲述和解读。在这个突出强调中国饱受强敌欺凌，以悲情和愤恨填充的话语体系里，"割地赔款"作为关键词被从众多条文里提取出来，着力渲染。其实，除了被有意着重化的"割地赔款"之外，从历史唯物主义的角度看，《南京条约》对清朝时期的社会经济影响是多方面的，甚至是划时代的。它标志着中外关系由藩邦来朝的纳贡制，进入了由法律和条约主导的条约制。与此相应，货物流动、交易形态也从传统的朝贡贸易、市舶贸易，变成了条约保护下的自由贸易，在五个已经承诺开放的口岸，清廷必须接受世界资本主义新秩序，"贸易通商无碍"。

1844年，清廷又分别与美国签订《望厦条约》，与法国签订

1842年8月29日，清政府被迫与英国签订中国近代史上第一个不平等条约——《中英南京条约》。条约主要内容有割让香港、五口通商、赔款2100万元等。*

《黄埔条约》。条约内容基本和《南京条约》一样，除了不涉及割让香港和战争赔款外，美、法两国享有与英国同等权利，而且还增加了一些新的要求。例如，居住在五个通商口岸的外国人可以建造房屋，设立医院、教堂，开辟墓地，为医生和传教士进入中国提供了法律保证。此外，美国人雇佣中国老师学习汉语也不再是犯罪；治外法权不仅适用于民事案件，也适用于刑事案件等等。总之，清朝与西方各国之间的关系全面进入了"条约时代"。

大清帝国以一个战败者的身份，被迫在文字上承认了西方主导的国际外交与贸易规则，只准广州一口通商，由粤海关委托、监管十三行专揽对外贸易的时代看上去是就此结束了。这对于那些早想退办行务却又欲罢不能的行商们来说，也许是个求之不得的解脱。然而，转型总是要伴随着阵痛的，作为一个维系了上百年的对外贸易模式，它早已经形成了既定的利益格局，任何实质性的变革都难免阻力重重。大清皇室还想保住这个财源滚滚的"天子南库"，官员们还想一如既往地收受"规礼"，商人们还得继续在广州这个口岸做买卖，如此等等，使广州成了抵制《南京条约》的堡垒。

在条约签订后的十多年里，英、美、法三国常常因为清政府未能充分落实协议中的一些条款而大为光火。英国人在进入上海、福州等新开口岸的过程中都曾遇到过排斥和刁难，几经周折才把领事馆建立起来。作为传统通商口岸的广州，对英国人进城的反应尤其激烈，想方设法予以阻止。道光二十九年（1849年），《南京条约》已经签订了七年，英国人再次要求践约入城。总督徐广缙、巡抚叶名琛坚决抵制，动员商民捐款数十万元，招募乡勇，设置栅栏，严防死守。按照"以商制夷"的惯例，十三行行商们再次成为官府对付夷人的利器。由于十三行设在广州城外，英国人进城与否，原本与十三行贸易无关，但是众行商还是共同议定暂停交易，直到英国人放弃进城的要求才能恢复通商，如有违约者，所有行商将共同受罚。中英关系陷入僵持，贸易全面停滞。经过两个多月的贸易封锁，英国人被迫暂时放弃了进城的想法。事后，徐广缙、叶名琛对众行商"踊跃从事""急公向上之忱"，"优加襄奖"，给他们发了许多匾额。这是广州十三行最后一次以商团的形式在对外交涉中采取一致行动，也是他们最后一次利用群体的影响力帮助官府摆脱外交窘境。

从表面上看，徐广缙和叶名琛在这个回合的对英较量中算是胜利了，"英夷罢议入城"。可是，矛盾并没有化解，反而因此越积越深。由于摩擦不断，还发生了暴力冲突，英、美、法三国多次要求重启谈判，修订条约，却被清廷一概拒绝。事态的发展让越来越多的西方人认为：若想在中国达到目的，唯一的方式就是诉诸武力。现在，他们已经开始耐心地寻找开战的时机了。

1856年10月8日，广东水师登上悬挂英国国旗的中国船只"亚罗"号搜捕疑似海盗。英国人以国旗被清兵撕扯、侮辱为由，要求已任两广总督的叶名琛道歉。23日，英舰驶入珠江口，进逼广州。27日，炮击总督府。英军一度攻入城内，搜寻叶名琛未果后撤出。12月15日，一些广州民众见英军炮舰退去，不问青红皂白，纵火焚烧"夷人"居室泄愤，广州十三行尽成焦土，从此化为乌有。英国人逼迫清廷废除了公行制度，中国人一把火毁掉了十三行商馆。曾经辉煌无限的"金街"消失了，中国对外贸易的行商时代彻底落下了大幕。

同样是1856年，法国神父马赖被广西西林县知县处死，引发了"西林教案"，让法国也找到了向清政府发动战争的借口。于是，英法两国组成联军，首先向广州发起攻击。

咸丰七年十一月十二日（1857年12月27日），英国驻香港总

两广总督叶名琛。英军占领广州后，将其俘往印度加尔各答囚禁而死。英法联军另扶植广东巡抚柏贵等为傀儡，统治广州达四年之久。*

督会同法、美两国公使在广州城外张榜公告，将于二十四小时内破城，劝城内商民设法回避。28日一早，众炮齐发，轰炸总督府，"开花弹芒焰四射，火箭入南门，延烧市廛，火光烛天，阖城鼎沸"。叶名琛换上便装转移到粤华书院，组织清兵抵抗。29日，英法联军控制城内各炮台，广州失陷。危急关头，巡抚柏贵又想起了旧时的十三行行商，立即派人去找伍绍荣（崇曜）等人，让他们出面去与英法联军议和。

在过去许多年里，清廷一直以居高临下的姿态视西方各国为蛮夷。十三行行商作为朝廷与"蛮夷"之间的主要媒介，承担起了清廷叫做"夷务"、西方人称为"外交"的具体事务。如今，十三行已经化作灰烬，旧行商们纷纷办起茶行成了"绅商"，官府在一筹莫展之际，还得要他们出面收拾残局。

在关系到广州城安危的战火中，伍绍荣和他的父亲伍秉鉴一样，又开始冒着各种风险四处奔走，往来斡旋。30日，英法联军发出"安民告示"，声明此番攻城主要是针对总督叶名琛，无意惊扰商民。结果，叶名琛被英军抓获，而城中百姓没有受到过多侵害。此后的许多年里，伍绍荣等人议和解困广州城，已经被当成一个"故事"在父老乡亲间口耳相传。曾经纵横商海的伍氏族人，以民间传说的形式走进了当地百姓的记忆深处。

英法联军占领广州时，是在副督统双喜衙署内抓获叶名琛的，后英军将他押往停泊在香港的军舰"无畏"号上。48天后，"无畏"号驶离香港。英国人将叶名琛送往印度加尔各答，先将其囚禁在威廉炮台，后又迁往托里贡的住宅，叶名琛自备粮食，不吃英人的食物。日诵《吕祖经》不辍，自书"海上苏武"。次年二月二十九日得病不食，至三月初七戌时（4月9日），死于囚所。有一种说法是叶的自备粮食尽空后绝食而死。后英国人将他的尸体运回中国。中国近代历史上著名的思想家、外交家和资产阶级早期维新派代表人物薛福成，说叶名琛为"六不总督"："不战、不和、不守、不死、不降、不走。相臣度量，疆臣抱负，古之所无，今亦罕有。"

第二次鸦片战争（英国人称之为"亚罗号战争"或"英法对华远征"）之后，广州十三行行商们无论是作为一个商团还是个人，都退出了政治经济舞台。世界变了，行商作为清廷的敛财工具主导对外贸易的时代也结束了。与此同时，随着上海开埠和西方各国对华贸易重心的北移，粤商大举向北扩张的时代来临了。这次大规模的粤商北进，重塑了中国经济格局，对中国的近代化产生了无法估量的影响。

三

鸦片战争打破了广州"一口通商"的贸易格局，也粉碎了清朝政府让来华"夷人"远离中原腹地和北方政治中心，把他们严格限制在南海一隅的如意算盘。以英、美、法三国为代表的西方势力，通过五个通商口岸开始向全国渗透。钦差大臣耆英曾说，广州是新秩序的"头"，上海是"尾"。这显然是他的判断失误，从现在开始，就要首尾颠倒了。中国与世界的交往模式，由清廷主导的"广州体制"，向以上海为实验田的"条约制"转化。大清王朝与西方各国关系发生了颠覆性调整，这为早已陷入经营困境的广州十三行行商们提供了新的选择：借助上海这个新兴对外贸易平台，发挥多年积累的"广东经验"，重振粤商声威。

清朝时期的广东商人远比那些目光短浅的官僚更了解世界发展趋势。早在十年前，在英国东印度公司全面撤出中国的时候，伍秉鉴等十三行行商就预感到清廷控制的"广州体制"必将走向衰落，纷纷开始寻找新的出路。这是一个广州十三行商团逐步分化的过程，也是一个重生的过程。伍秉鉴通过放弃与英商合作，转而全方位拓展美国业务，与旗昌洋行结成了新的贸易伙伴，使他在中英冲突爆发前成功避险，为自己的巨额资本找到了比较安全的落脚点。而许多实力有限的中小行商和散商，则是设法将自己的业务向内地转移，另谋生机。结果便造成了一个让人惊奇的现象，在《南京条约》签订后，当英国人抵达那几个新开口岸的时候，发现广东商人早已经在那里等着他们了。粤商，凭借对国际趋势的观察与把握，对中西文化的认识与了解，成为让世界走进中国，让中国融入世界的重要推手。官方主导的"广州体制"，转化成了商人自己的"广东经验"，与粤商的北进过程一起推向全国。

1843年11月8日晚，一艘英国小型轮船驶入被沉沉夜色笼罩的黄浦江，在上海城墙边下锚泊定。这艘刚刚抵达目的地的夜航船，送来了英军驻印度炮兵上尉乔治·巴富尔（George Balfour，1809—1894年），他就是首任英国驻上海领事，受命根据《南京条约》来打开上海对外通商的大门。作为一个年轻的英国军官，巴富尔的东方履历主要集中在印度，对中国基本是陌生的。他的随从人员也十分有限，一位医生、一名秘书和一个担任翻译的传教士麦华陀，这寥寥数人就构成了他的领事团队。巴富尔唯一的优势大概就是年轻，因为年轻而雄心勃勃，勇往直前。

对于这些来自西方的不速之客，上海的反应十分冷淡，当晚巴富尔等人只能在船上过夜。这并没有影响他们对未来的信心和热情，晚餐时，他们不断为"口岸强盛和辉煌的远景"干杯。虽然，他们面对的还只是一道厚重、坚硬的上海老城墙。

第二天，上海道台宫慕久听说英国领事已临城下，便随便派了几顶陈旧的轿子前去相迎。英国人上岸了！好奇的上海民众倾巢而出，像围观怪物一样拥向道路两侧。巴富尔等人坐着轿子，穿过人

1843年上海开埠后，最早来到外滩的洋人在今南京东路河南路一带建的跑马场，这便是南京路的前身。

山人海的民众，摇摇晃晃地进了上海城。这些围观者应该不会想到，他们刚刚见证了一个重要的历史时刻，上海这座小城将从此发生翻天覆地的巨变。

距此十一年前，英国东印度公司商业代表胡夏米乘坐"阿美士德勋爵"号货船由澳门出发，考察中国北方沿海商埠。是他让西方人把目光聚集到了这个恰好位于中国大陆南北之间，又可以经长江深入内陆腹地的海港。据他观察统计，在1832年7月间，一周之内便有400条装载着豆类和面粉的漕运船进入上海港口。胡夏米发现了上海成为东亚主要商业中心的潜力，并主动投书当时的苏松太道台吴其泰，希望获准开放对英贸易。吴其泰当然不敢违背朝廷"一口通商"的禁令，强横地以"原呈掷还"回应胡夏米的通商请求，命令他"遵照旧例回粤贸易"。

当年，胡夏米灰溜溜地离开了上海。如今，英国驻上海领事巴富尔来了。他及其随从人员在万众瞩目中被新任道台宫慕久的轿子抬进了上海道衙门里。

无论是政治立场、文化背景，还是思想观念，宫慕久与巴富尔都有着天壤之别。他们唯一的共同点就是，两个人都不了解对方，都缺乏与对方交涉的实际经验。

宫慕久出生于山东省东平州一个传统的书香之家，自幼接受以科举为目标的儒家教育。1819年他考中举人，随后被派往偏远的云南省为官，1843年3月转任上海道台。

宫慕久是清廷被迫接受国际新秩序，中外关系由"朝贡制"转入"条约制"之后第一任上海道台。有学者认为，选派这样一个毫无对外交涉经验的人出任如此要职，显示了"中国政府的狭隘眼界"。其实，这项任命所反映的还不仅仅是清政府的"狭隘眼界"而已。尽管清廷已经与英国签订了《南京条约》，但是从道光皇帝到朝廷重臣，直至各级地方官吏，脑子里仍然是根深蒂固的"天朝思维"，对于所谓"条约制"，他们既没理解也不适应。

宫慕久到达上海后，首先想到的不是如何熟悉"夷务"，根据条约尽量争取己方利益，而是按照过去的习惯，布置沿海防御工事，准备抵抗"外夷"。结果，巴富尔率领的领事团队来了，他苦心经营的海防工事根本就没派上用场。

虽然宫慕久派人将巴富尔一行迎进了上海道衙门里，但是在心理上对他们是十分抵触的，刚一见面，两人就开始了针锋相对的较量。巴富尔提出，要租赁一幢房子以供英国领馆人员居住和办公，当即就遭到了宫慕久的拒绝。宫慕久和他的下属一致声称，城里没有任何空房子可以租给他们。对于这种不加掩饰的排斥，巴富尔自然不会示弱。他马上以更加极端的言辞加以回应：如果租不到房子，他就在城里搭帐篷。为了防止宫慕久等人进一步刁难，他甚至考虑到了搭建帐篷可能涉及的土地所有权问题：他要把帐篷建在属于公共设施的庙宇庭院里。即便如此，宫慕久等人也丝毫不为所动，只说没房可租，也不许在城里搭帐篷。宫慕久很坚定，巴富尔很顽强。宫慕久的一味回绝，是不可能轻易地将巴富尔打发回去的。他不相信一座上海城里竟无房可租，更不会把所谓不许在城里搭帐篷的禁令当真，他现在毕竟是大英帝国驻上海首任领事，他要带着自己的人到城里去转一转，亲自去找房子。

此时的上海虽然已经是中国南北重要的交通要道，但毕竟还没有成为后来的国际大都市和东亚主要的商业中心，甚至连雏形都没有出现，更没有形成"十里洋场"。上海的民众也没有像广州的民众那样，经过很多年与洋人通商，早已对洋人司空见惯了。仍然还比较封闭的上海老城里的人们，把走上街头的巴富尔这一行金发碧眼的洋人当成怪物般地围观着，巴富尔一干人走到哪里，人群就拥到哪里。

正当他们一次次拔开挡在前面的人群，试图摆脱这些围观者的时候，一位与众不同的人出现了。他衣冠楚楚，一看就与本地民众不同。更重要的是，他与那些表情木然，看西洋景似的指指点点的围观者不同，他的脸上有着难得的笑容。据西方史料记载，他姓顾，广东人，是当时上海老城里数一数二的富商。与上海道台宫慕久对英国领事的百般抵制不同，与上海本地人的袖手旁观不同，这位上海的"外乡人"微笑着向巴富尔发出了令人惊喜的邀请：他在上海城里拥有一座共有52个房间的巨宅，建议巴富尔租用他的房子做领事馆。

对于刚为房子的问题与宫慕久闹得不可开交的巴富尔来说，这位广东商人的盛情相邀无异于雪中送炭。他们一拍即合，当下就达成了租房协议。大英帝国驻上海领事馆有了第一个落脚点，却是在一位广东商人的家里。

关于这位姓顾的广东商人，笔者从国内的史料中查了很久，甚至连他的具体名字都没查到。但是，从他身上我们看到了当时广东商人向上海等内地口岸疾速扩张的总体态势，以及他们对机会的把握能力。

广东顾姓商人的房子虽然很宽敞，可并不安静，每天从早到晚都有许多好奇的人涌进来，观看"夷人"如何工作、吃饭，甚至梳洗。总之，这里成了当地人看西洋景的热闹去处。

11月17日，英国人登陆还不到十天，巴富尔根据《南京条约》正式宣布上海为开放的通商口岸，并开始着手与宫慕久就英国侨民在上海的居住问题展开谈判。到12月底，统计了整个上海的英国侨民的总数只有25人，大部分为前来开拓市场的商人。

被当地人视为异域怪物的巴富尔宣布上海开放为通商口岸的时候，没有任何一个中国官员会想到这个沿江沿海小城将会迎来怎样的发展前景，更不会预见到它在国际贸易中将会占据的重要地位。但是，英国人想到了，广东商人也想到了。对待上海开埠的两种态度，再次反映了清朝官员与广东商人之间的认知差距。

商人的直觉是敏感的，他们往往比官僚士大夫更能看清时代走向，更具有机会意识。尤其是在与西方国家进行贸易交往数百年之后，他们凭着本能发现了上海开埠的商机，并以自己的经验影响着它的发展。

广东商人在主动迎接一个新世界的降临，大清朝廷和大小官僚则在想方设法维护既有体制，"因循而不知变计"。前者顺势而为，风生水起；后者逆流而动，结果总是枉费心机，事与愿违。

上海的外国租界一直被当成西方国家对华殖民侵略的证据而受到鞭笞。其实，这种在上海城墙外开辟"夷人"居住区的制度设计，并非英国人主动提出的，而是源于上海道台宫慕久对"蛮夷"的拒斥。他的本意，是想避免华夷混居，对外国人实行隔离政策，在他的意识里，租界实际上就是隔离区。而且，这也不是他个人的发明创新，只是依循历史上在特定区域设置"番坊""怀远驿"或十三行让外国人聚居的旧例而已。因此，有学者认为，宫慕久为有效限制外国人的活动范围，建议他们到城外的指定区域集中居住，其源头仍然是旧有的广州体制，这才是上海租界的本质。至于那些被外国人租用的土地，在后来逐步发展成为可以豁免中国律例的自治区，是宫慕久完全没有预想到的，也和他的初衷相反。

《南京条约》及其他后继条约虽然赋予了外国人"因继续从事他们的贸易事业不受干扰和限制的居住权"，但并没有说明外国区域、外国租借地或租界的确定概念。根据外国学者对英国有关外交文件的研究，英国首相巴麦尊从未考虑过租借地的地点和确定分界线，首任香港总督璞鼎查也从未想过这些事。因为开埠之初的上海

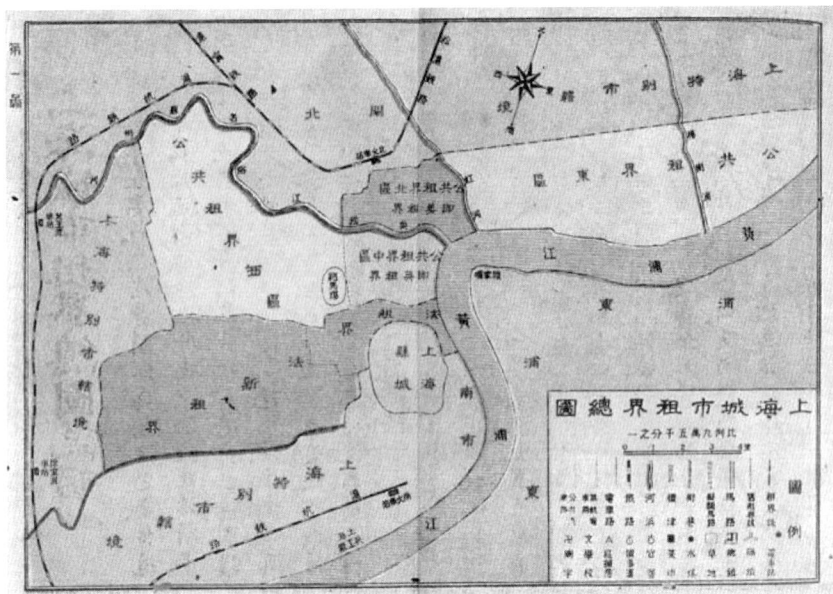

第一篇

上海城市租界总图。

与广州不同，中外之间没有因为入城发生冲突，外国商人和传教士都是在城里租房子住的。而且，直到1849年在上海居住的外国人才达到157人，仅比上海开埠时的1843年增加了100多人，并没有主张建设租借地的迫切需求。可是，宫慕久为了减少上海居民与"蛮夷"之间发生令官府感到棘手的冲突，或者像外国学者猜想的那样，他担忧"蛮夷"的生活方式玷污他信守的儒家道德规范，总之，他早在1845年就拟定了《上海租地章程》（《上海土地章程》）。根据这个"章程"，英国人可以在一片面积为832亩的区域里居住。它位于上海城以北，东侧是停泊着军舰和商船的黄浦江，南边是洋泾浜。看到宫慕久送来的这份"章程"，英国领事巴富尔自然是喜不自禁，他痛快地接受了这一政策，并将它的英文版予以公开发表。到了1848年，英国租界的面积扩大了约三倍，达到2820亩。

英国人意外获得了一片自治区，宫慕久却认为自己推行的分离政策得以"成功"实施。租界，在"双赢"的误会中顺利地建立起来了。宫慕久因此赢得了擅长"夷务"的美名，有官场同僚赞扬他手段高超，竟然让强横的夷人变得"恳切而柔顺"了。宫慕久的顶头上司，江苏巡抚孙善宝对他办理"夷务"的"成就"也大为赞赏。1847年，他被提拔为江苏按察使，不久病死在任上。

不管江苏官场对宫慕久的评价是否恰如其分，总之上海是开埠了。北京朝廷在考虑他的继任者时，开始更看重候选人的"广东经历"。满族人，前内务府四等侍卫咸龄就是在这样的背景下被任命为上海道台的。

代表大清朝廷签订《南京条约》和《五口通商章程》《虎门条约》的钦差大臣耆英说"夷务需要特殊的人去掌管"。在他看来，曾跟随他到广东参与《虎门条约》谈判的咸龄便是这种"特殊的人"。经耆英举荐，咸龄于1843年作为候补道台被派往上海，协助宫慕久处理"夷务"。可是，这位内务府出身的满人好像对外交事务并不热心。英国方面的外交档案显示，与领事巴富尔打交道的主要是宫慕久、上海同知沈炳垣和知县蓝蔚雯。即便如此，咸龄还是依靠满人背景成了继宫慕久之后新一任上海道台。

在上海，清廷官方也想借鉴"广东经验"，可是他们的想法与做法都和去那里寻找商机的广东商人不同。官府是想重建"以商制夷"的广州体制。被耆英吹捧为"夷务专家"的宫廷侍卫咸龄，既对西方文明毫无认识，又不具备文人官僚宫慕久的儒学素养，只是在广东学了一些指令十三行行商出面办交涉，"以商制夷"的手段而已。事实很快就会证明，那一套旧把戏在"条约制"的上海已经彻底失灵了。

就在宫慕久高升江苏按察使不久之前，英国驻上海首任领事巴富尔也离开了上海，接替他的人叫阿礼国（John Rutherford Alcock）。阿礼国是由军医改行成为职业外交官的，可是他比前炮兵上尉巴富尔更推崇武力。

1848年3月，咸龄任上海道台几个月之后，发生了青浦事件。三名英国传教士去距离上海40千米的青浦县派发宗教传单和小册子，受到一群失业船工和民众的殴打。对此，阿礼国要求惩罚带头发起攻击的首要分子，并对受伤传教士给予赔偿。可是咸龄等人以传教士无权去内地从事宗教活动为由，拒绝了阿礼国的一切要求。阿礼国坚称，青浦距上海不足一天的行程，属于条约规定的外侨活动范围之内。咸龄没有就传教士去青浦传教的合法性继续争论下去，而是采取了从广东学来的"以商制夷"策略，召集一些与英国人有贸易往来的商人，派他们出面游说阿礼国，试图故伎重操。时过境迁，上海商人的影响力与当初的广州十三行行商们相比，可谓云泥之别，这个办法当然不能奏效。阿礼国命令英国军舰封锁上海口岸，导致1400艘装满皇粮的漕运船无法离港。经过两个星期的对峙，两江总督李星沅不得不让江苏布政使傅绳勋、江苏按察使倪良耀、松江知府沈濂以及候补道台吴健彰着手调查青浦事件。结果，肇事的船工被惩办，传教士获赔偿，咸龄被免职。这个所谓的"夷务专家"在上海道台的位子上屁股还没有坐热，便被英国人赶下台了。

"青浦事件"作为上海开埠以来最激烈的中英冲突，具有多方面的指标意义。首先，它重新界定了大清朝廷与西方列强的交往方式，在广州屡试不爽的"以商制夷"策略已经彻底失效，"条约制"使英国人获得了全面的主导权。其次，它也再次暴露了大清官僚在外交领域的无知与无能。另外，广州十三行行商出身的候补道台吴健彰开始走上政治外交舞台，崭露头角。

据广州文史资料记载，吴健彰是广东香山前山翠微（今属珠海市）人。那里因毗邻澳门和香港，重商的风气早已有之。近代中国早期的一批著名商人和买办如徐润、唐廷枢、郑观应、莫仕扬和上海"四大百货"的创始人马应彪、郭乐等都是从那里走出去的。早年的吴健彰出身贫寒，到20岁，他尝试与洋人做小额买卖，后来进入了广州的洋行里充当仆役。由于他勤快善学习，学得一口流利的英语，颇受洋商大班的器重。他不断积累资金，与外商贸易，逐渐致富。1840年，鸦片战争爆发后，广州一口通商的地位不再。众多的十三行行商们或转行或破产。约道光二十五年（1845年），吴健彰结束了广州的生意来到了上海，经营茶叶贸易、典当业等，成为上海滩响当当的大买办。后吴健彰与在上海的洋人开办的怡和、旗昌、宝顺三家大洋行联系密切，业务不断拓展。积累巨资后，不断纳钱捐官，由监生、五品衔至清道光二十七年（1847年）授予候补道。于是"青浦事件"后，吴健彰有了历史机遇，使他在上海开埠后的建设中发挥了作用。

由广州十三行行商挤入上海官僚统治集团，不仅是吴健彰个人的转型成功，而且喻示了广东商人大规模北进的开始，广东力量势将在上海崛起。

候补道台吴健彰在咸龄去职，新道台尚未到任之前署理道台之职，管理上海行政事务，为他日后全面掌控上海积累了资本。

新道台麟桂于1848年下半年赴任履新。他和咸龄一样也是满族人，来上海之前，做过几年宁波道台，多少有些与外国人打交道的经验。如果说咸龄办理对外交涉的手段是"以商制夷"，麟桂的基本策略则是"以夷制夷"。

1848年，首任法国驻上海领事敏体尼到任。尽管当时上海只有一位法国商人，他仍然根据《上海租地章程》正式提出了设立法租界的要求。为了分化"夷人"，在他们内部制造矛盾，麟桂建议敏体尼去英租界内置地，想把难题转交给英国领事阿礼国。敏体尼当然不会上当，他愤怒地拒绝了麟桂提出的解决方案。在敏体尼的坚持下，法国于1849年4月9日获得了一块独立的租借地，位于英租界的南部，面积为986亩。

同样是1848年到任的美国领事祁理蕴（John N. Alsop Griswold），没有就设立单独的租借地提出对华交涉，但是他们在居住的虹口地区形成了事实上的美租界。直到1863年，在与英租界合并为公共租界前的几个月，美国租借地的界线才得以确认。不管怎样，英、法、美三国在上海的租界已经形成，而且有不断扩大的趋势。

在上海开埠以来的几年间，清廷在上海先后任用了两位满人"夷务专家"。结果，咸龄的"以商制夷"失败了，麟桂的"以夷制夷"也毫无成效。那么，由谁来主持上海"夷务"？便成了一个清廷急需重新检讨的问题。

在"条约制"的国际新秩序里，麟桂办交涉的能力实在乏善可陈。可是，他这个人还是有几分自知之明的，也算知人善任。在一份秘密奏折里，他向朝廷建议，新开口岸都应该任用广东籍官员，因为"夷人最惧粤人，且广东人深悉夷情，素称勇敢，遇事齐心，夷人虽忌而莫敢如何"。他虽然因此得罪了两江总督陆建瀛，并引起了非粤籍官员的强烈反弹，于1851年被迫离职，却让吴健彰获得了提升的机会。吴健彰作为他的继任者出任上海道台，全面掌控这个新口岸的地方事务。上海，迎来了广东化时代。

在吴健彰主政上海期间，广州十三行行商们纷纷借机转型，与外国洋行一起大举北进，从而催生了又一个特殊商人群体：广东买办。

　　鸦片战争之后，广州失去了对外贸易"一口通商"的垄断地位，可是广州十三行行商及其他粤商却以"买办"的形式在上海异军突起。他们作为中西贸易文化交流的桥梁，深刻地影响了中国的近代化进程。

第九章

广东买办，在上海开创粤商新时代

五口通商以后，上海取代广州成为中国最重要的通商口岸，也成为中西文明交流互动的又一个至节点。从上海开埠之初直到此后的许多年里，无论是中国从这里走向世界，还是世界从这里进入中国，粤商都起到了不可替代的作用，并因此催生了一个影响近代中国历史走向的特殊群体：广东买办。

在腐朽没落的旧中国摇摇欲坠之际，一向被传统观念所歧视的广东商人身体力行，奋走呼号，承担起了民族振兴的重任。徐润、唐廷枢、郑观应构成了拉动洋务运动艰难前行的三驾马车，助力李鸿章、曾国藩等洋务派领袖，开始探索一条自强之路。

商人面临的政治形态，最终决定了他们的生态。在纯粹的商业领域，当年的世界首富伍秉鉴可以达到广州十三行行商们，甚至是当时所有中国商人难以企及的巅峰，却始终不能跨越清朝落后体制的樊篱，走出盛极而衰的怪圈。

伍秉鉴乃至整个十三行行商群体由盛而衰的没落，是一个受到国内外政治经济因素持续影响的历史过程，笔者在前文已多有涉及，为更易理解，这里再次择要重述一二。1833年，英国东印度公司被英国政府取消了对华贸易垄断权，全面撤出广州，让行商失去了合作多年、互相信赖的贸易伙伴。代之而来的英国和印度的散杂商人鱼龙混杂，不受清廷制订的旧例约束，自由选择与中国商人交易，使行商独揽对外贸易的专商地位几近名存实亡，经营环境不断恶化，生意变得清淡，利润日渐稀薄，甚至到了无利可图的境地。与此同时，朝廷、官府向行商们收取的税饷、规礼、杂费却有增无减，变本加厉，使行商们不堪重负，以致因"积欠商捐"引发了破产风潮，有人因此被查没家产，甚至发配伊犁。这是对广州十三行行商群体的一次沉重打击，清廷通过行商专揽对外贸易的垄断制度也由此进入了衰败期，连伍秉鉴这样的行业领袖都极力要"退办行务"，甚至不惜重金贿赂官府，只求全身而退。可见当时行商们的营商环境发生了根本的逆转，江河日下，一日不如一日。

虽然上自朝廷，下至大小官吏都竭力想保住粤海关、十三行这两个"专供皇室之需"的"天子南库"，但是鸦片战争后，中英签订的《南京条约》明文规定：开放广州、福州、厦门、宁波、上海等五处口岸，"贸易通商无碍"；废除公行垄断贸易的"广州体制"，商人交易自由；确定统一的出口、进口税费……以外交合约条文的形式宣告了"广州体制"的终结，广州十三行行商从此不得不彻底退出了历史舞台。

在清廷控制对外贸易的"广州体制"崩解，西方列强建立的"条约制"在上海发轫之际，广州十三行行商们因应形势的变化，开始了变身"买办"的集体转型。行商伍秉鉴的时代落幕了，以吴健彰为代表的"买办"时代来临了。

葡萄牙人裴昔司在《晚清上海史》里这样评价上海开埠："通过上海这座因通商而成的首富之区，华人找到了直达世界的出口，外国企业亦因此杀出血路，进入清帝国心脏。"①

鸦片战争之后，上海取代广州成为中国最重要的通商口岸，也成为中西文明交流互动的又一个关节点。然而，它毕竟还只是个新开的口岸，无论在官方还是在民间，都极度缺乏与西方世界的沟通能力。从它开埠之初直到此后的许多年里，无论是中国从这里走向世界，还是世界经这里进入中国，都是通过由广东北上的粤人实现的，并因此催生了一个影响了近代中国历史走向的特殊群体：广东买办。

回顾上海这座城市的发展史，必然要先从活跃在这里的广东买办谈起。另一位西方学者，法国人白吉尔在《上海史：走向现代之路》里这样写道：

> ……自1840年至1860年间，他们跟随外商来到了上海。当时上海有多少家洋行，就有多少买办。这是一个相互交往遵守信誉的时代，旗昌洋行的欧德（Augustine Heard）不无留恋地回忆道："那些生意都是以适宜于正派人之间的那种诚实来处理的。说出来的话就是承诺，我们能够以此为荣。"
>
> ……虽然日后买办被民族主义者斥为帝国主义"走狗"而声誉

---

① ［葡］裴昔司著，孙川华译：《晚清上海史》（序言），上海社会科学出版社2012年版，第1页。

扫地，但是不应该忘记他们所起过的重要作用，以及在中外商界中令人注重的地位。在那个年代，买办就是担保人，这就是洋行在著名的正派商人中招聘买办的原因。此外，买办还继续以个人的名义从事商业活动。他们的身份非常模糊：既是外国洋行的工薪人员，又是收取佣金的中介商，有时还是为自己生意奔波的独立经纪人。①

作为一个在中国艰难融入世界文明进程中应运而生的新兴群体，这些"著名的正派商人"虽然"身份非常模糊"，但其影响力却远远超出了传统商人。

对于外国洋行而言，"买办"是集总管、代理人、翻译、掮客、顾问、信用保证人等于一身的混合体。他们几乎包揽了洋行的所有在华事务，是外国商人"真正的合作者和经济伙伴"。同时，他们作为第一代北上粤商，凭借自己的专长和财富参与了上海的开发，并成为推动传统中国向近代化转型的先行者。

这是一次历史性的"逆袭"。有史以来，岭南一直被视为"蛮荒之地"，是接受中原文明"教化"的落后地区。但在此之后，南粤广东将成为一个近代文明的输出地，在经济、政治、文化等多个领域影响上海，辐射全国。活跃在上海的广东买办，开创了属于粤商的新时代，也开创了近代文明向中国广泛传播的新纪元。

在上海最终成为国际大都会的每一个发展阶段，都有粤商的贡献，都留下了粤人的印迹。从同顺行行商、美国旗昌洋行买办、上海道兼江海关监督吴健彰，到莫氏家族的莫仕开、莫芝轩，徐氏家族的徐钰亭、徐润，郑氏家族的郑廷江、郑观应……庞大的广东买

---

① [法]白吉尔著，王菊、赵念国译：《上海史：走向现代之路》，上海社会科学出版社2014年版，第51页。

办群体借助上海这个开放的舞台，完成了从洋行买办，到民族实业家、资本家的过渡。尽管他们不断遭受各种保守势力的歧视、误解与诋毁，仍然力求维新，积极投身曾国藩、李鸿章、张之洞等洋务派倡导的以"自强、求富"为目标的洋务运动，努力推动中国向近代化转型。郑观应更是从众多的"买办"中脱颖而出，发展成为著名的维新思想家，成为近代文明启蒙的先驱者。

从广州十三行行商，到参与上海开发的洋行买办，再转变为致力于民族经济振兴的实业家、资本家，主流粤商的发展轨迹与中国融入世界的进程同步，与传统社会向近代化转型的变革并行。

上海社会科学院研究员，以《广东人在上海》享誉学界的宋钻友这样评价广东买办对上海的影响：

> 1850年代，广东买办随广州洋行北上，来到上海，通过充当洋行的贸易中介，积累了巨额财富，转而投资茶栈、丝栈、钱庄、保险公司，参与洋务运动，投资轮船招商局、机器织布局等洋务企业。广帮在19世纪六七十年代，即被视作上海最具影响力的商业群体。[①]

美国学者郝延平在《十九世纪的中国买办：东西间桥梁》里，为买办做出了这样的历史定位：

> 他们活动于中国和西方之间，在近代中国起到了突出的战略性的重要作用。……从经济上说，暴发户买办是唯一把财富与专长集

[①] 宋钻友：《广东人在上海（1843—1949年）》（引言），上海人民出版社2007年版，第4页。

于一身的人，因而成为中国早期工业化的带头力量之一。他们在社会政治方面的角色属于商业绅士，并充当了条约口岸的社会贤达。从文化思想方面说，支撑新式企业的基础是新的思想和看法，所以当他们成为新思想的倡导者的时候，结果也就成为某些中国传统的价值观念的挑战者。①

广东买办是中国社会转型过程中的历史产物，他们虽然的确充当过"中国传统的价值观念的挑战者"，却并不是凛然无畏的英雄。正好相反，他们是最容易受到非议甚至谩骂、诅咒的一群人。他们在新旧观念的激烈冲突中，在人们的误会与曲解中，小心翼翼地走出了一条有别于传统商人的维新之路。

由岭南的广州十三行行商们，大规模转型为活跃在上海的广东买办，吴健彰既是发挥了积极作用的关键性人物，也是饱受责难的争议性人物。

在中国历史上，大概很少有人像吴健彰这样被互相敌对的政治力量共同咒骂。作为对鸦片战争后中外关系走向产生过决定性影响的上海道台，腐朽的清朝廷一边不得不重用他处理"夷务"，一边骂他"养贼""通夷""卖国"；反帝、反封建的社会主义新中国成立后，他更被痛斥为"帝国主义走狗"。由此，吴健彰被定格为一个近代史里的"反面人物"，长期受到概念化、标签化的贬损、批判。

---

① [美]郝延平著，李荣昌译：《十九世纪的中国买办：东西间桥梁》，上海社会科学出版社1988年版，第274页。

他究竟是如何"养贼""通夷""卖国"的，他又是如何充当"帝国主义走狗"的？反倒成了被长期忽略，甚至有意掩埋的历史悬疑。即便是在今天，一些历史研究者为了避免争议，也往往采取回避的态度，将他的种种行迹隐去不提。于是，关于他的史料越来越稀少，越来越混乱模糊，使他渐渐成了一个被湮没在历史里的历史人物。

吴健彰的家乡广东省中山市，近年来十分重视地方史资料的整理和研究，在当地文史部门组织编写的《风起伶仃洋（香山人物谱）》里，对吴健彰的生平有这样的介绍：

> 吴健彰（1815—1870年），原名天垣，香山县翠微（今属珠海市）人，祖籍潮州。吴出身寒微，早年于广州鸡栏卖鸡为业。1832年设同顺行，1833年7月广州开埠后，改营茶行，积累巨资。吴健彰经营十余年，渐欲弃商趋政当官，故时有捐纳，初为监生，后又捐得五品衔。1845年初，吴健彰上溯沪埠，住宅于虹口，贩烟为业。此时此地为潮州帮聚居之处，烟贩麋集为祟。吴健彰初到上海，家资较多，于1847年捐纳为江南候补道员。他又合股于美商旗昌洋行，为该行七大股东之一。吴知晓外国情况，会讲英语，充当买办，积极为外商推销鸦片和商品，收购原料，集资巨万。1848年，上海发生青浦教案后，吴健彰被任苏松太道兼江海关监督。1853年春，洪、杨之师挥戈东进，太平军直下南京、镇江，皇帝连降谕旨。吴健彰急函广州，雇用双桅船2只及海船25艘，尾随英使文翰座舰"赫尔墨斯"号（Hermes）进攻镇江。同年9月7日晨，小刀会起义，占领上海县城，吴健彰被俘，后由美国公使派人帮他逃出。[1]

---

① 王远明主编：《风起伶仃洋（香山人物谱）》，广东人民出版社2006年版，第331页。

尽管这份生平简介出自吴健彰的故乡人之手，但与其他史料相对比，却也存在许多矛盾冲突的地方。关于他的生卒年，广州市的文史资料都记载他于乾隆五十六年（1791年）出生，同治五年（1866年）病故，享年75岁。关于他从广州赴上海的时间和缘由，著名海外学者梁元生在他的《上海道台研究——转变社会中之联系人物，1843—1890》里则明确指出，早在1842年初，吴健彰即以候补道台的身份来到了上海。如此等等，让吴健彰成为了一个面目模糊的历史人物。虽然他对粤商转型，对上海的发展都产生过深远的影响，我们却只能根据当时特定的历史氛围与政商形态，参照重大事件的发生时间与发展脉络，从纷纭不一的言说和记载中选取最符合逻辑的那一部分，尽可能还原吴健彰其人的本来形貌。

《风起伶仃洋（香山人物谱）》里说吴健彰生于1815年，"1832年设同顺行，1833年7月广州开埠后，改营茶行，积累巨资"，这里显然有误差。尽管到了19世纪初广州十三行已经今非昔比，日薄西山，可它毕竟是独揽对外贸易的"钦命专商"，门槛依然很高，而1815年出生的吴健彰到1832年才17岁，一个17岁的大男孩，而且还是个卖鸡的贩子，绝对是不可能转而就成了行商的，更不可能在此一年之后（1833年）就"积累巨资"。

比较可信的说法应该是，吴健彰于1791年出生在广东香山县翠微村一个贫寒之家，又名天垣，号道普，小名阿爽。早年在澳门、广州以贩鸡为业，市井中人都称其为"卖鸡爽"。大概澳门、广州的外商都是"卖鸡爽"的主要顾客，因此他有机会频繁接触"夷人"，并且学会了简单的英语会话。20岁那年，吴健彰进入广州一家洋行充当仆役。因为他乖巧勤快，又能讲一些英语，很快就被提升为管事，由此开始参与对外贸易，逐渐致富。

1832年，已经人到中年的吴健彰终于在广州宝顺大街开办了同顺行，正式跻身十三行行商之列。当年的贩夫走卒"卖鸡爽"，是经过二十多年的奋斗才成为享有对外贸易权的"吴爽官"。即便如此，吴健彰的攀升速度也已经超过了大多数商人，显示了他非同一般的经营能力。可是就在一年之后，随着英国东印度公司全面撤出，所有十三行行商们都被推到了何去何从的十字路口。与第二代"伍浩官"伍秉鉴只是调整经营布局，将自己的对外业务全部转向美国旗昌洋行不同，白手起家的吴健彰刚刚完成了从"卖鸡爽"到"吴爽官"的质变，他雄心勃勃，还想实现更大的跨越，于是他就捐纳官职，走由商界步入仕途的这条捷径。

在历史上，中国早有买官卖官的传统，它曾经是一种公开化、制度性的政府行为，还因此创造了一个专有词汇：捐纳。"秦得天下，始令民纳粟，赐以爵"，说明秦朝已经开始将爵位卖给平民百姓，以此增加粮食供给。到汉武帝时，边关多事，征伐不断，为鼓励有钱人捐纳，不仅出卖华而不实的爵位，还出卖官职以支付庞大的军费开支。此后，历朝历代都在"卖官鬻爵"，唐、宋、元、明都有捐纳，到清代更是登峰造极，并形成了一套极其复杂的体制，成为除了科举、军功之外步入仕途的第三条路。但是，捐纳毕竟是旁门左道，在很长时间里不能和由科举"正途"出身的官员同日而语。

为了提升自己在社会中的地位，捐纳官爵也是行商中的普遍现象，潘启官就捐了个三品顶戴——"通议大夫"的虚衔。但这只是一种防止各种地方势力欺凌，降低经商风险的身份保护而已。无论官府还是他们自己，谁都没把这些官衔当真，大家心里都清楚，在行商与科举出身的官员之间其实隔着一道难以逾越的鸿沟。大概只有吴健彰与众不同。他花大价钱买官，是真想当官，是把它当成了新的人生目标来追求、经营的。

吴健彰既有野心，又独具眼光。英国东印度公司虽然解体了，广州十三行虽然没落了，但英国人的在华影响力却前所未有地增强了。在中西文明开始全面碰撞，英国军队步步进逼，清政权岌岌可危之际，"夷务"便成了朝廷必须小心应对的要务。大清朝廷不缺少唯命是从的奴才，不缺少歌功颂德的臣子，也不缺少铁腕治民的酷吏，他们唯独缺少知悉"夷情"、善办"夷务"的"通夷之才"。国际国内形势的急剧变化，让十三行行商出身的"吴爽官"看到了突出重围，进入实权阶层的机会。

笔者查阅了很久，还是没有找到吴健彰离开广州准确时间的史料，也无法确定他那个上海补道台究竟是什么时候捐到手的，只知道他大概在鸦片战争之后，像伍秉鉴一样将生意的重点转向了美国旗昌洋行，成为该洋行的七大股东之一。

从吴健彰离开广州到初抵上海，这个时间段的史料更加混乱、矛盾，莫衷一是。当地的官僚集团大概对他这个商人出身的候补道台、"夷务专家"并不买账，他难有崭露头角的机会，其行迹自然也鲜见于官方正史中。由此也可以推断出，吴健彰步入仕途初期并不顺利，遭遇了不少坎坷。所以，他虽然已经把一只脚伸进了政界，另一只脚却还稳稳地踏在商场没有离开。为了给自己留一条后路，他的买办生意一直都没有停止，只是一边继续为洋行处理在华商务，一边寻找、等待在官场上一显身手的机会。梁元生这样分析过他当时的处境："吴是一个有政治野心的人，英国人在1848年观察说'爽官是广东前公行商人，曾在上海闲荡了较长一段时间，他愿意接受雇佣，明显盯上了未来道台的职位……'但是传统政治势力反对他。其一，政府一般对商人家庭背景，特别是对那些捐纳出身的官员另有看法；其二，他既是一个广东人，又是买办，这种合二为一的身份似乎传递给公众的是一个'汉奸'形象。"①商人出身、捐纳得官、广东买办，这些容易引起偏见的个人背景，让初涉官场的吴健彰成为一个异类，受尽冷落与白眼。

1848年，对吴健彰来说是具有转折意义的一年。这一年的3月，发生了英国传教士受到围攻的"青浦教案"。这是上海发生的第一宗教案，也是上海开埠之后中英两国发生的第一次严重冲突。刚上任的满人道台咸龄处置失当，使之升级为两国军事对峙的"青浦事件"，"夷务通才"吴健彰终于等来了表现机会。他这个在上海"闲荡"多时的候补道，开始真正步入政坛，被两江总督李星沅启用参与处理青浦事件。

吴健彰通过青浦事件获得了"凡有华夷交涉，委会查办，无不迎刃而解"的好名声，在咸龄被免、新道台到任之前一度受命署理上海道之职，可他的升迁之路仍然一波三折。大清统治集团需要处理"夷务"的"广东经验"，却不愿意接纳吴健彰这个行商出身的粤籍官员，直到1851年，另一个满人道台麟桂被免之后，他才获得了主政上海的机会。从备受冷落的候补道，到继任上海道台，吴健彰经过了漫长的等待。直到这时，吴健彰才成功地实现了从商人到官僚政客的个人转型。但是，对他的非议并没有就此终止，而是愈演愈烈，影响至今。直到20世纪七八十年代，梁元生在《上海道台研究》里还这样写道：

关于吴健彰在中国近代史上，特别在上海外交事务中的作用，这是一个争论了几十年的课题。中国的马克思主义史学家给他贴上

① 梁元生著，陈同译：《上海道台研究——转变社会中之联系人物，1843—1890》，上海古籍出版社2003年版，第49页。

了在中国主权受到危害时为外国商人利益服务的"帝国主义走狗"的标签。但是西方学者，譬如费正清，则把他看作是"一个精明而固执的人，他比较熟悉夷人的风格和习惯"。前者的观点是以阶级斗争的理论和马克思关于帝国主义的概念来论证的……

后一种方法更为现实，采用多方面的档案材料，并重视人的个性和志向，以及他的局限。费正清正确地认为，吴健彰是条约口岸型的中国商人官僚最初的典范，他们通过操纵中外交往和对外贸易使他的寄生道路趋于向上。他还敏锐地指出了吴健彰的广东倾向。费正清称这种倾向是"上海的广东化"……①

"帝国主义走狗""条约口岸型的中国商人官僚最初的典范"，这几乎截然相反的评价，反映了不同的学术观点对吴健彰这个历史人物的解读差异。就史实而言，尽管背负了名目繁多的骂名，追根溯源，广东行商的整体转型是与吴健彰的个人转型密切相关的。正是由于他从十三行行商成功"转型"为上海道台，才促进了"上海的广东化"，才为上海的广东买办提供了适于发展的条件。

靠捐纳进入大清统治集团的吴健彰是中国历史上罕见的商人官僚，买办商人出身和粤籍背景主导了他的思维逻辑和行为模式，使他成为了一个官场异类，一个历史政治人物中的异类。他对上海的治理政策主要是为广东买办商人服务的，他因此得到了有力的支

---

① 梁元生著，陈同译：《上海道台研究——转变社会中之联系人物，1843—1890》，上海古籍出版社2003年版，第49页。

持，也因此备受指责。他使自己深深陷入了商人与官员的身份矛盾，以及粤籍人士的内部矛盾之中。

刘丽川领导的上海"小刀会起义"，便是吴健彰出任上海道台以后，广东同乡给他制造的一次重大危机。

虽然穿上了官服，可吴健彰在本质上始终是个广东商人。即便是成为上海道台之后，吴健彰最为亲密的朋友也没有一个官场同僚，而是徐宝亭（徐润的父亲，英国宝顺洋行买办，因在对抗太平军时"毁家助饷"，被大清朝廷"擢游击赏花翎"）、李少卿和李仙云（据说是小刀会的两个主要商人支持者）这些广东商界人士。吴健彰过去是广东行商、买办，现在是广东旅沪商人利益集团的领袖和政治代表。他始终和美国旗昌洋行联系紧密，并通过粤籍商人进行间接投资。他在权力允许的范围内，把许多同乡安排在上海道台衙门的各个职位上，书吏和差役全部由广东人充任。他的数百名卫兵更是直接从广东招募的，被称为"广勇"或"粤勇"。这些被他信任的故乡亲兵，其中便不乏三合会成员，后来参与、甚至策动了上海"小刀会起义"，调过头来造他的反。

依照阶级斗争史观，吴健彰镇压刘丽川领导的"小刀会起义"是他的主要罪状之一。如果换个角度看，这也是一个同乡内斗，兄弟相残的故事。吴健彰与刘丽川其实有许多相似之处。他们都是来自广东香山，都曾经是洋行买办，都会一些英语，都与外国人保持着较多的联系，都抛弃了商人身份，想通过参与政治改变受制于人的被动境遇。他们的不同只有一点，也是最关键的一点，吴健彰通过捐纳成了大清官员，虽然饱受文人官僚的歧视，但毕竟掌握了上海的行政权；刘丽川在香港就加入了以反清复明为宗旨的三合会。三合会是洪门（或称天地会）的一个分支，当时与太平军有相似的诉求，都想推翻清朝廷，建立自己的政权，即所谓的"反清复明"。这个诉求到了仍然依靠会党起事的孙中山时代，被重新命名为"驱逐鞑虏，恢复中华"。

关于"小刀会起义"的历史背景，法国学者白吉尔在《上海史：走向现代之路》里这样写道：

> 随着太平天国大军挥师直捣南京并于1853年3月在南京建都，小刀会占领了上海县城。小刀会起义也有其特殊的背景。自上海成为中西关系的链接城市之后，吸引了南方省份的大量移民。……在这些移民当中，最有钱有势的是广东人。早在鸦片战争之前，广州就是中国唯一与西方通商的口岸，广东人有丰富的国际交往经验，在竞争中比宁波人和江苏人更具优势。他们组织了势力强大的同乡会馆，聚集了一批经营鸦片、茶叶和丝绸的专业商人和随公司从广东前往上海的英国公司买办，以及担任开放口岸"洋务"的官员。除了这部分精英外，上海还吸引了其他广东人和紧跟而来的福建人：包括内河航运水手、失业工人和汇集在各种帮会、会党中的流浪者、冒险家、无赖。[1]

由此可见，小刀会会员都是广东、福建的会党成员，刘丽川把他们联合起来之后，自任领袖。

刘丽川，广东香山人，生于嘉庆二十五年（1820年），小名阿混。少时在家乡务农，后到香港充当买办，在与外商频繁接触中学了一些英语。道光二十五年（1845年）加入三合会，道光二十九年（1849年）移居上海。他略通医理，为穷人治病免收酬金，以

---

① [法]白吉尔著，王菊、赵念国译：《上海史：走向现代之路》，上海社会科学出版社2014年版，第25页。

慷慨好施著称，因此受到了旅沪同乡的推重，成为上海洪门（天地会）粤籍会员的首领。当时，上海作为一个新开口岸，聚集了许多闯码头的会党组织，如小刀会、双刀会、罗汉堂、塘桥帮等等。小刀会也是洪门的分支之一，其成员主要是生活在上海的福建籍劳动民众和部分工商业主。虽然都以反清复明为号召，但刘丽川的广东天地会与福建人的小刀会互不统属，各有门户。随着太平军占领南京，刘丽川发现了整合上海各派会党，实现一统江湖的时机。

"咸丰三年（1853年）三月，太平天国建都南京，改称天京，接着攻占镇江、扬州，威震长江中下游流域。刘丽川深受鼓舞，加紧筹划起义。洪门天地会骨干周立春及其女周秀英等在青浦首举义旗抗粮，与清军对峙。八月，罗汉党人徐耀揭竿响应，联合周立春占据嘉定，起义反清。刘丽川看准时机，即派人与他们联络，拟定嘉定先起，上海继之的大举计划。九月五日，周、徐率嘉定义军再次攻占县城。两天后，刘丽川和小刀会福建首领陈阿林在上海城外三连塘集结队伍，竖旗起义。起义者头裹红巾，黎明时分从东门冲进上海城内，拥进县廨，杀死知县袁祖德，释囚犯，劫仓库。随后兵分两路，一路攻下文庙，据为大本营；一路攻入道署，活捉上海道台吴健彰。"①

太平军攻占南京让刘丽川发现了在上海举旗造反的时机。他的同乡、朋友吴健彰感到的则是危机。在刘丽川收拢小刀会准备起事的同时，吴健彰也开始了应变准备。"叛军的步步逼近，引起了上海方面的恐慌。吴道台奉江苏巡抚之命，向各国领事请求给予海军援助，以制止匪祸的发生。"②

可是，"叛乱者清教徒似的矫饰，不仅骗过了那些祈盼中国复

---

① 陈泽泓编著：《广东历史名人传略续集》，广东人民出版社2004年版，第313页。
② ［葡］裴昔司著，孙川华译：《晚清上海史》，上海社会科学出版社2012年版，第72页。

兴的外国人，而且在长时期内逃避了外国的干涉。"①

当时的英国驻华全权公使、首席商务监督兼香港总督文翰爵士是位"过于谨慎的教条主义者"，对中国内部纷争，坚持执行"不干涉政策"。

英国人的态度让吴健彰十分失望，为了稳定局面，他想方设法制造假象，试图让人误以为上海的外国人都是官军的强硬支持者。他以每月5万元的租金，向美国驻沪副领事亦即旗昌洋行大班金能亨租了一条旧海军接待船和几艘武装三桅帆船，组成小型舰队，出扬子江迎击太平军。他甚至让人散布谣言，宣称上海县城已在英国海军的保护之下，希望以此阻吓太平军和上海城里的谋反者。

英国全权公使文翰与驻沪领事阿礼国在对华政策上始终存在分歧。就在文翰反复强调英国严守中立的同时，阿礼国则在积极准备武装自卫。1853年4月8日、9日及12日，阿礼国连续主持召开侨民会议，要求各国侨民联合起来，共同防御官军或叛军可能对租界发动的袭击。随后，成立了上海英美商团，又称义勇队，由前印度孟加拉第二联队长特郎逊任队长，负责对商团进行军事训练。法国领事敏体尼则明确保证，一旦遭遇紧急情况，法国海军一定会与英美两国全力合作。为了有效实现共同防御，他们还选举产生了协防委员会。

当吴健彰和阿礼国等人都将自己置于防御地位之后，也就失去了主动权。他们都知道一场血腥的事变即将上演，却拿不准它会在什么时候突然揭开大幕。在心怀忐忑地度过了看似平静又危机四伏的几个月之后，刘丽川终于完成了广东、福建两地会党的整合，以

① [葡]裘昔司著，孙川华译：《晚清上海史》，上海社会科学出版社2012年版，第71页。

小刀会的名义向上海城发动了袭击。

1853年9月7日，这一天是孔子的诞辰，上海知县袁祖德起了个大早，打算与众多随从一起去文庙参加祭祀活动。他根本没想到，小刀会已经冲进城门，杀死卫兵，向县衙蜂拥而来。袁祖德再也没能走进文庙，他在路途中遭遇了小刀会的截击，与随从一起被乱刀砍杀（关于袁氏之死，中外文献有多种说法，亦有说他在县衙里被处死）。

吴健彰虽然保住了性命，却也十分狼狈。据说，小刀会冲进道台衙门后，对如何分配库房里的银子产生了严重分歧，"就在福建、广东两帮为瓜分截获的道库银两而争执不休时，吴道台在一些广东帮头目默许下设法逃脱，他化妆后在两名外国人的帮助下顺着北城墙用绳子吊下来，接着被他的美国朋友隐藏在租界里。"①

小刀会占据了上海17个月，直到1855年2月法国军队才帮助清军将他们驱逐出城。刘丽川等领导人战死，余部溃散。这场变乱是商人官僚吴健彰政治生命的转折点，也影响了上海这个新兴口岸的发展方向。

在那个混乱而无序的暴动时期里，上海县城里的人口从27万锐减至4万，这余下的人当中还包括众多的小刀会成员及其追随者。大批中国难民弃家而逃，涌入外国租界，躲避战火。清朝廷一向严令禁止华洋杂处，如今太平军已经让他们自顾不暇，而小刀会起义更是让他们彻底丧失了上海管治权。虽然英国领事阿礼国也反对华人在租界内定居，认为这会成为"产生危机和严重堕落的永久源头"，却始终无法阻止汹涌而来的难民潮，而且他的相关言论遭到

---

① ［葡］裘昔司著，孙川华译：《晚清上海史》，上海社会科学出版社2012年版，第76页。

了旅沪英国商人的强烈反对。租界内华人居民激增，导致房地产价格飞速上涨，这给租界里的外国商人带来了意想不到的赚取暴利的机会。

但是，华洋杂处也确实改变了租界内的原有秩序，而清朝地方官府又全面陷于瘫痪，这就迫使吴健彰与英、法、美三国领事合作，创立新的社会管理机构，应对这前所未有的混乱局面。

1854年7月，英、法、美三国领事共同签订了修订过的《上海租地章程》（即《上海英法美租地章程》）。该章程赋予了由租地人为代表的外侨社团自治管理土地事宜的权力。由租地人大会选举通过的上海工部局有权向所有常驻居民（包括华人在内）征收捐税，以作为市政基础建设投资和维持治安，以及发展卫生、教育、文化等公共事业的资金。

西方史学家认为，新的租地章程与工部局的建立是上海发展的里程碑。"这些地方性的创举，是与各国领事、吴健彰及居民们共同协商的结果……1863年，英、美租界合并成公共租界后，充分发展了根据1854年《上海租地章程》建立的有关机构。自此，清政府丧失了对租界内中国居民的实际管辖权，唯一保留的有限司法权力是会审公廨。这个创立于1864年的中外混合法庭，负责审理涉及中国居民的各类案件，由一名清廷官员主持，一名外国领事的陪审官助理。"①

利用清朝统治能力的衰落，外国领事和租界居民把租界从单纯的居住地改造成了逃避清朝最高权力的飞地，成了免受其政权统治和经济盘剥的避难所。由于租界受外国领事的司法管辖，带动

---

① ［法］白吉尔著，王菊、赵念国译：《上海史：走向现代之路》，上海社会科学出版社2014年版，第30页。

上海向商人社会转型，并因此成为中国最具吸引力的投资乐土。

除了租界人口膨胀，导致租界走向自治之外，小刀会起义造成的另一个结果是现代海关的设立。

在兼管江海关事务的上海道台吴健彰被迫逃亡后，小刀会捣毁江海关，致使外国进口货物无处交税。许多外商认为，既然清政府已经衰败不堪，就不必再遵循有关条约的规定缴纳税款。这个观点得到了各国领事的认同，却遭到了吴健彰的强烈反对。他迫切需要海关税收作为财政支持重新聚集力量，收复从他手上丢掉的上海城。经过多轮谈判，最终各方达成妥协，由外国人负责为中国政府征收海关关税。具体实施方法是，由三名外国领事指定的官员负责管理上海海关，将征收的税款直接交纳到中国银库。有人说，清朝从此开始失去了海关税收主权。另一种观点却是，"此后，海关总税务司署成了海关税收系统的顶梁柱，它的职能和管辖权很快就扩展到其他的开放口岸。以其专业和廉政而著名，海关总署为中国的公共服务事业树立了一个新的典范，坚持了同等对待帝国的各种各样贸易伙伴的原则"。

无论如何，这个新的海关总署与当年深受中外商人诟病的粤海关相比是不可同日而语了。现代海关的建立，租界自治区域的形成，为自由贸易提供了良好的基础，保障并促进了上海此后数十年的繁荣。

正当上海开始走出广东模式的影响，成为新型条约口岸的实验性范例的时候，吴健彰受到了严厉的指控。清廷认定他犯了两大重罪，其一，养贼；其二，通夷。根据这个罪名，吴健彰和那些广州十三行前辈一样，被判流放新疆。当初那些促使他成为"夷务通才"获得重用的有利因素——广东背景、与外国人的密切关系、外语能力，如今都成了罪状。

吴健彰的商人本能既害了他也救了他，在命运攸关的艰难时刻，他又重施广州十三行行商笼络朝廷及其权贵的故伎，大量捐献银两和军需品，大手笔行贿都抚级高官。钱，帮助他化险为夷，不仅逃避了发配边陲之苦，还保住了候补道台的官衔继续留在上海。风头过后，他成了两江总督怡良的顾问，在需要时协助新任上海道台薛焕处理夷务。此后，他又做过美国驻华全权公使伯驾的顾问。直到1859年，这个在权力与财富之间折腾了一生的商人官僚终于看破了红尘，"以病返籍作终老计"，归隐而去。吴健彰回到家乡后，捐地225亩，重修族谱，广置"义田""恤孤寡"，甚至"闻河南灾荒，即捐二万二千两济赈灾民"。在乡亲们的眼里，他是造福桑梓的"大善人"。同治五年（1866年），吴健彰在家乡病卒。

不管历史如何评价吴健彰，都不能否认他是一个具有浓厚家乡情结的人。他主政上海期间，一个最鲜明的特征就是要将上海广东化。这种"广东化"结合当时国内外政治经济氛围，至少导致了两个直接结果，一是小刀会起义，一是广东买办在上海的崛起。这两个结果，又共同决定了上海这座城市的未来走向。

广东买办之所以能发展为一个先影响上海，后影响全国的近代商人群体，既有其历史的原因，也有当时的人际关系因素。

从历史上看，广东商人有着悠久的对外贸易传统，尤其是在近代，他们最早与西方"夷商"接触、合作，逐渐形成了互相依存的共生关系。考察买办的起源，可以追溯至葡萄牙商人初抵澳门时期，英文里的comprdor（买办）一词，就是从葡语comprar转化而来，本意为"采买"。澳门开埠后，葡萄牙商人普遍聘用当地人充任"采买"，为商船、商馆供应生活必需品，协助处理贸易事宜、管理中国仆役。英国人来华后，"采买"变成了"买办"，其职责也大致相同，不同的是英国商馆的买办得有行商作保，要对他们的品行和能力负责，并向粤海关领取印照。换言之，做买办不仅需要行商担保，还得经过粤海关的准许。鸦片战争后，随着广州行商的消失和转型，广东买办取而代之，成为中西贸易不可缺少的中介。1844年签订的中美《五口通商章程》（《望厦条约》）规定，外国商人可以自由雇佣买办、通事及"书手"，清政府无权加以干涉。买办从此成了受国际条约保护，可以跟随外商一起自由流动的特种职业。

经过上百年的交往，西方人不仅与广东商人建立了贸易互信，也适应了"广东化"的生产、生活方式。"在广州作为唯一贸易口岸之时，西方人已经逐渐习惯了这里的人、菜肴和广东口音的英语。由于这些缘故，西方商人把广东买办带到上海组建洋行，厨房配备的是粤菜厨师，船厂雇佣的是广东工人修理船只。"[①]

历史，让广东人最先开始了与西方人的交流与融合，两者在五口通商后自然结成了开发新口岸的合作伙伴，这是广东买办得以在上海开埠之初迅速攒聚而来的先决条件。再加之广东行商、买办出身的吴健彰主政上海，大力推行上海的广东化，广东势力崛起，让广东买办有了来自官方的政策保护和乡情支持。

普遍意义上，同乡从来都是一种可供利用的人脉资源。吴健彰从家乡广泛招募书吏、衙役、兵勇，把上海道台衙门办成了完全由广东人把持的"同乡会"。同时，他也吸引了大批广东商人及其子

---

① [美]顾德曼著，宋钻友、周育民译：《家乡、城市和国家——上海的地缘网络与认同，1853—1937》，上海古籍出版社2004年版，第41页。

弟到上海充任洋行买办。

1852年，也就是吴健彰被任命为上海道台的第二年，他的同乡、助手、密友徐宝亭的儿子徐润离开老家，跟随四叔徐荣村来到上海。那时，徐润还是个不到十五岁的少年。

徐润，字润立，号雨之，别号愚斋，道光十八年（1838年）生于广东省香山县北岭村（今属珠海市）。虽然出生于买办商人家庭，可是他的父辈最初却是把他当成读书人来培养的。徐润初到上海时，徐荣村延请的两位老夫子给他算了一命，说他"有翰苑望，不宜落市井"，徐荣村便把他送到了一位苏州名士的家里学习诗文。令人尴尬的是，那时候还没有普通话，在政府衙门流通的"官话"，徐润和苏州的这位名士，都不懂。由于"口音隔阂"，来自广东乡村的徐润与那位苏州名士根本无法正常语言交流，他们两人所操的广东粤语和吴侬软语都是中国最难懂的两种风马牛不相及的地方方言。由于两个人鸡跟鸭讲似的自说自话，谁都弄不懂对方想表达些什么，何况是学习深奥的古诗文。这样学习就变成了每天大

鸦片战争后，外国的商品和资本通过通商口岸，更多地进入中国。图为五口通商后的广州。*

眼瞪小眼的我不懂你、你不懂我的僵持，两个多月后，徐润无奈又回到了上海，听从伯父徐钰亭的安排："既不读书，当就商业"，进入宝顺洋行学做买办。

徐润的伯父徐钰亭、叔父徐荣村都是宝顺洋行买办，也是第一批到上海闯天下的广东商人。徐钰亭深受上海宝顺洋行的创办人、英国大班必理氏（又译毕利士）的倚重，总理行内商务。徐荣村在上海商界的名头更响。1851年，英国伦敦举办第一届"世界博览会"，徐荣村送展的12包"荣记湖丝"在评选中拔得头筹，英王亲授金银奖牌各一枚。这是中国产品首次在国际展会上获奖，徐荣村也成为中国参加世博会的第一人，而他的"荣记湖丝"一举成为驰名国际的优质品牌。

少年徐润有这样两位商界翘楚引领、提携，再加上自己聪明好学，一入宝顺洋行就受到了外国大班的另眼相看，加以重点培养。作为第二代广东买办，徐润比自己的父辈受到了更多的西式商业教育，拥有更好的成长环境。对于初入宝顺洋行"学丝学茶"时的情况，他在《徐愚斋自叙年谱》里这样写道："余先学丝楼，看丝之西人名韦伯氏，茶师西麦氏，皆相待甚优。余黎明即起，习字数百，又学算于阙筑甫。韦伯氏见余之勤也，许为志不可量，深相契重。"[1]

在宝顺洋行，徐润接受了成为买办商人的系统教育，教他丝茶鉴定的老师都是英国人。宝顺洋行大班必理氏去世后，曾经教他"看丝"的师傅韦伯氏成为继任者，他由此更受重用。他19岁就进入"上堂账房"，23岁派商船远赴日本长崎开辟新市场，24岁开始"主账上堂，督理各职"。从此，年轻的徐润成为宝顺洋行新的

---

[1] （清）徐润：《徐愚斋自叙年谱》，江西人民出版社2012年版，第8页。

华人首领，英国大班韦伯氏不仅给他高额薪酬，而且赋予他极大的自主权："以后行中之事，由君一手去做。"同时，宝顺洋行在烟台、天津、镇江、芜湖、九江、汉口，以及日本长崎、横滨等地的分号也交由徐润统一管理。

在徐润的苦心经营下，宝顺洋行通过进口大小洋药、檀香、苏木、胡椒、铜，出口湖丝、棉花、茶叶，营利巨万，盛极一时，在各国洋行中首屈一指。

在料理宝顺洋行行务之余，徐润还与人合伙开办了宝源、立顺、兴川汉等属于自己的商号，以及钱庄、绸庄。

从1852年初到上海，至1861年成为宝顺洋行的总买办，徐润目睹并亲身参与了这座城市的巨变。他在自己的《徐愚斋自叙年谱》里这样写道："横览十里洋场，以寂寞荒冢之地，竟成繁华富庶之

徐润（1838—1911年），有"近代中国的茶王"美誉，在推动中国走向近代化的过程中，留下了自己的足迹。

乡，其经济之宏、力量之大，岂不伟欤？"①

"寂寞荒塚之地"变为"十里洋场""繁华富庶之乡"的过程，也如150多年后今天的深圳经济特区、上海浦东新区的变化一样，同是一个地价飞涨，房地产业急剧膨胀的过程。尤其是经过小刀会之乱，华人大量涌入外国租界之后，租界及其周边的地价上升了百倍："前每亩价值数十两或百余两，今值数千两至数万两不等。"

1852年，上海开埠还不到十年，这里已经有了40来家洋行。英、法、美、德、印度以及中东的犹太商人相继涌进上海，使这个滨海小城变得越来越国际化。上海工部局成立后，市政设施得到全面改善，特别是1862年启用了城市排水系统，以及20年后建成了自来水供应系统，使这座城市的人居环境焕然一新。外滩已经不再是黄浦江边恶臭扑鼻的纤道，而被改造为一条宽阔平坦的堤岸大道。19世纪80年代，又在外滩铺设了草坪，并沿着堤岸大道修筑了一排尖顶加多柱连廊的楼宇，银行、商会和行政机构纷纷迁入其中。先前的马路（跑马场的路）变成了南京路——一条中外名店林立的大街。随着居民和公司行号越来越多，租界辖区也向北部和西部扩张。

到19世纪90年代，上海主要街道两旁的煤气灯被电灯取代，城市基础设施的质量已经或基本达到了欧美国家大城市的水平。在这个外国居民不断增加的新兴城市里，人们看到了欧洲大都市的影子。

徐润作为一个年轻而成功的商人，比他的前辈更敏锐地认识到了租界及其周边土地的价值，以及开发房地产的商机。1863年夏，

---

① （清）徐润：《徐愚斋自叙年谱》，江西人民出版社2012年版，第9页。

徐钰亭要把宝源号位于余庆里的房产卖掉，他不惜"跪下涕泣"，极力劝阻，才终于说服伯父保住了这处房产。对于地产，他比自己的伯父有着更深刻的认识。

从经营进出口贸易的英商买办，转型为兼顾土地开发的上海"地产大亨"，徐润得到了宝顺洋行英国大班、他的恩师韦伯氏的支持和点拨。同样是1863年，韦伯氏任职期满，将要启程回国之际，给他留下了这样一段临别赠言："谓上海市面将后必大，尔于地产之上颇有鸿志，再贡数语，如扬子江路至十六铺地场固妙，而南京、福州、河南、四川等路，可以接通新老北门、直北至美租界，各段地基，尔尽可有一文置一文云云。"①

韦伯氏不仅预见到了上海的发展前景，而且清楚指明了哪些地段最有升值空间，劝徐润放心大胆地"有一文置一文"。

韦伯氏的话，徐润自然奉为金玉良言，实际结果也是"历验所言，具有效果"。徐润放手购地2960余亩，造屋2640余间，连他自己都不好意思地觉得"不免过贪耳"。以这些地产做支撑，徐润有了不断提升自己的雄厚资本。

完成了最初的财富积累之后，徐润开始有条件向官府靠拢了。他于1865年"在上海皖营捐输局报捐，以员外郎分发兵部学习行走"。此后又因在平定太平军中"转运出力"，加四品衔。买办商人徐润，通过捐纳获得了大清朝廷认可的官方身份。

美国南北战争期间，棉花供应出现世界性紧缺，英、印两国纺织厂纷纷来到中国采购原棉，上海棉花价格随之暴涨。由于各个产棉地的"花行"都缺少货源，许多"花行"老板就想出了往棉花里掺水的办法。据徐润回忆："初时只搀生水，尚无大碍，继之竟有

---

① （清）徐润：《徐愚斋自叙年谱》，江西人民出版社2012年版，第40页。

捺用热水，因此霉变者，每包净花六十余斤，捺水三十余斤，以致各货到洋，皆不能用。"在那段日子里，各大洋行因"捺水棉"损失惨重，甚至有洋行因此受累而倒闭。徐润经营的宝顺洋行也不得不谨慎应对，虽然稍有盈余，却也险象环生，生意日渐冷清。

经营环境变化，再加上受宝顺洋行内部拆股等因素影响，徐润经过一番精心准备，于1868年离开宝顺洋行，自立门户，开设宝源祥茶栈。凭借他在宝顺洋行学习积累的看茶经验和商场人脉，不仅把茶叶生意做得风生水起，还创办了上海茶叶公所，他与同乡唐廷枢、叶仕翘、唐翘卿等商界名流充任董事。与此同时，又在汉口设立茶叶公所，由湖南、湖北、江西、广帮各茶商中公推董事，会同上海董事，互为维持。

在此之前，他已经和唐廷枢一起出任上海丝业公所、洋药局、上海仁济医院、格致书院、辅元堂等董事。

随着属于自己的宝源祥茶栈、上海茶叶公所设立，以及对社会医疗、教育产业的投入，徐润终于完成了由广东买办向上海民族实业家和开明绅士的蜕变，开始为传统中国向近代化转型贡献自己的力量。

1871年，徐润奉南洋通商大臣、两江总督曾国藩"札委"（旧时官府委派差使的公文叫"札委"），办理挑选幼童出洋留学事宜。1873年，奉北洋通商大臣李鸿章"札委"，会办上海轮船招商总局。徐润由广东买办、上海民族实业家，发展成了洋务运动直接参与者，促进中国社会向近代化变革的主要推手。

同样是1861年，几乎就在年轻的徐润被宝顺洋行大班韦伯氏提拔为总买办的同时，在上海海关担任总翻译的唐廷枢开始涉足商界，为英国设在上海的怡和洋行代理商务，两年后被提升为总买办。

唐廷枢，生于1832年，字建时，号景星，别号镜心。广东香山唐家湾（今属珠海）人，著名近代买办、实业家，清末洋务运动的重要参与者、推动者。

唐廷枢少时进入香港教会学校马礼逊学堂，与容闳同窗。经过六年苦读，成为当时难得的能准确掌握中英双语的翻译人才。1851年，被香港殖民当局巡理厅聘为译员，后受聘成为香港大审院华人正翻译。

1858年，上海这个条约口岸正发展得如火如荼，吸引大量广东人北上寻找机会，唐廷枢也不甘寂寞，离开香港来到上海。刚抵沪时，唐廷枢凭着在香港的工作经历，被外国人掌管的上海海关聘为副大写，然后又一步步升为大写、总翻译。

尽管已经在上海海关升到了很高的职位，但是按部就班的工作显然不能满足唐廷枢的进取心。1861年开始，他一边到英国怡和洋行兼职，代理该洋行在长江各口岸的生意，一边编撰著名的英语教材《英语集全》。1863年，被怡和洋行提升为总买办，彻底脱离海关，正式开始了他的十年买办生涯。

唐廷枢加盟怡和洋行以后，该洋行的在华业务取得了飞速发展。在他的主持下，怡和洋行新设船务部，先是投资英商的公正轮船公司、北清轮船公司，随后又着手筹建怡和洋行自己的华海轮船公司，在航运业渐渐取得了领先地位。同时，怡和洋行又投资当铺、地产，甚至涉足内地的矿产开采。对此，美国旗昌洋行老板不无妒忌地说：唐廷枢"在取得情报和兜揽中国人的生意方面……都能把我们打得一败涂地"。

唐廷枢在成为怡和洋行总买办之后，把自己的哥哥唐廷植，族弟唐瑞芝、唐国泰等先后招入怡和洋行充当买办。唐氏家族的势

唐延枢（1832—1892年），中国近代历史上著名的洋行买办，也是清末洋务运动的积极参与者。下图为他编撰的英语教材《英语集全》，是最早期的英语教科书，在注音上完全采用广东语。

力，影响英国怡和洋行半个世纪之久。

1873年，唐延枢离开怡和洋行，受李鸿章委派接任轮船招商局总办，这标志着他由洋行买办，向致力于民族振兴的近代实业家转变。由此，他与自己的同乡徐润一起，聚集在洋务运动这面追求中国近代化的伟大旗帜下，成为志同道合的伙伴。

在《徐愚斋自叙年谱》里，徐润在记述咸丰十年（1860年），他23岁时的往事时，有这样一句轻描淡写的话："行中调派杨辉山、杨明轩、郑陶斋、吴茂川、黄毓斋各友，司理丝茶、栈房、揽载诸务。"其中提及的这个"郑陶斋"，就是日后凭借《盛世危言》名声大振的维新思想家郑观应。

郑观应，本名官应，字正翔，号陶斋，别号杞忧生、慕雍山人、待鹤山人，1842年生于广东省香山县雍陌村（今属中山市）。郑观应的父亲郑文瑞是个没有功名的读书人，在家乡设帐授徒。正是因为这种家庭背景，郑观应较其他广东买办更具书卷气，而且曾经试探性地选择过科举入仕的人生道路。1858年，虚岁十七的郑观应参加童子试未中。本身就科场不顺的郑文瑞并没有再要求儿子继续参加科考，因被上海的迅猛发展势头所吸引，于是改弦更张，让儿子去上海学习商务。郑文瑞对儿子的教育策略是："子弟读书非甚颖异，即命之经商，而戒不得废书。"其用意大概是，即使不能靠读书求得功名，也要做个满腹经纶的儒商，"不得废书"。

郑观应的叔父郑廷江是上海新德洋行买办，他一到上海便顺理成章地进了新德洋行。1859年，当他在新德洋行学做买办大约一年之后，经亲友介绍进入宝顺洋行。1860年，宝顺洋行总买办徐润派他掌管丝楼，兼管轮船揽载事项。

郑观应牢记"不得废书"的父训，努力从繁冗的商务活动中挤出时间，进入英国人傅兰雅主持的英华书院夜校学习英语。傅兰雅被近代中国学人誉为"传科学之教的教士"，其"半生心血，唯望中国多兴西法"，是著名的教育家、西方近代文明的传播者。我们不知道傅兰雅在上海英华书院培养了多少中国学子，可以肯定的是，那个叫郑观应的广东年轻人在这里对西方的政治、经济、文化产生了浓厚的兴趣。在这里，他发现了一片与应付科举考试"四书五经"截然不同，而且更为浩瀚、更富思想与智慧魅力的知识海洋。

1868年，就在徐润离开宝顺洋行的同一年，郑观应也辞职而去，转任生祥茶栈通事，同时充当公正轮船公司董事。经过英华书院的西学培养，他已经能用英语直接和西方人谈生意了。1873年，郑观应任太古洋行买办，参与创办太古轮船公司，负责"该公司所有揽载用人事务"。在此期间，受徐润、唐廷枢两位同乡好友影响，参股上海轮船招商局。1882年，与太古轮船公司合约期满，不再续约，放弃太古丰厚的养老金，接受李鸿章邀请，加入上海轮船招商局，投身中国民族工业建设，结束了20年的买办生涯。

郑观应被称为"硕学买办"，也是最有思想的买办。他作为买办商人的经营业绩不是最好的，却为中国的近代思想启蒙作出了杰出贡献。从1873年完成"触景伤时，略陈利弊"的《救时揭要》开始，先后写作《易言》和《盛世危言》。他在那个中国变革图强的历史关口，不断发出振兴工商、改良政治的时代强音。他的变革思想，不仅震动大清朝野，也深深影响了孙中山、毛泽东等许多后来的革命者。

时势造英雄，英雄造时势。在腐朽没落的旧中国摇摇欲坠之际，一向被传统观念所歧视的广东商人身体力行，奋走呼号，承担起了民族振兴的重任。徐润、唐廷枢、郑观应构成了拉动洋务运动艰难前行的三驾马车，助力李鸿章、曾国藩等洋务派领袖，开始探索一条自强之路。

第十章

洋务运动，粤商推动中国转型

洋务运动是中国历史上的创举，不仅因为它缔造了为期三十年左右的"同光中兴"，初步建立了中国近代工商业的基本框架。与此同时，它也让朝廷亲贵、开明官僚与熟悉洋务的近代商人结成了推进社会变革的精英同盟，并且摸索出了"官督商办"的操作模式。

粤商，全面参与了这场社会经济变革，为了推动中国向现代化转型，以他们的专长、才干和资金实际主导了那场史无前例的洋务自强运动；为了让中国真正实现现代化，粤商又有意识地超越了"官督商办"的洋务自强运动，向思想启蒙、国民教育、文化更新等上层领域提升，在经济、文化和政治等诸多方面，全面影响了近代中国。

粤商，由逐利的商人到推动国家进步的改革者，是一次质变，也是他们从中国各大商帮中脱颖而出，实现身份超越的标志型特征。

被文字书写的历史都是有选择性的，史家总会习惯性地把目光聚焦到王公贵族、朝廷重臣身上，从而忽略了其他社会成员的存在价值。说起清朝末年那场史无前例的洋务运动，学者们大多倾向这是一场由朝廷洋务派推动的"自强运动"，甚至干脆就称之为"同光新政"（同治到光绪年间的新政），以此凸显执政者的主导地位。

相对于那些大权在握、独断专行的统治者而言，任人驱使的芸芸众生实在是微不足道，因此也就没有资格进入史册。然而，随着西风东渐，西方近代文明以强制的方式动摇了传统中国的统治模式之后，决定中国历史走向的已不仅仅是朝廷所代表的官方意志。在这"三千年未有之变局"里，一批善于沟通中西、独领风气之先的广东商人开始异军突起，成为引领社会进步的新势力。

以往对洋务运动的诸多论述，或受极左僵化的历史观影响，狭隘地将其抹黑为"政治买办化""卖国主义"，或者只是侧重清廷内部"洋务派"与"顽固派"两大阵营之间的政争。倘若理性而深入地审视那段历史，洋务运动最值得关注与重点书写的除了一系列"求富""自强"的变革举措以外，更具历史意义的是商人阶层影响力的提升，以及精英群体对西方近代文明由无知、轻蔑到初步认识到应该"以夷为师"的转变。

像历史上那些专制王朝必将走向没落一样，19世纪中叶，大清帝国也终于进入了内外交困的衰败期。鸦片战争惨败，不仅证明了马戛尔尼等西方外交官对这个东方帝国的判断：它只是个泥足巨人，不堪一击，也让国内的造反者看到了乘势而起的机会。1851年1月，洪秀全纠集叛军在广西金田起事，两年后攻占南京，将之更名为天京，建立了与北京朝廷对峙的太平天国。同时，山东、河南一带的捻军，以及上海的小刀会等也在全国各地发动暴乱。正当帝国内部烽烟四起，风雨飘摇之际，英、法两国于1856年发动的第二次鸦片战争，让大清帝国进一步陷入了虎狼环伺的危局。

1858年，清廷与英、法、俄、美分别签订丧权辱国的《天津条约》。同年5月，清廷特使在俄国武力威压下，被迫与之签订《瑷珲条约》，将黑龙江以北六十多万平方千米土地割让给俄国。1860年8月，英法联军攻陷天津。9月，咸丰皇帝逃往热河（今河北承德）。10月，联军攻入北京，焚毁圆明园。清廷于当月分别与英、法签订《北京条约》。11月，清廷被迫与俄国签订《北京条约》，把乌苏里江以东四十余万平方千米领土割让给俄国。后来俄国通过勘界谈判，在中国西北又强占了四十多万平方千米土地。俄国成为第二次鸦片战争最大的获利者，总计侵占中国领土一百四十四万平方千米。

两次鸦片战争，彻底动摇了朝野上下曾经坚信不疑的"天下中心观"。在严酷的现实面前，妄自尊大的文明优越感开始痛苦地消减。近代中国"睁眼看世界"的首批知识分子的优秀代表、启蒙思想家魏源在《海国图志》一书里提出的"师夷之长技以制夷"的观点为部分统治者所接受，并被当成了挽救大清江山的应急之策。

1862年，李鸿章率淮军到上海，刚和外国军队接触，就被震撼了："其大炮之精纯，子药之细巧，器械之鲜明，队伍之雄整，实非中国所能及。"于是，追求和洋人一样的"船坚炮利"，成了洋务派最原始的动机。

"师夷之长技以制夷"作为洋务派的共识，凝聚了恭亲王奕䜣、军机大臣文祥，以及曾国藩、左宗棠、李鸿章、张之洞、丁日昌等从中央到地方的各级官僚。然而，尽管他们都认识到了只有学习西方科学技术才是自强之道，却始终对西洋文化一知半解，更缺少办"洋务"的知识和经验。于是，怎样才能做到"师夷之长技"，从哪里下手，由谁来具体组织实施与此相关的诸多事宜？这一系列现实问题又摆在了洋务派面前。总之，他们必须找到有能力兴办洋务的操盘手，然后才能谈得上"师夷之长技"。

正当洋务派空有"师夷之长技以制夷"的愿望，却在如何落实上茫无头绪的时候，太平军也开始大量采购西式军火。1862年，李秀成率大军解救天京之围，以炮火轰击湘军："洋枪洋炮子密如雨，兼有开花炸炮打入营中，惊心动魄。"到了这时候，"师夷之长技"不仅为了"制夷"，还有了对内平叛的迫切需要。

在这样的背景下，熟谙洋务的粤人和粤商就成了洋务派特别倚重的专业人才。而许多曾经受雇于洋行的买办商人，也从此开始向谋求国强民富的民族企业家、实业家转变。由洋行买办到民族企业家、实业家，由逐利的商人到推动国家进步的改革者，是粤商群体的一次质变，一次升华，也是他们从中国其他各大商帮中脱颖而出，实现身份超越的标志性特征。

洋务运动是中国历史上的创举，不仅因为它缔造了为期三十年左右的"同光中兴"，初步建立了中国近代工商业的基本框架。与此同时，它也让朝廷亲贵、开明官僚与熟悉洋务的近代商人结成了推进社会变革的精英同盟，并且摸索出了"官督商办"的操作模式。

无论中外，重塑历史的变革都需要全社会成员的广泛参与，尤其是精英群体的积极投入才有可能取得成功。粤商——中国近代最先进的商人群体，不仅全面参与了这场社会经济变革，而且作为中坚力量大放异彩。

1861年清政府设立了一个具有近代外交职能的新机构：总理各国事务衙门，奕䜣为总理大臣。有学者认为，这是洋务运动破土而出的标志，从此有了推行新政的最高权力机关。同样是在这一年，曾国藩在安徽安庆创办了中国第一家军械所，学习仿制新式西洋兵器，此举则被一些人当成中国进入机器制造时代的象征。

设立总理各国事务衙门，创办安庆军械所，当然是洋务运动最初起步时的两个重要事件。然而，这也仅仅是个开始。设立新的权力机构容易，若想"新政"取得成功，真正学到西方的先进科学技术，还有很长的路要走。事实上，安庆军械所刚一创立，就遇到了缺少近代工业生产经验、缺少机器设备、缺少专业人才等一系列问题。正当新兴的洋务事业筚路蓝缕、前行艰难之际，一位在九江经营茶叶生意的广东商人进入了曾国藩的视野，他就是以推动"西学东渐"彪炳史册的中国近代留学生之父容闳。

容闳，1828年11月17日生于广东香山县南屏镇（今属珠海市），这里距澳门只有四英里，位于中国近代对外开放的最前沿。他的父母虽然身份卑微，却思想开明而且颇有远见，早早就发现了学习"洋务"的前景。1835年，容闳刚满七岁，父母便把他送入英国传教士古特拉富的夫人开设的"西塾"接受新式教育。"意者通商而后，所谓洋务渐趋重要，吾父母欲先着人鞭，冀儿子能出人头地，得一翻译或洋务委员之优缺乎？至于予后来所成之事业，似为时势所趋，或非予父母所及料也。"①

正在全中国有机会上学的孩子都在私塾里死读八股文，寄希望通过科举仕进显达的时候，容闳的父母却把他送进了"西塾"。他们那时已经发现，随着与西方各国通商时代的来临，"洋务渐趋重要"，此时若能着人先鞭，便有希望占得先机，出人头地。至于容

---

① （清）容闳著，徐凤石、恽铁樵等译，钟叔河导读、标点：《西学东渐记》，生活·读书·新知三联书店2011年版，第2页。

容闳（1828—1912年），近代中国第一个留美学生和维新思想的先驱者。1909年他在美国出版《西学东渐记》，记述了自己的一生和西方思想对中国的影响。

闳后来取得的成就，已经远远超出其父母的意料之外了。

古特拉富夫人主持的"西塾"，其实是澳门马礼逊学校的预科班。马礼逊博士是来到中国的第一位新教传教士，容闳尊其为"中国之第一传道士"。受英国传道会委派，马礼逊于1807年1月31日由伦敦启程，辗转来到中国，直至1834年8月1日逝世，在华寓居27年。作为近代中西文化交流的先驱，马礼逊在许多方面都有首创之功，他编纂了第一部《华英字典》，成为以后汉英字典编撰的圭臬；他第一个把《圣经》译为中文并刊印出版，使中国人可以直接阅读完整的基督教经典；他设立英华书院，首开传教士设立教会学校的先河；他与东印度公司的医生合作开设眼科医局，把西方的医疗技术引入中国……为纪念他的传奇人生，居住在澳门的西方人于他逝世后的第二年开始商议创办马礼逊学校，经过多年筹备，终于在1839年11月1日招生开课。

1841年，容闳经过"西塾"的最初教育之后正式入读马礼逊学校，翌年随学校由澳门迁往香港。在这里，他遇到了影响他一生的恩师勃朗先生。勃朗（Rev.S.R.Brown，又译布朗），美国人，1832年毕业于耶鲁大学，获神学博士学位，1839年偕夫人来到澳门主持马礼逊学校教务。容闳没有因为家里贫穷而辍学，以及后来能去美国深造，全凭勃朗及其朋友的帮助。在容闳的心里，一生始终对勃朗怀有感激之情。

1846年冬，勃朗由于健康原因不得不放弃马礼逊学校的教职，决定回国。在过去的这些年里，勃朗与他的中国学生建立了深厚的感情，难以割舍。临行前，他对自己的学生发出公告，表示愿意带他们到美国去完成系统教育，但需要他们自愿报名。容闳是第一个报名者。勃朗考虑到当时在马礼逊学校读书的大都是贫苦子弟，不仅设法为这些贫苦孩子们筹集了赴美学习期间所需经费，还为每个学生的贫穷父母提供至少两年的赡养费。"既惠我身，又及家族，仁人君子之用心，可谓至矣。"容闳晚年这样评价勃朗的善举。

从1847年进入马萨诸塞州孟松中学，到1854年自耶鲁大学毕业，容闳在美国的七年里如饥似渴地吸收新知识，终于成了"第一位中国留学生毕业于美国第一等的大学者"。经过西方近代文明的系统教育之后，容闳"更念中国国民，身受无限痛苦，无限压制"，他从此立志，要"以西方之学术，灌输于中国，使中国日趋文明富强之境"。

1854年11月13日，容闳揣着耶鲁大学羊皮纸做的毕业文凭和改造旧中国的远大理想，从纽约登上远洋帆船，踏上归程。

幼年开始接受西式教育，在美国由求知少年成长为青年才俊，对于容闳来说，祖国反倒成了异乡。尽管容闳对国内的"腐败情形"做好了心理准备，可回国后目睹的现实还是超出了他的想象，很快就被摆在面前的"阴郁险恶"震撼了。

容闳回到广东之际，两广总督叶名琛正以镇压太平军、三合会暴动为由在广州大开杀戒。容闳这样描写叶名琛制造的血案："彼两广总督叶名琛者，于此暴动发生之始，出极残暴之手段以镇压之……统计是夏所杀，凡七万五千余人，以予所知，其中强半皆无辜冤死。予寓去刑场才半英里，一日予忽发奇想，思赴刑场一觇其异。至则见场中血流成渠，道旁无首之尸纵横遍地。……予自刑场归寓后，神志懊丧，胸中烦闷万状，食不下咽，寝不安枕。日间所见种种惨状，时时缠绕于予脑筋中，愤懑之极，乃深恶满人之无状，而许太平天国之举动为正当。"①

那个血腥的夏天让容闳成了太平军的同情者，甚至想奋起"为之响应"。但是冷静下来之后，又觉得过于鲁莽，再加上回国后的生活压力，让他不得不从长计议。

谋道亦谋食，容闳希望能找到变革中国与养家糊口相结合的工作，并因此开始频繁更换职业，寻找机会。他为耶鲁大学校友、在广州传教的派克博士当过书记，他到香港高等审判厅当过译员，结果都不如意。1856年8月，在粤港两地辗转一年之后，他搭上一艘运茶船北赴上海。容闳很快便在上海海关翻译处找到了工作，月薪七十五两，比他在广州和香港时都高出许多。但是，他在海关干了三个月之后，还是觉得这份工作"亦不相宜"，又一次递交了辞呈。管理海关的外国总税务司为了挽留容闳，许诺将月薪提高到二百两，无奈他"别有高尚志趣"，执意要离开海关"另觅光明磊

---

① （清）容闳著，徐凤石、恽铁樵等译，钟叔河导读、标点：《西学东渐记》，生活·读书·新知三联书店2011年版，第28页。

落之事业"。

离开海关后，容闳先在一家英商公司当书记，这是他第一次涉足商场，自我感觉获益良多，"于商家内幕及经商方法，已略知梗概"，为其日后事业发展，开辟了一条新路。不过这家英资公司在他入职6个月后就停业了，好在这时容闳在上海商界开始有了些名声，许多中外商人都知道他是受过西方正规教育的留学生。在这期间，对他影响最大的是宝顺洋行买办、徐润的师父曾寄圃。

经曾寄圃介绍，容闳结识了宝顺洋行大班韦伯。对这个美国耶鲁大学毕业的中国青年，韦伯自然十分看重，打算高薪聘他为日本长崎分公司买办。可是容闳觉得买办这个身份有损他"美国领袖学校之毕业生"的声誉，只肯作为"公司代表"，到中国内地收买丝茶。韦伯答应了他的要求，派他到长江流域各茶产区调查行情。容闳借着这个机会，于1860年深入太平天国首都"天京"（南京），对那个他曾经许为"正当"的政权进行了实地考察。

天王洪秀全的族亲干王洪仁玕早年曾在香港教会担任教职，容闳居留香港时与之相识。此番故人来访，洪仁玕给予了极高的礼遇。容闳也怀着满腔热情，将自己改造中国的设想倾心相告，向洪仁玕提出富国强兵、革新教育、改良政治等7条维新建议，其核心还是他早在美国便已形成的理想"以西方之学术，灌输于中国，使中国日趋文明富强之境"，亦即所谓"教育计划"。据容闳说，洪仁玕"居外久，见识稍广，故较诸王略悉外情；即较洪秀全之识见，亦略高一筹。凡欧洲各大强国所以富强故，亦能知其秘钥所在。故对于予所提议之七事，极知其关系重要"。但是，洪仁玕并没有掌握太平天国的实权，无力推行这些变革之策，再加上容闳对其他太平军领袖印象欠佳，认为他们难成大事，"以予观察所及，太平军之行为，殆无有造新中国之能力，可断言也"。在"天京"

毫无建树地住了些日子之后，他拒绝了洪仁玕给他送来的一方官印和四等爵位，讨了一份可以在太平天国控制区自由通行的护照，告辞而去。

这次失败的"天京"之行，让容闳彻底放弃了通过太平天国推行"教育计划"，"改良政治"的幻想，"不得不变计"。他想"从贸易入手"，积累一些财富之后可能更容易实现维新中国的宏图大志。所以在离开南京之后，他才真正开始专心考察各地茶叶产区，像个茶商那样关心起市场行情了。

容闳"从事贩茶之事"前后大约三年，先为外国公司做经理人，后"辞职自营商业"。经商虽然不是他的志愿，但生活过得还算不错，用他自己的话说是"境况殊不恶"。

1863年，容闳在九江经营茶叶期间，忽然收到来自当时的安徽省城安庆（安庆于1937年前一直是安徽的省会）的一封信。写信人名叫张斯桂，宁波人，1857年在上海与容闳相识，据称是"中国第一炮舰之统带"，后来去安庆做了曾国藩的幕僚。曾国藩于1862年任两江总督，在其还没有打下南京前，其总督府设在安庆。

张斯桂的来信让容闳感到十分意外。当初在上海，他们也只是"人海中泛泛相值耳"，而且已经多年没有联系，现在张斯桂突然来信说"承总督（曾国藩）之命"，邀容闳去安庆一行。容闳越想越觉得这事来的可疑。他担心，由于自己曾经去过"天京"，而且受到了太平军领袖的盛情款待，被官军当成了通敌的奸细，如今要骗他去安庆问罪。虽然他也觉得以张斯桂的为人，应该不至于出卖朋友，但终究不敢贸然前往。踌躇再三，为慎重起见，容闳给张斯桂发了一封礼节性的复函，一方面"深谢总督礼贤下士之盛意"，一方面以新茶刚刚上市，各处订货者多，放不下生意为由婉拒了安庆方面的邀请。

两个多月后，容闳又收到了张斯桂的第二封来函，除了要他速往安庆，还附上了李壬叔的亲笔信。李壬叔，清末著名数学家，天文学家，在上海与容闳有过交往，对容闳这位完全受美国教育的留学生十分欣赏。他和张斯桂一样，这时也在安庆给曾国藩充当幕僚。李壬叔在信中说，他知道容闳"抱负不凡，常欲效力政府，使中国得致富强"，因此在曾文正公面前极力揄扬。现在总督有一桩极重要的事情，要委他专任。

容闳看到李壬叔的来信后，虽然疑团尽释，却不想立即放下手头的生意，所以只应允待几个月后再去安庆。按照容闳的说法，当时"曾文正欲见予之心甚急"，李壬叔、张斯桂又连续来函"述文正之意"。在李、张两人一再表示，总督求贤若渴，想让他弃商从政，在督府里任事之后，容闳才猛然意识到这是一个难得的机遇。如果有曾国藩助力，他朝思暮想的"教育计划"便有了实现的可能。于是马上修书一封，决计应召前往安庆。

容闳匆忙结束了九江的茶叶生意，于1863年9月乘船赶往安庆。抵达安庆的第二天便受到了曾国藩的接见，他将这一天称之为"初登政治舞台之第一日"，并且详细地描绘了当时情景：曾国藩让他坐在面前，含笑不语数分钟，先以锐利的目光将他自头到脚打量了一遍，然后又"双眸炯炯，直射予面"，特别注意观察他的两只眼睛。又过了一会儿，也许是曾国藩觉得已经把眼前这个留洋回来的广东人看穿了，才开口问了一些他的基本情况。这次会面过程大约只有三十分钟，却决定了容闳以后的人生。事后他才得知，曾国藩对他的印象不错，觉得他是个意志坚强，堪当大任的年轻人。从此之后，容闳彻底抛弃了买办商人身份，成为中国向现代化转型的直接参与者，"西学东渐"的有效推动者。

又过了几天，曾国藩再次召见容闳，与他商议创办"机器厂"

事宜。两人谈得十分投机，曾国藩决定授予容闳全权，赴国外探询专门的机械工程师，考察、采购适用的机器设备。这个准备兴建的"机器厂"选址在上海城西北的高昌庙，它就是日后著名的"江南制造局"。

1865年，容闳带着从美国采购的机器设备回国。鉴于"此行历途万里，为时经年，备历艰辛，不负重托"，曾国藩举荐他为候补同知，在江苏省行政署任译员。

江南制造局大门。

1867年，曾国藩在容闳的陪同下视察江南制造局，现场观摩美国机器运转之妙，非常开心。容闳趁机建议，在江南制造局设立一所兵工学校，培养中国自己的机械技术人才。曾国藩对这个想法极为赞许，当即让人着手办理。

江南制造局兵工学校的成功开办，让容闳看到了进一步实施教育计划的希望，也使他获得了曾国藩和江苏巡抚丁日昌的信任和支持。容闳这样评价两位洋务要人："曾文正者，于余有知己之感，而其识量能力，足以谋中国进化者也。当日政界中重要人物，而与余志同道合者，又有老友丁日昌。丁为人有血性，好任事，凡所措施，皆勇往不缩。"①

丁日昌，1823年生于广东丰顺县汤坑镇金屋围，是容闳的同乡，也曾做过曾国藩的幕僚，由于这两层关系，两人"颇投契"。丁日昌出身贫寒，早年科场不顺，屡试不第，直到30多岁才靠"军功"当上了江西万安县县令。后来投到曾国藩门下做幕僚，开始崭露头角，仕途得意起来。容闳自美国采购机器回国，因功授候补同知的时候，丁日昌官任上海道台，直接主持了江南制造局的创立。没过多久他便由盐运司、藩司升任江苏巡抚。

"以西方之学术，灌输于中国，使中国日趋文明富强之境"，这个后来简称为"西学东渐"的教育计划，是容闳矢志不移的追求目标。为此，他专程赴苏州巡抚衙门拜谒丁日昌，并得到了鼎力相助。丁日昌让他尽快写一份详细的"说帖"，上报文相国"请其代奏"。这个文相国，就是文祥，清廷洋务派首领之一，时任军机大臣、总理衙门大臣。丁日昌的积极响应自然让容闳"惊喜交集"，立刻将他的计划撰为四则条陈：一、中国宜组织一合资汽船公司，以去除传统内河漕运"水程迢迢，舟行迂缓，沿途侵蚀"的弊端；二、政府宜选派颖秀青年，送之出洋留学，以为国家储蓄人才；三、政府宜设法开采矿产以尽地利，矿产既经开采，则必兼运输之便利，凡由内地各处以达通商口岸，不可不筑铁路以利交通，故直接以提倡开采矿产，即间接以提倡铁路事业也；四、宜禁止教会干涉人民词讼，以防外力之侵入。

① （清）容闳著，徐凤石、恽铁樵等译，钟叔河导读、标点：《西学东渐记》，生活·读书·新知三联书店2011年版，第76页。

这四则条陈，其实已经包含了洋务运动的主要内容。日后兴办的轮船招商局、开平矿务局，以及各地逐步开始修建的铁路都与容闳的建言有关。可在当时，他却不敢奢望朝廷将它们全部采纳。按照下臣上呈条陈"例有准驳"的潜规则，位列第二项的建议被准奏的可能性最高，所以他才把最核心的教育计划藏在了"组织一合资汽船公司"的后面。

世事难料，容闳的条陈送上去两个月后，从丁日昌那里传来消息，文祥丁艰（丁忧，母病故，回家守孝），不得与闻政事，没过多久，文祥自己"亦相继为古人矣"。容闳心怀多年的宏图伟愿，"才见萌蘖，遽遇严霜"。

在此后的三年间，容闳始终对自己的教育计划念念不忘，每遇丁日昌"必强聒不已"，还时常请他向曾国藩陈情。

1870年，天津发生仇教事件，焚毁教堂，曾国藩、丁日昌等人作为钦差奉旨前往调停，容闳也终于等到了机会。为了便于和洋人谈判，丁日昌招容闳为译员。交涉结束后，容闳借机向丁日昌进言，请他向曾国藩重提教育计划。一天晚上，容闳已经上床就寝了，丁日昌突然闯进来，对他讲了一个鼓舞人心的消息，曾国藩同意和时下正在天津的丁日昌等四位钦差大臣一起联名上奏，力促政府首先采纳实行他的教育计划。

1870年冬，曾国藩办完天津教案，回任两江总督。他刚抵达南京，就接到了朝廷的回复："着照所请。"用容闳自己的话来说："至此予之教育计划，方成为确有之事实，将于中国两千年历史中，特开新纪元矣。"

从1872年至1875年，清政府分四批派出120名幼童生官费赴美国留学，原计划各期学生留美学习15年，四批前后总计20年。不料在1881年全体中国幼童即奉召勒令返华，容闳的教育计划被迫中断。尽管如此，它仍然开创了西学东渐、全面学习西方现代文明的先河。正如曾国藩、李鸿章在另一份联署奏折中所说的："伏查挑选幼童出洋肄业，固属中华创始之举，抑亦古来未有之事。"

1881年7月，中国幼童离美返华时，《纽约时报》特以《中国在美国》为题发表社论，对这个创举予以高度赞扬："中国幼童留美计划，在美实施历时10年，以美国观点看，是相当卓越有成就的！"同时，也对这个计划的夭折感到惋惜："中国幼童出洋肄业局的撤回，显示中国政府仍是墨守成规，抱残守缺。对那些赞扬中国已经同许多国家一样走上开放改革进步的不归之路，这项措施是个无情的反证。"

尽管容闳的教育计划未能最终完成，但它仍然为中国培养了一批推进社会进步的栋梁之材。赴美留学的幼童唐绍仪，后来成为民国首任国务总理，促成南北议和；詹天佑，领导建成中国第一条自筑的京张铁路，成为第一个加入美国土木工程师学会及英国土木工程师学会的中国人；梁诚，曾任驻美公使，主持交涉美国退还"庚子赔款"；唐国安，曾任清华学校（清华大学前身）首任校长；蔡绍基，曾任北洋大学校长；周万鹏，曾任清政府电政总局局长……当年的留美幼童们，纷纷成为外交、教育、铁路、电报、海军、海关、实业、法律等各个新兴领域的开拓者。

伴随着甲午战争的硝烟，曾经被一代人寄寓了无限期望的洋务运动也黯然落下了帷幕。然而，那些从美国回来的中国幼童却在顽强成长。詹天佑在美国所读的那所中学有一句校训："在实践中求希望。"这也是那些留美幼童的共同写照，他们一直在为沉沦中的祖国寻求着新的希望。

1876年，容闳的母校耶鲁大学为表彰他对中美文化交流作出的贡献，特授予荣誉法学博士学位。1878年，他被清政府任命为驻美副公使，中美邦交开始"正常化"。1898年，他回国参加戊戌变法，失败后逃离北京，此后在美国定居，直至1912年病逝。

如果说容闳是清末那场洋务自强运动框架方案的首倡者，徐润、唐廷枢则是这个方案的落实者，再加上郑观应这个维新思想家的理论支持，活跃在上海的粤商群体组成了推动旧中国向近代化转型的中坚力量。而容闳、徐润、唐廷枢、郑观应都是自粤商脱颖而出的。

容闳的"教育计划"终于启动了，这也成了徐润投身洋务运动的契机。徐润在其自叙年谱里这样写道："（同治十年）冬十月，奉南洋大臣、两江总督曾札委，办理挑选幼童出洋肄业，陈荔秋（兰彬）、容纯甫（闳）带领去美，每班三十人共一百二十人分四年出洋，经费由海关发给……"不仅如此，徐润还在自己的年谱里详细开列了每一批出洋学子的姓名、年龄、籍贯，以及所学专业，可见他对此事的重视。

1872年，徐润送走了留学肄业局监督陈兰彬、副监督容闳和第一批留美幼童。一年后，他经唐廷枢引荐接受北洋大臣李鸿章的"札委"，出任上海轮船招商局会办，开始深度参与洋务运动。

上海轮船招商局是中国第一家具有近代意义的民族企业，也是洋务运动的标志性产物。"中国宜组织一合资汽船公司"，这个容闳当年与"教育计划"一起提出来的设想，直到1872年才被李鸿章重新提倡、实施。

作为一个内敛型的农耕民族，中国的海上贸易和运输不仅从未得到过充分发展，而且被历代统治者以影响稳定为由强加抑制。

"五口通商"之后，李鸿章才真切地认识到，"中国沿江沿海之利，尽为外国商轮侵占"。因此，他才有了开办轮船招商局的紧迫感："兹欲倡办华商轮船，为目前海运尚小，为中国数千百年国体、商情、财源、兵势开拓地步。"

1872年10月，李鸿章听信幕僚盛宣怀的举荐，授命上海沙船业巨头、浙江漕运局总办朱其昂设立轮船招商局，介入商业海运。试营半年后，李鸿章发现朱其昂只熟悉传统的官办漕运业务，对揽载客货和商轮经营等近代海运业务一窍不通。朱其昂通过外国经纪人购买的轮船"伊敦"号和"永清"号不仅陈旧落伍，而且"付费奇昂"，比外国洋行新造的头等好船还贵。再加上内部管理混乱，滥支浪费，任人唯亲，结果胡雪岩等上海商界大佬没人愿意入股，就连李鸿章从直隶军饷里拨给他们的13.5万两官股都可能血本无归。

为了使刚成立的上海轮船招商局免于夭折，李鸿章曾经考虑延揽胡雪岩入局取代朱其昂出任总办，又顾虑胡雪岩是左宗棠的商业利益代表，恐怕不易为其所用，而且也不是很让他放心。正在李鸿章左右为难之际，有淮系幕僚向他献策，"闽粤人财力雄厚"，建议他招粤商入局。

1873年夏，又经盛宣怀等人介绍，唐廷枢和徐润两位粤商被李鸿章延请入局。唐廷枢为总办、徐润为会办，朱其昂和李鸿章的亲信盛宣怀也出任会办，从此形成了唐、徐、朱、盛为四驾马车的"官督商办"体制。唐廷枢和徐润为轮船招商局的实际管理人，也是最大的股东，除官办的漕运一事仍由朱其昂主管外，其余诸如募股、添置新船、造栈、揽载、开拓航路、设立各地码头等业务都由他们一手操办。盛宣怀则作为李鸿章的代表，联系协调官商两端。

李鸿章倡办轮船招商局是"冀为中土开风气"，学习西方近代商业经营理念和方法，"以商务立富强之基"。如此宏伟的目标，显然不是朱其昂这类传统的沙船东主所能实现的。事实证明，也只有在唐廷枢、徐润这两位具有洋行买办背景的粤商进入招商局后，它才被赋予了近代企业的内涵。他们为上海轮船招商局带来了新技术、新管理方式和雄厚的资金。

唐廷枢、徐润依照与英商合资经营轮船公司时积累的经验，在接手重组招商局之初便订立了新的公司章程，根据"商办"原则明确规定，所有管理人员应尽量精简，不可委任官员入局，不任用衙门差役。李鸿章也对此表示赞同，对企业用人不做过多干涉，还婉拒了一些官员入局任事的请托。有了李鸿章的支持，唐、徐二人又对那些靠官方关系到局里尸位素餐的冗员进行了清理，从外国洋行招聘精通商轮业务的经营人才；另外，所有账目向股东公开，如有疑问可以随时到局查阅；"节縻费，省文牍"，避免官府过多干预局务。如此等等，初步把轮船招商局打造成了一个专业、高效的近代企业。无论是新局规还是章程，都十分强调"照买卖常规办理"，这话看起来简单，本质上其实是让企业经营回归商业原则，服从经济规律。因此有学者评价，这是第一次把西方资本主义企业的组织形式和经营原则引进到中国的创举，对中国建立近代企业制度具有开拓性意义。

经过调整之后，唐廷枢、徐润又凭借自己的实力和商界声望集资募股，当年即招新股47.6万两，轮船揽运业务也大有起色，渐呈蒸蒸日上之势。到1883年，轮船招商局先后招股200万两，粤商群体投资最为踊跃，支持唐廷枢、徐润的洋务事业。有人这样总结粤商对轮船招商局发展的意义："航海经商，本为粤人所长，且商局股东泰半粤人。"粤商以群体的力量，共同培育起了这颗中国近代民族企业之花。

为了打破外国保险公司对轮船保险业的垄断，1876年唐、徐二人创办了第一家属于中国人的保险公司——仁和水险公司，募集本金25万两，试业一年获利颇丰，继而又招股25万两。1878年，唐、徐二人又创立济和水火险公司，集股五十万两，继续在保险领域扩张。这两家保险公司不仅基本满足了中国商船的保险需求，让他们不再受制于外国保险公司，而且吸引了洋商前来投保，成为上海保险业的一股新生力量。

轮船招商局的崛起打破了航运业的传统格局，曾经全面统治中国水域的外国轮船公司都感受到了前所未有的压力。出乎所有人的意料之外，在这场竞争中首先被淘汰出局的竟然是美国旗昌轮船公司。这个曾经在中国的江河湖海上驰骋多年的巨无霸，竟然被唐廷枢、徐润领导的轮船招商局一口吃掉了！在萎靡不振的晚清，中国人第一次在与西方人的博弈中取得了胜利。"师夷之长技以制夷"，在洋行买办出身的广东商人与外商商战中昙花一现。

粤商或曰广东买办一直是受到外国洋行、轮船公司依赖的实际经营者，他们包揽了从寻找货源、商品议价、采购到运输的交易全过程。唐廷枢、徐润这两位粤商中的领军人物脱离洋行、外国轮船公司，入主上海轮船招商局之后，在粤商中产生了群聚效应，许多优秀的经营人才追随他们，离开曾经工作的洋行、轮船公司，为新兴的民族企业服务。正是在这样的背景下，美国旗昌轮船公司的揽载生意出现断崖式下滑，一蹶不振。

1876年冬，徐润从他的德国朋友那里得到消息："旗昌轮船公司有机可图，全盘出让，约银二百五六十万两，数日之内，必须定见。"

自唐廷枢、徐润入主轮船招商局以来，一直试图实现跨越式发展，现在，随着美国旗昌轮船公司的急剧衰落，机会出现了。可是这时唐廷枢在福州，盛宣怀在湖北，徐润无人可以商议，却又必须在几天之内就要做出决定。为了抓住商机，徐润与招商局里的好友、局董严芝楣筹划、核算了一个通宵。旗昌的价值何止二百五六十万两？且不说那些先进的轮船，即使是它在全国各口岸拥有的码头、栈房（仓库）也已经价值不菲了。在上海，旗昌有金利源、金万东、金永盛一连三处码头（即后来著名的上海十六铺码头），可泊轮船六七艘，水深处可停靠远洋巨轮。此外，在宁波、天津以及长江沿岸各主要商埠，旗昌轮船公司的码头、栈房都占据了最有利的位置。徐润与严芝楣都觉得旗昌轮船公司物超所值，决议全盘收购。第二天一早，他们便向旗昌开出了220万两的收购价。中午一过，他们就等到了旗昌方面225万两的还价。又经过一轮讨价还价，最终双方以222万两成交，招商局需先付定金2.5万两，再交首期收购款100万两，余额可分期陆续支付。

徐润当机立断，两天之内就把如此重大的收购案给敲定了。下面，要开始筹集首期收购款了，徐润这才感到自己的冒昧，因为身为招商局总办的唐廷枢和另一个会办盛宣怀还对此事一无所知。唐廷枢是自己的同乡好友，即使没有事先沟通，徐润也相信他会无条件支持收购案。关键是盛宣怀，他毕竟是李鸿章派驻轮船招商局的代表，不能不小心对待。由于当时电报还没开通，徐润当即派专人前往福州，要唐廷枢尽快返回上海。他本人则亲自赶往湖北向盛宣怀面陈事情经过，强调之所以匆忙做出收购决定，实在是由于时间紧迫，希望获得理解和支持。让他欣慰的是，盛宣怀不仅没有怪他擅自做主，还称赞他有见识、有胆略，主动提出和他一起去南京筹款。

李鸿章虽然对动用巨款收购外国企业有过犹豫，但为了"与洋人争利"，还是想方设法为轮船招商局调拨收购款项，又亲自给唐廷枢等人发出手谕："旗昌轮船已定义归并，从此经理得宜，屏除私见，涓滴归公，官商可共信服，利权可渐收回，大局转移在此一举，翘盼曷任……"

兼并美国旗昌轮船公司是上海轮船招商局发展的里程碑。这个最初成立时只有四艘轮船，一处浦东码头的民族企业，从此一步步发展成了拥有近30艘轮船及诸多小轮、趸船和驳船，码头、栈房遍布上海、天津、宁波及长江沿岸各大商埠，在菲律宾、泰国、越南及日本设有分局，航线可达新加坡、夏威夷、旧金山等地的国际化航运巨头。

招商局并购旗昌轮船公司之前，它的主要竞争对手是旗昌。吃掉旗昌，进一步实施航线扩张之后，招商局开始了与老牌航运业两强——太古、怡和轮船公司的新竞争。太古与怡和轮船公司都是英国洋行在华经营多年的大型航运企业，实力更为雄厚。为了争夺航运市场，招商局与太古、怡和打响了价格战，结果三方都付出了巨大代价，蒙受严重亏耗。太古洋行东主施怀雅首先意识到，这是一场没有胜利者的战争，如果持续下去，各方都将付出惨重代价，订立合作协议是唯一的解决之道，越早订立越好。1877年9月，他亲自来到中国，通过当时还是太古洋行买办的郑观应与唐廷枢、徐润展开谈判。当时轮船招商局因并购旗昌而背负巨债，也急于结束这场旷日持久的消耗战，当年年底，经郑观应与唐廷枢协商，双方在上海签订长江航线与上海—宁波航线的齐价合同。次年7月，唐廷枢又与怡和洋行签订上海—天津、上海—福州航线的齐价合同。通过齐价合同，三家航运业巨头尽量避免冲突，尝试和平相处，使招商局有了稳定的水脚收入，也有了较为有益的发展环境。中国的江海航运市场，从此形成了三足鼎立的新格局。

轮船招商局的振兴，让李鸿章十分得意，称之为"开办洋务四十年来最得手之文字"。李鸿章有理由得意，轮船招商局作为中国历史上第一家"官督商办"的合资公司，一改数千年来社会集资全靠商帮亲缘关系的传统，搭建了官商合作、资本融合的制度平台，树立了官商合作的近代企业范例。因此，它的成功不仅标志着"中国人有了自己的蒸汽轮船"，或者中国借此收回了江海航运权利，更重要的是，从此中国产生了股份制公司。社会商业组织的近代化，是中国经济崛起、工业技术近现代化的基础。继轮船招商局

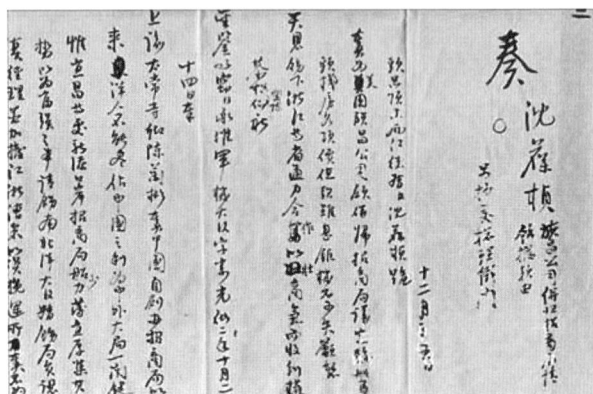

沈葆桢所奏《旗昌公司并归招商局请饬拨款由》折。

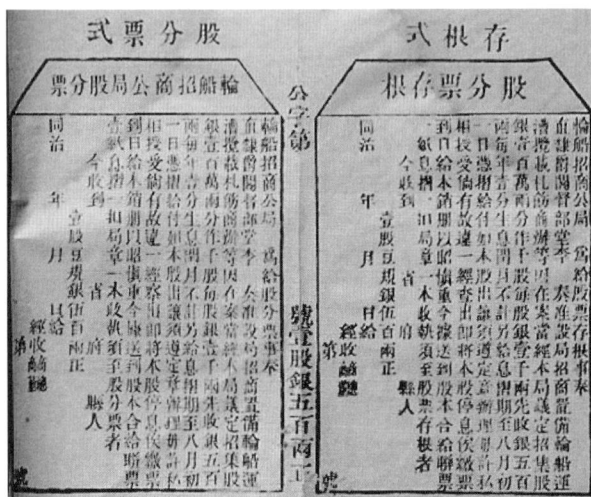

轮船招商局股票票样图。

之后，唐廷枢筹建开平矿务局，其组织形式、管理体制、股份核定、股东权益等都基本复制了"招商局模式"，其他诸如湖北煤矿、上海机器织布局等洋务企业章程也多以此为蓝本。

三

近代工商业的出现往往具有联动性或者群发性。李鸿章把轮船招商局当做"洋务之枢纽"，可是随着轮船业的振兴和机器制造企业日益增多，缺少燃煤成了限制新兴产业发展的瓶颈。能源，是一个国家走向近代化的原动力。中国传统的土窑采煤已经远远不能满足新兴产业的需要，以至于英、日等国洋商纷纷贩运高价煤入华牟利，据说当时每年仅进口燃煤一项，洋商即可赢利四百余万两白银。这时，全面学习"西法采煤"，创办一个近代机械化煤矿的需求日益迫切。

轮船招商局的成功为粤商赢得了广泛赞誉，更让李鸿章亲证了他们经营洋务的非凡能力。中国虽然商帮众多，但是办洋务求自强，尤其是"师夷之长技以制夷"，唯有粤商堪当大任。所以，李鸿章在考虑主持开矿人选的时候，唐廷枢自然成了首选。

1876年11月2日，唐廷枢奉命由上海抵达天津，为李鸿章筹办矿务。第二天，唐廷枢便动身与英国矿师马立斯等人到开平一带勘察矿脉。当地传统小煤窑林立，不仅效率低，成本高，而且由于技术落后，只能采挖浅层煤槽，无法开掘深层煤田，造成了极大的资源浪费。经过十多天的调研，唐廷枢在11月14日写出了一份详细的勘察报告，不仅阐述了在开平使用机械化"西法采煤"的可行性和优越性，而且力主采用"西法运输"——修筑铁路。他认为，只有铁路—轮船联运，才能降低从开平到上海等地的运输成本，让开平煤在市场价格上获得竞争优势。他在这份经过反复推敲的勘察报告里明确写道："欲使开平之煤大行，以夺洋人之利，苟非铁路运煤，诚恐终难振作也。"

通过这份报告，李鸿章坚定了在开平兴办近代大型煤矿的信心，却对修筑铁路这个大胆的提议颇感为难。自兴办洋务以来，李鸿章也已经逐渐认识到了铁路的重要性，1874年他还冒着风险呈递了请修铁路的上疏。可是奏章一送上去，立即遭到朝臣、言官们的"痛诋"，说铁路会让"洋人深入内地，借端生事，徒滋纷忧"。1875年，他又向恭亲王奕䜣"极陈铁路利益，请先造镇江至京铁路，以便南北传输"。奕䜣热心洋务，对兴修铁路的建议"意亦为然"，但是朝廷的阻力太大，也不敢做主。李鸿章又请奕䜣"乘间为两宫言之"，希望能获得更高层面的首肯。可奕䜣说"两宫也不能定此大计"，修铁路俨然成了朝廷的禁区。李鸿章心灰意冷，对铁路也就"从此遂绝口不谈矣"。

"铁路"，成了挡在李鸿章、唐廷枢等洋务人士面前的一道路障，无法逾越，只能绕行。李鸿章权衡利弊，斟酌再三，直到1877年（光绪三年八月初九日）才对压了许久的唐氏开矿报告作出批示："……（开平煤矿）自宜赶紧设法筹办，以开利源而应军国要需……该道（指唐廷枢）熟精洋务，于开采机宜，商情市场详稽博考，胸有成竹，当能妥慎经营，力襄厥成……"总之，李鸿章让唐廷枢尽快把机器开采的煤矿办起来，至于铁路，他婉转地回避掉了。为了减少地方阻力，他又应唐廷枢之请，指派天津道丁寿昌、津海关道黎兆堂协助唐廷枢共同办理开矿事宜。

1877年9月，唐廷枢、丁寿昌、黎兆堂三人会拟了在直隶境内创办近代大矿的招股章程十二条。借鉴轮船招商局章程，规定了煤矿的"官督商办"性质、明确了按股份成比例。

1878年7月24日，开平矿务局正式在开平镇挂牌设局。开平矿务局设立后，唐廷枢一方面在天津、上海、香港等地展开招商集股活动，一方面带领从英国雇来的几名矿师和从广东招募来的工匠奔赴开平一带选址打钻探煤。经过反复比较，最后决定把开平矿务局的第一眼钻井放在距开平以西20里的乔家屯。唐廷枢为这座中国近代第一矿起了个响亮的名字——唐山矿。先有唐山矿，后有唐山城。唐廷枢发掘、命名的唐山矿，便成了唐山这座近代矿业城市的开端。

1881年秋，唐山矿井架上的天轮把中国煤矿带入了机械化开采的新时代，唐山矿出煤了。随着高质煤源源不断地从深层矿脉运上地面，运输——成为一个迫在眉睫的现实问题摆在了唐廷枢面前。

唐廷枢理解李鸿章的苦衷，只好暂时放弃从唐山矿至涧河口修一条百里铁路的计划，改由胥各庄至芦台挖一条人工运煤河。这个河运计划，很快就获得了李鸿章的批准。

在开挖河道时，唐廷枢发现，由胥各庄至唐山矿一线地势逐渐升高，运煤河不可能直抵矿场，最好的办法，还是修铁路。铁路，

1878年，在唐山创建的开平矿务局。

是关系到开平煤矿兴衰成败的命脉，也是唐廷枢无法放弃的梦想。

唐廷枢悄悄将挖掘河道时遇到的问题向李鸿章禀报，并隐晦透露了自己的想法：自胥各庄东北修一条直达唐山煤场的"快车马路"。对于这个所谓"快车马路"，李鸿章自然是心有灵犀，既然唐廷枢的禀折上没有提到"铁路"两个字，他便佯装糊涂，马上批准照办。同时，老谋深算的李鸿章为了减少日后在朝廷引起的震动，专门给朝廷呈上了一份汇报开平煤矿筹办情况的奏折，将这条"快车马路"作为"私货"暗中塞了进去："由唐山至天津必经芦台，陆路转运维难，若夏秋山水涨发，节节阻滞，车马亦不能用。因于六年九月议定兴修水利，由芦台镇东至胥各庄止挑河一道约七十里，为运煤之路。由河头接筑马路十五里直抵矿所，共需银十数万两，统归矿局筹措……从此中国兵商轮船及机器制造各局用煤，不致远购于外洋，一旦有事，庶不为敌人所把持，亦可免利源外泄，富强之基，此为嚆矢。"

垂帘听政的慈禧太后，听说大清从此可以摆脱对进口洋煤的依赖，而且还掌握了"利源"，大喜过望，根本就没注意奏折里提到的那个"马路"。

1881年6月9日，胥各庄至唐山铁路以"快车马路"的名义秘密动工。路轨按1435厘米的标准轨距铺设，9月竣工，全长8.02千米，占地194.5亩。在秘密修筑铁路的同时，唐廷枢指示英国工程师金达利用开矿的钢材、设备及蒸汽锅炉，在胥各庄修车厂里偷偷制造了一台小型机车，命名"龙号"机车。

1881年9月6日，是唐廷枢把中国送入机械采矿时代之后，又一个创造历史的日子。这天，随着"龙号"机车一声长鸣，拉响了中国铁路运输的第一声汽笛。一座近代化机器开采的煤矿，一辆奔驰在铁路上蒸汽驱使的火车，极具象征性地标明了中国只有实现工业化才能得以振兴的新轨迹。

然而，前进的路途总是遍布荆棘，步步坎坷。"快车马路"终于没有蒙混过关，唐廷枢背着朝廷私修铁路，擅造机车的事还是被人发现了，而且被光绪的帝师、与李鸿章向有宿仇的翁同龢当朝捅了出来。翁同龢说，开平煤矿距皇室东陵不足百里之遥，在地下掘洞放炮已经有伤龙脉，又加上地面的钢铁"怪物"呼啸穿梭，会让陵寝里的祖宗受到惊吓，不得安宁。

在没有超越信仰的传统社会里，祖宗就是神明。翁同龢抓住了要害，让那些保守派大臣找到了诘难李鸿章的机会，一哄而起。李鸿章虽然极力辩驳，终于无法平息慈禧太后的雷霆之怒。1881年年底，开平煤矿被"奉旨查报"，唐胥铁路被"勒令禁开"。中国的工业化进程刚刚起步，就遭到了严厉的封杀。

一个在今天看来是那么荒唐可笑的指控，却让眼见就要兴旺起来的开平煤矿陷入了半停产状态，办矿资金也随之后续乏力，几近难以为继了。开矿，在当时毕竟还是个具有创新性的事业，传统商贾并不十分了解它日后将要产生的经济价值，却首先看到了它已经显现的政治风险，因此一般都没有什么投资兴趣，都在"犹豫观望"。这场风波之后，在上海的股票市场上，开平煤矿的股票由每股100两，急跌到35两还没人敢买，已经到了崩盘的边缘。

开平矿务局瘫痪了，唐廷枢也病倒了。为挽救新兴的洋务事业，唐廷枢抱病回到了上海，向广东粤商同乡筹措资金。有了唐廷枢的号召，徐润、郑观应等粤商好友纷纷响应，顺利招股70万两，让开平煤矿获得了起死回生的资金支持。

正如把铁路隐晦地说成"快车马路"一样，在洋务运动中的许多关键时刻，开明官僚与新兴商人之间的配合是很有默契的。当唐廷枢回到上海招募新股的同时，李鸿章也在四处活动。他授意淮系亲信刘铭传出面，让"清流四谏"之一的陈宝琛代拟了一份《筹造铁路以图自强折》上奏朝廷，力陈铁路的"大利九端"，规劝朝廷准修铁路，解除唐胥铁路禁令，同时，组织各方舆论与之呼应。经过新一轮的舆论导向，清廷终于允许开平煤矿继续办下去，但对于唐胥铁路还是采取了一个折中的办法，不必拆除，也不能行驶火车，只准马拉车皮在铁路上行驶运煤。"快车马路"，真的成了"马行驶的路"。于是，中国的唐胥铁路上便出现了这样的世界奇观，几匹气喘吁吁的骡马，在铁路上吃力地拉着装满原煤的火车车厢。

无论如何，煤矿算是恢复正常生产了，1883年，唐山煤矿日产量已达600吨。但是，随着产量增加，运输问题再次凸显出来。靠骡马牵引的列车，终究没法跟上机械采煤的近代工业化节奏。从唐山矿挖出的煤，先在煤场装上火车车皮，由骡马拉到胥各庄煤河码头，装船由煤河运至芦台，然后再卸船、装船辗转出海。几经转运，费尽周折，时常出现大量原煤堆积在煤场、码头无法运出的窘况，令急于以开平煤占领国内市场的唐廷枢万分焦急。

在皇权专制的清廷，社会进步的阻力来自掌握最高权力的决策层。对于李鸿章和唐廷枢这些洋务人士来说，如何耐心、巧妙地规劝最高层接受新生事物，是决定事业成败的关键，古老中国的现代化进程走得格外艰辛。

1883年秋，唐廷枢通过李鸿章邀请一些朝廷重臣来开平煤矿视察整顿情况。这些人在唐山煤矿走马观花似地转了一圈之后，被唐廷枢请上一辆花车。这花车其实是唐廷枢让人精心制造的豪华客车，车厢两侧镶着大玻璃窗，里面设有桌案、软椅，桌上摆着茶点、水果。正当众大臣品着茶点，对开平煤矿大发议论的时候，唐廷枢让人偷偷把花车挂上"龙号"机车，向胥各庄驶去。火车平稳地在铁路上奔驰，连杯子里的茶水都没有晃起一丝涟漪，让那些坐惯了轿子的大臣有了全新的体验，倍感新奇。

唐山煤矿距胥各庄7.5千米，坐轿子让人抬着得走半天才能到达，而乘火车往返却不到半个时辰。火车的便捷性，连那些顽固的反对派也不得不信服。从此以后，朝中对铁路的舆论开始转向，为唐胥铁路鸣不平者渐成主流。没过多久，朝中传出圣旨，允许"龙号机车"重新上路行驶。唐廷枢乘机又从英国购进了两台小型机车，不仅用于拉煤运货，还开展了客运业务。

几经磨难，开平矿务局终于走上了发展的快车道，自1883年起利润连年攀升，股票也随之暴涨。据上海《申报》报道，票面价值100两的开平股票，被炒到了210两还十分抢手。

唐廷枢趁热打铁，又向李鸿章提出了扩建铁路的新蓝图。此时，朝廷上下对铁路的态度已经发生了根本性的转变。1884年中法战争失败后，光绪帝的生父醇亲王奕譞主持新成立的海军衙门兼管铁路事务，清廷还颁发了《督促开办铁路之上谕》，大形势对唐廷枢是有利的。李鸿章为了促成此事，备上礼品专程拜谒醇亲王，除了力陈"西洋煤矿必有火车接运乃能兴旺"，还一再表明扩建铁路所需资金通过招集商股解决，"不动官帑、不借洋债"。醇亲王听说修铁路不用朝廷出钱，也乐见其成，代他转奏朝廷并很快获得了批准。

1887年，唐胥铁路延伸至芦台，开平煤矿基本突破了运输瓶颈。1888年清廷将开平铁路公司改组为中国铁路公司（亦称天津铁路公司）并添招新股，将铁路延展至天津，后又向东延伸到山海关，并以此为突破口，陆续开始了关内其他铁路的修建。

随着铁路的不断延伸，质优价廉的开平煤在华北一带占领了市场，煤炭需求量急剧增加。经过筹划，唐廷枢决定购置四艘轮船，修缮或新建了天津、塘沽、上海、牛庄（营口）、香港等地煤码头，增开了林西矿，实现了两座近代大矿出煤，水陆运输并举的壮观景象。

在开煤矿、修铁路的同时唐廷枢还极力推动相关产业的开发，在他的主持下，开平矿务局建有焦炭厂、砖厂、细棉土厂（水泥厂），还在新河购置几万亩土地，开办了机器垦殖的农场……唐廷枢把开平矿务局经营成了一个近代产业集群，为中国工业、运输业等其他新兴产业树立了一个看得见摸得着的标杆。

1892年10月7日，中国著名的洋务运动实业家，中国煤炭工业、铁路运输业奠基人，中国民族轮船海运业开拓者唐廷枢终因积劳成疾，病重不治在天津逝世，享年六十岁。噩耗传来，整个开平矿区陷入了巨大的悲痛之中。天津《捷报》第二天在头版刊发消息："唐景星先生于昨天上午逝世，这使所有关心中国进步的人都感到哀悼。"李鸿章亲往灵堂吊唁，哀叹洋务运动"梁倾栋折"。在天津租界，驻津各国领馆第一次为一个中国人降下半旗，表达对唐廷枢的哀悼和尊敬。上海轮船招商局特意从公积金中拨出白银一万五千两，作为对唐廷枢的特别抚恤，又从招商局船队中选出一艘最好的轮船，命名为"廷枢"号，以示对他的永久怀念。

10月15日，上海轮船招商局派出的轮船经海河驶出，运送唐廷枢的灵柩返回广东香山。外国使领馆、外国洋行自愿发起组织了一支由13艘轮船构成的护航船队，从天津到上海，一路护送唐廷枢灵柩回到他的故乡。中外商界以最隆重的仪式，向这位百折不挠、全力推动中国向现代化转型的广东商人表达了崇高的敬意。

四

在风云激荡的变革之际，粤商对洋务运动、对中国近代化的贡献是多方面、多领域的。除了创办新型企业，投身采矿、航运、保险、电报、地产等新兴产业，尤其可贵的是以郑观应为代表的粤商改良思想家还旗帜鲜明地提出了"商战"救国论。

知名学者熊月之先生评价郑观应为"近代通人"。在粤商群体里，容闳专注于"西学东渐"的教育计划，徐润、唐廷枢专注于航运、铁路、开矿等近代产业的开拓创新，郑观应比他们涉足的领域更加广泛。"他是一个在事关发展路径、治学、修身等方面都相当成功的人；是一个对时代变动有敏锐感悟的人；一个恰当地选择自己的事业发展路径，顺时调适自己行为方式的人；一个既善于读有字之书，也善于读无字之书的人；一个由中华文化孕育出来的大聪明人，一个难得的通人。"①

"通人"郑观应对近代中国的意义是多方面的。从轮船招商局到开平矿务局，从上海机器织布局（中国近代第一家棉纺厂）到上海电报局，几乎参与了所有新兴产业的创办或经营。尤其难能可贵的是，他是中国历史上为数不多的商人思想家。他通过亲身参与洋务自强实践，发现、总结、构建了自己的维新思想体系，对近代中国思想启蒙及社会发展产生了深远的影响。

机器纺织业是郑观应涉足较早的行业，可是，出师不利。1878年，为了与英国洋布争夺市场，李鸿章与南洋通商大臣沈葆桢授意前四川候补道彭汝琮创建上海机器织布局。彭汝琮为总办，郑观应被委任为襄办。彭汝琮一身官气，"或独断而不相谋，或会商而不见纳"，导致官商矛盾突出，很快便因亏空被迫停止。这次失败的经历，让郑观应比其他粤商更早地发现了官商之间的深层矛盾，成为他怀疑"官督商办"制度的出发点。

---

① 王远明、胡波、林有能主编：《被误读的群体：香山买办与近代中国》，广东人民出版社2010年版，第285页。

在"事功"方面，郑观应的贡献大概主要表现在电线、电报的创设。电线、电报作为新兴的通讯事业，不仅极具商业价值，而且关系到军情国防。外国商人一直想在中国架设电线、开通电报，清廷始终没有允许。走在时代前列的郑观应自然是发展电线、电报业的鼓动者，他认为："商民发电者官收其费，以所入济局用，而岁有所赢。用兵之间，尤足以先事预防，出奇制胜。"也就是说，商业化经营电线、电报不仅可以赢利，而且到了"用兵之间"，能从根本上改善军事通讯效率，出奇制胜。1880年10月，中国第一家电报局——天津电报总局成立，盛宣怀任总办。1881年3月，上海电报分局成立，郑观应被李鸿章札委总办，开始架设津沪电线。是年底，郑观应又奉命会办粤沪电线事宜，被投资商公举为中国电报局总董，成为股商的代言人。1882年1月，郑观应联合上海电报分局会办、江浙籍富商经元善向李鸿章上书，请设镇江到汉口的长江电线，以利商务。同时，和盛宣怀一道建议架设京沪电线并归商办。8月，再次联手经元善促成浙江电线的架设。随着津沪、粤沪、京沪，以及长江电线的架设，我国东部地区的电报通讯网络开始初具规模。

轮船航运是郑观应最熟悉、最得心应手的领域。从为宝顺洋行揽载，到成为公正轮船公司的股东，然后又参与创办太古轮船公司并出任总经理，他已经在这个新兴行业积累了丰富经验。正是在他的帮助下，唐廷枢才得以与太古轮船公司签订"齐价合同"，结束双方恶性竞争，让轮船招商局有了较为稳定的发展环境。

其实，早自唐廷枢接手轮船招商局之日起，就竭力拉拢郑观应入局，太古方面出高价挽留，郑观应经再三考虑，只肯入股不肯入局。1881年，唐廷枢为了提升轮船招商局的经营能力，广招贤才，又一次积极争取郑观应入局。当时郑观应已经对"官督商办"

的运作模式产生怀疑并提高了警惕，深刻地认识到："官督商办之局，权操在上，不若太古知我之真，有合同可恃，无意外之虑。"他又一次婉拒了唐廷枢的盛情，仍然只愿作为一个持有股份的股东，不肯入局参与经营。1882年，郑观应与太古洋行聘期届满。唐廷枢、徐润、盛宣怀等人借机再三劝说并"责以大义"，郑观应才决定不与太古洋行续约，接受李鸿章札委出任招商局帮办。

在郑观应的一生里，他曾经三进轮船招商局，由帮办、会办而总办，直到80岁临近逝世前还被选为留任董事。几进几出，反映了他对"官督商办"这种经营模式的矛盾与无奈。

两千多年来，中国历史上很长一段时间里以"重农轻商""重农抑商"为基本国策，工商业被轻视，工商业者被排斥在主流社会之外。郑观应受近代西方重商主义影响，倡导商业立国论。为此他写下了一系列关于"商战""商务"的文章，认为：

> 商以贸迁有无，平物价，济急需，有益于民，有利于国，与士、农、工互相表里。士无商则格致之学不宏，农无商则种植之类不广，工无商则制造之物不能销。是商贾具生财之大道，而握四民之纲领也。商之义大矣哉！

郑观应首先提出了"富强思想"，把国家的"富"与"强"联系在一起，认为"富"是使国家走向强盛的经济基础，"治道必先富而后能强"。

从商业立国，到"先富而后能强"，郑观应以一个商人的视点，绘制了中国通向近代化、走向现代化的路线图。

同时，随着自己投身洋务运动，亲自到一些"官督商办"的企业里任职，郑观应也越来越清晰地认识到，在权力统治一切的清廷，他的"商业立国论"其实是无法真正实现的。从朝廷到官府，都不可能允许工商业自由发展，商人的地位也不可能得到根本性提升。当时，迫于内忧外患的严峻形势，清廷不得不借助商人的力量做出一些有限度的变革，允许李鸿章采取"官督商办"的方法兴办一些新式企业。但是，官员与商人地位仍然是极不平等的，当官商之间发生矛盾冲突的时候，商人必然会成为失败者、牺牲者。

与唐廷枢、徐润一心仰赖官府不同，郑观应对"权操在上"的"官督商办"制度怀有深深的疑虑。还在唐廷枢呼风唤雨，全面掌控轮船招商局的时候，他就曾经对其直言相告："虽然我公现蒙李傅相器重，恐将来招商局日有起色，北洋大臣不是李傅相，遽易他人，误听排挤者谗言，不问是非，不念昔日办事者之劳，任意黜陟，调剂私人。"①

郑观应的警告没有引起唐廷枢的重视，却在日后一一应验了，而且有过之而无不及。还没有等到李鸿章离开北洋，唐廷枢和徐润便于1884年到1885年间相继被盛宣怀排挤出局，告别了他们苦心经营了十二年的民族船运企业。

"官督商办"制度下官权的扩张欲望难以得到有效抑制，最终挤走了中国最优秀的职业经理人，私人资本或是随之退出，或是附庸于以盛宣怀为代表的官僚集团。私人资本的发展，遇到了难以逾越的障碍，这是唐廷枢、徐润始料不及的个人悲剧，也是中国近代合资企业无法摆脱的厄运。这一切，郑观应都预见到了，而且成了最直接的见证人。

唐廷枢、徐润的遭遇让郑观应心寒，虽然应李鸿章、盛宣怀之邀，又先后出任过轮船招商总局会办、总办，开平煤矿粤局总办，汉

① 夏东元编：《郑观应集》（下册），上海人民出版社1988年版，第789页。

阳铁厂总办，粤汉铁路总董等职，他却把精力更多地放在了完善其变革思想上。他已经深切地认识到，"政治不改良，实业万难兴盛！"旧中国所面临的问题，绝不是办几家新式工商企业就能解决的。

他是洋务运动的直接参与者和见证人，而且谙熟西学，所以才能看清当时那一派繁荣表象下的种种矛盾和危机，成为中国近代最早构筑起维新思想体系的理论家、揭开民主与科学序幕的启蒙思想家、提出君主立宪要求的第一人。他以平生经验铸为不朽名句："欲攘外，亟须自强；欲自强，必先致富；欲致富，必先振工商；欲先振工商，必先讲求学校、速立宪法、尊重道德、改良政治。"①

郑观应（1842—1922年），广东香山（今中山）人。1892年，他在广州整理、编定《盛世危言》一书，提出开议会、发展工商业、与外国资本"商战"等主张。*

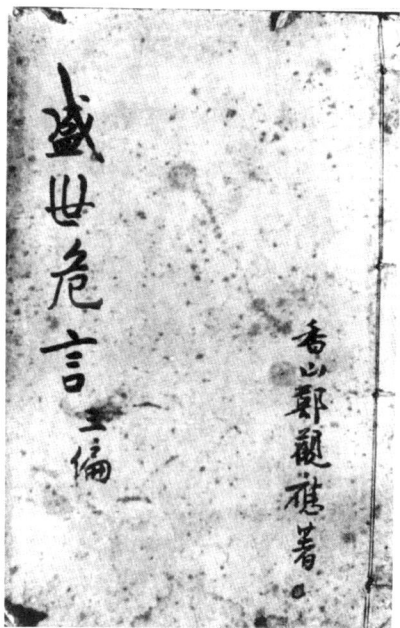

----

① 郑观应著，上海图书馆、澳门博物馆编：《盛世危言》（序），上海古籍出版社2008年版。

"师夷长技以制夷"，是洋务派人士发现的第一条自强"捷径"。然而，以购买西洋船炮和引进西方工业技术为手段的洋务运动，并没有真正拉近中国与西方列强的距离。他们渐渐发现，欧洲的工业革命，是以启蒙运动为基础的。启蒙，思想、政治、文化的全面启蒙才是第一要务。郑观应就是他们当中最早的觉悟者。他于1873年出版《救时揭要》，1880年编定刊行《易言》，后来二十年间，陆续增订，最终成为《盛世危言》，明确提出"欲张国势"，必须改变专制，实行议院制，广办学校，培养人才，还谴责洋务派的许多做法实际上是舍本逐末。他在《盛世危言》初刊本中这样写道：

> 六十年来，万国通商，中外汲汲，然言维新、言守旧、言洋务、言海防，或是古而非今、或逐末而忘本，求其洞见本源、深明大略者，有几人哉？孙子曰，知己知彼，百战百胜，此言虽小，可以喻大。应虽不敏，幼猎书史，长业贸迁，愤彼族之要求，惜中朝之失策。于是学西文，涉重洋，日与彼都人士交接，察其习尚，访其政教，考其风俗、利病得失、盛衰之由。乃知其治乱之源、富强之本，不尽在船坚炮利，而在议院上下同心、教养得法。兴学校、广书院、重技艺、别考课，使人尽其才；讲农学、利水道、化瘠土为良田，使地尽其利；造铁路、设电线、薄税敛、保商务，使物畅其流。……育才于学校，论政于议院，君民一体，上下同心，务实而戒虚，谋定而后动，此其体也；轮船火炮，洋枪水雷，铁路电线，此其用也。中国遗其体，而求其用，无论竭蹶步趋，常不相及，就令铁舰成行，铁路四达，果足恃欤？……①

---

① 郑观应著，上海图书馆、澳门博物馆编：《盛世危言》（序）上海古籍出版社2008年版。

　　1894年春，正值甲午战争前后，皇皇30万言的《盛世危言》出版面世了，揭橥改良主义大旗。一时间洛阳纸贵，朝野上下纷纷为之震撼。光绪皇帝阅后，立命总理衙门印制两千部，分发给大臣们阅读。它不仅成为五年后康梁变法的理论先导，也对后来的孙中山、毛泽东产生了重要影响。

　　在灾难深重的清朝末年，在中国陷入"三千年未有之变局"的时候，容闳全力推动了"西学东渐"的教育计划，试图"以西方之学术，灌输于中国，使中国日趋文明富强之境"；唐廷枢、徐润等人通过振兴上海轮船招商局、创办开平矿务局、兴建铁路，为中国奠下"富强之基"；郑观应则不仅参与了电报、轮船航运等多个门类的开拓创新，而且一针见血地指出，国家富强之策应当以设立议院，改良政治为体，以"轮船火炮，洋枪水雷，铁路电线"为用。"中国遗其体，而求其用"，无异于舍本逐末。

　　为了推动中国向现代化转型，粤商作为中国第一代"国企经理人"，以他们的专长、才干和资金实际主导了那场史无前例的洋务自强运动；为了让中国真正实现近代化，粤商又有意识地超越了"官督商办"的洋务自强运动，向思想启蒙、国民教育、文化更新等上层领域提升。粤商在经济、文化和政治等诸多方面，全面影响了近代中国。

第十一章

摩登时代，粤籍侨商塑造时尚生活

　　人类历史上的一切变革，其最终目标都是让人过上更有尊严、更幸福的生活。粤商作为中国最先进的商人群体，自明清以来始终致力于推动中国的社会转型和进步，从海商到行商、买办，代代相传，层层递进。

　　民国成立前后，旅居海外的粤籍侨商纷纷回到香港、广州和上海发展，先施、永安、新新和大新四家经营环球商品的大型百货公司先后开张迎客。由南至北，粤籍侨商发动了一场新兴商业文明的"北伐"。他们把现代化变成了一种触目可见、触手可及的生活方式，他们让中国迎来了一个时尚新潮的"摩登时代"。

1894年爆发的中日甲午之战，既是一个亚洲新兴国家向传统地区强权发起的挑战，也是对双方近代化成果的一次实际检验。

1861年，清廷设立总理各国事务衙门，标志着"师夷之长技以制夷"的洋务自强运动开始起步。1868年，以明治天皇为首的日本新政府发布具有政治纲领性的《五条誓文》，宣布：广兴会议，万机决于公论；上下一心，盛行经纶；官武一途以至庶民，各遂其志，人心不倦；破旧有之陋习，基于天地之公道；求知识于世界，大振皇基。日本以此拉开了明治维新的大幕。二十余年后的1890年11月29日，日本第一届众议院、贵族院开议，而直到甲午战争时，清朝的政治制度仍然是顽固地维护皇家家天下的皇权专制。

亲历洋务运动的郑观应早已断言："政治不改良，实业万难兴盛！"皇权专制的大清朝廷与明治维新后的日本政府施行了不同的经济政策，因此也就得到了不同的结果。

日本明治维新的重要内容是开商法公议所、办商法学校和"帝国劝业博览会"，不仅鼓励工商业的发展，而且保护工商业的合法利益，通过法制明确权力与资本的边界。日本近代经济改革的一个重要方面，是将原与中国洋务运动类似的"官营"企业出售给私人。明治政府感到官办企业效率低下，决定由政府对私人企业提供资助，让他们购买官企，进行私有化改造。而大清朝廷却始终对私人资本怀有戒心，坚持官办或官督商办，对代表私人资本的企业经营者百般排挤、压制。甲午战争前，官办及官督商办的弊病已充分暴露，人浮于事、贪污腐败，官督商办企业因产权不清导致官商矛盾尖锐，商股屡被官府侵吞，迟迟未完成经济体制的现代化转型。尤其是随着唐廷枢、徐润及郑观应等一批职业经理人相继被迫出局，许多兴旺一时的洋务企业由盛转衰，官督商办的"大清模式"也随之渐入穷途。

"政治不改良，实业万难兴盛"；实业不兴盛，则国势难张。李鸿章的理想是通过兴办洋务企业为大清立下"富强之基"，可是在官督商办的体制下，私人资本得不到公平对待，经济也就丧失了活力，其结果便是中日两国的国力对比日益悬殊。有学者披露了这样一组统计数据，1840年至1894年间，大清工业投资的总量大约为7770万美元，而日本同期则是8.6亿美元。日本是中国的11倍，而当时中国人口是日本的12倍。在甲午战争前，几乎所有与工业相关的数字，如纺织厂的纱锭数、铁路的里程数、钢铁的产量、煤炭的使用量、电报电线的长度等各方面日本几乎都是中国的10倍。甲午战争还没开打，大清就已经输了。因此又有人说，这是一场现代国家与前现代国家之间的较量，孰优孰劣早在战争爆发之前就已经决定了。

今天看来，清朝甲午惨败是历史的必然，当时却让朝野上下惊诧莫名。以他们狭隘陈腐的认知能力和思维模式，无论如何也想不通，那个千百年来以中国为师的"蕞尔岛国"，凭什么把"天朝上国"打得毫无还手之力，最后还得向他们割地赔款？

鸦片战争败于"洋夷"，让清廷洋务派无奈地认识到了技不如人，痛下决心要"师夷之长技以制夷"。可是，与日本这个一心学习西方文明，全力"脱亚入欧"的优等生相比，大清只能算是一个三心二意却又骄傲自满的劣等生。被李鸿章等人寄予厚望的洋务运动完全不涉及政治改良和体制变革，只是一味追求"船坚炮利"，结果便是郑观应极力批评的："中国遗其体，而求其用，无论蹶蹶步趋，常不相及。"

甲午一战，清廷以高昂的代价证明了郑观应的论断。虽然康有为、梁启超等一班读书人痛定思痛，甘受"媚敌""汉奸""卖国"等种种指责和谩骂，继续坚持"以强敌为师资"，力主维新变法。但他们毕竟是一群既不掌握权力，又没有行政经验，徒有一腔热血的青年举子。短命的"百日维新"之后，大清帝国彻底陷入了崩溃前的社会动荡期。

洋务运动兴于"商办"，大清经济毁于"官督"。甲午之战已经证明了两国因政治、经济体制不同而导致的实力差距。甲午之后，官、商资本之间的利益冲突则直接引发了大清王朝的彻底崩盘。

自唐廷枢冲破重重阻碍，以唐胥铁路将中国引入蒸汽机车时代之后，清廷渐渐接受了这一新生事物，铁路矿务总局颁布《矿务铁路章程》，鼓励商办矿路。在这样的背景下，各地出现了兴建铁路的热潮，湖北、湖南、广东和四川的铁路公司纷纷转向民营商办。1911年1月，靠洋务运动积累了雄厚的政经资本、通吃官商两道的盛宣怀被任命为邮船部尚书，主管全国铁路、电报、航运、邮政等新兴产业。由此，形势开始发生变化。当年5月，在盛宣怀主持下，清廷颁布全国铁路干线收归国有的正式文件，只留支线给地方商民修建、经营，直接损害了民间资本的利益。6月17日，成都各民间社团和川路公司股东聚集一堂，召开股东大会，并宣布成立"四川保路同志会"。股东大会后，人群涌向四川总督衙门请愿。四川的"铁路风潮"由经济纠纷向政治斗争发展乃至酿成武装暴动，"保路同志会"也变成了"保路同志军"。与此同时，湖南、湖北和广东的保路运动也勃然而起，与四川相呼应。

成都街头的枪声，击响了大清帝国的丧钟。在赵尔丰制造镇压商民的成都血案一个月后，武昌起义成功。清廷宣布革去盛宣怀所有职务，"永不叙用"，试图平息众怒。在一片"杀盛宣怀以谢天下"的呐喊声中，盛宣怀从青岛登上德国货轮，匆忙逃往日本。

1912年1月1日，孙中山在南京就任中华民国临时大总统。又一个月后，溥仪退位，清王朝灭亡。

中国进入了新纪元，中国追求现代化的进程步入了新阶段。

从洋务运动到戊戌变法，再到辛亥革命；从温和的改良维新，到暴烈的武装革命，中国人不断变换方式，焦虑、急切地追求着现代化目标。与此同时，人们对现代化的理解也日益加深，更趋丰富。到了民国年间，现代化已经不仅仅意味着坚船利炮等军事装备，以及火车电报等交通通讯设施，而发展为一种全新的生活方式。

人类历史上的一切变革，其最终目标都是让人过上更有尊严、更幸福的生活。粤商作为中国最先进的商人群体，自明清以来始终致力于推动中国的社会转型和进步，从海商到行商、买办，代代相传，层层递进。民国成立前后，旅居海外的粤籍侨商纷纷回到香港、广州和上海发展，先施、永安、新新和大新四家经营环球商品的大型百货公司先后开张迎客。由南至北，粤籍侨商发动了一场新兴商业文明的"北伐"。他们把现代化变成了一种触目可见、触手可及的生活方式，他们让中国迎来了一个时尚新潮的"摩登时代"。

20世纪二三十年代的上海被称为繁华的"魔都"，人们从这里窥探到了现代生活的样貌：平整的马路、摩天大厦、先施和永安等四大百货公司的霓虹灯、与世界同步的商品消费、花样翻新的时尚潮流……时至今日，提起这段历史，人们仍会记起粤籍侨商为上海、为中国人的现代生活做出的开拓性贡献。有学者这样写道：

> 20世纪上半叶的中国，外敌入侵，洋商争利，洋货遍地，四大公司在这一时期进入商业领域，防止利权外溢的良苦用心清晰可见。而更为重要的是，四大公司所带来的组织机构、人事管理、经

营模式理念等，都成为近代上海商业企业发展的"标本"，而给上海市民带来的则是完全不同的消费观念、商业文化。从某种程度上来说，四大公司不仅仅是上海近代百货业发展的典型代表，更是这座城市商业文化的孕育地和上海与国际沟通的载体。[①]

由粤籍侨商创办的四大公司拉近了中国与世界的距离，成为现代生活的标志性符号，也促进了中国商业营销模式的全面更新和民族工业的萌动与初兴。这一代粤商再次走在了时代前列，他们改变了中国人的生活面貌，也重塑了中国人的思想观念和文化追求。

从上海风靡全国的"摩登"与"时髦"是广东商人创造的。具体而言，近代中国商业巨子、近代百货业之父、先施公司创办人马

如今上海早已成为现代化国际大都市，人们不能忘记粤商为上海的开埠、粤籍侨商为上海的商业文明做出的开拓性贡献。

---

① 崔海燕、何品：《四大百货公司上海滩风云史》，广东经济出版社2012年版，第6页。

应彪曾有开拓之功。然而，对于这样一个改变了传统生活状态的重要人物，我们对他的生平行迹至今没有准确地了解。商人推动了现代化进程，但历史辜负了商人的贡献。

在历史上，没有捐取功名的商人基本都属于贱民，是没有资格进入史册被后人铭记的。因此，我们只知道马应彪的出生地是今天的广东省中山市沙涌镇，一个风光秀美而土地贫瘠的地方。他的出生年份，则扑朔迷离：1861年、1864年、1868年……根据日本外务省情报部编著的《现代支那人名鉴》推测，他又可能生于1877年前后。曾经对马应彪生平做过深入研究，撰写了《环球百货光影录——上海先施公司盛衰》的历史学者葛涛认为，"目前似以1864年较为可信"。

作为中原移民的后代，广东人从来不缺乏闯荡天涯的勇气，他们从祖辈遗传了冒险者的基因。早在世界地理大发现之前，岭南沿海居民当中就形成了到海外谋生的风气，最具代表性的便是所谓"下南洋"。"南洋"是明清时期中国对东南亚一带的称呼，包括马来群岛、菲律宾群岛、印度尼西亚群岛等地。当时的岭南沿海居民漂洋过海，远赴"南洋"即东南亚寻求生存和发展的空间。

1848年，澳大利亚的维多利亚州和新南威尔士州相继发现了金矿。为了吸引劳动力，澳大利亚殖民政府将这一消息向全世界宣布，并且明确表明欢迎华工入境。这个消息很快传入了中国，在广东沿海地区掀起了一股海外淘金热。为了改变贫穷无望的生活，许多华工涌向澳大利亚，马应彪的父亲马在明也登上了"猪仔船"，成了澳洲淘金者之一。

马在明离家前，曾拿出家里仅有的几块银元送马应彪入私塾读书。父亲去澳洲之后，家里失去了经济支撑，年幼的马应彪不得不中断学业，与母亲一起承担起生活的重负，靠摸鱼捞虾、捡拾猪粪

中国近代百货业之父、粤商马应彪（1864—1944年）。

变卖一点铜钱来帮补家用。

在艰难困苦的生存环境中，马应彪渐渐长大成人，开始有意识地为自己谋划未来。这时，遥远的澳洲又成了他的希望所在。虽然父亲马在明和许多以出卖劳动力为生的华工一样，在那里生活得也并不如意。但是，对一个血气方刚的少年来说，总希望走出家乡，奔向远方，去寻找更多的机会。而且，他已经十余年没有见过父亲了。

1880年前后，马应彪怀里揣着父亲寄来的旅费，沿着父亲的足迹，搭上"猪仔船"前往澳洲。

马应彪历尽千辛万苦到达澳洲后，却没有找到日夜思念的父亲。这时澳洲的淘金热已经开始消退，淘金矿工收入微薄，而且居无定所。在他到达之前，马在明已经辗转去了一座偏僻的金矿打工。无奈之下，马应彪随几位同乡来到新南威士州的一座金矿，做了淘金工。半年之后，他们又结伴转赴新南威尔士州首府悉尼，试图寻找更好的出路。

马应彪毕竟读过几年私塾，又在家里经营过一些小生意，比他的同伴更喜欢观察与思索。通过在澳洲这半年多的经历，他已经清楚地认识到，像自己的父亲及同乡那样出卖苦力永远不可能改善自己的处境，甚至连温饱都会成为问题。若想在异国他乡站稳脚跟，有所发展，必须想办法融入当地社会。为此，马应彪毅然离开了曾经互相扶持的伙伴，尝试着走自己的路。

离开熟悉的小集体，独自在异国闯荡，显示了少年马应彪的胆识。但是若想真正融入当地社会，则必须掌握英语。向谁学习英语，成了马应彪面临的难题。他认识的所有华人里，没有一个人会讲英语。向当地白人学？谁能听得懂他的广东话。即使听懂了，谁又肯教他这个中国苦力呢？经过多方打听寻找，马应彪总算找到了一个合适的人选。此人是悉尼一家蔬菜种植场的女老板，名叫温文，是个爱尔兰人。她因为长期与广东人保持着生意上的往来，粗通粤语。当时温文的种植场正在招工，马应彪抓住了这个难得的机会赶紧前来。温文问前来应聘的马应彪，希望得到多少薪金？马应彪回答，只求一日三餐，但有个附加条件，请温文每天教他一小时英语。马应彪给温文留下了深刻印象，她从未遇到过如此好学的中国苦力，当即答应了他的条件。

尽管种植场的工作非常辛苦，马应彪仍然每天挤出时间苦学英语。他的勤奋、刻苦不仅让温文感到满意，还打动了她的女儿雅美。这位乐于助人的爱尔兰姑娘成了马应彪的又一个英语老师。

经过几个月的强化学习，马应彪的英语会话能力突飞猛进，应付日常生活及工作已经绰绰有余。这时，老板温文开始放手让他独自到市场去卖菜，以便在与顾客交流中提高会话能力。马应彪理解温文的良苦用心，不仅大胆与当地白人用英语交流，还熟悉了澳洲市场，结交了不少朋友。很快，这个能说英语的中国小伙子便有了许多白人客户，有人还要和他结为生意上的伙伴。

到澳洲一年多，马应彪基本没赚到钱，但是他学会了英语、了解了悉尼、结识了一些肯帮助他的朋友。他感到自己独立创业的时机已经成熟。对于马应彪的想法，温文和雅美都能理解，她们早就发现他是个有理想的中国人。值得一提的是，在此后的许多年里，马应彪和这对母女一直保持了长久的友谊，像亲人一样互帮互助。

在朋友们的支持下，马应彪开始租地种菜，有了自己的菜园子。这菜园子面积不大，设施也十分简陋，但毕竟在澳洲有了属于自己的事业。他把全部心血都倾注到了这片土地上，选择适合当地人口味的蔬菜品种，精心培育。收获之后，自己到市场摆摊售卖。他的蔬菜质量好，人又热诚，从不短斤少两，再加上会说英语，生意慢慢就红火起来了。

当时的悉尼，有许多华人以种菜为生，但是会说英语，能吸引当地白人顾客的却是凤毛麟角。一些华人菜农见马应彪的卖菜摊子总是那么兴旺，便开始找上门来，请他代销自产的蔬菜。马应彪一向乐于助人，对于自己的同胞自然有求必应。有他做代销之后，菜农不再为自家蔬菜的销路担心发愁了，而且获利更多，还省去了自己在市场守摊的时间。由此，请他代销蔬菜的人越来越多，应接不暇。同时，他也在华人社群里赢得了诚实可信，照顾乡亲的好名声。

马应彪的菜摊子做大了，每天在市场从早忙到晚，都顾不上打理自己的菜园子了。经过一番权衡，马应彪决定将菜园子退租，专心卖菜。他在悉尼市中心附近的一处市场内租了个铺位，由自产自销的菜农，变成了全职经销蔬菜的商人，迈出了事业的关键一步。

有了自己的商铺之后，马应彪的经商才能得到了更充分的发挥。他根据悉尼中心城区居民相对比较富裕，对蔬菜质量要求高的特点，指导菜农调整种植计划，设法改善蔬菜的口感、外观，同时合理定价。他经营的蔬菜以好吃、好看、价格实惠为卖点，吸引了源源不断的当地顾客。

靠蔬菜店积累了一些资本之后，马应彪扩大经营范围，先后筹资创办了永生、永泰、生泰三间果栏。"果栏"，系广东话，其实就是水果批发店。从开铺子的蔬菜零售商，发展到拥有果栏的蔬果批发商，马应彪的事业上了一个新台阶。

永生等三间果栏的创办，标志着马应彪开始有了自己的"字号"或品牌，而水果批发业务的发展，则改变了单打独斗、小本经营的局面。他与同乡、永安果栏老板郭乐加强合作，向规模化、集约化转变，从而攫取了他人生中真正意义上的"第一桶金"。

郭乐（字鸢辉，1874—1956年）与马应彪一样都出生于广东香山（今中山市）。他与马应彪的经历也十分相似，都是到澳洲谋生的华工，最初以种菜为生，拼命工作挣下一点积蓄后，办起"永安"果栏。永安果栏的经营范围与马应彪的永生果栏一样，都是水果批发。

郭乐为人忠厚，无论在华侨还是当地白人中都享有良好的声誉。据说，有一次他到银行提取五百澳磅，当时银行给付的澳磅都是硬币，放在扎紧的布袋子里。他接过银行职员交过来的钱袋时，感觉分量过重，便主动退回要求核实。结果证明，是银行职员多给了他五百澳磅。此事在当地传为佳话，也为永安果栏建立了诚信可靠的商誉。随着业务迅速发展，郭乐先后将二弟郭泉（字凤辉）、四弟郭葵（字镒辉）、五弟郭浩（字源辉）、六弟郭顺（字和辉）从家乡召至澳洲，把永安果栏办成了具备一定规模的家族企业。

当年悉尼的水果市场，以香蕉最为畅销，时常供不应求。斐济群岛是香蕉的主要产地，有不少华人在那里从事香蕉种植。郭乐与马应彪商量，从斐济群岛的华人果农手里直接收购香蕉供应悉尼市场，既能保证货源又可降低成本、主导市场，建议双方联合经营。

都是广东香山同乡，都是有着良好信誉的水果批发商，诸多共同点成为马应彪与郭氏兄弟合作的基础。于是，永生果栏、永安果栏和永泰果栏联合起来，共组"生安泰"果栏，成为当时悉尼最大的水果批发联号企业。"生安泰"建立之初，先采取包租汽轮的方式从斐济群岛贩运水果来悉尼，随着实力的增强，他们又在斐济开辟了数百亩香蕉园，雇用华侨和当地土著居民耕种，专供永生、永安等果栏。据说当时每半个月就有10000串香蕉运到悉尼出售，在获得可观利润的同时，生安泰联号在商界的影响力也在迅速提升。

在为数众多的旅澳华侨当中，马应彪之所以能出类拔萃、脱颖而出，除了他头脑灵活，特别喜欢学习之外，还得益于他对商业机会的敏感发现。作为远离亲人的海外游子，思乡是这个特殊人群的共同感受。马应彪和其他华侨一样的是，他也想念家乡；马应彪和其他华侨不一样的是，他由思乡之情，发现、创造了一系列商机。

海天茫茫，家在远方，对于众多粤籍华工而言，来自广东的风味特产成为慰藉乡愁的物质载体和情感寄托。而这些腊味、糕饼、鱼干之类的中国杂货，根本不可能进入当地白人主导的国际贸易流通领域，这就为马应彪拓展新的进出口业务留下了空间。

马应彪不仅率先将广东土特产贩运到澳洲，而且因应当地华侨多有将所赚钱财寄回老家的需求，顺势开设了"金山庄"，代办汇款业务。如此一来，悉尼的菜农、斐济的蕉农和广东家乡的小商人，都成了马应彪的供应商；悉尼的白人居民、华人华侨则是他的忠实客户。

经过几年的多元化经营，旅居海外的马应彪渐渐接近中国商人的传统理想：生意兴隆通四海，财源茂盛达三江。他也因此成为在悉尼甚至全澳洲的著名华商，成为华人当中创业成功的典范。

马应彪那个时代的华侨都怀有强烈的家乡情结，他们远赴异国谋生、打拼，一旦积蓄了资金，便要回归故里，叶落归根。这些归国侨商带回了大量海外资金和外国先进的经营理念、管理方式，他们让中国的传统工商业发生变革，同时也推动了社会进步。

1894年，马应彪便在香港开设了集货栈、钱庄于一体的永昌泰金山庄，除经营货物进出口，还代理华侨汇款。由于有机会时常往来于澳洲和香港之间，让他对两地的情况都有了比较深入的了解。

在香港期间，马应彪结识了孙中山，除了叶落归根的传统想法之外，工商救国的观念开始明确树立起来，成为他回国创业的又一个动力。

马应彪受孙中山影响，曾加入兴中会，后来还担任过广州大元帅府的庶务长。他从一个商人的角度出发，始终坚持提倡、践行着的是工商救国理想。

马应彪从一文不名、毫无背景的华人苦力，变为事业有成、受人尊敬的华商，这种个人经历让他深信，商业能够改变个人的命运。同时，从澳洲到香港，他感受到了商业社会的繁荣、安定，这又让他坚定不移地相信，商业也能改变一个国家的命运。他把回国创业的第一站选在了香港。在这个中西文明的交汇点上，他要彻底颠覆中华世界通行了数千年的商业模式，引进西方刚刚兴起的近代百货业的新型经营方式。

百货业发端于19世纪四五十年代的欧洲，是近代西方经济繁荣的产物，是商业文明的典型象征。1849年，至今仍然享誉世界的哈罗德百货公司出现在伦敦，它楼高七层，气势恢宏，装潢华丽，陈列其中的商品琳琅满目，门类齐全，明码标价；营业员服饰整洁，殷勤有礼。这种大型百货公司一经问世，便以有别于传统零售小店的商业理念和经营模式吸引了众多消费者，既而风靡整个西方世界。

马应彪在澳洲时，正是悉尼的安东尼·荷顿父子百货公司由初创到辉煌的黄金时期，让他印象十分深刻："该公司主人，初以小贩起家，后创此不二价商店，由小而大，不出三十年，铺地面积数十亩，寰球货品，无不毕具，竟呈宏伟灿烂之观。"①

马应彪的永生果栏与安东尼·荷顿父子百货公司有生意上的往来，让他有机会了解其经营方法、组织形式。他尤其对童叟无欺，货不二价的营销模式深为赞赏，并且有了"回国仿而效之，为商界放一异彩"的想法。然而，兴办大型百货公司毕竟不同于传统的蔬菜店、果栏或"金山庄"，先期投入和日常运营都需要高额资金，不是他能独立承担的。

为了实现心中的理想，马应彪依靠多年来在澳洲、香港甚至美洲华人商界积累的良好声誉，设法召股集资。几经游说，澳洲华侨蔡兴、马永灿、郭标、欧彬、司徒容长、马祖容，香港本地人士林敏良、李月林、王广昌、黄在朝，美洲华侨郑干生同意出资襄助，总共筹得25000元港币。他们在马应彪的鼓动下，成了先施公司最早的12名股东。

1900年1月8日，香港先施百货公司在大马路（今中环皇后大道中172号）开业。正当人类开始跨入20世纪的时候，中国的商品零售业也进入了新纪元，近代百货业开始潜移默化地影响中国人的经济生活和社会观念。

---

① 崔海霞、何品：《四大百货公司上海滩风云史》，广东经济出版社2012年版，第21页。

将中国第一家百货公司命名为"先施"，马应彪曾经颇费苦心。先施，与英文sincere读音相近，取真诚可靠，坚守信誉之意。同时，"先施"又出自中国古代经典。马应彪曾做过这样的解释："先施，取法四书中庸篇，君子之道末节，盖营业之道，首贵乎诚实，倘未能先以诚实'施'诸于人，断难得人信任也。"

先施公司果然和它的名字一样，经历了一先"施"后取的曲折过程。由于"施"的阶段有些漫长，一些股东见公司长期亏损，纷纷向马应彪发难，甚至几度要求关门歇业。百货公司这个新生事物初到中国，出现了水土不服。

作为中国第一家"不二价"百货公司，先施公司遇到的首先是与传统商业销售模式的激烈冲突。所谓"不二价"，即明码标价，不与顾客讨价还价。这是西方近代零售商业的一个标志性特征，也是商业诚信最基本的体现。马应彪在澳洲时曾被这种销售方式深深打动，一心要把它移植到中国。让他没想到的是，它与中国同胞的消费习惯相去太远，一时难以接受。

"漫天要价，坐地还钱"，是沿袭了千百年的交易方式。它作为一种传统商业文化，买卖双方的利益与人情、争执与礼让、狡黠与真诚，复杂有趣地蕴藏其间，乐趣横生。它是中国古代社会人文、经济环境的产物，已经逐渐发展成为一种生活习俗，约定了人们的交易方式。

改变人们的商业消费习惯，本质上也是移风异俗。马应彪的先施公司坚持"不二价"，一是为了彰显诚信，一是为了推广这种工业化时代的商品营销模式。

为每一件商品讨价还价，属于比较原始的交易方式，带有浓厚的农耕社会色彩。它反映了传统零售商业小本经营，规模有限，品种简单，顾客购买力低下等特征，与落后的商品经济状况相契合。而大型百货公司作为近代工业化的产物，代表了物质产品丰富，讲求交易效率，与城市生活的快节奏相匹配，买卖双方不再像过去那样"漫天要价，坐地还钱"。

尽管香港市民对先施公司的"不二价"表现出抵触情绪，甚至认为这是店大欺客的表现，马应彪却始终对自己的决策坚定不移。他相信，大型百货业的兴起与明码标价的销售形态，是不可阻挡的发展趋势，是未来城市生活不可或缺的组成部分。

潮流是需要有人引领和示范的。为了扭转连续亏损的被动局面，马应彪一边根据香港人的欣赏趣味用心选择推出主打商品，一边极力强化"环球百货"时尚、新奇、与世界同步的特点，终于在他夫人霍庆棠的帮助下取得成功，让中国第一家百货公司在香港首先站稳了脚跟。

霍庆棠出生于澳洲华人牧师家庭，是从小便接受西式教育的现代知识女性。她不仅以自己的学养对丈夫马应彪的思想观念产生了全面影响，也通过行动为其事业发展起到重要作用。

香港先施开业之初，马应彪便想仿照西方大百货公司的做法，聘任女营业员。在强调男女授受不亲的晚清，这无疑是石破天惊之举。消息一出，坊间议论纷纷，而应聘者寥寥无几，直到临近开业也没有找到合适的女店员。霍庆棠见此情景，挺身而出，亲自披挂上阵，成为中国百货公司的第一位女营业员。她以端庄大方的举止，温柔亲切的言语，精神干练的职业装束，树立起现代新女性的标杆，赢得了顾客的喜爱，也引领了时尚潮流。

经过不懈努力，先施公司终于获得了香港市民的认同，1904年开始扭亏为赢，逐步走上快速发展、扩张的坦途。1907年，先施公司由合伙制改组为有限责任公司，成为香港家喻户晓的百货业龙头。

同样是在1907年，郭乐、郭泉兄弟的永安公司于6月28日在香港皇后大道东167号开业，与先施公司为邻。作为在澳洲时便与马应彪合作密切的生意伙伴，郭氏兄弟也一直想模仿悉尼的安东尼·荷顿父子百货公司，将这种新型经营模式移植回国。马应彪先行一步，在香港创立先施公司，成为他们的探路者。见先施公司日趋发展，获利甚丰，他们紧随其后，集资16万港元回港创办永安百货公司，"选办环球货品，兼办金山庄出入口生意"。

香港永安公司由郭泉任司理，仍然带有试办的性质。在此后的两年间，业务蒸蒸日上，前景一片光明，郭乐认为回国发展的时机已经成熟，遂将大量资金向香港转移。1909年，郭乐率众兄弟回国发展，只留六弟郭顺在澳洲料理永安果栏事宜。数年后，郭顺也应召回归，转赴上海。悉尼业务改由族兄郭潮代理，直至郭潮去世，澳洲永安果栏才正式歇业。

郭乐回到香港后，先将永安公司的资本扩大到60万港元；再由合伙制改成股份有限公司，向港英政府注册；同时，扩充店面和经营规模。

由于永安公司的出现，使中国百货业刚刚诞生就形成了激烈竞争的态势，促使着这项新兴事业愈加生机勃勃。

1910年，马应彪主持的先施公司董事会做出决议，北上广州，在珠江岸边的长堤置地创办分公司（又称先施粤行）："集资本四十万元，面积约六亩余筑五层洋楼，货场陈设，与香港本公司无异，天台辟为游乐场，异草奇花，珍禽异兽，无不毕具。其中如品茗室、酒菜部、映相部、理发室与影画戏院等，凡足以供娱乐者，不能罄述。"1912年，这个广州首家设有游乐场、影戏院、茶室的大型百货公司开业，同时其附属的东亚大酒店也开张迎客。东亚酒店楼高六层，比先施百货还高出一层，是当时广州的最高建筑，当之无愧的地标，也是广州第一家设施齐全、服务周到、管理先进的现代化酒店，"房室轩敞，陈设雅洁，有升降机"。东亚酒店的广式菜肴、点心制作精美、可口怡人，在坊间颇负盛名；东亚酒店的桌球室、美容室、酒吧是社会上层人士的聚集地。

先施公司在国内首创了集百货、酒店、游乐场为一身的城市商业综合体，它引起了一股消费风潮，重塑了城市居民的生活形态。这种新型商业模式的成功不仅让先施公司获得了巨额利润，也带动了相关产业的发展，他们根据本身业务和市场需求，先后开办了汽水厂、皮鞋厂、玻璃厂、木箱厂、饼干糖果厂、化妆品厂、铁器厂，其中先施化妆品厂生产的花露水、牙膏、雪花膏、香皂、药皂都是深受消费者欢迎的国货品牌。

1914年，澳洲华侨马应彪在长堤开设先施公司（今华夏百货公司前身），它是近代广州著名的大百货公司之一。*

先施公司的商业综合体作为一种可以复制的模式，很快被永安公司全面模仿，而且亦步亦趋地追到了广州。1914年和1918年，永安公司先后在广州、香港开设大东酒店，亦在广州开设分行，除经营百货外，兼顾酒店、侨汇、地产、仓储等业务，其中专办侨汇的存款储蓄部成为日后创办永安银行的前身。

正当先施、永安两大公司在粤港两地蓬勃发展，如火如荼之际，马应彪和郭乐的另外两位同乡蔡昌、蔡兴兄弟组建大新公司，加入了百货业的竞争。

蔡昌（1877—1953年），字均泰，也是广东香山人。他幼年时曾替人放牛，读过三年私塾，1891年随兄长蔡兴（1869—？），字祥泰，前往澳洲谋生。蔡昌与蔡兴到悉尼后，先在市郊开辟园地种植蔬菜、水果，后来在城里开了一间小商店，经营杂货、蔬果，克勤克俭，终于有了一些积蓄。1899年，蔡氏兄弟携资回国，适逢马应彪筹办先施百货公司，应邀参与集资，颇有斩获。蔡氏兄弟近距离见证了先施公司由草创到振兴的全过程，对百货公司的经营策略也有了心得，决定自立门户。他们在澳洲华侨中集资400万港元，于1912年在香港德辅道开办大新百货公司，蔡昌自任经理。由于香港已有先施、永安两家百货公司，遂将公司命名为大新，寓意"大展新猷，后来居上。"

作为一个新加入的竞争者，大新公司除了在先施、永安两强的夹缝中努力拓展香港业务之外，尤其注重对广州市场的扩张。蔡昌认为，广州为省会，各县各乡出入孔道，可以此为中心，向周边辐射，因此先后于1916年和1918年在广州的惠爱路（今中山五路）西堤分别开了两家分公司。这两家分公司的侧重点又有不同。"西堤支行的楼房较大，是12层钢筋水泥的大厦，自设供应发电和升降机4个；而惠爱分店，则是5层砖木水泥混合建筑的大楼。西堤支行主要是百货零售兼营亚洲酒店、觉天酒店、天合游乐场、西餐厅、理发室、照相处、验眼配镜等项；惠爱分店是百货零售，兼营天合游乐场、酒菜部、饮冰室、浴室等。"[1]

20世纪20年代建成的西堤大新公司（今广州南方大厦）。*

据说，广州大新公司附设的酒店最为兴旺，"当时乃设备最新型、最舒适之旅社，乡亲往来，多以此为居停之所，驰名省港澳"。[2]

由先施、永安的两强相争，到现在的三足鼎立，大新公司的成功又一次改变了粤港两地百货业的原有格局，同时也标志着马应彪等人探索的以百货公司、酒店、游乐场、影戏院组成的城市商业综合体为龙头，带动制造加工、金融服务等相关产业协同发展的经营模式更臻成熟。经过十多年的苦心经营，三大公司不仅获取了可观的利润，积累了雄厚的资本，而且形成了一套先进的管理制度和运营规则，为它们继续向内地发展打下了坚实的基础。

---

① 陈炳：《蔡昌与大新公司》，《岭南文史》1992年第4期，第39页。
② [澳]李承基：《四大公司》，《中山文史》第59辑，2006年版，第70页。

由澳洲到香港，由香港到广州，粤籍侨商为粤港两地的中国人送上了新奇的商品，也带来了现代化的生活方式。他们实现了商业扩张，也更新了人们的消费观念，传播了现代文明。在粤港两地取得的成功，让他们信心倍增，继续北上，寻找更广阔的舞台成为他们又一个理想。他们延续前辈粤商发展的足迹，自然而然地将下一个发展目标定在了上海。

三

自上海开埠以来，广东人就和这座城市结下了不解之缘。从主政上海的地方官，到活跃在十里洋场的商人买办，广东人对这座城市的政治、经济和社会生活产生过深刻而广泛的影响。

道光三十年（1850年）前后，上海出现了由广东商人经营的"广货店"，销售两广特产和由广州输入的各种洋货。这些"广货店"店主和那些随英美洋行北上的广东买办一样，都是上海开埠早期的粤省移民。

自同治九年（1870年）开始，由于经销洋货比例不断增加，"洋广杂货店"开始取代"广货店"成为主流。这种集销售洋货和广货于一体的商店，迎合了上海居民逐渐开始接受、喜爱洋货的新转变，盛行一时。

随着上海居民对洋货的热捧，加之外国侨民的持续增加，英国商人先后创办了惠罗、福利、泰兴等几家公司专营进口高档百货。由于这些英商百货公司都以旅沪外侨和上层华人为服务对象，让普通市民望而却步。

1914年，马应彪领导的先施公司看准机会，率先进军上海。他委任黄焕南为上海先施公司司理，负责具体筹建事宜。黄焕南，

1856年生，广东香山人，未满20岁即赴澳洲谋生，极具商业眼光和经营管理才能，深为马应彪器重。来上海前，他是广州先施公司司理，对拓展内地业务颇有经验。

针对上海近代百货业已被外商抢占先机的不利情况，黄焕南知难而上，首先想在气势、规模上压倒对方。几经周折，他终于在今天的上海南京路浙江路口租地十余亩，开始建造"不计工本，精益求精"的先施大楼。

1917年10月20日，巴洛克风格的先施大楼落成开业。它采用钢筋混凝土结构，内部装修富丽堂皇，铺设了刚刚引进上海的供暖系统。在商品的选择上，比香港、广州的先施公司更加丰富，中外货品兼收并蓄。开业的第二天，先施公司在上海《申报》刊文这样介绍自己："举凡外洋物品、中华国货，类皆搜罗丰富，直接订购，故价廉物美，尤为别家所不及……出入无需门票，升降特备电梯，货物任客选购，包件随时寄送，迅速妥当，堪称独步。"总之，无

1917年，香港先施百货在上海南京路（浙江路口西北角）开设规模与总店相当的分店（1954年公私合营，今某时装公司），是一栋今天还在使用的七层大楼，外观处理带有一些巴洛克风味，是南京路的标志性建筑之一。*

论是先施大楼的外观，还是内部设施，以及商品种类和服务水准，都比惠罗、福利、泰兴等英商公司高出一筹。

让上海先施公司更具优势的是，它与广州先施一样，不仅仅是一家百货商店，而是集多种服务功能于一身的城市商业综合体，它还包括东亚旅馆、先施乐园等附属项目。东亚旅馆的内部非常考究，电梯、电话、电风扇、暖气炉，冷热水龙头、冲水厕所等现代生活设施应有尽有；中西餐厅、美发室、弹子房、阅览室、酒吧等休闲娱乐场所一应俱全，还自备汽车、马车等交通工具，想尽办法为客人提供新颖、舒适的服务。

先施公司又一次成为带动中国百货业发展的龙头，永安、大新公司相继追随先施的脚步，到上海建立分支机构。1915年，永安公司看中了南京路浙江路口、与先施公司隔街相望的一块土地，打算在此兴建永安公司大楼。由于地价飞涨，租地事宜屡受阻滞。经过漫长而艰难的谈判，永安公司才与地产大亨哈同达成协议，以每年5万两白银的租金签下30年租地合同。

1918年9月5日，上海永安公司正式开业，除了像先施公司一样设有旅馆、酒楼、茶室、游乐场、银业部之外，它的公司大楼比先施还要高出一层。在郭氏兄弟精心策划下，早在开业半个月之前即在《申报》连续刊登广告，逐日倒数，吊足了市民胃口。开业当天，沪海道尹王赓廷、总商会副会长沈莲芳等政界、商界名流约五六百人前往捧场，全上海为之轰动。结果，原准备销售两个月的商品，在短短20天内便被抢购一空。此后，永安的业绩更是突飞猛进，最终超越先施成为四大公司之首。

如同当年在广州一样，正当上海的先施、永安两大公司在南京路这个商业擂台上激烈缠斗，难分难解之际，一个新的竞争者登场了。让先施、永安感到意外的是，这个第三者并不是他们的老对手大新公司，而是突然出现的新新公司。

新新公司的创办人李敏周（1881—1935年）也是广东香山人，也是澳洲归侨。

在李敏周的家乡，穷苦的农人普遍把出国谋生当成改变命运的希望，因而形成了当地特殊的民风。李敏周本没有亲人在澳洲，为了实现"出国谋生之愿"，他"力恳"在澳洲开种植场的同乡梁坤和"提挈"，后才终于在梁坤和的帮助下，成为其种植场的华工。

李敏周于18岁那年到澳洲，一边"苦力耕种"，一边在基督教会牧师密勒的教授下学习英语。1906年，李敏周与梁坤和的女儿结为夫妻。在梁坤和的支持下，李敏周开办了一间小商店，事业由此

新新公司旧址。

起步，逐渐开始涉足进出口贸易，获利甚丰。据其子李承基所言，"单以'中国茶叶'一项，已相当可观"。此后，李敏周又与澳洲财阀"麦忽臣"合作经营地产，"成果璀璨"。

李敏周在澳洲取得成功后，考虑回国发展，先到香港，再游上海，寻找商机。当时，他的儿时玩伴刘锡基正在上海先施公司担任经理之职。由于反对先施香港总公司的利润分配制度，有意脱离先施，另起炉灶。李敏周与刘锡基在上海相遇后，志趣相投，遂结成伙伴，共议兴办新新百货公司。"筹备之第一步，乃确定公司之名号，经多方考虑研究，命名为'上海新新百货有限公司'THE SUN SUN CO，LTD。'新新'两字，出自我国古书《汤诰》：'苟日新，日日新，又日新。'"①

1923年，新新公司营业大楼在先施大楼旁边（后来的南京路720号）破土动工，历经三年才建成投入使用。由于新新公司是新加入的挑战者，因此无论建筑外观，还是内部设施、商场布置都颇费苦心。"各处均有自动灭火设备，分层装有冷气调节系统，外部有五彩霓虹标志，用晶莹光管灯饰。如此新颖进步，在20世纪上半叶的中国，尚属首创。"

霓虹灯的光彩照亮了上海南京路的夜空，不夜城，反映了它的繁荣水平，也反映了它的现代化程度。

1926年1月23日新新公司建成开业，作为四大公司中唯一向中国政府注册的综合性商业企业，新新公司在开幕活动上极力突出中国元素。在一楼大扶梯旁用丝绸扎成双龙，中间悬挂龙珠，组成双龙戏珠的造型。双龙体内灌满了香水，机关一动，香水从龙口喷出，众人纷纷拿手帕、毛巾等承接香水，啧啧称奇。参加开业仪式

---

① ［澳］李承基：《四大公司》，《中山文史》第59辑，2006年版，第82页。

的来宾有绅、商、政、学、报界多至数万人，以致不得不采取每隔十分钟开门一次的措施限制进场人流。据《申报》报道，"下午三时更觉拥挤，各路门首，亦摩肩接踵，该公司对面之市政厅走廊，亦人头挤挤（济济），故即于门上贴有'来宾拥挤，招待不周，停止参观，各界见谅'等字样，该公司办事人员及股董等亦无法入内"。①

新新公司沿用了集百货商场、茶室、美发厅、旅馆、剧场于一体的经营模式，特别值得一提的是，新新公司还在六楼新都饭店大厅内自办了中国第一家民营广播电台。

大新公司老板蔡昌见先施、永安、新新三大公司在上海经营得热火朝天，终于坐不住了。他于1929年集资600万港元筹建上海大新公司，营业大楼1934年开建，1936年1月10日开业，地点在南京路、西藏路、劳合路（今六合路）三条马路之交角，位居闹市。大新公司作为四大公司中最后一个抵达上海的迟到者，为了在南京路的商业擂台上争得一席之地，可谓煞费苦心。大新公司营业大楼高达十层，营业面积1.7万平方米，居四大公司之冠。大楼内部除采用大理石、柚木等高档装修材料之外，还安装了电动扶梯，这是当时最为先进的设备，吸引了不少市民到现场参观体验。

从1914年先施公司在南京路破土动工，到1936年大新公司开业，粤籍侨商经营的四大百货公司用22年时间完成了在上海的业务拓展布局。其影响由这个"口岸通商中枢""南北菁华荟萃之地"向全国辐射。在引进新设备、新技术、新商品、新经营形态方面，他们各出奇谋，各展异彩。南京路因四大百货公司的存在而蜚声中

---

① 崔海霞、何品：《四大百货公司上海滩风云史》，广东经济出版社2012年版，第21页。

外，成为一处现代商业文明胜地，吸引了全国各界人士。四大公司润物无声，在他们的联合倡导下，使传统的中国人潜移默化地开始了消费方式、生活方式以及思想观念的全面更新。现代化，从此不是一个遥远、抽象的概念，它通过商品流通渠道具体可感地展现在人们面前，对中国的社会转型产生了多方面、复合式的影响。

四

四大百货公司是现代生活的营建者，是时尚潮流的发源地。它们以现代企业制度、现代企业文化、现代企业营销手段，以及现代企业产生的社会影响，构建了现代化商业文明。

现代商业文明，首先是基于现代企业制度才得以产生和发展起来的。四大百货公司的成功，首先是让人们看到了现代企业组织形式——公司制的威力。

公司是一种能迅速、有效地集中资本，扩大生产经营规模的企业组织形式。公司制发源于西方，简单地说，其基本特点就是资本的联合，股份有限公司是公司制的主要组织形态，时至今日仍然在公司制经营中占主导地位。所谓股份有限公司，就是以出资认购股份来决定股东在公司内部的地位，所有股东都有权力对公司的经营管理进行监督。因此，由全体股东组成的股东大会是有限公司的最高权力机构。

四大百货公司创始人早在澳洲经商时就已经熟知西方的公司制，但当时他们多是小本经营，无缘付诸实践。回国之初，他们以合伙制集资创办百货公司，在香港取得初步发展后，先施、永安分别于1907年、1908年改组为股份有限公司，全面移植了西方企业组织管理制度。此后的大新、新新也都采用了相同的公司制。这一新型的组织结构为四大公司的高速发展提供了保证，在此后的经营中起到了关键作用。

与股份公司制相匹配的，是现代企业文化。企业文化是企业核心价值观的体现，它决定着员工的凝聚力，标示着企业的文明程度。四大百货公司在为职工提供多种福利的同时，也致力于员工精神文化的提升。

四大百货公司的基本福利涵盖了衣、食、住三个方面。四大百货公司都为职员提供免费的就餐服务，日常膳食基本都是四荤二素，鸡鸭鱼肉常能吃到，每到逢年过节，还加备酒菜，十分丰盛。考虑到许多员工都来自广东（尤其四大公司初到上海时，在当地很难招到女营业员，多从广东招聘而来），大新公司膳食部提供本地菜和广东菜两种选择。四大公司都非常注重员工的整体形象，统一为员工发放制服。永安公司除了要求员工统一着装外，还为员工发放理发票、头蜡。大新公司内部也自设了理发室和洗衣部，免费代员工清洗制服。至于住宿，四大公司都为员工准备了免费宿舍。

更让员工感动的是，四大百货公司都为员工提供免费医疗服务。先施公司聘请医生常年来店为职工诊病，费用由公司承担。大新公司免费为员工提供中西医服务，并为骨干员工发放住院津贴。永安公司内部有长期聘用的中西医，基本医疗费都由公司承担。此外，四大百货公司还建立了带薪休假制度。

为了帮助困难员工，四大百货公司纷纷设立基金会。先施公司于1922年成立惠爱会，募集善款，储蓄生息，以备不时之需。永安公司于1938年设立同人互助会，规定所有永安公司职员都是会员。1939年，永安公司还为全体职工办理了团体储蓄保寿，性质相当于今天的养老保险。新新公司的福利合作社、大新公司的"同人长期奖励储蓄"，也都发挥了相似的作用。

　　四大百货公司为职工提供的多项福利制度起到了凝聚人心的作用，许多年后，原永安公司营业员支商耆在接受历史学者访谈时，还对当时的情景满怀眷恋："1932年，我进上海永安公司当营业员，未进公司之前，我在别处当过练习生，做过营业员，吃过很多苦。进了永安公司，我有一个比较，感到永安公司的老板比那些中国老商店的老板开明。永安是工资待遇高，伙食好，还有职工宿舍，公司里的设备条件也很好，冬暖夏凉，冬天有暖气开放。用人也得当，做生意，人不能随便调动，这样职工的业务知识就丰富。"①

　　新型企业，需要新型员工。因此，四大百货公司比传统的中国商家更重视对职工进行文化素质培养。

　　百货业是来自西方的现代服务业，百货商店的营业员不同于传统商铺的店员，他们必须掌握新知识，达到新的服务标准，因此，职工培训就变得不可或缺。早在创办广州先施时，马应彪便发现，内地职员的教育程度较低。先施公司经营的多是国外进口的环球百货，顾客又以社会上层人士和外国侨民为主，职员不会讲英语的问题便凸显出来。为此，马应彪在公司内部设立了英文补习班，要求店员能准确说出商品的英文名称、性能特点，能进行一般的买卖对话。同时，针对一些职员珠算较慢，容易出错的现象，又开办了珠算补习班。1918年上海先施开业，由于上海方言为沪语，而当时的员工基本都来自香港、广州，为了尽快融入当地社会，马应彪在上海请了两位方言教师，对职员进行培训。借鉴先施的做法，永安、新新、大新也都设立补习夜校、补习班等加强员工的培训。

---

① 徐鼎新等整理：《关于永安企业的口述史料》，《上海档案史料研究》第三辑，上海三联书店2007年版，第160页。

如果仅仅是热衷于对员工进行职业技能培训，还远远算不上是重视企业的文化建设。四大百货公司作为现代企业，更注重员工文化素质、生活品位的提升。永安公司先在职工宿舍设立阅报室，随后又成立了"永安同人图书室"，使阅读成为一种内部风气。同时，永安公司总经理郭琳爽还主持创建了永安乐社，在他的领导下，乐社的剧目都由永安员工自编、自导、自演，他本人就曾亲自登台参演粤剧《荆轲传》。永安乐社除娱乐公司员工之外，还参与各类赈灾义演，为灾民募集善款。此外，永安公司内部专门设有体育部，组织员工成立了篮球队、足球队、排球队，体育运动不仅强健了员工的体魄，还培养了公平竞争、团结合作的现代企业精神。

新新公司内部的文体社团也十分活跃。由于新新公司有一处职工宿舍叫"三育馆"，它的社团也多以"三育"命名，诸如三育篮球队、三育话剧团等。新新公司比较有特色的是国术团，分太极、少林等门派，公司聘请了专业武师，经常在公司顶楼花园组织训练。

四大公司以现代企业文化打造了一批新型的百货公司从业者，这些从业者本身就具有吸引眼球的广告效应。

受商品生产和销售规模局限，传统的中国商人向来缺乏广告宣传意识，也不甚注重自己的企业形象，只相信"酒香不怕巷子深"，以为只要商品质量过硬自会顾客盈门，有的甚至还"店大欺客"。四大百货公司作为经营环球百货的大型商业综合体，必然要颠覆这些陈旧的经营理念，在营销方法上与国际接轨。

四大百货公司的广告营销手段是多种多样的，甚至体现在招聘女营业员上。马应彪的夫人霍庆棠打破陈规陋俗，成为中国第一位女营业员，曾经轰动一时。上海先施开业后，由广东招聘来的女营业员更成为一种流动的活广告，吸引了大量顾客。此后，永安公司也开始招聘女营业员，其中最出名的当属"康克令小姐"。康克令是一种进口金笔，但知名度和质量都逊于派克、犀飞利这样的老牌金笔。永安公司觉得康克令金笔价格较低，利润空间大，便买断了它的独家经销权，开设专柜大力推销。永安公司的促销手法之一，便是聘请年轻、漂亮的上海小姐充任营业员，"康克令小姐"由此声名鹊起。许多年轻男士为一睹"康克令小姐"的芳容来到永安公司，为和"康克令小姐"搭讪购买金笔。据说，上海南市有一家商行的小开（少爷），为了娶一位"康克令小姐"，每天都来永安公司买一支金笔，以博对方芳心。

四大百货公司的女营业员除了吸引男性顾客之外，也以现代职业女性的装扮和风姿令上海年轻女性称美，成为她们仿效的楷模。

20世纪二三十年代的上海，正是报刊、广播电台等现代传媒陆续涌现，蓬勃发展的成长期。四大百货公司作为时尚潮流的引领者，不仅充分利用当时有影响的报刊进行广告推广，而且还自办杂志直接主导传媒运营，新新公司甚至历史性地创办了中国第一家商业广播电台。

永安公司开业前，连续14天在报纸上发布开幕预告，以求"先声夺人"；开幕后，又刊登各种促销广告，不间断地进行舆论轰炸。先施公司除了不断刊登商品广告，对先施乐园的宣传也不遗余力，每当有新设施出现、新剧目上演，立即通过《申报》广而告之："先施公司之先施乐园，今年自元月开幕后，大加刷新，大门及电梯，已迁至浙江路，较前为便……。近日又逐渐改良，增加各种游艺，并由女子新剧团，排演上海时事新剧《阎瑞生》，现正预备各项新布景，日内将排演纯熟，不日即可出演。东书场则开映美国武侠侦探新长影片《怪手镯》，极为观众欢迎。"（转引自当时的报刊广告）

为了更加直接、有效地推广公司品牌，树立企业形象，永安公司还创办了自己的刊物《永安月刊》。除刊登商品广告、介绍世界消费趋势、引领国内消费潮流之外，凡是与家庭生活有关的内容，如生活常识、散文小品、图片摄影等也都兼收并蓄，以宣传科学知识、普及良好教养为办刊宗旨。为吸引女性读者，还开辟了艳情小说连载、美容美发技巧等专栏。1945年抗战胜利后，《永安月刊》先后推出了两辑特刊《胜利画报》，一册《第二次世界大战画史》，影响广泛，提高了永安公司的声誉。

面对先施、永安两大公司狂轰滥炸式的纸质媒体广告攻势，新新公司独辟蹊径，创办了中国第一家商业广播电台。新新公司的电台设在新都饭店六楼中央，用玻璃隔成一个独立的房间，播音机械由美国进口，从外面可以看到播音室里的全况，播音员、演唱明星

《永安月刊》创刊号。

的一举一动也都一览无遗，因此被称做"玻璃电台"。玻璃电台的覆盖面十分广阔，上海近郊真茹、南翔、昆山乡镇都能收听到这家民营电台的广播，成为新新公司的宣传特色。为了让更多的人成为自己的听众，玻璃电台除用国语、沪语播音外，还有粤语节目，吸引了旅居上海的广东人。据说，1949年5月25日上海解放时，玻璃电台最早向全市人民报道了这个重要消息并播放了来自解放区的革命歌曲。

商业的繁荣，营销手段的求奇求新，让四大百货公司成为国际新技术的积极引进者、使用者、推广者。

先施、新新等四大公司率先在建筑外观上使用霓虹灯，成为"夜上海"的标志性景观。当时的繁华盛景，给李敏周之子李承基留下难以磨灭的深刻印象："在夕阳西下，玉兔初升之际，四大公司之整座大厦，均有彩虹灯饰，闪光灿烂，目迷五色。倘乘火车来上海，当抵达近郊之时；或乘轮船来上海，当进入黄浦江之际，如举目远眺，即可遥见四大公司顶楼之灯饰，'光射斗牛'，直冲霄汉，如天边之星光，照耀四方。如此夺目之标记，在上海妇孺皆知，亦成为四大公司最成功之宣传广告。"[①]

霓虹灯照亮了上海的夜空，设计新颖的橱窗则让上海的街道更加亮丽。

传统的中国商店售卖货品比较单一，因此只有"幌子"或招牌，是四大公司把橱窗这个来自西方的新生事物引进到了中国。由于橱窗陈列设计由外国引入，各大公司纷纷与国外业界保持密切联系，与国际同步更新设计理念。永安公司曾长期订购《展望》（Look）、《生活》（Life）、《橱窗展示》（Window Display）

---

① ［澳］李承基：《四大公司》，《中山文史》第59辑，2006年版，第2页。

等外国杂志，作为设计参考。为了不断推陈出新，给顾客视觉刺激，每隔六个月就把香港永安公司负责橱窗设计的职员调到上海，把上海的设计人员调到香港，通过定期轮换、互相交流，使沪港两地的橱窗设计经常翻新。上海大新公司开业最晚，对橱窗设计尤其重视，在营业大楼兴建之前就聘请以设计百货公司著称的美国建筑师葛安（John Graham）为顾问。大新公司老板蔡昌根据葛安的建议，在一楼外墙开设了18面玻璃橱窗。正式开业后，又专门设立广告陈列部，由富有美术经验的专业人员担任设计、绘图、布置等工作。橱窗，是四大百货公司展示最新时尚物品的窗口，也是上海街头一道引人驻足欣赏的风景线。

永安公司的橱窗陈列。

商业竞争、营销形式竞争，最终导向了新产品、新技术的前沿竞争。1941年，美国人新发明的荧光灯管初到上海，美商慎昌洋行为中华区总代理。本来慎昌洋行已经开始和新新公司谈判装用权，却被永安公司抢了过去，不仅率先试用，还签订了销售合同，成为荧光灯管的推广使用者。同样是1941年，同样是慎昌洋行，把冷气机介绍到中国，这回新新公司当仁不让，成了中国第一家安装冷气设备的百货公司。大新公司作为南京路上的后来者，在引进新技术方面却不甘人后，在前面三大公司都安装了升降电梯之后，他们独家引进了沃的斯（Otis，现译奥的斯）自动扶梯，成为吸引顾客的利器。

"楼上楼下，电灯电话"曾经被传统的中国人视为典型的现代生活方式。四大公司向人们展示的，已经远远超越了这种认知局限，而是更加新奇，更加舒适，更加光辉灿烂的新世界。

五

作为经营环球百货的粤籍侨商，四大百货公司难免会受到一些激进民族主义者的非议，说他们贩卖洋货。其实，作为对西方现代世界有着真切认识的民族企业家，四大百货公司的经营者比那些指责他们的人更懂得"振兴实业"对民族崛起的意义。他们是环球百货的经营者，更是国货精品的提倡者、推广者。他们在经营百货公司的同时，纷纷投资办厂，成为中国最早的民族实业家，民族工业的开拓者。

1917年7月，上海先施公司大楼及东亚旅馆的主体建筑接近竣工，开业在即。11日，一篇十分醒目的文字赫然出现在《申报》版面上："先施上海有限公司征求国货广告"。"这则广告首先阐明了如下观点，即生活在20世纪这个'竞争之场'中的中国人，贵在'自奋'；而'自奋者'的'一大问题'则在于'振兴工艺'。故先施公司自创立以来，于选购商品之际，务求精良，'而于本国

出产，更为注意搜罗'。……广告继而指出，如欲打开产品销路，'先宜鼓吹得力'。如今'本公司工程将竣，开幕有期；外观则楼阁层层，内容则铺陈整整；地点适中，通衢大道将现；生意滔滔，货如轮转'。公司希望推销各类土货者于每日上午九点到十二点亲携样品至江西路办事处面洽，如不便前来，将样品邮寄亦可。"①

先施开业后，确实代理了许多国货，诸如著名的民族食品工业品牌"冠生园"系列产品、南洋兄弟烟草公司的"钻石"牌香烟、国产"金星"金笔等都受益于先施的推销。

除了代理销售国货之外，先施公司还自办了一些工厂，以实际行动努力成为"振兴工艺"的"自奋者"。

1911年，广州先施公司成立后，曾先后开办十间工厂，后来受内战、工潮等多种因素影响，大多停办，只有化妆品厂业绩突出，得以保留。为了求得一个稳定的发展环境，先施公司将广州化妆品厂迁至香港，生产规模逐步扩大。"当日，在香港销售之化妆品，多是舶来品，来自欧美，林林总总，多属名贵品牌，是以销路止于上流社会。其不菲价格，非升斗小民所能负荷。故先施之出品，不事奢华，唯重实用，薄利多销。志在挽回外溢利权，与振兴中华国产。本此原则，产品深得大众之欢迎购买，如'金美莲'和'拉云打'头蜡一项，在印尼一地，极为畅销，每年营业达港币10万元之数。在第二次世界大战之前，有如此纪录，殊属难得。"②

1922年，先施公司将化妆品厂改组为股份有限公司，增加品种，提高质量，并在上海筹办分厂，开拓中国大陆业务。1929年，

---

① 葛涛：《环球百货光影录——上海先施公司盛衰》，上海辞书出版社2011年版，第45页。
② [澳]李承基：《四大公司》，《中山文史》第59辑，2006年版，第37页。

先施化妆品公司第三厂在上海马崎路建成投产，机器设备更为先进，出品更为精致。"先施"牙膏，"虎"牌白兰霜等拳头产品通过分布在北京、天津、南京、长沙、奉天和哈尔滨等地的分销网络畅行全国。

除了先施化妆品公司，上海先施还筹资10万港元在华德路兴建了一家大型综合加工厂。该厂占地20亩，配备车床、钻床等新式机械，拥有300余名员工，主要生产欧式火炉、中西家具、儿童玩具和银箱铁柜等，备受各界欢迎。

先施公司的工业成就虽然不如百货业那样显著，却体现了他们提倡国货，"振兴工艺"的良苦用心。

对于20世纪初的民族企业家而言，与洋商抗衡，阻止利权外溢，是他们的共同追求。与先施公司采取集团化经营，先后创办自己的保险公司、化妆品公司和综合加工厂相比，永安公司的集团化特色更为突出，在工业领域的投资也更加成功。

永安公司除了在港、粤、沪三地经营环球百货之外，还先后创办了永安水火险公司、永安人寿保险公司和永安银行，永安集团的分公司和办事处遍布美国、南洋和中国各地。永安集团在积累了雄厚的商业资本之后，进而向民族工业领域拓展，成立了著名的永安纺织有限公司。

"外争国权，内惩国贼"的五四运动之后，全国性的抵制洋货运动不断高涨，"实业救国""工业救国"的口号响彻大江南北。普罗大众喊喊口号容易，真正有能力投资实业，振兴工业的却要依靠那些民族企业精英。当年主持永安集团香港总部的郭泉到上海考察纺织业时，对"我国实业之不振，利权之外溢"深有感触，于是便有了筹办纱厂的动议。

1920年，郭乐命六弟郭顺放手澳洲永安果栏业务，召其回国主持上海永安公司。郭顺对拓展实业更加热心，凑巧的是，有一位曾在欧美从事纺织业的广东同乡也刚刚回国，正想一展抱负。福至心灵，郭氏兄弟意外得到了创办纱厂的专业合作者。

1921年初，郭顺返回澳洲为永安纱厂招股，初定股本为300万银元。没想到，海外华人对此反应异常热烈，踊跃认股，很快就由300万银元增加到了500万银元，到招股截止日期时，股本共达600万银元，比最初定额超出了一倍。

1922年6月，永安纺织公司正式成立，郭乐为董事长，郭顺为总经理。同年9月，永安纺织公司第一厂在上海杨树浦建成投产，以此为发源地，逐步扩张。

由百货销售商，到纺织品生产商，永安公司进入了工业领域。经过刻苦钻研，三年之后，技术已臻国际一流水准，生产的"金城"牌42支双股纱线已经优于日商的丰田、华日等名牌，因而销路广阔，获利丰厚。同时，郭氏兄弟也深切地感受到，从事工业生产，除了善于经营之外，还必须懂得科学。于是，派郭棣活（郭乐的四弟郭葵长子）、郭植芳（郭顺长子）、郭兰芳（郭顺次子）、郭琳褒（郭泉三子）等先后出国留学，攻读纺织工程、印染各专科，为公司长远发展准备专业人才。

1925年，上海吴淞镇的华资企业大中华纱厂因股东意见分歧，即将解散。郭顺闻讯，以高价收购，并入永安旗下，更名为永安纺织公司第二厂。从此，公司业务发展日趋蓬勃。1928年，收购位于上海苏州河畔麦根路（今西苏州路）的鸿裕纱厂，改为永安三厂。适逢郭棣活自海外学成回国，出任永安纺织公司总工程师。在他的主导下，对永安三厂进行全面整顿，终于旧貌换新颜，生产步入正轨。到1931年，永安纺织公司已经有职工1.4万人，布机2000部，以金城、大鹏、嘉禾等为注册商标的永安品牌遍销全国及南洋海外等各地。

1932年，位于吴淞的永安二厂已经不能满足生产需要，永安公司开始在其旁边筹建永安四厂。这家新建的工厂采用新设计、新机器，其生产能力与产品质量已经与欧美同业旗鼓相当。

1935年，永安公司再次出手，全盘收购旅沪粤潮商陈玉亭家族的纬通纱厂，改组为永安五厂。同年，永安自建的大中华印染厂竣工投产。至此，永安纺织公司经过13年的发展，已经成为集纺、织、染、印于一体的全能型工业集团。在此基础上，永安股价也一路飞涨，"超出原价以十数倍计，居热门股票的首席"。

日本侵华战争爆发后，郭乐远走美国，希望能在旧金山建立新的发展基地，指定郭顺留任上海，应付局面。从此，永安旗下各公司都进入了艰难时期。

1949年，新中国成立。当时，郭顺在香港。上海永安百货公司由郭琳爽（郭泉长子）留守，永安纺织公司由郭棣活以副总经理的职衔接班主管，维持生产。

上海解放前，为了改良生产，永安纺织公司已在欧美订购了一批新式纺织机械和原料，正在运回的途中。香港永安集团全体管理人员一致主张，将这批机器设备和原材料截留，就地设厂，重整旗鼓。大家都认为这是个很有前途的发展计划，如能得以实施，"定获厚利"，永安纺织公司也很可能在香港东山再起。

但是，郭顺独排众议，并说："当年，我们在上海创立永纱，其目的就是振兴实业，挽回外溢利权，既然在祖国播下了种子，就让它继续生长强壮，不要削弱它的力量和生机。"[1]

在郭顺的坚持下，这批新订购的设备、原料仍然运回上海，其中包括：瑞士特莱的汽轮发电机1组、1000锭纺纱机全套、美国棉

---

[1] [澳]李承基：《四大公司》，《中山文史》第59辑，2006年版，第64页。

纱6000包，共值250万美元。这一惊人之举充分显示了郭氏家族不计私利，全力支持新中国建设的赤诚之心。

上海解放后，主持永安纺织公司的郭棣活被推举为"上海市工商业联合会"常务委员，后被调任广东，任广东省工商业联合会主任委员、民建广东省委主任委员、广东省副省长。

回望20世纪的头五十年，四大百货公司通过新潮的现代商品、新奇的销售策略、新颖的组织管理形式，在中国掀起了一场现代商业革命。这场推广现代生活方式的柔性革命由香港发源，经广州蔓延到上海，进而影响全国。它不仅更新了中国民众的消费观念和生活样貌，而且带动了现代传媒、现代服务业、现代工业的全面发展，潜移默化地引导着中国向商业社会转型。

四大公司以营商起家，以"振兴实业"为追求目标，由商而工，脚踏实地地开创了一条工商业追赶现代化的新路径，把中国带入了一个新时代。

第十二章
商脉，在疾风骤雨中流传

从明朝的海商，到清朝的行商、买办，再到民国时期的归国侨商，数百年来，广东粤商因时而易，顺势而为，不断演进，构成了完整、独特的发展脉络。

粤商作为一个不事张扬的商人群体，承受着近代中国的转型之重，粤商一点一滴、脚踏实地而又卓有成效地推动着中国的现代化进程。无论世道如何艰难，最终他们总能顽强地克服重重困难，延续它那特殊基因，做到一脉相承、根基不断。

近代中国的对外开放史则标记在粤商发展的每一座里程碑上。一代又一代粤商上下衔接，不断延续而成的商脉，将中国与世界愈来愈紧密地连接在一起。

自明清以来，中国曾经出现过许多有影响力的商帮，诸如山西的晋商、安徽的徽商、福建的闽商、关陕（陕西）的秦商、江右（江西）的赣商、宁波的甬商、龙游（浙江中部）的浙商、山东的鲁商等等，这些商帮都曾创造过属于自己的辉煌时刻，都曾产生过富甲一方的豪商巨贾。但是，在变幻不定的历史风云里，最终总被雨打风吹去，渐趋零落。而广东的粤商则与众不同，无论局势如何变化，无论世道如何艰难，最终他们总能顽强地克服种种阻碍，重新焕发生机，延续那特殊的基因，一脉相承，根基不断。

粤商是独特的，粤商是源远流长的，粤商是历尽坎坷绵绵不息的，因为，粤商有着丰厚的历史底蕴和不断创新的开拓精神；因为，他们一直努力与世界先进文明始终保持紧密联系、同步发展。

有两千多年的对外贸易史作根基，有不断发展的航海技术作依托，广东商人自明朝开始不断冲撞官方制订的海禁政策，蹈海犯险，远赴日本、东南亚等地拓展民间贸易，于是有了影响广泛的海商集团；明清交替，西人东来，清廷指定广州"一口通商"，广东商人获得了难得的发展机遇，十三行行商乘势而起，成为促进中西贸易、文化、科技交流的重要纽带；鸦片战争之后，清廷被迫接受国际贸易规则，从五口通商到门户开放，广东商人又以长年积累的对外交往经验，着人先鞭，成为中外双方都必须倚重的"夷务通才"，"广东买办"遍及上海等各大通商口岸，成为影响中国近代发展的新兴阶层；晚清民国之际，粤籍侨商携大量海外资金回国发展，在香港创办百货公司，同为广东人的孙中山就任中华民国临时大总统后，为感谢海外华侨对中国革命的支持，对华侨给予税收等方面的优惠，吸引粤籍侨商大举北进，在上海造就了与世界现代商业文明同步的"摩登"时代。

从明朝的海商，到清朝的行商、买办，再到民国时期的归国侨商，数百年来，广东商人因时而易，顺势而为，不断演进，构成了完整、独特的发展脉络。如果说，"一部中国海外贸易史就写在广东（广州）的记录上"，那么，近代中国的对外开放史则标记在粤商发展的每一座里程碑上。一代又一代粤商上下衔接，不断延续而成的商脉，将中国与世界愈来愈紧密地连接在一起，从而有力地推动了中国的现代化进程。

中华民族是个勤劳勇敢的民族。中国各大商帮都具有克勤克俭、吃苦耐劳、诚而守信的传统美德。但是，自中华文明遭遇"三千年未有之变局"以来，没有任何一个商人群体能像粤商这样，紧扣时代脉搏，以开放进取，敢为人先，勇于创新的开拓精神直接参与、推动了中国的社会转型。

粤商是属于历史的，粤商是属于现在的，粤商是属于未来的。1937年爆发的抗日战争，一度阻断了中国方兴未艾的现代化进程，迫使经济中心再度南移，香港成为粤商活动的主要舞台。新中国成立之后，香港粤商作为一支帮助新政权突破西方经济封锁的重要力量，促成了广州出口商品交易会的创办。1978年，中国迈入了改革开放的新时代，一批又一批香港粤商纷纷走过罗湖桥回到内地投资，无论是对深圳经济特区的建设，还是对广东作为改革开放前沿地位的确立，乃至推动全国市场经济改革，香港粤商都做出了杰出的贡献。粤商以其生生不息的顽强精神，始终致力于推动中国现代化进程，致力于中华民族的伟大复兴。

近现代中国命途多舛，阻碍重重。1937年，中国的现代化进程尚在起步阶段，日本悍然发动侵华战争，让初具规模的民族工商业痛失稳步发展的和平环境。是年8月，上海爆发"八一三"事变，11月12日，全城大部沦陷，租界成为"孤岛"，迫使中国的经济重心逐渐向香港转移。

> 抗战爆发后，中国外贸中心逐渐向华南转移。尤其当粤汉、广九两路接轨后，长江中游及西部各省之客货出入，大部趋向省港。沪宁失守后，长江下游之经济交通，概被日本破坏或把持。据海关1938年贸易报告书表明，上海出口总值下降，而广州及华南各口岸出口总值上升，该年沪粤对外贸易一降一升之差别，极为显著，俨然有以粤汉铁路代替江航，以香港取上海而代之的趋势。[①]

抗战初期，香港是中国外贸的枢纽；抗战进入相持阶段后，其战略和贸易地位更趋重要，大量军需物资通过香港转入内地，为粉碎日本的经济封锁，支援持久抗战，发挥了关键作用。当时，中国70%的军事战略物资都经香港运到内地。这条"香港通道"，是中国能够坚持长期抗战的一个重要因素。

除了对外贸易高速增长，香港还成了民族经济的避难所，出现了内地企业的迁港潮。这次迁港潮从1937年抗战全面爆发，到1941年年底香港沦陷，持续了四年之久。

淞沪抗战时，几家中国银行将2300万银元运到香港；南京沦陷前，中央银行又运去1.39亿银元及5000条银锭。至1937年年底，仅汇丰银行就接收了3亿银元和数百箱新法币钞票。

在企业、资金源源涌入的同时，香港的华人总数很快就增加了

---

① 张晓辉：《香港与近代中国对外贸易》，中国华侨出版社2000年版，第204页。

一倍，从1937年的80万，急升至1940年的164万。另据当时《大公报》的调查资料，当年内地逃港人群中，百万富翁计有500余人，千万富翁30余人，亿万富翁3人，这些人移居香港后继续从事工商业。随着这些来自珠江三角洲及内地的工商业者的到来，香港粤商的构成也更加多元化，为粤商群体的持续发展注入了新鲜血液，激发了新的活力。

人员、资本的高度集中，促成了战时香港的畸形繁荣，工商业均有长足发展，港产的纺织品、电筒电池、火柴等远销海外。抗战初期，香港开始每年举办中华国货展览会，不仅显示了香港人强烈的爱国情感，也反映了华资企业家在香港的苦心经营。1940年第三届展览会开幕时，港督罗富国（Geoffry Northeote）曾亲临参观，对香港产品和工业潜力大加称赞。

香港是抗战时的避难所，也是支援抗战的重要基地。香港粤商在通过振兴工商业挽救民族危亡的同时，也涌现出了许多宣传爱国思想的社会活动家，出生于买办世家的莫应溎先生便是其中的典型代表。

莫应溎生于1901年，广东香山大金鼎镇会同村人（今属珠海市），其祖父莫仕扬（1820—1879年）是一名成功的粤商，早年在广州做生意，1860年后转赴香港经商，因精明强干，熟谙洋务，会一口流利的英文，于1870年成为香港英资最大企业之一的太古洋行第一任买办。同时莫仕扬又经营着自己家族的生意，是一名在香港华资界有影响的地产商；莫应溎的父亲莫藻泉为太古洋行的第二任总买办、香港太古糖厂的创办人；莫应溎的哥哥莫干生为太古洋行第三任总买办，太古糖厂、船坞、保险公司、航运公司、漆厂等庞大资产的实际管理者。莫家三代是最早把西方企业管理制度引入中国的人，对促进中国的企业规范化管理起到了积极的推动作用，开创了一代中国买办先河，父、子、孙三代都作为英国驻香港太古洋行总买办，历时近百年。

按照莫氏"从商不可废书，习西学不能轻六艺"的家规，莫应溎从小就受到了良好的中西学教育，青年时代留学英国，在剑桥经济系及伦敦法学院就读，取得大律师资格。

不仅莫仕扬祖孙三代就任太古洋行的总买办，而且其莫氏家庭三代的直系或旁系子孙大都进入英商太古洋行任买办或副买办，主导经营几十年。莫应溎学成回国后，被聘为太古洋行副买办，分管太古糖厂。后来莫应溎的哥哥莫干生因故被迫离开了太古洋行。关于莫氏家族与太古洋行的关系，史料中是这样介绍的：

大国商帮：承载近代中国转型之重的粤商群体

莫仕扬（1821—1850年）画像。载《澄怀古今：莫家三代珍藏》，香港中文大学文物馆2009年刊印。

　　由莫仕扬首先开发的香港摆花街（摄于1869年）。载《澄怀古今：莫家三代珍藏》，香港中文大学文物馆2009年刊印。

爱国粤商的杰出代表莫应溎。

……每一个洋行分支或一艘新船起航，都由莫氏子孙或旁系子侄任职。百年之间，莫氏宗亲只要能工作的，都在太古洋行或分支机构工作，累计达千人，故员工中流传着"只知有莫，不知有英"。莫氏家族，实际上操纵了太古洋行的实权。太古洋行英国资本家，深感大权旁落在莫氏买办身上，于己不利，渐渐产生削弱莫氏的念头。……恰巧，莫干生于1919年，物色了香港太平山顶一块地皮，投资100多万元，建成一幢当时全港最豪华的别墅。当这幢皇宫式别墅入伙时，莫干生举行了相当豪华的宴会，太古洋行布朗（时任洋行经理）出席宴会后，暗中派人查莫干生账目，要莫干生把经手购入装糖的蒲包，高于市价部分，"赔偿"给太古洋行。这是布朗逼走莫干生的"高招"，借此打击莫干生的威信。经反复磋商，1929年双方同意，由莫赔偿25万元。莫干生受此次"釜底抽薪"的打击，感到难以在太古再待下去，遂于1931年向洋行递交了

莫家祖居大门。黑漆描金山水博古图木门一对，清道光（1821—1850年）。载《澄怀古今：莫家三代珍藏》，香港中文大学文物馆2009年刊印。

辞职书。从此，太古洋行总行取消了买办制度，代之以经理制。[1]

太古洋行由"买办制"到"经理"制，在粤商的发展史上具有划时代的意义，它宣告了一个时代的终结。自此，本来已经将粤商主流让位于马应彪、郭乐等粤籍侨商的洋行买办开始渐趋没落，直至最终彻底退出历史舞台。

鸦片战争后，清廷只准广州一口通商的限制被迫终止，通商口岸

---

① 王远明主编：《风起伶仃洋（香山人物谱）》，广东人民出版社2006年版，第98—99页。

大幅增加，中西贸易往来迅猛发展，洋行买办阶层随之快速崛起。他们作为沟通中外的桥梁，不仅深受清廷洋务派大臣器重，也为外国洋行老板所依赖，成为举足轻重的特殊阶层。在中国的现代化进程中，他们有人脱离洋行，成为晚清洋务运动的操盘手；有人在为外国洋行服务的同时，也开始经营自己的生意，向民族企业家转型。莫氏家族三代作为洋行买办，罕见地贯穿了近代买办制度的始终。

笔者为写作此书，怀着了解莫氏家族的强烈愿望，曾于2013年3月初前往莫氏家族的故居原香山县大金鼎镇会同村（今属珠海市）考察。由于年代久远，莫家的祖居如今只剩下几间陈旧的瓦房，据当地老乡告诉我，那只是莫家原先佣人住的，莫家的大宅已经不在了。如今在会同村已经基本看不到曾经显赫一时的莫家的遗迹。但莫氏宗祠还保存得相当完好，远远就可以看到那高大的门

莫家位于干德道的大宅。载《澄怀古今：莫家三代珍藏》，香港中文大学文物馆2009年刊印。

楼，临着一条小河，视野相当宽广。在宗祠里，陈列着一些介绍莫氏家族祖先和后人的资料和照片。从这些资料照片中，可以看到莫氏家族的基本脉络。

笔者知道莫家有不少后人在香港，例如莫干生之孙莫华钊先生，我们曾在天津南开大学见过一面，并预约到香港去采访他。

莫华钊先生为香港资深执业会计师，亦是著名文物收藏家和鉴赏家，自1982年起出任香港中文大学文物馆管理委员会委员，香港中文大学荣誉院士，还曾于1984年担任东华三院主席。对于笔者提出的采访要求，莫华钊先生十分重视，专门委托香港中文大学文物馆一级助理主任梁淑仪女士安排相关事宜，使我们的采访得以在香港中文大学附近的凯悦酒店顺利进行。

莫华钊先生给人的印象，既有世家子弟的从容，又有资深会计师的严谨，同时作为一个收藏颇丰的文物鉴赏家，对自己的家族史尤能用独到的眼光加以观察和研究。作为一个粤商的后人，莫华钊先生有他独特的研究视角，所以，一些学术机构的学术活动，常邀请莫先生参加，莫先生也有学术文章发表。

关于莫氏高祖从广州南迁香港的原委，他在一篇短文里这样写道："余先祖，广州行商也。洎自鸦片战争，公行易制，高祖仕扬公审时局之不稳，本业亟变，适太古洋行发展业务，托以为香港总办，遂于一八六四年举家南迁，历曾祖藻泉公、祖父干生公，匪懈经营，终成百年买办世家之美谈。"①

据莫华钊先生提供的资料显示，莫干生于1931年辞去太古洋行总买办之职后，其族人亦自此逐渐由单纯的商业人士向各领域的专

---

① 莫华钊主编：《澄怀古今：莫家三代珍藏》，香港中文大学文物馆刊印2009年版，第8页。

业人士发展。其中，最有代表性的是其八弟莫应基（1909—2001年）与五弟莫应溎。莫应基不仅成为老牌英资银行汇丰银行的影子买办，更在1975年出任香港股票交易所首位华人主席，执资本买卖之牛耳。而莫应溎（1901—1997年）则由主管太古糖厂的洋行副买办、香港执业大律师，转变为活跃在港粤商界的社会革命者。

出生于买办世家的莫应溎虽然接受了系统的西式教育，骨子里却是一个强烈的爱国者，对民族解放事业满怀热情。1924年，叶剑英率部乘船从大陆赴港，被扣香港长洲。莫应溎受地下党之托，与香港警务处长交涉，终于使叶部脱险。广州解放后，1950年初莫应溎与港澳工商界观光团回广州参观考察，受到叶剑英亲切接见，感谢他当年相救之情。

1932年，日本在上海挑起"一·二八"事变，向中国守军发起攻击。莫应溎义愤填膺，组织了一支有70多人参加的"香港华人救伤队"，自任队长，捐出一部救护车，携带医疗器械和药品赶赴上海，救助伤员。他还设法募集了数万港元，送到十九路军上海办事处，资助残疾军人教养院。七七事变后，莫应溎又组织了"中华救护会"，训练数百名爱国侨胞回国服务。随着战争的全面展开，莫应溎亲赴南洋各地，奔走呼号，开展抗日宣传，在新加坡等英国各属地募得数十万元巨款。作为莫氏家族的一员，他以自己的言行影响了一大批港澳同胞、海外侨胞积极投身抗日救亡运动。全国解放后，宋庆龄、蔡廷锴都曾当面对莫应溎在抗战期间的义举予以嘉勉。

1949年11月，由莫应溎担任会长的香港华人革新协会发布宣言，呼吁英国政府从速承认中华人民共和国。这是香港民间团体最早提出的政治性建议，因而引起了港英当局的高度警觉，莫应溎及香港华人革新协会都成为秘密监控对象。

1950年9月，为迎接中华人民共和国成立一周年国庆日，莫应溎以香港华商总会（即中华总商会前身）董事的身份兼任交际组长、香港各界庆祝国庆纪念筹备委员会主席。他在华商总会全体董事会上，提议在香港悬挂中华人民共和国国旗。当时不少人怕得罪港英当局，持观望态度，有的甚至表示反对。经过三个多小时的激烈争论，莫应溎赢得了多数人支持，终于通过议案。10月1日上午8时，五星红旗在香港华商总会大楼冉冉升起。

1951年11月，香港贫民区发生火灾，数万人无家可归。莫应溎发动香港华人革新协会积极投入救灾工作。1952年3月1日，广州社团组织赴港慰问灾民，莫应溎等爱国人士代表香港各界迎接，港英当局却不准广州慰问团入境，酿成香港居民与港英警察冲突的"三·一"事件。

莫应溎参与组织的一系列"左倾"政治活动改变了买办世家低调、隐忍的行事风格，也彻底惹恼了港英当局，遂向其下达"永久离境令"。1952年9月23日，莫应溎一家由港返穗。

虽然回到了广州，但莫应溎在港澳和南洋等地商界仍具相当影响力。在被聘为广州投资股份有限公司（即广州国际投资公司前身）常务董事后，他积极吸收港澳和华侨资金为新中国建设服务，取得了优异成绩。此外，莫应溎还先后担任过广东省工商业联合会委员及执委、广州市政协副主席等职。

1984年12月，中英两国政府就香港问题签署联合声明，确定中国政府于1997年7月1日起对香港恢复主权。翌年，莫应溎与郭棣活一起出任香港《基本法》起草委员会委员，继续为香港的稳定与繁荣、民族的振兴与强盛贡献力量。

面向大海，对外开放的商业传统，使广东成为中国与世界的交汇点。无论历史风云如何变幻，都阻挡不了中国从这里走向世界的脚步。

新中国成立后，以美国为首的一些西方国家采取"封锁、禁运"政策，使我国对外贸易面临重重阻遏，只能与原苏联和东欧社会主义国家及朝鲜、越南、蒙古等国家进行记账式的贸易。当时，国家建设需要的大量物资、设备，如橡胶、化肥、精密机械等都要从国外进口，用于支付进口货款的外汇十分紧张。在这样的历史背景下，广州毗邻港澳的地缘优势与两地贸易往来密切的历史传统再次发挥了至关重要的作用。广东直达港澳，不仅成了中国内地连接西方国家的唯一管道，也是开展对外贸易，获取外汇的主要来源。而莫应溎曾经担任过董事的香港中华总商会，则成了拓展大陆与海外贸易的积极响应者、合作者。

为了打破孤立被动的经济局面，自1955年起，广州先后举办了规模不等的物资交流会、展览会等。香港中华总商会接获内地邀请后，积极推动香港商界人士参与，组织他们赴穗洽谈贸易。据《广州市志》记载："香港中华总商会派往广州的第一个代表团在5月12日至15日，3天内成交500万港元生意。"这在当时具有突破性意义，令人十分鼓舞。

1956年，广州外贸界人士在总结以往展会经验的基础上，向国家外贸部提出了举办全国性出口商品展览会的建议。经外贸部上报给国务院，得到了周恩来总理的重视和批准，国务院于当年9月6日下发文件，同意在广州举办中国出口商品展览会，同时通知要求中央各部委予以支持。于是，在外贸部和广东省人民政府的双重领导下，以中国国际贸易促进会的名义，于1956年11月10日至1957年1月9日，在广州中苏友好大厦举办中国出口商品展览会。

香港中华总商会接到中国贸促会邀请后，在为期两个月的展会期间，组织香港工商界千余人前往广州洽谈贸易。参加者包括土纸、山货、陶器、丝绸、茶叶、五金、印刷、食品、建材等行业商人，保证了展会的成功，使中国出口商品第一次有系统、有组织、有规模地呈现在世人面前，也为正式创办"广交会"提振了信心，积累了经验。

有了这个成功的范例，广州外贸界人士又建议国家外贸部每年在广州举办出口商品交易会。经批准，1957年4月25日，由各外贸总公司联合举办的"第一届中国出口商品交易会"隆重开幕。从此，"广交会"名闻遐迩，每年春、秋两季定期举办，成为中国对

第一届广交会在中苏友好大厦举行。

第一届广交会进馆证。　　　　第一届广交会纺织品展区。

外贸易的重要渠道和展示社会主义建设成就的窗口。

　　首届"广交会"举办日期确定后，香港中华总商会不仅欣然接受邀请，号召会员积极参与，而且应中国主办方委托，代为发送香港地区华商客户的所有请帖，成为香港所有客商的联络组织者。

　　首届广交会到会客商总计1200多人，其中香港客商占68%，其后每届不断增加，80%以上客商来自香港。即使"文化大革命"时期，以及非典肆虐期间，港中总（香港中华总商会简称）代表团亦从未缺席任何一届广交会。①

① 中国对外贸易中心编：《亲历广交会1957—2006》，南方日报出版社2006年版，第226页。

广交会创立初期，许多人对新中国、对广交会存有偏见，加上西方国家对新政权的抵制，很多人不愿意经销国货，对广交会也不感兴趣。经香港中华总商会极力宣传动员，终于引领华商承担起经销、代理、推广国货的重任，使内地产品得以打入香港市场，甚至通过香港转口到世界各地，为国家赚取了难得的外汇。

在祖国大陆最需要打破经济封锁的时候，在那个对外贸易困难重重的低潮期，香港粤商挺身而出，发挥沟通中西的传统能力，帮助国家破解困局，送上了客商云集的欣喜。

广州，再次成为中国对外贸易中心；粤商，再次担负起开拓国际市场的大任。广交会作为当时中西贸易的唯一管道，被誉为当代"十三行"，为这个一度封闭的国度透进了一缕清新之风。

然而，就连广交会这样一个硕果仅存的贸易窗口，在"文革"期间也受到了不小的冲击。

出于对外汇的迫切需要，"文革"时广交会并没有中断，但是，所有的客商都感到了前所未有的"困难"。香港中华总商会也认为那是一个"困难期"。这种"困难"是由于广交会作为一个贸易活动已经完全变味了，它被过度政治化了。而且，外贸部门许多懂行的业务干部被整肃，外来客商再也找不到互相了解的合作伙伴，再加上全国"停产闹革命"，物资极度匮乏，严重缺少可交易的商品。对于当时的情景，加拿大中华总商会会长，从少年时代即随同其父参加广交会的谢英榛先生曾有这样的观感：

……回忆"文化大革命"初期，举国上下是"毛主席语录"的红色海洋。广交会亦布置为大厅正中为毛主席塑像，"工业学大庆""农业学大寨"的毛主席语录分列两旁。我们这些香港的"红色资本家"也入乡随俗了，进罗湖关时亦排列唱革命歌曲，上火车时便将西装脱下换上"中山装"，以免被红卫兵作为"资产阶级代表人物"而被勒令批斗。入住广州的宾馆后，也要举行向毛主席像早请示、晚汇报仪式。

当时外经贸部门懂业务的经理们被夺权"靠边站"了，取而代之的是外行的"造反派"，洽谈业务时要与客商对谈"毛主席语录"，颇有"针锋相对"的意味。

那时，物资紧缺，计划经济带来了布票、粮票、油票、肉票等限量配额。而参加广交会的客商却可以凭证件享受"特殊待遇"，在广交会内购买紧缺的香烟名酒等物资。不少亲友便托代购，大家都经常一大包一大包地抢购。中华牌、大前门牌的香烟较为昂贵，而上海生产的飞马牌香烟一包只要二三角钱。当时国内居民的工资低，飞马牌香烟很受欢迎。广交会大门一开，客商们凭证件蜂拥而进，从草坪中踩出一条路赶往大厅排队限量购买飞马牌香烟，购烟者便成了"飞马帮"……①

"文革"十年浩劫，工农业生产全面陷入停滞，竟然让前来开展贸易的海外客商成了替国内亲友购买紧俏物资的"飞马帮"。

广交会由初办时的客商云集、购销两旺，到"文革"时期客商感到的种种"困难"，反映了当时国民经济的衰败，也预示着一场全面、彻底的变革即将来临。

广交会是中外贸易往来的温度计，也是中国社会经济发展的晴雨表。1957年，首届广交会到会客商1200多人，洽谈成交1754万美元。这个数字，对当时的政治、经济、外交各方面意义重大，给

---

① 中国对外贸易中心编：《亲历广交会1957—2006》，南方日报出版社2006年版，第254页。

新生的共和国带来了欣喜。"文革"时期，广交会虽然在周恩来等老一辈党和国家领导人的关怀下得以延续，却也仅仅是保留了一个与世界进行经济交往的渠道而已。直到20世纪80年代，全国实行改革开放，广交会终于迎来了井喷式增长，出口商品年成交额突破了50亿美元。2006年，第99届广交会举行时，已经发展为有211个国家和地区的19万多的客商参加，交易额更上升至330多亿美元。五十年间，从打破经济封锁的唯一外贸管道，到中国参与经济全球化的重要平台，广交会一直为国家的经济建设发挥着特殊的作用，也不断强化着广东作为对外贸易中心的前沿地位。

三

人类文明是在各民族不断交流与融合、相互学习与借鉴的过程中才得以发展的。任何国家或民族都不可能在孤立中走向富强，相反，却只会日趋沉沦。在差不多与世隔绝了三十年之后，尤其是经过"文革"十年浩劫之后，中国的国民经济到了濒临崩溃的边缘。

1978年12月召开的十一届三中全会，让中国告别了那个"越穷越光荣"、勒紧裤腰带闹革命的荒唐年代。拨乱反正，全党工作的重点转移到社会主义现代化建设上来。于是，改革、开放，成为中国的时代强音；打开封闭的国门，重建中国与世界的联系，全面增进与发达国家的经济、文化、科学交往成为现代化建设的必然选择。

早在十一届三中全会召开的前一年，1977年11月，中共中央副主席叶剑英元帅在接见广东省委和梅州地区负责同志时即讲话强调："既要埋头工作，又要抬头看看世界。中国是世界的一部分，中国的发展，影响全世界。现在，中国与世界的关系更加密切。"①

"中国是世界的一部分"！中国人只有"抬头看看世界"，才能感到自己与世界的差距；中国只有融入世界，才能赶上世界的发展脚步。

中国不可能在与世隔绝中实现现代化，开放，就是要走向世界。但是，那时候的世界，对中国人来说却是异常陌生的。

广东毗邻港澳的优势再次显现，广东沟通世界的传统再次得以发扬。叶剑英、习仲勋、杨尚昆、刘田夫、吴南生等一批先后在广东工作过的领导干部，在邓小平的支持下成了"先走一步"、大胆进行改革实验的开拓者。经济特区，就在他们的探索中诞生了。

曾任广东省委书记兼深圳市委第一书记的吴南生同志，在2008年接受采访时回忆了参与创办经济特区的难忘经历，详细披露了这个历史性决策的诞生过程：

> 1979年1月8日至25日，省委召开四届二次常委扩大会议，研究贯彻中共十一届三中全会精神。会后，按照省委的分工，我率领一个工作组奔赴汕头市，传达中共十一届三中全会精神，开展调查研究工作。
>
> ……
>
> 2月28日下午，我从汕头回到广州。晚上，省委第一书记习仲勋就到我家中，两人交谈了很久。3月3日，在省委常委会议上，我在汇报工作时说，现在老百姓的生活很困难，国家的经济已到了崩溃的边缘了，我们应该怎么办？三中全会决定改革开放，我提议广

①　叶剑英：《叶剑英选集》，人民出版社1996年版，第467页。

东先走一步。……我提议在汕头划出一块地方搞试验，用各种优惠的政策来吸引外资，把国外先进的东西吸引到这块地方来。……

4月1、2日，在杨尚昆同志的主持下，常委会议同意向中央提出要求允许广东"先走一步"的意见。但对深圳、珠海和汕头"先走一步"的三个地方怎样"正名"，一时定不下来，叫"出口加工区"，会与台湾的名称一样，叫"自由贸易区"，又怕被认为是搞资本主义，这些，在当时可是天大的罪名啊！最后只好勉强安一个"贸易合作区"的名称，先上报中央。

中央召开工作会议之前，习仲勋和我前往看望正在广州的叶剑英元帅，向他汇报先走一步的设想，叶帅非常高兴，很支持说：你们要快些向邓小平同志汇报。

……

4月下旬的一天，习仲勋向中央政治局常委汇报，他郑重其事地提出，希望中央给点权，让广东能够充分利用自己的有利条件，在四个现代化中先走一步。……他代表省委正式向中央提出广东要求创办贸易合作区的建议。

邓小平十分赞同广东富有新意的设想，他听说"先走一步"的地方名称还定不下来，就说："就叫特区嘛，陕甘宁就是特区。"①

广东虽然想"先走一步"，但没有想到要办"特区"。小平同志想到了。"特区"是以上所有建议和思想的总结和升华，它显示了小平同志过人的智慧与胆略。小平同志与广东省委第一书记习仲

---

① 《吴南生回忆改革开放艰难起步：如果要杀头 就杀我好啦》，南方日报网络版，2008年4月7日。

勋同志谈话。他说："在你们广东划出一块地方来，也搞一个特区。过去陕甘宁边区就是特区。中央没有钱，你们自己搞，杀出一条血路来。"

特区，这个特殊而具有历史意义的名称便由此而来。"杀出一条血路来"，既是要探索改革之路，也是要强力打通走向世界的开放之路。

广东，这个有着悠久开放传统的南方省份再领风气之先，成为中国重新了解世界的窗口；香港及海外粤商，再次成为中国走向世界的重要推动者。

中华民国成立前后，马应彪、郭乐等海外侨商相继回国，以四大百货公司缔造了一个繁荣的新时代，让中国人切实感受到了现代化的生活样貌。改革开放后，中国的现代化建设再次启程，以霍英东为代表的一大批香港粤商纷纷响应，广州的白天鹅宾馆、洛溪大桥、中山温泉宾馆等最早港商投资的项目又让封闭的国人耳目一新。

深圳特区今昔对比，荔湖全景。

白天鹅宾馆置身于充满历史色彩的广州市荔湾区沙面南街，独揽白鹅潭优雅而从容的江岸线。

从马应彪到霍英东，从过去到现在，粤商始终在孜孜不倦地致力于中国的进步与发展，始终在努力拉近中国与世界的距离。

和当年积极参与广交会一样，经济特区成立后，反应最热烈，投资最踊跃的仍然是港澳及海外粤商。他们率先跨过罗湖桥，加入到了百废待兴的经济建设洪流之中。

洛溪大桥横跨广州市海珠区与番禺区，是连接两区的要道。

中山温泉宾馆，是中国内地第一家中外合作酒店。

20世纪70年代末，80年代初，我们引进外资启动已千疮百孔的经济，其第一推动力，并不是什么外国或异族人的资金，而是全世界，尤其是香港的华商。所谓的外资，百分之九十实际上是华资。那时，外国投资商一直在观望，不敢相信中国就此真正开放，唯有华商，毕竟血浓于水，才义无反顾，把大量的资金投入——这也许又是儒家的传统的重义轻利了。[1]

1984年，邓小平同志到广东考察。在深圳，他留下的题词是："深圳的发展和经验证明，我国建立经济特区的政策是正确的。"在中山，他留下的话语是："不走回头路！"在珠海，他留下了"珠海经济特区好"几个大字。

世界潮流浩浩荡荡，开放的中国已经走在通向世界的大路上，她势将勇往直前，直达未来的彼岸。

---

[1] 谭元亨：《雷区1988：中国市场经济理论的超前探索者》，广东经济出版社2012年版，第20页。

1992年初，一个东风送暖的季节，邓小平同志又一次风尘仆仆地来到深圳、珠海经济特区。

在深圳期间，邓小平边观光市容，边和陪同的广东省和深圳市的负责人亲切交谈。他说："对办特区，从一开始就有不同意见，担心是不是搞资本主义。深圳的建设成就，明确地回答了那些有这样那样担心的人，特区姓'社'不姓'资'。"在之后的考察中，邓小平同志发表了"要逐步实现共同富裕""社会主义的本质是解放和发展生产力""党的基本路线一百年不动摇"等著名论述。

2012年12月7日至11日，就任中共中央总书记不久的习近平到深圳经济特区考察。他强调，党的十八大向全党全国发出了深化改革开放新的宣言书、新的动员令，全党全国各族人民要坚定不移走改革开放的强国之路，更加注重改革的系统性、整体性、协同性，做到改革不停顿、开放不止步，为全面建成小康社会、加快推进社会主义现代化而团结奋斗。

在开放的年代，南方、广东，一次又一次成为中国的焦点，历史的焦点。

从广州、澳门、香港到上海，再从上海到全国。自明清以来，粤商以岭南山海文明为依托，在中国走向近代化的过程中，促进了多个经济中心的形成和崛起。他们作为一个不事张扬的商人群体，承受着近代中国的转型之重，一点一滴、脚踏实地而又卓有成效地推动着中国的现代化进程。他们在中国社会经济转型的每个关节点上，都以其深厚的商业文明底蕴，发挥了积极的推动作用。他们身处中国的"南风窗"，总能得风气之先，立潮头之端。

开放、创新、进取是粤商的传统，也是粤商的标志。浩瀚的海洋使粤商获得了有别于徽商、晋商的成长经历与精神气质。他们始终处于中国对外开放的最前沿，得益于海上贸易，也致力于对外开放。他们的成败兴衰，既反映了中国沿海商人面临世界大局变幻时的调适和应对，也折射了中国维新变革的艰难与成就。可以说，粤商的演变史，浓缩了传统中国努力融入世界潮流，追求现代化的卓越历程。也证明了笔者在本书的一个核心观点：商人的境遇与国家的兴衰是息息相关的，直到今天。

"凡是过去，皆为序章。"进入21世纪之后，尤其是近十年来，互联网、移动通讯等新兴信息技术革命又一次改变了人类的生活面貌与世界经济格局。一大批广东著名企业承继着"开放、创新、进取"的粤商精神，再次占据了行业前沿的位置，书写起当代粤商的新篇章。

在这个"大众创业，万众创新"的时代，中国共产党正领导全国人民向第一个百年目标迈进，向中华民族伟大复兴进军。在实现中国梦的进程里，在实施"一带一路"战略的过程中，新时代的粤商群体势将继续发挥贯通中西的传统优势，继续弘扬敢为天下先的开拓创新精神，迎接新的挑战。

这就是新时期新一代粤商的作为和精神，他们直接推动着中国现代化的进程。关于改革开放后新粤商的发展和贡献，恕我在这里无法详细展开，这是另一个重大的研究课题，是另一部新的粤商发展史，也是另一本大书展开的内容。

2015年11月12日一稿

2016年8月10日改毕

1. 司马迁：《史记》，中华书局，1999年9月第1版。

2. （东汉）班固：《汉书·地理志》，线装书局，2010年11月第1版。

3. （清）董皓等编：《全唐文》卷七五，上海古籍出版社，2007年5月第1版。

4. 胡守为：《岭南古史》（修订本），广东人民出版社，2014年5月第2版。

5. 张荣芳、黄淼章：《南越国史》，广东人民出版社，2008年9月第2版。

6. 黄佛颐编纂，仇江、郑力民、迟以武点注：《广州城坊志》，广东人民出版社，2012年11月第2版。

7. （清）田明曜：《光绪香山县志》，上海书店出版社，2003年版。

8. 陈泽泓编著：《广东历史名人传略续集》，广东

参考资料

人民出版社，2004年3月第1版。

9. 郑观应著，上海图书馆、澳门博物馆编：《盛世危言》，上海古籍出版社，2008年3月第1版。

10. 夏东元编：《郑观应集》，上海人民出版社，1988年第1版。

11. 徐润：《徐愚斋自叙年谱》，江西人民出版社，2012年8月第1版。

12. 容闳著，徐凤石、恽铁樵等译，钟叔河导读、标点：《西学东渐记》，生活·读书·新知三联书店，2011年9月第1版。

13. 黄启臣：《广东商帮》，黄山书社，2007年6月第1版。

14. 王远明、胡波、林有能主编：《被误读的群体：香山买办与近代中国》，广东人民出版社，2010年8月第1版。

15. [美]郝延平著，李荣昌译：《十九世纪的中国买办：东西间桥梁》，上海社会科学出版社，1988年9月第1版。

16. 王远明主编：《风起伶仃洋（香山人物谱）》，广东人民出版社，2006年10月第1版。

17. [美]亨特著，冯树铁、沈正邦译：《广州番鬼录；旧中国杂记》，广东人民出版社，2009年12月第1版。

18. 金峰、冷东：《广府商都》，暨南大学出版社，2011年8月第1版。

19. 金国平、吴志良：《早期澳门史论》，广东人民出版社，2007年6月第1版。

20. 林有能等主编：《香山文化与海洋文明：第六次海洋文化研讨会文集》，广东人民出版社，2009年8月第1版。

21. [美]内森·罗森堡、L.E.小伯泽尔著：《西方现代社会的经济变迁》，中信出版社，2009年5月第1版。

22. [美]菲利普·李·拉尔夫、爱德华·麦克诺尔·伯恩斯著，罗经国等译：《世界文明史》，商务印书馆1987年1月第1版。

23. [法]孟德斯鸠著，许明龙译：《论法的精神》，商务印书馆，2009年4月第1版。

24. [美]塞缪尔·亨廷顿著，王冠华、刘为等译：《变化社会中的政治秩序》，生活·读书·新知三联书店，1989年第1版。

25. [美]威廉·麦克尼尔著，施诚、赵婧译：《世界史：从史前到21世纪全球文明的互动》，中信出版社，2013年10月第1版。

26. [美]布赖恩·莱瓦克等著，陈恒等译：《西方世界：碰撞与转型》，世纪出版集团，2013年11月第1版。

27. [澳]约翰·赫斯特著，席玉苹译：《你一定爱读的极简欧洲史》，广西师范大学出版社，2011年1月第1版。

28. [意]马可波罗著，冯承钧译：《马可波罗行纪》，东方出版社，2007年2月第1版。

29. [荷]维姆·布洛克曼、彼得·霍彭布劳沃著，乔修峰、卢伟译：《中世纪欧洲史》，花城出版社，2012年8月第1版。

30. 陈垣：《康熙与罗马使节关系文书》，故宫博物院1932年版影印本。

31. [意]利玛窦、[法]金尼阁著，何高济等译，何兆武校：《利玛窦中国札记》，中华书局，1983年3月第1版。

32. 方豪：《中国天主教史人物传》，中华书局，1983年第1版。

33. [日]上田信著，高莹莹译：《海与帝国：明清时代》，广西师范大学出版社，2014年1月第1版。

34. 杜君立：《历史的细节》，上海三联书店，2013年4月第1版。

35. 杜君立：《历史的细节Ⅱ》，上海三联书店，2013年10月第1版。

36．[美]史景迁著，阮叔梅译：《大汗之国：西方眼中的中国》，广西师范大学出版社，2013年7月第1版。

37．张宏杰：《大明王朝的七张面孔》，天津人民出版社，2013年4月第1版。

38．吴晗：《历史的镜子：吴晗讲历史》，九州出版社，2008年6月第1版。

39．许倬云：《许倬云说历史：中西文明的对照》，浙江人民出版社，2013年月12月第1版。

40．[英]李约瑟、黄仁宇：《现代中国的历程》，中华书局，2011年4月北京第1版。

41．徐中约著，计秋枫、朱庆葆译：《中国近代史：1600—2000，中国的奋斗》，世界图书出版公司北京分公司，2008年1月第1版。

42．郭廷以：《近代中国的变局》，九州出版社，2012年5月第1版。

43．王孝通：《中国商业史》，团结出版社，2009年6月第2次印刷。

44．李龙潜：《明清经济史》，广东高等教育出版社，1988年3月第1版。

45．梁嘉彬：《广东十三行考》，广东人民出版社，2009年1月第1版。

46．刘刚、李冬君：《中国近代的财与兵》，山西人民出版社，2014年10月第1版。

47．雪珥：《大国海盗》，山西人民出版社，2011年6月第1版。

48．[日]松浦章著，谢跃译：《中国的海贼》，商务印书馆，2011年7月第1版。

49. 叶显恩：《儒家传统文化与徽州商人》《粤商与广东的航运业近代化：1842—1911》《略谈广州十三行研究的意义》。

50. [美]马士著，区宗华译，林树惠校：《东印度公司对华贸易编年史》，中山大学出版社，1991年1月第1版。

51. [美]埃里克·杰·多林著，朱颖译：《美国和中国最初的相遇——航海时代奇异的中美关系史》，社会科学文献出版社，2014年1月第1版。

52. [法]佩雷菲特著，王国卿等译：《停滞的帝国——两个世界的撞击》，生活·读书·新知三联书店，1993第5月第1版。

53. [葡]裘昔司著，孙川华译：《晚清上海史》，上海社会科学出版社，2012年7月第1版。

54. [法]白吉尔著，王菊、赵念国译：《上海史：走向现代之路》，上海社会科学出版社，2014年8月第1版。

55. 宋钻友：《广东人在上海》，上海人民出版社，2007年9月第1版。

56. 梁元生著，陈同译：《上海道台研究——转变社会中之联系人物，1843—1890》，上海古籍出版社，2003年12月第1版。

57. [美]顾德曼著，宋钻友、周育民译：《家乡、城市和国家——上海的地缘网络与认同，1853—1937》，上海古籍出版社，2004年第12月第1版。

58. 崔海燕、何品：《四大百货公司上海滩风云史》，广东经济出版社，2012年3月第1版。

59. 葛涛：《环球百货光影录——上海先施公司盛衰》，上海辞书出版社，2011年10月第1版。

60. 陈炳：《蔡昌与大新公司》，《岭南文史》1992年第4期。

61. [澳]李承基：《四大公司》，《中山文史》第59辑，2006年

12月版。

62. 徐鼎新等整理：《关于永安企业的口述史料》，《上海档案史料研究》第三辑。

63. 张晓辉：《香港与近代中国对外贸易》，中国华侨出版社，2000年12月第1版。

64. 莫华钊主编：《澄怀古今：莫家三代珍藏》，香港中文大学文物馆2009年刊印。

65. 中国对外贸易中心编：《亲历广交会》，南方日报出版社，2006年10月第1版。

66. 谭元亨：《雷区1988：中国市场经济理论的超前探索》，广东经济出版社，2012年8月第1版。

67. 吴晓波：《历代经济变革得失》，浙江大学出版社，2013年8月第1版。